천
년 동안에
1

**ARASOI NO KI NO SHITA DE**
by Kenji MARUYAMA

Korean translation copyright ⓒ 2011 by MUNHAKDONGNE Publishing Corp.
Copyright ⓒ 1996 by Kenji MARUYAMA
Originally published in Japan by SHINCHOSHA, Tokyo

This Korean edition is published by arrangement
with Kenji MARUYAMA through Orion Literary Agency, Tokyo
and BookPost Agency, Seoul.

이 책의 한국어판 저작권은 Orion Literary Agency와 BookPost Agency를 통해
저자와 독점 계약한 (주)문학동네에 있습니다. 저작권법에 의해 한국 내에서
보호를 받는 저작물이므로 무단 전재 및 무단 복제를 금합니다.

이 도서의 국립중앙도서관 출판시도서목록(CIP)은
e-CIP 홈페이지(http://www.nl.go.kr/cip.php)에서 이용하실 수 있습니다.
(CIP제어번호: CIP2011001432)

# 천년 동안에

## 1

争いの樹の下で

마루야마 겐지 장편소설

김난주 옮김

문학동네

*

뻔뻔스러운 여자의 쌓이고 쌓인 한이 이 울창한 숲에 그득하다.

그리하여 그것은 때로는 격렬한 몸부림이 되고 때로는 허풍 섞인 흐느낌이 되어 그윽한 처녀림을, 바닥 모를 한여름의 밤을, 도도하게 흐르는 하늘의 강을 떨게 하고 있다.

살기보다는 죽는 것이 바람직할 그다지 출중치 못한 존재, 그러면서 의외로 정은 많을지도 모르는 이지러진 마음의 소유자…… 칠흑 같은 어둠을 상대로 애절하게 토로하던 진정한 마음의 씨앗도 이미 다 말라버렸다. 그러니까 이제는 정한 순서대로 미련 없이 죽는 길만 남았다. 가지고 온 로프를 자신의 가녀린 목과 튼튼한 나뭇가지에 단단히 묶고, 저 돌부리 끝에 기어올라가 단숨에 뛰어내리면 될 것이다. 그러면 아마도 매사가 어긋났을 그녀의 삶은 눈 깜짝할 사이에 한 점 흠 없는, 지난 일은 절대로 묻지 않는 완전한 죽음으로 향할 것이다. 이어, 고온다습한 축복 받은 환경 속에서 밤낮을 가리지 않고 폭발적으로 증식하는 무수한 박테리아에 몸을 맡긴 채 일사불란하게 썩어문드러져 수만 가지 미혹에서 일거에 일탈할 것이다.

나의 이 숲은 보면서도 보지 않는 척하며, 인연으로 생멸하는 모든 목숨을 늘 공평한 아량으로 대하고 있다. 절대로 사사로움에 얽매이는 판단은 내리지 않는다. 인간 세상의 무거운 짐을 견디지 못하여 자살을 희망하는 자들을 위로할 그럴싸한 말 따위는 한마디도 지니고 있지 않다. 또 지금까지 그녀가 전생의 인과응보라는 착각과 함께 헤쳐왔을 허황하고 막막한 세월을 향하여, 이 숲을 무성하게 메우고 있는 어느 거목 한 그루도 애써 동정의 한숨을 쉬어줄 마음이 없다.

앞으로도 얼마든지 죽을 기회가 있지 않은가.

아무튼 이 고비만 무사히 넘기면 어떻게든 되겠지.

살아 있기만 하면 언젠가는 반드시 좋은 일이 있을 것이다.

가슴을 쥐어뜯고 싶을 만큼 힘겨운 원죄를 짊어지고 자연사를 지루하게 기다리며 사는 것이야말로 삶의 의의가 아니겠는가.

줄곧 개발의 위협에 쫓겨 점점 더 분노가 깊어진 이 숲은 그런 치졸하고 허황된 말을 줄줄이 늘어놓기보다는 죽은 자를 채찍질하는 험담이나 마음껏 외쳐대는 쪽이 훨씬 잘 어울린다.

여기에는 무릇 용납되지 않는 방관이란 없다.

즉 무엇이든 있는 숲인 셈이다. 비관주의에 물든 남녀의 동반자살 사건도 있었고, 오명을 불식하기 위한 할복 사건도 있었고, 어리석은 짓을 저지르다 못해 음독자살한 성직자도 있었다. 그뿐인가, 사람을 죽이는 극악무도한 짓이 백주대낮에 보란 듯이 행해진 일도 여러 번 있었다. 그중에는 발육부진이란 단 하나의 이유로 자기 자식을 늪에 던진 어미도 있었다.

황금만능 시대의 출현으로 그 같은 인간들이 오히려 증가하고 있다.

그들이 일으키는 비극에 일일이 마음 아파하거나 동정을 베풀 수 없게 된 우리 숲은, 끝내 무슨 일이 있어도 모른 척하기로 작정하였다. 자연계에 기여하는 일이 주목적인 삼림이, 자비스러운 눈길로 중생을 보거나, 그럴 만한 사연이 있어 죽음을 선택하는 자를 위해 스님을 대신하여 설법을 펴던 시절은 벌써 백 년, 이백 년 전의 먼 옛날 일이다.

그야말로 말세가 다가온 듯하다.

풀 길 없는 한을 가슴에 품은 채, 이 오래된 숲에서 남몰래 조용히 생애의 막을 내린 호모 사피엔스. 세상살이의 괴로움을 질리도록 맛본 그들은, 죽음으로써 비로소 식물과 공존공영을 도모할 수 있었다. 무수한 부패균의 작용으로 흙덩이로 변한 그들 위에, 우선은 엽록소를 지니지 않은 기생식물이 자라고, 그것은 고급

종이보다 더 하얀 아름다운 꽃을 피운다. 거의 아무 쓸모도 없어 보이는 그 꽃은, 피는 순간에 인간중심주의를 조소하며, 불변하는 우주의 실체를 절묘하게 갈파하고, 그러고는 인류가 절멸한 후의 세계를 넌지시 암시한다.

틀림없이 심한 노이로제에 걸려 있을 이 여자가 여기에서 인생을 마감한다 한들, 그녀의 해골에 부생식물이 뿌리를 내릴지 어떨지에 대해서는 뭐라 말할 수 없다. 아무튼 우리 숲은 바로 코앞까지 밀려온 도시화의 거친 파도에 생태계가 크게 어그러졌고, 지금은 거의 무질서한 상태에 있다. 어디가 어떻다고 말할 단계가 아니다. 전체가 지독한 병을 앓고 있다.

동식물의 수난사는 이루 다 말할 수도 없으며, 어느새 정점을 향해 치닫고 있다.

그리하여 어디까지나 야생으로 살지 않으면 안 되는 우리에게, 이미 인간이란 허황된 생물을 이원적으로 보거나 그들의 하잘것없는 운명에 진지하게 관여할 여유는 없다. 간단히 말해서, 하룻밤 울면서 숲을 헤매고 다닌 여자의 천 갈래 만 갈래 찢어진 마음은 알 바가 아니다. 어차피 이런 여자는 쓸모없는 인간이거나 사회의 낙오자일 것이다. 그렇지 않으면 이 세상에서 버림받은 실격자일 것이다. 사실대로 말하자면 그렇다는 것이다.

어쩌면 그녀는 까딱 단 한 번의 실수로 금기 중의 금기를 범했는지도 모른다.

그 일 때문에 한꺼번에 인생이 만신창이가 되고, 하늘 아래 살집 하나 없는 천애고아 같은 막다른 입장에 몰렸는지도 모른다. 그리하여 그녀의 기질인 고독이 이끄는 대로, 문명의 사각지대라 할 수 있는 이 숲으로 흘러들었는지도 모른다. 아니면, 더없이 비참한 형태의 죽음으로 무거운 죄를 씻으려 하는 건지도 모른다. 어쩌면 또, 그저 단순히 운명이란 것을 순순히 받아들이고 그에 따를 뿐인지도 모른다. 어느 쪽이든 그녀에게는 결국 그 정도의 생명력밖에 없고, 그만한 수명만 갖고 태어났다는 말이다.

만에 하나 로프가 뚝 끊어져 쿵덕 엉덩방아를 찧고 정수리가 짜릿할 정도의 아픔에 정신을 차리고 죽음을 단념한다 해도, 결국 가시밭 같은 인생길에서 모진 신산을 겪을 뿐인, 끝없는 욕망과 채워지지 않는 현실 사이에 끼여 괴로워하는 몸부림의 나날만이 그녀를 기다리고 있을 것이다. 그것이 싫다면, 남은 길은 미친 여자를 자처하며 살 수밖에 없다. 그러나 아무리 노력해도 여전히 해결하기 어려운 일투성이, 가망 없는 미래에 불과할 것이다. 요컨대, 제아무리 몸부림을 쳐본들, 제아무리 이 세상을 사랑해본들, 끝내는 성에 차지 않는 일생을 보낼 것임에 틀림이 없다.

그건 그렇다 치고 나는 오늘 좀 이상하다.

겨우 그까짓 여자한테 지나친 관심을 보이고 있는 것이다. 무시하려고 하면 할수록, 오히려 그녀 생각에 몰두하게 된다. 그녀가 내게 절실한 호소를 한 것도 아닌데, 아까부터 내내 이렇게 그녀에게 주의를 기울이고 있다. 대체 그녀의 어디가 그렇게 매력적이란 말인가.

그때 그녀가 입을 꼭 다문다.

동시에 쏙독새도, 개구리도 침묵한다. 사방은 소리가 죽어 고요하고, 눅눅하게 늘어져 있던 공간이 팽팽하게 응축한다. 그녀는 드디어 마음을 굳힌 것 같다. 유치한 머리로나마, 이렇게까지 일을 벌여놓고 그만두는 것이 얼마나 어리석은 짓인지 깨달은 모양이다. 바람직한 일이다. 바닥 모를 늪가에, 시간과 운명이 직각으로 교차하는 대각선이 또렷하게 보인다. 그녀 역시 그곳을 죽을 장소로 정한 모양이다.

모두가 그런 것은 아니지만, 이 숲에서 죽고 싶어하는 자들은 대개 그 늪가를 마지막 장소로 결정한다.

아마도 사십억 년 전에 탄생한 최초의 생명의 물에 대한 그리움이 유전 정보에 각인되어 지금까지 계승되는 것이리라. 그녀에게 그곳은 뼈를 묻기에 적합한 고향의 산이 될 것이다.

그런데 과연 그녀의 저 퉁퉁한 몸을 어느 나무가 지탱할 것인지.

꺼림칙한 역할을 맡아야 할 나무로서는 이만저만한 고역이 아니다.

내가 아닌 것만은 분명한 듯싶다. 어제 저녁 해가 기울기 전, 그녀는 이 숲을 찾아 바닥 모를 늪가에 우뚝 서 있는 내 앞을 두 번 정도 지나쳤다. 그리고 숲의 왕자로 군림할 정도는 아니지만, 충분히 괄목할 만한 거목임이 분명한 나를 보기 좋게 묵살하였다. 아마 목을 매기에는 가지가 너무 높다고 판단한 것이리라. 하기야 나로서도, 그따위 가시철사 무늬가 있는 원피스를 입은 여자의 눈에 띄고 싶지는 않았다. 그러나 힐끔 돌아보지도 않는 것을 보니 왠지 아쉬운 기분이 들었다.

내게 주의를 기울이는 인간의 수는 해마다 감소하고 있다.

숯쟁이나 나무꾼이 나를 흔치 않은 정령수로 인정해주었던 것도 먼 옛날 일이다. 또, 삶의 진수를 음미하는 사람들이 나를 생명을 상징하는 나무라고 숭배하던 것은 더 먼 옛날 일이다. 그 시절은 좋았다. 무수한 초목 하나하나가 생동하는 기운의 원천이며, 천박한 유물론의 접근을 허락하지 않는 힘을 간직하고 있었다. 사람들이 건강한 신생아의 태반을 내 뿌리께에 묻고, 횡사한 자의 혼이 내 가지에 깃든다고 믿어 마지않았던 그 시절이 무척 그립다.

아마 내가 '싸움나무'라는 것을 알고 있는 자는 이제 없을 것이다.

많은 사람들이 나를 보는 위치나 각도나 계절에 따라 소나무의 변종이라는 둥, 삼나무의 일종이라는 둥, 급기야 조엽수라는 둥, 광엽수라는 둥 진지하게 언쟁하던 때는, 지금보다 시간이 훨씬 더 천천히 흘렀다. 불과 백 년 전까지만 해도 인간들은 한 그루 나무의 정체를 가지고 심각하게 언쟁을 벌이는 마음의 여유가 있었다. '싸움나무'는 사라져가는 전설의 일부였다.

그렇다고 아쉬운 마음은 조금도 없다.

오히려 편하다. 어설프게 신목神木 취급을 당하여 길흉을 점치는 대상이 되거나, 신의神意의 구현으로 받아들여지면 짐이 너무 무겁다. 물론 나는 진귀한 품종이며 그리 흔하지 않은 고목이다. 하지만, 나무에 불과하다는 점에는 결국 다를 바가 없다. 나를 두고 투닥거리는 짓은 그만두었으면 좋겠다. 그렇지 않아도 인간들은 더욱 심각한 싸움의 씨앗을 넘치도록 껴안고 있으니 말이다.

다시 한번 말해둔다.

나는 잎사귀 하나, 뿌리 한 줄기, 수액 한 방울에 이르기까지 나 자신이며, 거기에 나 이외의 무엇이 파고들 틈 따위는 없다. 이를테면 영적인 생각이 나의 어딘가에 깃들어 있을 가능성은 절대로 없다는 말이다. 설령 내가 가까운 미래를 현실인 것처럼 확실하게 보았다 해도, 그것은 결코 하늘의 계시가 내려서가 아니다.

내 나름의 마음으로 신념을 개진하는 능력을 갖고 있다 해도, 혹은 의식의 심층부에 독단이 없는 변증법을 추구해 마지않는 정열이 활활 타오르고 있다 해도, 혹은 또 동물과는 전혀 다른 소리 없는 신진대사와 함께 전에 없이 활발한 사고활동으로 예언 비슷한 말을 중얼중얼 내뱉었다 해도, 그것은 일정한 형태도 특성도 없는 어모퍼스*와 유사한 내 혼의 조화에 불과하다.

이렇게 말하는 나도 실은 나 자신의 태생에 관해 주위의 나무들과 티격태격한 기억이 있다.

한 해에 삼 미터씩 키가 자라던 젊은 시절의 일이다. 수백 년이나 되는 오랜 세월에 걸쳐 이러쿵저러쿵 격렬한 말싸움을 벌였음

---

* Amorphous, 무정형 물질.

에도 결국 이렇다 할 답은 얻지 못했다. 조상을 알 수 없는 잡종 나무인 듯하다는 정도밖에 나를 파악하지 못하고 구백 년 이상이나 살아왔다.

그리하여 꼭 천 년째 해인 올해, 섬뜩하게도 나는 처음으로 꽃을 피웠다.

이른 봄, 가지 여기저기가 몹시도 가렵다 싶더니 점점 봉오리가 부풀어, 여름이 시작되기 직전에, 찬란한 햇볕을 넘실넘실 받으며, 새하얗고 소담스러운 꽃을 나무 한가득 피운 것이다. 나처럼 풍류를 모르는 나무도 저도 모르게 취해 정신을 잃을 만큼 그 향기가 달짝지근했다. 후박나무꽃을 닮기는 했는데 훨씬 더 크고, 훨씬 더 도발적이고, 향기만 해도 몇 배 퇴폐적이다. 개화기도 놀랄 만큼 길어, 그로부터 한 달 남짓 지난 지금도 여전히 선명한 색깔에, 떨어진 꽃잎 하나 없다. 다만 그 무수한 꽃 중에 열매를 맺은 꽃은, 저 높은 가지 꼭대기에 핀 단 한 송이뿐.

원인은 알고 있다.

어찌 된 셈인지 꿀을 좋아하는 날개 달린 곤충들이 내 꽃을 멀리하기 때문이다. 만약 그날, 새에게 쫓긴 풍뎅이가 궁지에 몰려 그 꽃으로 날아들지 않았다면 수분受粉의 기회는 끝내 찾아오지 않았을 것이다. 알 수 없는 것은, 맺힌 열매가 하루하루 팽창하여 종자로 완성되었는데도 꽃이 영 시지 않는다는 점이다. 설마 불길한 꽃은 아니겠지. 그래서 꽃을 피웠다고 좋아할 기분만은 아니다. 가슴이 두근거린다. 그 꽃이 나무의 주도권을 전부 쥐고 마는 것은 아닐까. 그런 불안감이 고개를 쳐든다.

끝나가는 밤의 더러운 어둠이, 본체와 가상이 뒤섞여 있는 현세의 절반을 덮고 있다.

대지가 무한하다고 믿어지던 시절의, 범하기 어려운 기품에 넘치던 밤이 그립다. 오늘날의 밤이라니, 설사 그것이 정녕 캄캄한 밤일지라도, 왠지 모르게 인간들의 중압을 느끼지 않을 수 없다. 인간들은 도가 지나쳤다.

여기는 이미 미개한 땅도 아니거니와 대단한 별천지도 아니다.

이 숲 또한 도시의 기후에 영향을 받으며, 꽤 오래전부터 도시가 열심히 배출하는 불필요하고 위험하기 짝이 없는 다양한 물질에 중독되어가고 있다. 군락을 이루어 저만치 피어 있던 난이 흔적도 없이 사라졌고, 천의 모습이어야 할 곤충의 세계가 급속하게 빈약해지고 말았다. 숲의 중심부, 가장 깊숙한 곳에 있는 나마저 수수방관하고만 있을 수 없는 처지다.

덧없는 세상사가 내가 있는 곳에도 물밀듯 밀려오고 있다.

여기서도 보이는 저 먼 곳의 불야성이, 밤마다 이쪽을 향하여 한 걸음 한 걸음 서서히 다가오고 있다. 전원도시가 공업도시에 먹혀들어간다. 트럼펫형 인터체인지에 개미 떼처럼 모여드는 자동차 헤드라이트의 흐름은 한순간도 멈추는 일이 없다. 잘못 조성된 거리가 하늘을 향하여 내뿜는 방대한 복사열은 철새의 비행 코스를 교란하였고, 대류권의 질서까지 문란케 하였으며, 여기저기서 말기적 증상을 초래하고 있다. 태풍이 지나간 지 이틀밖에 되지 않았는데도, 온 구석까지 불빛투성이인 평야에서는 싱그러움을 전혀 느낄 수 없다.

번쩍이는 평야 너머로 펼쳐지는 바다 또한 마찬가지다.

이미 물 자체의 생명력이 위험 수위에 달한 바다에는, 죽음의 반점이 얼룩얼룩 번져 있다. 조류의 표면은 여유롭지만 시시각각 악화되고 있으며 멸망의 길을 걷고 있다. 태평양을 빙 둘러싸는 안산암安山巖의 멋들어진 선도 권태감이 팽만한 이 섬나라에 이르면, 인간들이 이기적으로 행복추구권을 남용한 결과, 콘크리트와 철근으로 뚝뚝 끊어지고 말았다.

사물의 애환을 아는 마음과, 대자연의 장엄한 아름다움에 감동하는 마음과, 인간의 본성은 선하다고 믿는 마음은, 먼바다를 흐르는 한류 덩어리 안에 갇혀 있는 것이리라. 아무튼 그리 머지않아 인간은 값비싼 대가를 치르고 무거운 책임을 짊어지게 될 것이다. 아니, 그것은 이미 시작되었다.

죽는다면 지금이 적절한 때인지도 모른다.

살아 있어봐야 앞날이 뻔하다. 욕정에 시달리다 음란함과 야만스러움이 모여든 도시에서 밀려나, 자기 자신을 저주할 기력마저 잃고 비참한 모습으로 이 숲에 숨어들어온 저 배가 불룩한 여자…… 그녀는 생활고 때문에 죽으려는 것이 아니다. 지금 세상에 그런 자는 없다. 폭탄 세일에서조차 팔리지 않는 허섭스레기 같은 남자한테 차이기라도 한 모양이다. 안 그래도 성가신 일이

많은 세상이다. 살아 있음이 짜증스러워질 이유는 얼마든지 산재
한다.

번영은 언제나 소외감을 부른다.

여기서 죽으면 그녀를 유지하고 있던 황체호르몬은 쓸데없는
작용을 한 셈이 될 것이다. 그러나 나로서는 그 나름으로 정당하
다고 생각한다. 생물 본래의 목적에서 크게 벗어난 것은 아니라
고 생각한다. 그녀 나름대로 열심히 살아왔다.

지배계급이나, 그들에게 빌붙어 조금이라도 득을 보려는 저열
한 인간들은 목숨이 지구보다 중요하다는 소리를 한다. 그들은
썩을 대로 썩은 그 지위를 유지하기 위하여, 비참한 나날을 견디
고 또 견디며, 무슨 재난이 닥쳐도 구질구질하게 삶을 지속하는
어리석은 대중이 필요한 것이다. 그들은 탁월한 연기력으로 이성
에 밝고 게다가 자비로운 성모처럼 추앙받는 인물을 연출하며,
"수명이 다하기를 기다리라"는, 하나는 알고 둘은 모르는 어리석
음을 반복하는 것이다.

그녀가 갖고 있는 손전등의 불빛이 움직임을 멈추었다.

어떤 긴장감과 비장함이 숲 전체에 떠다닌다. 그리고 바스락하
는 소리가 난다. 이어 나뭇가지와 로프가 부딪치는, 끼익끼익 하
는 소리가 들린다. 개구리가 일제히 울음을 멈춘다. 별이 하나 흘
렀다. 그럭저럭 그녀는 무사히 일을 치른 모양이다.

밤이 참담한 광경을 가리고 있다.

설사 이 사건이 대낮에 일어났다 해도 나는 역시 동요하지 않았

을 것이다. 이만한 나이가 되도록 오래 살다보면, 언젠가는 반드시 죽을 운명이란 것이 논리와는 다른 형태로 나이테 한 줄 한 줄에 스며 있는 법이다. 그런 내가 말하건대, 전체적으로 불완전한 생물인 인간에게 이런 종말이야말로 유일한 구원이 아닐까. 지금까지 풍토에 순응한 식물처럼 얄미울 정도로 순조로운 생을 사는 인간은 한 명도 본 적이 없다.

무상하게 끝나지 않는 인생이란 절대로 있을 수 없다.

지금, 극심하게 마모된 혼을 지닌 여자가, 물거품으로 변한 생애에 작별을 고하고 황천객이 되려고 하고 있다. 이제 조금만 참으면 된다. 곧 편안해진다. 나무들 사이로 쏴아쏴아 부는 시원한 바람이, 밤의 끝과 함께 그녀의 끝을 고하고 있다. 이승과 저승의 경계선에 매달린 그녀의 몸은 조그만 원을 그리며 천천히 회전하고 있으리라. 몇 분 후면 부식토로 화하는 길을 걷기 시작하리라. 그리하여 몇 시간 후에는, 쉴새없이 물질을 순환하는 이 거대한 삼림 생태계 안에 어김없이 포함되어 있으리라.

고뇌와 혼란 끝에 흔해빠진 죽음을 선택한 여자의 몸부림이 한 차례 이어진다. 그것은 마음의 갈등을 호소하는 신음 소리임에 틀림없다. 그런데, 그때 나는 휘황하게 빛나는 어둠을 본다.

어쩌다 우주 흑체黑體의 방사를 느끼는 경우는 있지만, 그러나 늪지대 전체가 마치 검 성운*처럼 아름다운 빛을 발하는 것은

---

* Gum Nebula, 돛자리에 있는 초신성 폭발의 잔해.

처음 본다. 순간의 반짝임이었고, 더구나 강도 자체는 아주 빈약했다. 지칠 대로 지친 한여름의 반딧불이가 간신히 내는 빛 정도였다.

그럼에도 불구하고, 물가의 풍경 전체를, 특히 여자가 목을 매단 나무 주변을, 어찌 된 셈인지 대낮보다 한층 선명하게 식별할 수 있었다. 팽팽하게 잡아당겨진 나일론 로프…… 쭉 늘어난 목…… 처참하게 헝클어진 머리칼…… 맥없이 축 처진 손발과 몸체. 아니 그런데 바로 그 아래, 지금 막 이 세상으로 박차고 나온 신생아가 떨어져 있었다. 진통의 발작이 죽음의 고통을 완화시킨 것일까. 아니면 그 반대였을까. 이도저도 아니면 아픔만 배가 되었을까.

모자 동반 자살을 모면할 수 있었던 것은, 우연히 어머니가 속옷을 입고 있지 않은 덕분이었다. 중력과, 신생아의 믿기 어려운 생명력과, 죽음에 대한 임부의 본능적인 반발력이 하나가 되어, 아슬아슬하게 몸이 분리될 수 있었던 것이다. 맨주먹으로 이 세상을 살아가야 할 그 아이의, 산도産道를 빠져나오기 직전까지 납작하게 눌려 있었던 폐에, 낙하의 충격으로 우리 숲의 신선하고 시원한 바람이 후욱 흘러들어간다. 힘차고 규칙적인 호흡이 시작된다. 그리고, 뼈대가 실팍한 그 갓난아이는, 아직 탯줄이 연결되어 있음에도 재빨리 모자의 인연을 벗어던지고, 용감하고 활발한 첫 울음소리를 내지르며 자주독립의 정신을 온몸으로 드높이 노래한다.

내 안으로 미약하기는 하나 바늘처럼 날카로운 감도의 전류가 내달린다. 거의 꿈을 꾸는 듯한 심정으로 나도 모르게 이렇게 외친다.

"잘 태어났다!"

섬뜩할 정도로 발랄한 너의 첫 울음소리는, 아직 인간들의 생활권 내에 편입되지 않은 숲 구석구석으로 울려퍼진다. 네가 발하는 지정의知情意가 통합된 완전한 음파를 온 숲의 초목이 향유하고 있다. 그것은 딱히 식물에 한한 일이 아니다. 짐승이나 조류나 곤충류나 할 것 없이 핵산에 의지하여 사는 모든 생물들에게 흔들림 없는 긍정의 사상을 침투시키고 있을 터이다.

그것은 세상의 도리와 인심을 미망에 빠뜨리는 목소리가 아니다.

또 풍요로운 운율이 많은 낭만파의 시도 아니다. 하물며 이 세상에서 가장 고귀하며 오직 한 번밖에 경험할 수 없는 죽음이란 제의를 막 치른 어머니에게 바치는 조가일 리도 없다. 그것은 영원의 시작을 믿어 의심하지 않는 자의 마음을 빼앗고, 어리석은 자들의 낙원에 던지는 엄격한 경구일 것이다.

네가 태어난 고향은 이 숲이다.

인간 세상과 떨어진 동식물의 별천지가 너를 환영한다. 적어도 나는 그럴 심산이다. 애당초부터 잘못되어 있었던 너의 광기 어린 탄생.

그것은 눅눅한 이 숲 도처에 고여 있는 칙칙한 어둠을 차례차례

날려보내고, 늙어 쓰러진 이끼 낀 나무에 들러붙어 있는 싸구려 비관론을 한 귀퉁이부터 타파한다.

짧은 여름밤이 지나간다.

멀리 바라보이는 사방의 광경이 찬란하게 빛나는 아침 햇살을 받아 태고의 지구를 연상케 하는 짙은 오렌지빛으로 물든다. 급상승하는 기온을 감지한 작은 동물들이 그 몸을 일상으로 내던진다. 딱따구리가 따다다닥 드럼을 치고 검게 빛나는 산개미가 한 치도 흐트러짐 없는 이동을 시작한다. 물이끼로 가득 덮인 늪에서는, 백로가 창 같은 부리를 쑥 내밀어 개구리를 포식하고, 수정된 도롱뇽의 회색 알은 초승달처럼 한층 선명함을 더한다.

상층기류는 습곡산맥이 이어지는 방향으로 흐르다 하늘로 치솟은 봉우리에 부딪칠 때마다 아름다운 빛을 발한다. 오늘 아침은 여느 때의 아침과는 전혀 다르다. 해이해진 마음을 꾸짖으며 심기일전을 재촉하는 아침이다. 이 아침은, 바다에 면한 대도시에 용감한 투쟁심 같은 활력을 소생시키고, 빈둥빈둥 오늘을 사는 사람들에게 도리어 어긋나는 짓이나 짐승보다 못한 처신과 같은 급격한 감정의 폭발을 열심히 부추긴다.

열팽창이 조장하는 방심과 반反이성주의의 융합.

바싹 메말라가고 있는 평야는 만사에 불평을 늘어놓을 수밖에 없는 민중을 거느리고, 어제에 이어 또 푹푹 찌는 하루가 될 오늘도 오로지 소나기에 희망을 걸고 있다. 수림 따위는 없는 것이나 다름없는 불순물투성이 그곳에서는, 여름 더위에 지치고 기진맥진하여 실망의 심연으로 빠져드는 사람들이 취생몽사의 추종자로서 도처에서 생지옥을 보고 초고층 빌딩보다 훨씬 높은 공중에 천국의 입구가 있다는 환상을 본다. 태양의 금빛 사라사에 감싸여 이제 온통 파란색을 띨 저 먼 바다는 청명한 창공과 마찬가지로, 맑음과 탁함을 동시에 마시며 가늠할 길 없는 지혜를 간직한 채 여전히 아무 말도 하지 않는다.

내가 서 있는 이곳은 삼백육십 도, 때로는 그 이상 시야가 환히 트여 있다.

그늘이 없다. 왜냐하면, 이 숲에서 제일 키 큰 나무가 바로 나이기 때문이다. 키다리일 뿐만 아니라, 나무의 모양은 나 자신도 넋을 잃을 만큼 아름답다. 그런데다 바람이 내게 부딪쳐 생기는 작은 카르만 소용돌이*는 현세의 모든 정보를 선물로 두고 간다. 한가하여 시간이 얼마든지 있는 나는 그런 뜬세상의 지식의 단편을 열심히 잣고 잇대고 그것을 발판으로 숙고를 거듭하여, 근거 없는 낭설 같은 쓰레기는 제거하고 보편의 진리를 얻는다. 그리고, 고작 이 리터 정도밖에 안 되는 인간의 뇌 속에 존재하는 또하나의 우주를 탐구하고, 번식 능력을 증대시키는 방향에서 자연스럽게 도태되는 현상의 숨겨진 의미를 묻는다. 천 년째 간신히 내린 결론은 이렇다.

---

* Kármán's Vortex, 유체 속에서 기둥 모양의 물체가 움직일 때 좌우 양쪽에 번갈아 생기는 역방향의 소용돌이.

오직 한 가지만으로 끝까지 밀고 나갈 수 있는 대단한 주의 따위는 없다.

나무계의 사상가며 철학자요 예언자라고 자부하는 나지만, 새벽녘의 그 탄생에는 정말이지 놀라지 않을 수 없었다. 지금도 이렇게 육친과 인연이 없다는 것조차 전혀 문제시하지 않는 울음소리에 넋을 잃고 아연해하고 있다. 아주 특수하고 아주 이상한 사태임에도 불구하고, 그 출산은 우주 인력의 절대적인 지원을 받아 완벽하게 마무리되었다.

어느 누구의 도움도 받지 않고 완료된 이 분만은 어디 하나 흠잡을 데가 없었다.

폭신폭신하게 자란 이끼에 꼭 안긴 너는 다행히도 상처 하나 입지 않았다. 미간에서 조금 위, 즉 이마 한가운데 있는 것은 상처가 아니다. 점이다. 그러나 범상한 점이 아니다. 완벽한 별 모양을 하고 있다. 우생학상의 문제는 없는 듯한데, 그래도 참으로 불가사의하다.

지금 막 태어난 알몸뚱이 너에게서 사랑스러운 갓난아이를 상상하기는 좀 어렵다. 지금 너는 너를 낳은 어머니 이상으로 그로테스크하다. 그런데도 나는 너와 나 사이의 상관관계를 직감하지 않을 수 없다. 요컨대 우리는 서로 용납할 수 없는 사이는 아니라는 말이다.

뭐라 말할 수 없이 이상한 기분이다.

너하고는 이심전심으로 서로를 이해할 수 있을 듯한 기분이다.

22

이런 기분은 처음이다. 내 안에서 과거에 없었던 변화가 일고 있다. 나는 대체 너의 어디에 공명하고 있는 것일까. 자유인가. 너는 태어나면서부터 넘치도록 자유를, 위태로워 조마조마할 정도의 자유를 거머쥐고 있다. 얼토당토않은 처지로 태어난 너는, 덕분에 효성이 지극한 아들이기를 지향할 필요는 전혀 없다.

그러나, 그렇게 태어난 너이기에 일찌감치 생과 사의 경계에 있다.

태어남과 동시에 위기에 처해 있다. 목숨을 부지할 수 있는 가능성…… 없는 것이나 마찬가지다. 잔소리꾼인 죽음이, 광대무변한 자비의 틈을 비집고 너를 노리고 있다. 죽음은 단숨에 너를 덮쳐, 너의 머리 위에서 시퍼런 콧물과 똥오줌과 탁하디탁한 피를 흘리고 있는, 갑자기 배가 텅 비어버린 네 어머니의 뒤를 좇게 할 작정이다. 물론 너의 어머니는 꼴사나운 모습을 하고 있다.

그럼에도 네 몸 위로는 한 방울의 오물도 떨어뜨리지 않는다. 또 굴장屈葬당한 시체보다는 그나마 낫다. 죽어서도 여전히 저렇게 온몸을 쭉 뻗을 수 있는 사람은 그리 흔치 않을 것이다. 과연 복스러운 귀를 지닌 여자답다. 그녀한테는 이미 너를 구할 힘이 없다. 만약 살아 너를 낳았더라도 너의 목숨이 보장되었을지는 미지수다. 오히려 죽음을 재촉했을지도 모른다. 지금쯤 저 늪 바닥에 가라앉아 있을지도 모른다.

이렇게 말하는 나 역시 너를 도와줄 방법이 없다.

음으로 양으로 힘이 되어줄 수도 없다. 천 년을 살든, 만 년을 살든, 나무인 나로서는 어쩔 도리가 없다. 동물에게는 동물의 약점이 있듯, 식물에게도 일장일단이 있다. 내가 할 수 있는 것이라고는, 여기에 이렇게 우뚝 서서 너의 그 기적에 가까운 출발을 축복하면서, 직사광선이 너에게 닿지 않도록 주의하며 조용히 지켜보는 것뿐이다.

현재 너한테서는 사고의 장애를 일으킬 소지도, 감정이 황폐해질 원인도 찾아볼 수 없다.

너의 무구하고 정치한 두뇌는, 이미 무의식적인 자아가 지닌 격렬한 투혼으로 가득 차 있다. 성장호르몬의 눈부신 작용으로 네 안에서 맹렬한 기세로 분열하고 있는 세포 하나하나가, 장소에 따라 다르고 시시각각으로 변화하는 그 어떤 환경에도 순응할 수 있는 시대정신을 남김없이 흡수하고 있다. 그리고 그 세포 하나하나는, 사회의 모순에 분노를 느낄 때마다 보다 높은 곳을 바라보고, 또 사소한 계기로 위대한 발자취를 남길 아주 신중한 인자를 은닉하고 있다. 어쩌면 너는 나라에 보탬이 되는, 인재라는 말로는 다 담을 수 없는 장래의 큰 인물인지도 모른다.

점성술에 대해서 문외한인 나지만, 별 근거도 없이 너에게는 반드시 찬란한 미래가 있을 듯한 예감이 든다.

풍전등화 같은 목숨을 보고 있으면서도 마음이 아프지 않은 것은 아마 그 때문이리라. 네가 부모의 애완용으로 태어나지 않았다는 것, 신의 배려로 태어나지 않았다는 것 정도, 모두 알고 있다. 그런데 나는 그 이상을 알 수 있다. 정말이지 알 수 있을 듯한 기분이 들어 견딜 수 없다. 지금의 나는 오늘까지의 나와 분명히 다르다. 보이지 않을 법한 것까지 보인다.

얼핏 보기에 너는 길상이다.

앞으로 몇 시간 안에, 길어봐야 고작 오늘 하루에 죽어버릴 인간으로는 도무지 여겨지지 않는다. 너의 두 눈은 아직 감겨 있지만, 그 대신 이마의 별 모양 점은 부릅뜬 용자勇者의 눈을 연상케 하며, 똑바로 이쪽을 향하고 있다. 어쩌면 그것은 마음의 눈을 대신하고 있는지도 모른다.

너는 지금, 예민한 제삼의 눈을 효율 높은 축압기처럼 작동시켜 색감이 풍부한 천심天心을 지그시 쏘아보면서 살아남기 위해 필요불가결한 에너지를 열심히 축적하고 있다. 그런 네가 한없이 듬직하다. 결코 고독하게 보이지 않는다.

너는 인생의 첫 시작에서부터 사면초가의 입장에 놓여 있다.

이 숲에는 벌거숭이 너를 위협할 요인이 무궁무진하다. 너의 체온을 유지시켜주고 있는 태양만 해도, 서너 시간 후에는 적으로 돌변할 것이다. 불꽃의 위력으로 너를 태워 죽이려 할 것이다. 또, 너의 부드러운 피부에 적당한 습기를 제공하고 있는 늪만 해도, 언젠가는 독사를 보낼 것이다. 그렇잖아도 이 숲에는 굶주린 육식동물과 맹수가 몇 종류나 서식하고 있다. 제일 작은 짐승인 쥐조차도 안심할 수 없다. 만약 운이 좋아 저녁때까지 무사히 지낼 수 있다 해도, 소나기를 만나면 더는 견디지 못할 것이다. 게다가 여기는, 별로 알려지지 않았지만, 실은 풍토병을 옮을 수도 있는 땅이다.

그래도 나는 네가 가엾다는 마음을 품지 않는다.

잎사귀가 부딪치는 소리를 온정을 담뿍 담아 너에게 들려주며 힘을 북돋워주려고는 꿈에도 생각지 않는다. 목숨을 부지한 자로서의 실력이 어느 정도인지는 전혀 미지수지만, 어찌 된 셈인지 나는 너의 있을지 없을지 모르는 미래에 조금도 가슴 아파하지 않는다. 아니 오히려 나는 오래간만에 진정 유쾌하고 기쁘다. 너의 탄생으로 예전에 느끼지 못했던 설렘을 느낀다. 천 년 동안이나 허송세월을 하며 살아남아 지금에 이른 것도, 모두 너와의 만남을 위한 것이 아니었던가 싶을 정도다. 틀림없다. 너에게서 괴동怪童의 출현이나 세계를 제패할 자의 등장을 예감했기 때문일까. 설사 네가 범죄자의 길을 걸을 운명에 있다 해도, 너에 대한 나의 생각에는 조금도 변함이 없다. 이미 나는 있는 그대로의 너를 받아들일 각오가 되어 있다. 정말이다.

너는 운세를 잘못 타고난 것이 아니다.

뭐가 어찌 되었든, 너는 태어나면서부터 자유의 몸이다. 필연적으로 인식된 자유가 어머니의 사랑보다도 부드럽게, 바다보다도 깊이 너를 감싸고 있다. 권문세가에 태어난 것도 아니고, 누군가의 기념물도 아닌 너이기에, 음험한 자들로 인해 손상될 염려는 전혀 없을 것이다.

이 세상의 빛을 받음과 동시에, 너는 홀로서기를 시작하였다.

너는 그 누구의 비호도 받지 않고, 수호신 따위에도 의지하지

26

않고 살아 보이겠다는 기개가 흘러넘치고 있다. 강한 운과 예사롭지 않은 생명력을 겸비하고 있는 너에게는, 보는 자를 끌어 잡아당기는 흡인력이 있고, 부족하지 않은 자활력이 있다. 그런데다 갖가지 신들을 당혹케 하는, 믿기 어려울 정도의 통찰력을 지니고 있는지도 모른다.

아무리 그래도 내 안에서 일어나고 있는 이 변화는 대체 무엇인가.

나는 지금, 무념무상의 경지를 향하여 심신의 안도만 추구해온 나와는 다른 또하나의 나를 자각하고 있다. 너를 보는 순간, 그토록 강렬했던, 인간들을 멀리하던 마음이 깨끗이 사라진 것이다. 그리고 그 연약한 자들이 연약함 때문에 저지르는 수많은 실수를 너그럽게 보아줌으로써 느끼는 우월감도 흔적 없이 사라져버렸다. 손발을 버둥거리며 울기밖에 못하는 너를 통하여, 나는 인간 세계로 쑥쑥 빨려들어간다. 불쾌하지는 않다.

말 그대로 맨주먹뿐인 너에게 나는 이런 말을 해주고 싶다.

잘해야 고작 반나절 인생, 너무 짧은 생애라 할지라도, 줄곧 서서 천 년을 산 내가 그랬듯 너 역시 전적으로 너 자신이지 않으면 안 된다.

잎사귀 너머로 불어오는 바람까지 너의 귀에 이렇게 속삭인다.

좋은 연은 미미한 바람에도 잘 날아오른다.


아름다운 수관층樹冠層을 드러내고 있는 숲 위 하늘을 차지하고 있는 것은 결혼 비행에 나선 흰개미 떼다.

그 희미한 날개 소리가 내게는 이렇게 들린다. 예정도 없이 수태를 하여 출산에 이른 여인에게 행운이 있으리라. 그리고 여름 들판을 빈틈없이 메운 순종 하루살이꽃도 입을 모아 이렇게 말하고 있다. 이 별이 한 번 회전하는 동안에도 일곱 번 넘어지고 여덟 번 일어나는 인생의 광휘가 있으며, 시작도 끝도 없는 윤회의 길을 걷는 목숨의 충실함이 있다고.

너는 자신의 처지를 자랑스럽게 여겨야 할 것이다.

너는 지금, 집단의식 속에 매몰될 수밖에 없는 사람들의 입장에서는 견딜 수 없는 선망의 대상이다. 그렇다는 것을 철저히 인식해야 할 것이다. 시대의 흐름에 뒤떨어지지 않으려고 오로지 그 이유만으로 고투하며 칠팔십 년을 살다, 늙으면 그저 추한 꼴을 보여줄 뿐인 목표를 향하는 사람들. 그들에게 학교가 몇 번이고 거듭거듭 가르쳐 일깨우는 바 살 권리의 향유라든가, 그들이 굳건히 뿌리내리고 있는 사회를 어지럽히지 않을 정도의 자기 보전술이 얼마만큼 가치 있는 것일까.

경험을 쌓은 기계 인간이란 그들을 말하는 것이며, 너는 그래서는 안 된다.

오로지 타인과의 일심동체를 갈망하고, 신적이고 위엄 있는 것을 두려워하며, 급속하게 발달한 산업이 초래한 아노미형 자살을 기도하는 자들은 그들이지 너여서는 안 된다. 자유시민사회나 진정한 민주주의라는 환영 속에서 세습 카리스마나 가부장제 국가를 갈망하고, 천손강림의 신화가 부활되기를 바라는 자들은 그들이지 절대로 너여서는 안 된다.

내가 너에게 강한 친밀감을 품는 까닭은, 내가 몇만 몇십만을 헤아리는 종자의 하나로 이 세상에 태어난 후, 비바람은 물론이고 수많은 악조건을 이겨내고 현재에 이르렀기 때문이다. 그렇다고 자화자찬할 생각은 없다. 내가 여기에 이렇게 존재하는 것은, 어디까지나 우연이 중첩된 결과에 지나지 않는다. 세상의 칭찬을 받을 만한 일도 아니다. 인간이나 가축, 작물을 제외한 모든 살아 있는 생명은 그렇게 살아 있는 것이므로.

그러나 인간이면서 너는 나와 똑같은 출발점에 서 있다.

부모와 영원히 이별하는 슬픔을 몰라도 되는 너는, 그만큼 행복한 자다. 나는 너의 그 행운에 혀를 내두르고 있다. 그리고 죽음 자체가 죽어버린 현대사회에서, 너의 어머니의 죽음은 근절됐다고 여겨지는 새의 지저귐처럼 실로 귀중한 것이라고 생각한다. 분명한 죽음이 너의 머리 바로 위에서 희미하게 흔들리고 있다. 그 모습은 부끄러움에 고개 숙인 것처럼 보이기도 한다.

한참 물오른 나이에 싸늘한 죽음으로 세상이 용이하지 않음을 아들에게 알리고 있는 그녀는 물려줄 유품 하나 갖고 있지 않다. 그녀는 스스로 목숨을 끊지 않았더라도 출산 도중에 죽었을지도 모른다. 이 숲은 산 자만을 위해서 있는 것이 아니다. 죽은 자를 위해서도, 혹은 자살을 원하는 낭만파를 위해서도 보존이 필요하다.

그녀가 영원히 잠들 수 있는 땅은 이곳 외에는 없다.

너 또한 마찬가지일지도 모른다. 살든 죽든, 너에게는 이곳이 아주 잘 어울린다. 문명이 잠식하기는 했다지만 숲은 아직도 굉장한 힘을 비축하고 있다. 이 숲은 공허하고 본질적인 것이라고는 조금도 없는 도시에서 너의 어머니를 탈출하게 하였고, 게다가 노련한 조산부보다 더 훌륭하게 너를 받아냈다.

나는 신선하고 매끈한 감촉의 생명 덩어리인 너를 응시하고 있다.

그리고 잠시 후, 진정한 아름다움이란 이렇게 찬란하게 빛나는 생명이라고, 지극히 당연한 말을 새삼 확인한다. 네 안에서는 앞에 깃든 무지를 감지할 수 없다. 부모님으로부터 물려받은 사지는 너 자신의 것으로 기능하고 있고, 다른 누구도 아닌 너라는 개인을 구성하고 있다. 얼룩 하나 없는 대뇌의 주름에는 이 세상에 관한 기초적인 정보가 홍수 같은 기세로 흘러들고 있다.

너는 잉여물이 아니다.

너의 첫 울음소리는 간신히 목숨을 부지하고 있는 약자의 비명이 아니다. 네가 뿜어내고 있는 생기는 날개를 곤두세우고 분노하는 부엉이나 뿔을 휘두르며 돌진하는 수소의 그것에 필적한다. 신기하게도 나한테는 너의 정신세계가 마치 오감도처럼 또렷하게 보인다. 너의 감정과 이성은 황금분할에 따라 정확하게 균형을 유지하고 있다. 편집증을 일으킬 만한 소지나, 아무도 믿지 못하게 될 불신감의 요인은 전혀 찾아볼 수 없다. 이어받아야 할 고인의 뜻도, 사교邪教에 흔들리는 마음도, 방랑의 눈물도 없다.

그건 그렇다지만, 인간 뇌의 눈부신 발달이라니, 실로 기묘한 변화다.

진정 자연선택의 결과가 초래한 변용일까. 또 살아가기에 필수적인 도구인 뇌는, 과연 독립된 하나의 존재일까. 너를 보면서 고독한 생을 조금도 느낄 수 없는 것은 왜일까. 이 잔혹한 세상에 태어난 순간, 하늘 아래 고독한 몸이 되어버린 너인데, 어쩌면 저주스러운 운명을 짊어지고 있을지도 모르는 너인데, 어째서인가.

너라는 놈은 떼지어 춤추는 실잠자리나 알칼로이드를 함유하고 있는 식물처럼 이 숲의 생물권 내에 잘 융화되어 있다. 변칙적으로 유전하는 세상에 막 첫 울음소리를 고했을 뿐인 너인데, 벌써 장하다고 하기에 모자람이 없는 의지를 지니고, 불사신을 자처하는 무사처럼 남을 매료시키는 마력을 갖추고 있다. 너한테는 시적 감흥을 자극하는 무언가가 느껴진다. 밤새 죽을 장소를 찾아다니다 날이 밝기 직전에 스스로 귀신세계에 호적을 올린 너의 어머니는 어떨지 몰라도, 또 그녀에게 너를 잉태시킨 남자는 어떤지 몰라도, 네가 저열한 인간이 아님은 분명하다.

네가 아무리 울어도 내 마음은 부담스럽지 않다.

유독 이소성이 강한 종류의 새가 아직 바람을 가를 수 있을 만치 날개가 채 자라지도 않았는데 둥지에서 날아올랐다가 예상한 바대로 실패하였을 때, 자업자득이라고는 하나, 나는 그놈의 숨의 뿌리가 완전히 멈출 때까지 밤바람이 웅얼거리는 슬픈 노래를 듣고, 생명이라는 수수께끼투성이의 존재에 실망하고 싶지 않은 고통을 느꼈다. 새나 짐승에게 덮치는 비극이 아무리 다반사라 해도, 그런 장면을 목격할 때마다 나는 자신의 세계관을 재점검하였고, 밤낮으로 자문하지 않을 수 없었다. 그리고 또, 유화硫化수소 속의 박테리아에서 출발한 이 별의 생명의 진화나, 무한한 진화과정에 있어서는 일시적이며 우발적인 것에 지나지 않는 자연법칙에 대해, 무슨 의미든 가치를 부여하지 않고서는 견딜 수 없는 기분이 들기도 했다.

그런데 보라.

너는 내가 지금껏 품어온 두려움과 쓸데없는 고통을 깨끗하게 불식시켜준데다, 남북을 정확하게 가리키는 나침반의 바늘처럼 마음을 후련하게 해주지 않았는가. 지금까지 내가 만난 인간은 대부분이, 아니 모두가, 결국은 제도하기 어려운 족속에 불과했다. 그들은 하나같이, 자신이 저질러놓은 행위에 넌덜머리를 내고, 골수에 맺힌 한의 고통을 삭이며 상심에 젖어 있었다. 그들의 퇴로는 차단되어 있었고, 얼토당토않은 풍문에 휘말려 옥신각신이 끊이지 않는 각 시대에 굴복당하고 있었다.

여자는 한결같이 음란하거나, 그렇지 않으면 매춘을 하는 자들이었다. 그리고 남자라는 자들은 끊임없이 죄를 짓는 패덕한 자들이거나, 섭생가로 보이는 성도착자가 대부분이었다. 물론 모두가 그렇다는 것은 아니다. 개중에는 좀 색다른, 내 취향에 맞는 인간이 몇 명 섞여 있기도 했었다. 갓 태어난 너의 첫 울음소리를 듣고 있는 사이에 그런 사람들의 추억이 시작되고, 막 시작되었는가 싶은데 느닷없이 한 명에 대한 기억이 되살아난다.

　벌써 몇백 년 전, 식물 숭배가 생식기 숭배와 비견되던 시절의
이야기다.
　당시에는 삼림의 기상이 인간 세상에 지대한 영향을 끼쳤고,
개발의 위협에 탄식하는 숲의 한숨 소리는 들을 수 없었다. 그리
고 각지에는 독특한 토착 사상이 있었고, 조금씩 형태를 달리한
애니미즘이 깊이 뿌리내리고 있었다. 청청한 대지와, 별들 사이
로 흡수되지 않고 도달한 모든 파장의 빛과, 권선징악에 대한 그
칠 줄 모르는 동경과, 물이 무엇인가를 깨닫게 하는 시냇물 소리
가 온 세상에 가득했다.
　그 무렵 나는 그다지 눈에 띄는 나무가 아니었다.
　'싸움나무'로 불리게 된 것은 훨씬 나중의 일이다. 필경, 혼란
이 일상이었던 그 시대를 힘겹게 살아야 했던 사람들에게, 먹을
수 있는 열매를 맺지 않는 나무 따위는 관심의 대상이 되지 못했
을 것이다. 그러나 어떤 세상에서든 색다른 인간이 있게 마련이
다. 무리 중에서 빼어난 내 몸에 범상치 않은 힘이 숨겨져 있을 것
이라고 생각하여 나를 주시한 자가 몇 명 있었다.
　아마도 그들은 나를 이렇게 생각했을 것이다.
　하늘과 땅을 이어주는 계단이거나 통로가 아닐까, 하고 말이
다. 즉 나를 수장樹葬의 대상으로 삼은 것이다. 되돌아보면 참으
로 나의 수난 시대였다. 몇 번이나 기근이 발생한 해에는 하루가

멀다하고 누더기를 걸친 마을 사람들이 찾아와 사다리와 새끼줄을 능숙하게 사용하여, 거적때기에 둘둘 만 빈약한 시체를 내 몸 여기저기에 매달아놓았다.

멀리서 보면 도롱이벌레 귀신 같았을 것이다.

물론 그 도롱이벌레 한 마리 한 마리가 훌륭한 유기비료가 되어, 여름 한철 동안 나를 이삼 년분이나 자라게 한 것은 사실이다. 거목에의 길을, 한눈 한 번 팔지 않고 똑바로 걸을 수 있었던 것은, 그 수많은 사자死者들 덕분이다. 그렇다고 그들에게 고마워한 적은 한 번도 없다.

주위의 나무들이 쑥쑥 자라는 나를 시기하지도 않는다.

내심으로는 경멸하였을 것이다. 아니면 터무니없이 덩치만 커다란 자식이 옆에 있다고 성가셔했을지도 모른다. 은혜와 사랑의 줄을 끊지 못하고 어리석은 생각밖에 못하는 사람들은, 죽은 자를 조금이라도 높은 곳에, 하늘 가까운 곳에 올려놓으면 혼이 무사히 저세상으로 갈 수 있으리라고 믿었다. 때로는 주로 종교적인 이유 때문에 벌받을 인습이라고 질책하는 자들도 있었지만, 그만두게 할 수는 없었다.

내가 보기엔 어떤 시신도, 가령 밀랍처럼 변하여 미라보다 섬뜩한 시체도, 결국 그 살덩어리는 껍질에 지나지 않고, 그런 물건을 어떻게 다루든 혼의 행방과는 전혀 관계없는 일이었다.

밑동에 사람의 해골이 수없이 나뒹굴게 됨에 따라 나는 피둥피둥 살이 쪘고, 적잖이 자랑거리였던 자태도 점점 흐트러졌다. 나무줄기 여기저기에 내가 보아도 끔찍한 혹이 잔뜩 생기고, 껍질은 찢어지고, 잎은 메마르고, 수액은 악취를 풍기게 되었다. 그 냄새를 맡고 떼지어 날아온 새들의 똥으로 사태는 한층 악화되었다. 그러자 나는 분석력과 통찰력을 잃은, 그저 덩치만 크고 둔중한 나무로 전락하고 말았다.

그러던 어느 날 밤의 일이다.

세상에 정나미가 떨어지고, 내 몸을 아끼려는 마음이 단번에 사그라든 기분 나쁜 밤의 일이었다. 숲을 뒤흔들던 강풍이 뚝 멈췄는가 싶었는데, 갑자기 상공에 이상야릇한 별이 나타나고 성간물질의 파편이 후드득후드득 대기권으로 돌입하였다. 그리고 채 타지 못한 파편이, 여기에서 그리 멀지 않은 지점에 무지막지한 소리를 내며 낙하하였다. 그 충격이란 이루 말할 수가 없었다. 몇백, 아니 몇천 그루의 나무가 넘어지고, 낮을 방불케 하는 눈부신 빛이 일대를 비추었다.

그뿐이었는데, 그 밤을 경계로 하여 나한테로 운반되는 시체가 자취를 감추고 말았다. 이 숲이 하늘의 저주를 받았다고 생각한 것인지, 아니면 그저 전쟁으로 인한 혼란이 가중되어 사후 처리를 일일이 엄숙하게 거행할 수 없는 상황에 빠진 것인지 모르겠다.

아무튼 나로서는 예기치 않은 행운이었다.

당시의 나는 무엇보다 미식美食으로 포만한 자신을 심히 부끄러워하고 있었다. 드디어 내 몸 여기저기에 매달려 있던 거대한 도롱이벌레가 한 마리 두 마리 떨어져나가고, 묶여 있던 새끼줄도 썩어문드러지고, 나무 아래 구르던 뼈다귀들도 짐승들이 한 조각도 남기지 않고 물고 갔다. 나는 비로소 원래의 내 모습인 상큼한 자태로 되돌아올 수 있었다. 얄팍한 생각으로 앞날을 이리저리 궁리하는 어리석은 나무에서 다시금 관조적인 태도를 취할 수 있게 되었고, 이도저도 아닌 어설픈 반거들충이에서 급속하게 멀어질 수 있었다.

비를 맞을 때마다 숲은 신진대사에 바빴고, 운석에 부딪혀 넘어진 나무들의 뿌리에서는 새싹이 쑥쑥 돋아났고, 계절이 몇 번인가 바뀌자 만물 생성의 본래의 모습이 멋들어지게 소생하였다. 그리하여 나는 식물인 나 자신을 관철하고, 인간이란 알 수 없는 생물의 악취를 점차 잊어갔다. 그러던 어느 날, 아열대 고기압이 몰고 온 무더운 여름이 지나자 숲을 헤치고 돌진해오는 소름끼치도록 피비린내 나는 인간의 기척을 감지한 것이다.

나무 그림자 사이로 보이는 그놈은 죄업의 악취를 풀풀 풍기고 있었다.

한동안 인간을 만나지 않았는데, 그놈은 이 숲에는 살지 않는 짐승과 함께 왔다. 나는 긴장하였다. 처음으로 말이라는 생물을 본 탓도 있었다. 또 농사꾼, 나무꾼, 숯쟁이와 사냥꾼 같은, 항상 위정자들에게 학대를 받는 인간이 아닌, 기골이 늠름한 인물을 직접 본 것도 그때가 처음이었다.

털빛이 파르스름한 말도, 갑옷을 입고 화살통을 멘 말 위의 표표한 무사도, 모두 체력을 완전히 소모하여 거의 한계상황에 있었다. 피범벅인 갑옷 도처에 화살이 몇 개나 꽂혀 있었고, 말의 몸통이며 꼬리에서도 검게 빛나는 피가 흐르고 있었다. 어쩌면 무사도 깊은 상처를 입었는지 모른다. 머지않아 낙마할 것 같았다. 그럼에도 그는 날이 망가져 울퉁불퉁한 대검과 말고삐를 한 손에 꽉 쥐고, 다른 한 손으로는 인간의 잘린 목을 움켜쥐고 있었다. 잘린 지 며칠이 지난 목은 다소 쪼그라들어 있었지만 파리를 유혹하기에 충분한 악취를 흩뿌리고 있었다.

그것이 이긴 전쟁인지 진 전쟁인지 아마 본인도 잘 모르리라.

그로서는 아무튼 공훈을 세운다는 목적을 향하여 저돌적으로 나아갔을 것이다. 그런데 애써 세운 공적을 인정해줄 자를 놓치고 말았을 것이다. 그러고는 지치도록 찾아 헤맨 나머지 앞길을 말에게 맡기기로 결정했을 것이다.

무사는 뼈를 녹이는 무더위에 거의 졸도할 지경이었다.

물기를 느낀 말은 등에 탄 주인을 까맣게 잊어버린 채 늪을 향해 목덜미를 축 늘어뜨리고, 입을 수면에 갖다댔다. 그러자 무사는 더는 버티지 못하고 앞으로 푹 고꾸라져, 대검이며 인간의 목을 손에 움켜쥔 그대로 풀밭에서 정신을 잃었다.

숲이 온통 햇볕 쨍쨍한 한여름에 지배되고 있었던, 나른한 한낮의 사건이었다.

무사는 쑥이 무성한 풀밭에 파묻혀 큰 대자로 무심하게 잠이 들었다. 몸 한 번 뒤척이지 않고, 코를 드르렁드르렁 골면서 긴 잠에 빠졌다. 그 옆에서는 대장쯤으로 보이는 자의 잘린 목, 파리에게 점령당한 부릅뜬 눈이 허공 높이 날아올랐을 자신의 혼을 열심히 찾고 있었다. 그동안 그의 말은 배가 터지도록 물을 마시고, 떫은 맛이 덜한 풀을 실컷 뜯어먹었다. 그러나 피는 멈추지 않아 계속해서 뚝뚝 떨어지고, 상처는 악화될 뿐이었다. 이윽고 의식이 몽롱해지고, 무슨 지랄병인지 늪 속으로 허우적허우적 들어갔다. 몸을 물에 담가 열을 식히려 한 것인지도 모른다. 아니면, 수명이 다했음을 깨닫고 스스로 목숨을 끊으려 한 것일까.

늪은 모든 것을 다 알고 있다는 듯 말을 부드럽게 받아들였다.

물이끼도, 미끈미끈한 바위도, 처녀의 머리칼처럼 빼곡하게 자란 훌쩍 키 큰 물풀도, 바닥에 쌓인 뻘도, 말의 앞길을 가로막지 않았다. 그리하여 늪은, 하늘의 뜻에 따른 대형 초식동물을, 인간과 함께 전장을 빠져나옴으로 해서 말 이상의 무엇이 되려고 한 말을, 결 곱고 향기로운 진흙으로 살며시 감싸안아 그대로 저 끝 모를 별세계로 데려갔다.

이튿날 해가 높은 하늘로 떠올라 매미들의 합창이 시작되었을 무렵, 무사는 갑자기 눈을 뜨고 벌떡 일어났다. 동시에 대검을 낚아쥐고 몸을 반듯하게 가다듬고는, 연약함 따위는 조금도 보이지 않는 형형한 눈빛으로 사람 그림자 하나 없는 주변을 지그시 쏘아보았다. 이어 그는 짐승처럼 물가로 기어가 물을 꿀꺽꿀꺽 마셨다. 그렇게 한숨을 돌리고 나서야 간신히 말이 사라진 것을 알아채고, 또 잠시 후에는 발굽 자국이 늪의 중심부로 향해 있음도 알았다. 그리고 수면에 비친, 산발한 적의 모습을 보았다.

무사는 어느 틈엔가 등뒤로 다가온 적에게 치명적인 일격을 가하려고, 타고난 민첩함을 발휘하여 몸을 획 돌렸다. 그런데 거기에는 아무도 없었다. 나무 사이로 스미는 햇살 속에 남방제비나비가 나풀나풀 춤추고 있을 뿐이었다. 휘두른 대검의 날카로운 끝이 바위에 부딪쳐 불똥을 튀기고 부러져 번쩍번쩍 빛나며 하늘 높이 날았다. 그 부러진 칼의 비행을 눈으로 좇다가, 그는 나의 존재를 안 것이다.

무사는 한참이나 넋을 잃고 나를 보았다.

뿌리 밑동부터 잔가지 끝까지 찬찬히 보았다. 보고 있는 사이 그는 환영의 적에게 휘둘렀던 대검을 버렸다. 갑옷을 벗어던지고 투구까지 풀었다. 독특한 풍모를 갖추고 있는 그는 늪을 등지고 홀연히 일어나 죽음으로 절개를 다하는 자의 눈길로 오래도록 나를 응시하였다.

그가 왜 나한테 그토록 매료되었는지 실은 지금도 모른다.

내 쪽에서 그에게 무슨 작용을 가한 기억은 전혀 없다. 예를 들면, 바른 길로 인도하는 기氣를 보낸 것도 아니었다. 그러고 싶어도 나는 그런 고도의 기술을 갖고 있지 않다. 나로서는 무사의 너무도 돌연한 변화에 그저 아연했을 뿐이다.

내게 무슨 대단한 힘이라도 있는 것처럼 말해서는 곤란하다.

나는 선동자가 아니다. 또 인간들과 애환을 함께하는 자도 아니다. 그렇다고 황진黃塵의 세상을 우러러 걷는 자도 아니다. 설령 내가 사람의 마음을 빼앗은 것처럼 보인다 해도, 그것은 결코 내

천 년 동안에 1　39

힘으로 인한 결과가 아니다. 누군가가 내 앞에서 어떤 깨달음에 도달했다 해도, 그것은 그 인간의 마음의 투영에 지나지 않고, 나와는 아무 관계도 없는 일이다. 즉 인간은 나를 통하여 자기 자신을 보고 있는 것에 불과하다. 그 무사 역시, 내재하는 양심이 스스로의 죄를 회개하도록 부추겼을 것이다.

아래 속옷만 걸친 채 무사는 늪의 물을 끼얹어 몸을 청결히 하였다.

그 시대의 남자치고는 키도 크고 늑골도 탄탄한 몸은 의외로 상처 하나 없이 말끔했다. 살짝 스친 상처조차 없었다. 게다가 짐작했던 것보다 훨씬 젊었다. 물론 젊은 무사는 아니었지만, 그러나 뛰어난 지략을 발휘하지 못하여 좌절할 만큼 헛되이 늙지도 않았다.

이어서 그는 단도를 바위에 쓱싹쓱싹 갈아 반짝거리게 날을 세워 덥수룩한 수염을 깎았다. 그러고는 머리칼을 한 손에 묶어쥐고 싹뚝 잘라내어 내 밑동에 묻었다. 다음 그는 꽤 값이 나갈 갑주 한 벌과 비록 끝은 부러졌지만 아직도 충분히 쓸 수 있는 대검을 미련 없이 늪에 내던졌다. 큰 공훈을 증명할, 무엇보다 확실한 증거물인 잘라온 목도 내던졌다. 물결이 일었다. 가라앉아 빙 돌아 떠오르는 작은 물고기가 보였다. 그도 그럴 만하다는 생각이 들었다. 왜냐하면 그가 버린 것은 그의 혼의 독이기도 했으니까. 그러나 별 큰일은 없었고, 죽은 물고기는 겨우 몇 마리밖에 없었다. 그는 이미 싸우는 자가 아니었다.

뉘우치고 본심으로 돌아간 그는, 내 바로 앞에 결가부좌를 틀고 무언가를 열심히 빌기 시작했다. 한참 기운이 왕성할 때를 맞은 사나이가 개오하지 않으면 안 될 만큼 많은 죄업에 짓눌려 허물어져가고 있었다. 그런 그를 옛 모습을 찾아볼 수 없을 만큼 초라해진 불쌍한 자로 치부할 것인지, 아니면 나를 변화시킨 사나이 중의 사나이로 간주할 것인지 의견은 제각각일 것이다.

나는 그가 길 잃은 나비 같아 보여 견딜 수가 없었다.

요컨대 그만큼 보기 드물고, 그만큼 아름다웠던 것이다. 숲속에서 다른 나무들보다 한층 무성한 나무를 본 순간 마음이 변하여, 무상한 표정을 한 적장의 목을 발판으로 하여 영달을 꾀하려던 나날에 정나미가 떨어진 남자…… 나도 넋을 잃고 그를 바라보았다. 가령 오늘을 경계로 그가 몰락한 몸이 되어, 같은 인간끼리 네 편이요 내 편이요 갈라져 싸우는 인생을 피해다니고, 현실이 뿜어내는 공포로부터 도망다니는 사이에 행려병자가 되어 수신水神을 모시는 조그만 절의 뒤뜰에서 조용히 곤충의 마지막처럼 목숨이 끊어진다 해도, 나만은 그의 선택을 바람직하게 여길 것이다.

다만 한 가지 마음에 걸리는 일이 있다.

그가 단도만은 버리지 않은 것이다. 나는 생각했다. 먹을거리를 손에 넣거나 초막을 지을 때 외에는 그것을 써서는 안 된다고. 자칫 실망과 낙담으로 가득해져 자신의 배를 푹 찌르는 일 따위는 없어야 한다고. 사지가 멀쩡한 남자의 자살 따위는 도저히 용인

할 수 없는 행위다.

내가 인간들의 일거일동을 그저 묵묵히 지켜볼 뿐인 나무에서 쓸데없는 참견을 하는 잔소리꾼으로 변한 것은 그 무렵부터가 아닐까.

내 뜻을 어떻게든 그에게 전하려고, 나는 자랑거리인 내 가지로 하늘 가운데쯤을 가리키며 이렇게 속살거렸다.

새로운 생은 모든 것을 포함한 무無를 아는 것으로부터 시작된다.

그러나 어제까지 타산이 아닐까 싶은 보덕報德의 정신에 얽매여 있었고, 사냥개처럼 사명감에 불탔고, 지고지대한 공적을 갈망하여 살상을 일삼았던 남자가, 느닷없이 깊은 회한에 사로잡혀 줄줄 눈물을 흘리며, 담담하게 용기를 내었던 것이다. 말을 타고 왔던 그와는 하늘과 땅처럼 달랐다. 그렇듯 선연하게 마음을 바꾸는 인간을 보기는 그때가 처음이었다.

그는 늦가을에 널려 있는 잘 익은 풀 열매로 한껏 배를 채웠다. 그리고 그는 나를 향해 가볍게 인사를 하고 빙그르 발길을 돌려 다시는 되돌아올 수 없는 길을 걷기 시작했다. 그 뒷모습은 이미 큰사람의 풍모를 품고 있었고, 경전의 깊은 뜻을 깨달은 고승을 연상시켰다. 이단자 취급에도 동요하지 않는 확고부동한 발걸음으로 녹음 짙은 숲으로 녹아들어가는 그의 앞길에는 눈부신 빛의 계절이 펼쳐져 있고, 숲속에는 천 리가 한눈에 내다보이는 드넓은 초원이 이어져 있었다.

그후 그가 어떤 운명의 길을 걸었는지는 아는 바 없다.

인격주의에 눈을 떠 무슨 일에든 신중한 현자가 되었을까. 아니면, 그저 별 볼일 없는 간판만 늘어놓을 뿐인, 타기해야 할 패배주의자가 되었을까. 어쩌면 궁지에 몰려도 당황한 표정밖에 짓지 못하고 슬픔을 술로 달랠 줄밖에 모르는, 사람들이 마음속으로만 환대하는 성자가 되었을지도 모른다.

그로부터 나는 이 세상을 등한시하는 나무일 수 없게 되었다.

이 사람만은 하는 인간에 대해서는 꼭 이랬으면 좋겠다는 간절한 바람을 갖게 되었다. 그리고 오랜만에, 지금 그때와 똑같은 기분을 느끼고 있다. 태어난 지 얼마 되지도 않은 신생아에게, 나는 방관자답지 않은 뜨거운 감정을 품고 있다. 그 마음은 첫 울음소리가 높아짐에 따라 점점 고조되고 있다. 오물 옆에서, 아직 탯줄도 끊지 못하고 누워 있는 너의 모습은, 합장한 손에 염주를 걸고 경을 읊고 있는 승려를 닮았다. 그러나 절대로 어른스러운 얼굴은 아니다.

너의 본능은 자비로운 어머니의 젖을 처절하게 원하고 있으리라.

그러나 젖을 물릴 자는 방금 전에 너와 엇갈려 저세상으로 떠나고 말았다. 지금 이 상태로는 너의 생명은 길지 못할 것이다. 온몸의 수분이 빠져나가 어머니의 뒤를 좇는 꼴이 될 것이다.

나는 새 그림자 하나 보이지 않는, 떠오른 지 얼마 안 된 가장 뜨거운 행성이 점점 기세를 떨치는 하늘을 혼자 독점하고 있다. 그 별은 오늘도 몸을 태울 듯한 혹서로 대지와 해원을 뒤덮을 작정이리라. 과다하게 증가한 이산화탄소가 그것을 거들고, 나아가서는 천재지변을 일으키는 방아쇠 역할을 하려 한다. 그러나 악화일로를 걷고 있는 이 행성의 환경을 진심으로 염려하고 절실하게 받아들이고 있는 인간의 숫자는 놀랄 만큼 적다.

너는 울고 있다.

태어나면서부터 사면초가의 궁지에 몰려 있는 너지만, 슬퍼서 우는 것은 아니다. 그렇다, 너는 외치고 있는 것이다. 나무도 풀도 아니고, 원숭이도 곰도 아니고, 도롱뇽도 뱀도 아닌, 인간으로 일생을 보낼 수 있는 궁극의 기회를 놓치지 않겠다고, 자기의 존재 의의를 세상을 향하여 열심히 호소하고 있는 것이다.

"나는 여기에 있다!"라고.

이 세상은 어떻게든 살아보고 싶다고 강하게 바라는 자만을 위해서 존재하는 것이다. 이 세상에 수많은 어려움이 끼어드는 까닭은, 실은 그들을 위함이다. 너도 그런 인간 중의 한 명이다.

살아라!

겁내지 마라!

너의 현재의 입장은, 물론 도마 위의 생선이나 마찬가지다.

그러나 불과 반나절 만에 말라비틀어져 기껏 하늘이 점지해준 목숨을 잃는다 해도, 병원에서 감염되어 죽은 아기보다는, 유모차 안에서 덤프트럭에 치여 죽은 아기보다는 그나마 나을 것이다. 왜냐하면 너는 자유 그 자체인 시간 속에 잠길 수 있었으니까. 완전히 독립된 존재일 수 있었으니까.

조금은 온당하지 못한 너의 외침 소리가 온 숲에 울려퍼지고 있다.

그 외침 소리는, 눈에 보이는 세계는 무명에서 생겨난 것이며, 원래는 환영처럼 실재하지 않는다는 설을 보기 좋게 무너뜨리고, 절대로 허사로 끝나지 않을 너 자신의 생애를 암시하고 있다. 누구보다 고귀하게 태어난 네가 지르는 소리는, 미묘한 악기 소리도 큰 유리새의 지저귐도 감싸버리고 말 것이다.

항상 지성으로는 간단히 벗어날 수 없는 충동의 지배하에 놓여 있고, 한시도 착잡한 마음에 휘둘리지 않는 날이 없는 인간들. 사랑해야 할 그들이 저지르는 얼토당토않은 수많은 일탈과, 그것이 초래하는 흔해빠진 희비극.

물론 나는 그렇게 복잡한 생물에게 경의를 표하지 않는다. 수백 년 동안 지구 전역을 석권한 그들이 여기저기 흩뿌리고 다닌 해독은 병충해에 비할 바가 못 된다. 지식을 선용해야 한다고 깨달은 한줌도 안 되는 자들이 정당한 의미의 글로벌리즘을 제창했을 때, 이미 대기의 신과 물의 신은 참살당하고 없었다. 그리고 북한해류 인근에 사는 우리 식물 또한 죽어가고 있었다.

인간은 우리가 만들어내는 산소가 무한하다고 착각하고 있다.

그들은 단 한 번의 귀중한 사건인 생명의 기원을 전혀 무시하고 있다. 이 숲에 밀어닥치고 있는 죽음은 두 배 세 배가 되어 그들에게 되갚아질 것이다. 죽음을 예지하고, 생을 긍정하고, 충실한 나날을 바라고, 사건의 진위를 묻는 일은 딱히 인간에게만 특별하게 부여된 권리가 아니다.

경의를 표하지는 않지만, 그러나 나는 인간을 좋아한다.

바로 코앞 어둠 속에서 무슨 짓을 저지를지 모르는, 현명함과 어리석음의 차이가 현저한 이 생물에게 나는 많은 관심을 갖고 있다. 어쩌면 나는 그들에 대한 관심만으로 천 년 세월을 심심치 않게 살아왔는지도 모르겠다. 만약 이 별에 인간이 없었다면 나는 백 년도 살지 못했을 것이다. 설사 이백 년 삼백 년을 살았다 해도, 살아 있다는 실감은 거의 느끼지 못했을 것이다. 그들이 있었기에 오래 살아남은 의미가 있는 것이다. 생태계를 끊임없이 교란시키는 그들을 증오하는 만큼, 나는 그들에게 매료되어 있다.

인간은 신의 그림자가 아니다.

인간이 생겨난 후에 태어나서 인류와 함께 멸망하는 운명에 있는 신들이야말로 인간의 그림자다. 인간에게 굴종을 강요한 것도, 애타주의로 인간을 꼼짝 못 하게 칭칭 얽어맨 것도, 마음의 안정제로 삼으려고 허황된 말을 태산만큼이나 짜맞추어놓은 것도 신이 아니라, 신의 가면을 쓴 인간이었다. 즉 이 세상에서 절대적이고 초월적인 존재는 무릇 인간 이외에 있을 수 없다는 말이다.

머지않아 인간은 이 우주의 구조를 무리 없이 설명할 수 있는 통일이론을 완성시킬 것이다.

또 그리 오래지 않아 암흑물질을 해명의 실마리로 하여 지금까지의 상식으로는 상상도 할 수 없었던 다른 세계의 존재를 알게 되고, 알려져 있는 물질 이외의 물질로 이루어진 훨씬 더 생생하고 자유자재인 자기自己의 형태를 알게 될 것이다. 그리하여 어느 날인가, 이 세상에 존재하는 생명이란 것이 그렇게 심각하고 그렇게 무거운 것이 아님을, 철학도 종교도 아닌 과학을 통하여 확실하게 깨닫게 될 것이다.

그때야말로 인간의 진정한 기원 원년이 될 것이다.

그날이 올 때까지 열심히 발버둥치면 될 것이다. 모든 시론과 가설을 반복하면 될 것이다. 지금도 여전히 만연해 있는 죽어 마땅한 신들에게 매달리면 될 것이다. 그게 아니면, 중력과 시간에 느긋하게 몸을 맡기고, 공동체 사상을 베개 삼아 마음껏 편안함을 즐기면 될 것이다. 그리고 길 잃은 한 마리 양의 진면목을 한껏 발휘해 보이면 될 것이다. 나도 동참해줄 것이다.

만약 그 역할을 자처하고 나서는 자가 없다면, 내가 너의 후견인이 되어도 좋다. 그러나 너는 내가 그렇게 해주길 바라지 않는 것 같다. 누구의 도움도 필요로 하지 않는 것처럼 여겨진다.

지금 내 안에서 심히 이상한 일이 벌어지고 있다.

현실보다 더 생생한 광경이 내 안에 떠올랐다가는 사라지고, 사라졌다가는 다시 떠오른다. 이것이 망상이나 꿈 같은 환상이 아님은 단언할 수 있다. 옛 기억의 플래시백도 아니다.

너를 주시할 때마다 생겨나는 이 현상은 대체 무엇인가.

아무래도 나의 마음과 너의 뇌가 눈에 보이지 않는 줄로 연결되어 있는 모양이다. 하이비전* 따위는 비교도 안 되는 선명한 영상이, 과연 나와 너 중 어느 쪽에서 생겨 어느 쪽으로 흘러들어가고 있는지 전혀 모르겠다. 내게 보이고 있는 이 영상은 내 안에서 너에게로 흘러들어가는 것일까. 아니면 네 안에서 내 쪽으로 흘러들어오는 것일까. 분명하지 않다. 어쩌면 이것들은 미래에 관한 영상인지도 모른다. 나의 미래가 아니라 너의 미래를 나타내는 영상인지도 모른다. 하늘 아래 홀로 고립되어 있는 너에게, 바로 옆에 있는 늪의 물조차 마실 수 없는 너에게 과연 미래가 있을 수 있을까. 탯줄을 통하여 너에게 공급되는 것은 고작 죽은 어머니의 독 정도다.

내게는 동물의 눈 같은 기관은 없다.

또 뇌에 필적할 만한 세포 덩어리도 갖고 있지 않다. 그러나 마음은 있다. 혼도 있다. 뿌리, 줄기, 잎사귀, 잔가지가 모두 모여 내

---

* 일본의 NHK에서 개발한 아날로그 고선명 텔레비전 시스템.

정신을 구성하고, 빛과 물이 그 활동을 뒷받침하고 있다. 지금, 나의 마음과 혼의 경계에 있는 은막에 또렷하게 비치고 있는 영상은, 결코 내 뜻으로 만들어낸 것이 아니다. 그렇다고, 너의 힘이라는 생각도 들지 않는다. 나를 안테나로 삼아 너에게 네 미래를 전하고자 하는 자가 있는 것일까. 믿을 수 없는 일이 일어나고 있다. 그러나 사실이다.

그런 일과는 관계없이, 아니 지금이기에, 너에게 꼭 전해주고 싶은 것이 있다. 내게로 모여든 인간들이 어떤 자들이었는지 가르쳐주고 싶다. 아까 느닷없이 되살아난 기억 속의 무사도 그중 한 명이다. 그 추억은 한 치의 더함도 덜함도 없이 너의 마음에 전해졌을 것이다. '싸움나무' 아래에서 사람들이 어떻게 살려고 했는지, 혹은 어떻게 죽으려고 했는지 들려주겠다. 그러면 너는 부모님이 없더라도 인간으로서 이 세상에 존재하는 것이 어떤 의미가 있는지 대충 짐작할 수 있을 것이다. 적어도 참고는 될 것이다.

말은 그렇게 하지만, 순진무구한 너에게 좋은 말만 토할 마음은 없다. 노파심에 충고 비슷한 말을 늘어놓을 마음은 더더욱 없다. 하물며 자강책自彊策의 깊은 뜻을 미리 알아두라는 말 따위는 꿈에도 생각지 않는다. 당치도 않은 말이다.

그래도 너에게 해두고 싶은 말이 있다.

너의 수명이 내 예측대로 길지 못하다면, 서두르지 않으면 안 된다. 우선은 몇 시간 안에 찾아올 너의 죽음에 대해 얘기하자. 너는 딱히 하늘나라 귀신의 은총으로 죽는 것이 아니다. 단지 적자

생존의 대원칙에 따라 죽어가는 것이다. 그렇게 아주 간단한 일이라는 것을 잊지 말길 바란다.

더불어 오늘 이 숲에서 목숨을 잃는 생물이 너 하나만이 아니라는 점도 기억해두기 바란다. 몇천, 몇만, 아니 몇백만, 몇천만에 달하는 엄청난 수의 크고 작은 다양한 생물이 잇달아 생명을 잃고 있다. 외마디 비명을 지르거나, 아니면 침묵을 지킨 채. 그러나 그 수를 훨씬 웃도는 생명의 탄생이 있다. 실은 천 년을 살아온 나조차 이 숲의 생물상을 정확하게 파악하고 있지 않다. 실제로 멀리서 열심히 말을 주고받으며, 무더운 여름날의 하룻밤을 무사히, 그것도 한 마리도 목숨을 잃지 않았다는 것을 서로 확인하는 원숭이의 수조차 알지 못한다.

나는 너에게 전하고 싶다.

새 생명을 낳을 수 있는 모든 것이 죽음의 문제에 귀착된다.

일부러 으스스한 이야기를 하려는 것이 아니다. 설령 네가 오늘 반나절밖에 살지 못한다 해도, 이 말만은 해야겠다. 어쩌면 이 말이 이 세상을 사는 데 가장 중요한 것인지도 모른다. 위선으로 가득 찬 감동의 언어와, 어감만 좋고 실제로는 위안도 되지 못하는 말의 거품을 떠마시고 싱긋 웃으며 숨이 끊어지는 최후도 나쁘지는 않을 것이다. 그러나 그와는 정반대의 최후도 나쁘지 않다. 생의 깊은 곳에 깃들어 있는 고통스러운 침묵, 잠잘 때의 애잔한

숨소리, 비통한 외침의 정체를 알면, 아지랑이보다 한층 짧은 생애였다 해도 무념의 눈물을 삼킬 일은 없을 테니까.

어디에 어떤 식으로 존재하든 살려는 너의 맹목적인 의지야말로 존재의 수수께끼를 풀 열쇠를 숨기고 있다. 너의 마음속 깊디깊은 곳에 숨겨져 있는 혼은, 적열 용암으로 붉어진 대기처럼 혹은 최대 광도에 달한 별처럼 찬란한 빛을 발하고 있다. 눈부신 그 빛이야말로 진리 바로 그것이며, 절대적인 실재의 증거이며, 우화등선羽化登仙으로 직결되는 입구이며, 생명론에서 생기론의 근저를 이루는 것이다.

생물들에게는 더할 나위 없이 좋은 계절 한가운데서, 지연地緣 사회와는 거의 인연이 없는 이 복층림復層林의 중심에서 태어난 너는 지금, 털 이불보다 포근한 숲의 흙 위에 누워 있는 상쾌함과, 대기의 부드러운 흐름과, 막 시작된 곤충들의 군무와, 그들을 먹이로 하는 새들의 애절한 지저귐 소리와, 끊임없이 생사를 반복하는 삼라만상의 강한 기운과, 타오르는 자유에 몸을 떠는 태양의 철학과, 그리고 내 몸 한가득 피어 있는 하얀 꽃들의 달짝지근한 짙은 향기를 감지하고 있을 것이다.

아직은 흐물흐물한 너의 머리 어딘가에 있는 생체 시계는, 이미 이 행성의 시간에 정확하게 맞추어 흐르고 있을 것이다. 참으로 안타깝지만, 그 시계가 최소한 오늘밤까지만이라도 작동해주었으면 한다. 그러면 너는, 따스한 애정 같은 발광성운과, 야행성 짐승들의 대담한 구애 작전과, 쥐를 송두리째 삼킨 후에 "방심은 금물"이라고 우는 부엉이와, 허블 법칙이 옳다는 것과, 고층 빌딩이 난립한 도시의 네온이 점멸하는 식당가를 메우고 있는 상식을 벗어난 활기를 감지할 수 있을 것이고, 이 세상이 무엇인가를 조금은 이해할 수 있을 것이다.

낮뿐만 아니라 밤도 체험한 너는, 세상 풍파를 헤치고 노경老境을 즐기는 자의 인생관에 아주 가까운 깨달음을 얻을지도 모른다. 아무리 짧아도 스물네 시간은 살아주었으면 한다. 그리하면 너는 머리 위에서 흔들리고 있는 어머니의 죽은 모습에 정당한 평가를 내릴 수 있을지도 모른다. 어디까지나 추측에 불과하지만, 어쩌면 그녀는 너로 인하여 이런 최후를 맞을 수밖에 없는 곤경에 빠졌는지도 모른다.

가령 그렇다 하더라도 네가 끙끙거리며 마음 앓을 필요는 없다.

너의 어머니가 그 정도의 인간이었다 해도, 너의 몸에 역경에 굴하지 않고 살아가는 끈질긴 피가 흐르지 않는다고 단언할 수는 없다. 장수하는 혈통을 이어받았는지도 모를 일이다.

너의 어머니의 혼은 벌써 구름 저편으로 사라져버렸다. 언제까지 자기 아들의 주변을 맴돌지 않는다. 그녀는 너의 탄생을 깨닫자 곧 이 세상을 떠났다. 그녀가 열렬하게 사랑한 것은 결국 그녀 자신이었지, 다른 누구도 아니었다. 그런 여자였다.

너의 몸 여기저기서 수분과 애정의 결핍이 시작되었다. 그리고 너의 뇌 속에 있는 시계는, 도저히 회피하기 어려운 죽음에게 손짓하고 있다.

*

또 느닷없이 내 생각 속으로 영상이 파고들어왔다.

그러나 그것은 결코 잘못 섞여든 것이 아니다. 현실을 뛰어넘는 중후함과 훈훈함을 지닌 광경이다. 지금 내게 또렷하게 보이는 것은, 다름아닌 너다. 이마에 검푸르게 찍혀 있는 별 모양 점으로 너라는 것을 알 수 있다. 시간의 경과나 순서가 대체 어떻게 된 것인지 도무지 이해할 수 없지만, 지금 너는 숲 밖에 있다.

여전히 너는 알몸의 갓난아이다.

다만 숲에 있을 때와는 달리 흙범벅이 되어 있다. 더구나 온몸에는 긁힌 상처가 나 있고, 그 몇 군데는 곪기까지 하였다. 그런데 생명에는 별 이상이 없는 모양이다. 너는 보기 좋게 손질된 사과나무 아래에서 뒹굴고 있다. 이따금 손발을 움직이고 있음에도 불구하고, 버려진 인형 같다.

잡초 한 포기 한 포기, 모래 알갱이 하나하나, 개미 한 마리 한 마리마저 식별할 수 있는 이 영상이 정말 너의 미래라면, 부모를 대신하여 내가 끝까지 보아주리라.

너를 지키고 있는 것은 여름이다.

한여름이 너의 체온을 유지시켜주고 있다. 성장의 흔적이 거의 보이지 않는 것은, 숲을 나간 지 며칠 되지 않았다는 증거다. 어쩌면 이 영상은 그로부터 몇 시간 후의 사건인지도 모른다. 그건 그렇다 치고 어떻게 여기까지 이동할 수 있었을까. 만약 인간이 옮겨놓았다면, 이런 꼴로 언제까지 그냥 내버려둘 리는 없다.

주변에는 먹다 버린 야생 사과가 뒹굴고 있다.

바로 근처에서 총성이 연달아 울린다. 공포탄인 듯하다. 동시에 놀라 휘청거리며 허둥지둥 도망치는 짐승의 허풍스러운 비명이 들린다. 그러나 그 소리도 금방 뚝 그치고 다시 조용해진다. 얼마 안 있어 가을을 초대할 벌레들의 울음소리가 과수원 옆에 펼쳐진 초원을 덮고, 버려진 갓난아기의 울음소리가 주변의 땅덩어리 산자락으로 빨려들어간다.

너는 힘차게 울고 있다.

그 소리는 동요치 않는 단호한 확신에 가득 차 있다. 살든 죽든 모든 운명이 너의 재량에 달려 있다. 너는 있는 힘껏 소리를 지른다. 나는 여기에 있다, 고. 그러나 허공을 맴돌 뿐 소득 없는 외침이 되고 만다. 악을 쓸 때마다 상처에서 고름이 쭉쭉 배어나온다.

너의 그런 노력이 허사로 끝날 것이란 나의 예상은 빗나갔다.

음량이 풍부한 너의 소리에 누군가가 저쪽에서 오고 있다. 철조망이 쳐진 울타리를 따라, 누군가가 종종걸음으로 달려오고 있다. 물론 인간이다. 어른 남자다. 그는 어깨에 구식 산탄총을 메고 있다. 그러나 아무에게나 마구 쏘아대 위해를 끼치는 인간은 아닌 듯싶다. 옷차림이며 눈빛으로 보아 사냥꾼이 아닌 것도 알 수 있다. 무엇보다 지금은 사냥을 하는 계절이 아니다.

그 남자는 근면을 금과옥조로 여기는 촌스러운 농부인 것 같다. 유익하다고 해서 살상을 일삼는 자의 인상은 아니다. 그는 수확 직전에 손상을 입어 상품 가치를 잃어버린 사과를 원망스럽다는 듯 곁눈질하고, 먹고 싶은 만큼 먹고 재빨리 도망가버린 짐승 쪽을 흘깃거리기도 하면서, 너의 우는 소리가 마음에 걸려 점점 가까이 다가오고 있다.

가까워짐에 따라 얼굴이 일그러지고, 땅 위에 누워 있는 네가 인간의 자식임을 알자 한층 걸음을 재촉한다. 이리하여 너의 목숨은 간신히 건져진 듯하다. 그가 특별히 관대한 품성의 소유자가 아니더라도 너를 그냥 내버려두지는 않을 것이다. 어떤 남자인지는 아직 모르겠지만, 주는 것 없이 싫은 타입의 인간이 아님은 분명하다. 적어도 배짱을 부릴 줄 알거나 사리사욕을 꾀하는 인간은 아닌 것 같다. 설사 사과 농사를 망치더라도, 짐승들에게 실탄을 난사하는 짓은 하지 않을 것이다.

나는 그 농부를 열심히 관찰한다.

왜냐하면 지금은 그 농부가 너의 운명을 결정할 수 있는 유일한 인간이기 때문이다. 이 세상의 수많은 불문율을 따르면서도 어딘가 고집스러운 구석이 느껴진다. 예를 들면 부자들에게 굽실거리지 않을 듯한 오른쪽 눈. 결코 타인의 결점이나 흠을 들추어내지 않고 사람 대함이 따스할 것 같은 왼쪽 눈. 그 눈이 지금, 그의 발치 한 점에 쏟아지면서 번쩍 뜨인다. 그럴 만도 하다. 그것은 도처에 흔히 떨어져 있는 어린 새가 아니다. 예기치 않은 광경에 머리가 뒤죽박죽이 되어버린 그는 아연해서 한참이나 우뚝 서 있다. 이 부근 어딘가에서 알을 낳을 기회를 엿보고 있는 뻐꾸기가 뻐꾹 뻐꾹 울고 있다. 너도 질 수 없다는 듯 큰 소리로 운다.

이윽고 사실을 있는 그대로 받아들이고자 마음먹은 농부가 정신을 차린다.

우선은 그 아이의 부모를 찾으려고 사방을 기웃기웃 돌아본다. 당연히 부모 따위는 있을 수가 없다. 이어 그는, 그 아이가 극진한 간호를 받아야 할 생명임을 깨닫는다. 그러나 한편 골치 아픈 일에 관계하고 싶지 않다는 주저의 빛도 역력하다. 아무것도 못 봤다 치고, 아무 일도 없었다 치고 그 자리를 떠나고 싶어하는 망설임도 확실하게 엿보인다. 그렇다고 그리 오래는 아니고 아주 잠깐이다.

다음 순간에는 이미 마음을 굳힌 남자의 눈빛이 반짝인다.

농부는 여전히 주저하면서, 온몸이 흙빛으로 얼룩진 갓난아이를 자기가 입고 있던 셔츠로 조심조심 감싼다. 그러고는 익숙하지 않은 손길로 살며시 가슴에 안는다. 갓난아기의 온기며 숨결이며 고동을 피부로 직접 느낀 순간, 그는 뜻하지 않게 손에 넣은 것의 가치를 깨닫는다. 즉 그것이 어디에 있는지 모를 누군가에게 돌려주어야 할 물건이 아니라, 이미 자신의 소유가 되었다는 것을 말이다.

농부의 표정이 일변한다.

흑심을 품었을 때의 표정이다. 그러고서 그는, 어두운 밤을 틈타 도주하는 애송이 도둑 같은 발걸음으로 햇볕이 쨍쨍 내리쪼이는 비탈길을 내려간다. 등에는 총, 가슴에는 갓난아기…… 그 모습은 인간의 모순을 여실히 말해주고 있다.


이리하여 너는 일단 목숨을 건졌다.

숲속에서 사과나무밭까지 어떻게 이동했는지는 잘 모르겠지만, 그러나 이 얼마나 억센 운명의 소유자인가. 그 운명이 기뻐해야 할 것인지 아닌지 따위의 결말도 나지 않을 상상을 해서는 안 된다. 아무튼 너의 목숨은 미래로 이어졌으므로. 너를 낳아준 부모를 대신하여 생존권을 주장해줄 법한, 적어도 인덕을 갖추고 있을 법한 타인이 너를 구해주었다. 너는 이미 무너져내리듯 위태롭게 쌓여 있는 눈 같은 존재도, 이 허망한 세상에 홀로 내던져진 가엾은 존재도 아니다.

정직하게 말해, 나는 기쁘다.

기쁜 나머지 눈물을 훌쩍거릴 정도는 아니지만, 나는 새로이 전개될 너의 운명을 대환영하고 있다. 내 기능 없는 눈으로나마 선연한 인생의 분기점을 직접 보는 것은 실로 기분 좋은 일이다.

들판에 흐드러지게 피어 있는 알록달록한 꽃들이 목숨을 건진 너를 위해 흔들리고 있다.

그리고 골짜기 방목지에서는 너를 위해 준마駿馬 떼가 모래 먼지를 일으키며 뛰어다니고 있다. 천둥과 번개가 요란한 저편 하늘도, 자오선을 넘은 지 얼마 안 된 태양이 뚜렷하게 그리는 거대한 스펙터클도, 차고 이지러지는 달의 쉼 없는 변화도, 그 밖의 모든 물상이, 다른 누구도 아닌 너를 축복하고 있다.

이 세상은 너를 위하여 준비된 세계다. 이 세상에서 사는 데 무슨 거리낌이 필요할 것인가.

오늘 나는 참으로 이상하다. 여느 때 없이 들뜬 기분이다. 네가 땀냄새 나고 보풀이 인 셔츠에 감싸였을 때, 그때만은 삼라만상 안에서 신을 본 듯한 기분이 들었다. 그런 들뜬 기분이 지금도 계속되고 있다. 너의 미래가 어떤 식으로 펼쳐질지, 필시 펄펄 끓어오르는 뜨거운 물처럼 한시도 가만히 있지 않을 것이다. 그런 기분이 든다.

너는 헉헉 숨이 막힐 듯한 무더위 속을, 구불구불 구부러지고 올라갔다 내려갔다 하는 산길을 따라 옮겨지고 있다. 그 오솔길 끝에는 젖가슴을 닮은 야트막한 동산이 있고, 그 꼭대기에는 대나무숲에 둘러싸인, 이엉으로 지붕을 얹은 후에 양철판으로 덮은 낡은 농가가 있다. 그 집을 향하여 황급하게, 그러나 팔 안의 너에게 충분히 신경을 쓰면서 뒤뚱뒤뚱 걷는 남자. 그의 마음은 지금 격렬하게 요동치고 있다.

그렇다고 너를 주워온 것을 후회하는 것은 아니다.

농부는 이런저런 생각을 하고 있다. 그렇게 머리를 사용해보기는 태어나서 처음 있는 일일 것이다. 그는 네 한 목숨을 구한 이후의 일을 생각하고 있다. 내가 감지할 수 있는 것은 미래의 영상만이 아니다. 너와 관계된 인물의 배경이며 마음속까지 보인다. 농부는 먼 앞날까지 내다보려고 한다. 마을 보건소에 모인 보도 관계자들 앞에 이끌려나온 네가 어떻게 될 것인지, 그런 일에까지 생각이 뻗고 있다. 어쩌면 텔레비전 중계차도 달려올지 모른다. 반세기 전의 혼란기라면 몰라도, 지금 시대에 버려진 아이라니 흔치 않은 일이다. 그것도 마을 안이 아니라 산중에 막 태어난 갓난아기가 버려져 있었으니 뉴스감으로 충분한 가치가 있다.

농부는 너의 앞길이 다난할 것이라고 미리부터 속단하고 있다.

보호시설을 전전하는 것으로 시작될 불길한 미래.

순조롭게 자란 자와 결정적으로 다르다는 것을 확인할 때마다 추악하게 일그러지는 마음.

얼마 자라지도 않아 사회의 악습에 젖어 편할 날이 없는 일생.

그 나이가 되도록 인간의 아이를 안아본 적이 없는 농부는, 그것이 지금까지 다루어온 여러 가지 가축의 새끼와는 감촉이 전혀 다르다는 것을 알았다. 그리고 자신이 잘 알고 있는 자기가 전혀 다른 자기로 변해가는 것을 확실하게 자각하고 있다. 너무도 급격한 변화에 놀랍기는 하지만 그렇다고 원래의 자신으로, 총을 휘두르며 원숭이를 쫓던 아까까지의 자신으로 돌아가고 싶은 생각은 조금도 없다. 오히려 바라던 바라고 생각하고 있다.

빛이 소용돌이치고 있는 골짜기에서 길을 따라 올라오고 있는 마을 사람의 기척을 알아챈 농부는 재빨리 길 옆 숲으로 몸을 숨긴다. 그러자 너는 그의 심중을 꿰뚫은 듯 뚝 울음을 그친다. 너를 주운 낯선 타인은, 지역사회에서 화제의 인물이 될지도 모르는 일생일대의 자랑거리를 스스로 폐기시키려 한다. 그는 너를 공표하고 싶지 않은 것이다.

농부는 너를 자기 자식으로 삼고 싶어한다.

만약 그것이 지갑이나 귀금속 같은 습득물이었다면, 그의 성품상 틀림없이 신고를 했을 것이다. 그런데 아무래도 그는 너를 하늘에서 내려준 선물이라고 생각하는 모양이다. 자신에 대해 궤변을 늘어놓는 일도 없이 아주 간단히 그런 결론에 도달한 듯하다. 오랜 세월 도저히 손에 넣을 수 없었던 것, 단념하려 해도 끝내 단념할 수 없었던 바람이 뜻하지 않게 이루어졌다고 그는 믿고 있다. 나는 그의 마음속과 그 뒤에 각인되어 있는 과거를 속속들이 알수 있다. 그는 신의 뜻이 한순간에 백일몽으로 변해버릴까봐 가장 두려워한다. 그래서 품안에 있는 너를 열심히 확인하고 있다.

화제에 궁한 마을 사람의 발소리가 멀어져간다.

머리가 부스스한 여자의 모습이 눈부신 광휘에 싸여 있는 절경

속으로 삼켜진다. 농부는 소리없이 일어나, 한결 조심스럽게 사방을 살피면서 앞길을 서두른다. 이미 그의 벗어진 머릿속은 부모 자식 세 사람이 화목하게 살 궁리로 가득 차 있다. 그와 병행하여, 어떻게 하면 너를 친자식으로 입적시킬 수 있을까 하는 현실적인 문제로 가득하다. 열심히 지혜를 짜낸 끝에, 그는 이렇게 마음먹는다. 이런 자잘한 일에는 자기보다 마누라 쪽이 능란하므로 마누라에게 맡기자고. 이어 그는 이런 생각도 한다. 지금 가장 중요한 것은, 그런 일보다 아무도 알아채지 못하게 이 아이를 우리 집에 데리고 가는 것이라고.

나도 동감이다.

정당하게 살아왔음에도 불구하고 마음에 들지 않는 일투성이였던 이 남자에게 그 정도의 선물이 내려진다 한들 절대로 벌은 받지 않을 것이다. 그가 그렇게 한다고 해서 불편을 겪을 사람은 한 명도 없을 것이다. 먹고사는 데는 지장이 없어도 자식이 없어서 늘 고민하였고, 그 일 때문에 미래가 닫혀 있었던 그인데, 그러나 오늘을 끝으로 그런 나날들과 결별할 수 있다. 부부 둘이서만 자급자족에 가까운 생활을 질질 끌어간다 해도 별 의미가 없다. 특히 땅에 얽매여 사는 자에게 후사가 없다는 것은 자기의 존재마저 무로 화하는 위험을 내포하고 있다. 천 년째에 겨우 꽃을 피우고, 고작 열매를 하나 맺은 나야말로 그의 기분을 아릴 정도로 알 수 있다.

목숨을 건진 너의 얼굴에 알알이 안도의 표정이 떠오른다.

이번에는 네가 자식이 없어 부부 사이가 원만하지 못한 두 사람을 구해줄 차례다. 그리고 너나 그들이나, 조금은 인간다운 기쁨에 젖어도 좋을 것이다. 경위야 어쨌든 상관없다. 딱 한 명이라도 자식이 생기면 자식 복에 겨운 가정을 부러워해야 할 이유가 깨끗이 사라진다.

농부는 길을 서두른다.

껑충껑충 뛸 정도로 놀라 춤이라도 출 듯 기뻐할 마누라가 기다리는 언덕 집으로 걸음을 재촉한다. 그런 그의 머리 위로, 이 계절에는 보기 드문 긴 구름이 깃발처럼 나풀거리고 있다. 저편 평원을 구불구불 흐르는 강이 반짝반짝 빛나고 있다. 대나무 울타리를 빼곡하게 덮어버린 나팔꽃이 너를 보고 싶은 일념에 일제히 목을 비튼다. 새인 주제에 인정 많은 어치새가 "그래 잘했어"라고 드높은 소리로 우짖는다.

대가 끊길 각오를 하고 있던 농가가 너를 따뜻하게 맞이한다.

아무리 조상 대대로 이어져내려온 집이라 해도, 사태가 이런 정도에 이르면 핏줄 나부랭이를 따질 처지가 아니다. 이런 산촌에서는 전대미문의 신기한 일이, 중대한 일이, 골짜기를 흐르는 청청한 강물에 둘러싸인 언덕 꼭대기의 집 한 채로 순조로이 녹아든다. 이제 일단은 안심이다.


그날 밤 너의 온몸을 구석구석 비춘 것은 정취 넘치는 달빛도 아니고, 농가 마루방의 쓸쓸한 알전구도 아니다. 산기슭 마을의 어귀에 있는 조그만 병원, 십만 룩스의 무영등無影燈이다.

너는 지금, 인간사회로 되돌아온 안도감과, 환경이 격변한 충격 때문에 그동안에 쌓인 피로가 도저 혼수 상태에 빠져 있다. 그러나 너를 주워온 자의 잘못은 아니다. 그 농가의 부부는 다른 일은 몰라도, 너에 관해서만은 최선을 다했다. 실로 훌륭하게 일을 처리했다. 거리상으로 보면 물론 마을 안에 있는 진료소가 가깝지만, 그곳에는 별 설비가 없기 때문에 어차피 읍에 있는 병원으로 옮겨질 것이다. 그러니 오히려 시간을 절약한 셈이다. 게다가 비밀을 지켜줄 병원은 이곳밖에 없다.

아까까지 하아하아 힘겹게 숨을 쉬던 너는, 노련한 젊은 개업의의 솜씨로 빠른 속도로 회복하고 있다. 정말 현대 의학이 진보한 덕이다. 태어날 때부터 지니고 나온 너의 짐승 같은 생명력 덕분이기도 하다. 너를 걱정스레 들여다보고 있는 농부와 그의 마누라는, 그들과 연고가 있는 청년 의사의 "이 정도면 일단은 안심입니다"란 한마디에 가슴을 쓸어내린다.

"이건 뭐죠?"

"점이겠죠."

"별 모양이에요."

그러고서 세 명은 이마를 맞대고 오래도록 소곤소곤 밀담을 나눈다. 한마음이 되어 법의 눈을 피할 의논을 한다. 서류상의 사소한 속임수를 써서, 너를 친자식으로 출생신고를 할 작정인 모양이다. 의사는 말한다. 다른 사람보다 친척을 속이기가 어렵다고.

마누라가 말한다. 이 나이가 되어서 아이가 생겼다는 말을 꺼내기가 창피해서 말하지 못했노라고 하면 된다고.

그렇게 둘러대기로 결정한다.

의사는 고결한 인격의 소유자는 아니지만, 관대한 정신을 지니고 있다. 그렇다고 자식 없는 부부를 불쌍하게 여긴 탓에 거든 것은 아니다. 그 역시 평범하게 태어난 신생아에게 없는 것을 갖고 있는 너에게 뭐라 말할 수 없는 매력을 느끼고 있다. 그는 간신히 부모 구실을 할 수 있게 된 부부와는 어느 한 군데도 닮은 데가 없는 너의 얼굴을 빤히 쳐다보고, 너의 이마 한가운데 별 모양으로 나 있는 점을 집게손가락으로 쓰다듬으며 나직이 중얼거린다.

"이 아이는 틀림없이 큰 인물이 될 거야."

무슨 근거로 그런 말을 했는지는 모르겠으나, 그 말은 예기치 않게 나의 느낌과도 일치하였다. 의사의 매끈매끈한 손이, 네가 국민의 한 사람으로 인정되기에 필요한 서류에 거짓 사실을 술술 써넣는다. 감정이 북받친 부부는 넘쳐흐르는 눈물을 닦고 있다. 자식 없는 설움에 한 맺힌 세월을 보내야 했던 그들은, 자기들과 너 사이에 아무런 벽도 없다고 느끼고 있다. 불과 몇 시간 사이에 부모 자식 관계가 완벽하게 성립했다고 굳게 믿고 있다.

그러나 내 생각은 그들과는 조금 다르다.

너 자신과 그들은 아무래도 다른 종족이라고 느낀다. 정반대라 해도 좋을 만큼 차이가 있다. 물과 불이라는 말은 그야말로 이런 경우를 두고 하는 말이다. 너는 이 세상에 태어난 그 순간부터 주

64

체성을 확립하고 있으며, 그 부드러운 혼의 근저에는 흐르는 자로서의 사상이 단단히 뿌리내리고 있다. 한편 그 부부는, 아직도 자신이 누구인지를 깨닫지 못하고, 알려고도 하지 않은 채 뒤로 물러설 수 없는 나이가 되어 있다.

수지도 안 맞는 일을 기꺼이 맡은 산부인과 의사가 말한다.

"일을 확실하게 하기 위해서 한 이삼 일 입원하는 편이 좋을지도 모르겠습니다. 어머니도 함께 말이에요."

그렇게 말하고 그는 싱긋 웃는다.

잠들어 있는 너는 돌부처처럼 움직이지 않는다. 너를 기르는 부모가 될 두 사람에게도 우물쭈물하는 구석은 없다.

아까부터 내내 동네 개가 짖고 있다. 그 소리는 온 마을 개에게도 전염되어, 새빨간 달과 더불어 괴이한 분위기를 자아내고 있다.


그로부터 순조로운 날들이 며칠 지나, 너는 퇴원하여 언덕 집으로 돌아간다.

길디긴 잠에서 깨어난 너의 눈에 처음 들어온 것은, 풍로 때문에 시커멓게 그을은 투박한 대들보도 아니고, 득남을 축하하러 달려온 척하면서 어떻게 지금 이 집에 후사가 생길 수 있는지 염탐하는 친척과 수상쩍다는 표정의 동네 사람들도 아니다.

거짓 눈물과는 평생 무관할 너의 반짝이는 눈동자가 포착한 것은, 흙이 군데군데 부스러져 떨어진 벽을 감추기 위해 붙인 케케묵은 포스터 한 장이다.

호분胡粉을 섞어 만든 그림물감으로 그려진 정치색 짙은 포스터.

거기에는 배타주의에 입각한 불합리한 공격을 비난하는 격조 높은 어구와, 자유권이 얼마나 중요한 것인지 주장하는 알기 쉬운 말들이 자리가 비좁다는 듯 채워져 있다. 그 말들은 오륙십 년 전까지는 공기나 물처럼 온 국민에게 필요불가결한 슬로건이었다. 그러나 일반 상식이 된 오늘날에는 어지간한 바보가 아니고는 다 알고 있는 것이다.

물론 아직 글자를 모르는 너에게, 그것들은 아무런 의미도 없는 무늬에 불과하다. 그 포스터가 너를 매료시킨 까닭은 색깔 때문이지 다른 무엇 때문이 아니다. 특히 수십 년 세월이 흘렀음에도 조금도 퇴색하지 않은 검정이, 너의 마음의 금줄을 핑핑 울린 것이다.

태곳적에는 흔히 볼 수 있었을, 호연지기를 기르는 검정.

비상수단을 강구하여 반격을 가할 때 불똥처럼 튀는 검정.

마침내 생활이 불가능해져 빈민계급임을 자각한 순간 절실히 느껴지는 검정.

가슴에 품은 신념에 따라 정의의 길을 걸으려 할 때의, 결단의 검정.

어딘지 감청색과도 비슷한 그 검정은 아마도 미적감각과는 다른 척도로 너의 일생에 강한 영향을 끼치게 될 것이다. 그렇다고 색각에 이상이 있다는 것은 아니다. 또 네가 태어나면서부터 암흑의 세계를 헤매고 있다는 의미도 아니다.

너는 결코 특이한 체질의 아이는 아니다. 이 세상에서 너라는 존재를 증명해줄 너의 오체는, 내 뿌리나 줄기, 잎 이상으로 완벽하다. 세포의 증식도 말할 나위 없이 활발하고, 말초신경도 쑥쑥 자라고, 피부는 항상 적절한 온도를 유지하고 있다. 배설작용에도 전혀 무리가 없다. 숲에 있었을 때 제 것으로 하였음이 틀림없을 자연 치유력은 따라올 자가 없을 만큼, 상상을 초월할 만큼 강하다.

다만 마음에 걸리는 것은, 그 강인한 육체에 빈틈없이 담겨 있는 정신의 행방이다.

집 안에 틀어박히기 좋아하는 답답한 아이가 될 것인지.

영리하지만 뻔뻔스럽게 거짓말만 하는 소년이 될 것이지.

자율적으로 행동할 수는 있어도 소견은 좁은 젊은이가 될 것인지.

진취적인 기상은 있어도 싫증을 잘 내 무엇 하나 체득하지 못하는 청년이 될 것이지.

파격적이기는 하지만 지역사회에서 빈둥빈둥 건달이란 역할밖에 하지 못하는 처세꾼이 될 것인지.

아직 그것이 보이지 않는다.

그러나 오늘처럼 기쁜 날에 그런 찬물 끼얹는 이야기는 그만두자. 너의 미래가 포함하고 있는 불확실한 요소야말로 오랜 세월을 두고도 변하지 않을 가치다. 고결한 인격에, 그 어떤 경우에도 아름다움과 추함, 선과 악을 분별할 수 있고, 인본주의에 넘치고, 항상 사심 없는 마음을 유지할 수 있는 인물 이외에는 인간쓰레기라고 하는, 그런 편협한 사고는 이참에 버려야 할 것이다.

나는 온 천하에 알려지는 위대한 인물을 만나기 위해 천 년이나 살아온 것은 아니다. 내가 반드시 보고 싶은 것은, 유기물이 진화한 결과인 생명이 정념의 폭발로 일으키는, 생물 삼원론의 벽을 무너뜨리는 그런 기적이라 할 만한 순간이다. 그런 기회는 어떤 생명에게나 균등하게 부여되어 있을 것이다. 동물이나 식물, 균류를 막론하고 평등하게 갖고 있을 것이다.

그러나 재미라는 점에서 인간에 필적할 것은 없다.

한마디로는 절대로 정의할 수 없는, 너무도 분수를 모르는 인간이란 종족에게, 이 세상에 존재하는 수수께끼를 풀어줄 중대한 힌트가 숨겨져 있을 것이다. 적어도 나는 그렇게 생각하고 있다.

나는 지금 샴페인처럼 상큼한 대기와 조석의 변화를 느끼면서, 선명한 영상 혹은 명쾌한 언어로 해일처럼 밀려오는 너의 유아기의 모습에 흠뻑 잠겨 있다.

아주 순조로운 발육을 보이고 있는 너의 주변에는 딱히 이렇다 할 만한 풍파도 일지 않고, 매사가 원만하게 진행될 조건들로 차 있다. 에이즈 감염자로 판명되었다는 등의 발견은 있을 수가 없다. 무턱대고 도장을 찍어 너희 집의 모든 논밭이 남의 손에 넘어가는 일도 없다. 너를 낳게 한 진짜 아버지라고 주장하는 남자가 나타나 집요하게 주위를 맴도는 일도 없다. 너를 기르는 농가의 부부는 너를 위하여 몸이 부서져라 일하고 있다. 양육에 관한 한 그 두 사람은 손발이 척척 맞는다. 건강하기를 바라는 기대를 너는 한 번도 배신하지 않는다.

밤이 되면 너의 머리 위에서 반짝이는 무수하고 다양한 별들로, 네가 쌔근쌔근 잠든 언덕 위의 소박한 집은 마치 수정궁처럼 파릇파릇하게 빛난다. 그리고 너에게로 쏟아지는 햇살은, 너의 부모가 열심히 일구고 있는 곡물과 채소, 과수에게 탐스러운 열매를 맺게 한다.

네 젖니가 날 때쯤 갑작스럽게 덮친 열도 가벼운 정도에 그쳤다. 열이 떨어진 직후에, 그러나 너는 뇌 전체로 기묘한 압박감을 느낀다. 동시에 살아간다는 것을 암암리에 깨닫게 되었고, 이마의 별 모양 점에 미량의 전류가 흘렀다. 그리고 그때의 조그만 충격이 네게는 보편 개념의 기초가 되었다. 너의 대뇌피질은 일제히 각성하여, 불과 한순간의 일인데, 달에서 일어나는 지진까지도 감지할 수 있을 만큼 예민해졌다. 그런 후 서서히 평상으로 돌아가, 이 세상을 살아가는 데 필요한 최소한의 반응만 보이는 침착함을 되찾았다.

나의 이런 생각은 추측에 불과하지만, 네가 그렇게 평범한, 아니 여느 아이들보다 오히려 눈에 띄지 않을 만큼 얌전한 것은, 어쩌면 비상한 도약을 숨기기 위해 쓰고 있는 탈인지도 모른다. 나는 네가 이런 시골에서 일개 농부로 생을 마감하리라고는 도저히 생각하지 않는다.

도시락을 들고, 너의 손을 잡고 고분이 있는 산으로 꽃구경을 나서는 너의 부모의 얼굴이 자랑스러움으로 환하다. 그들은 네가 곁에 있어주는 것만으로도 행복을 느낄 수 있다. 엄격한 가정과는 정반대로 너그러운 환경에서 쑥쑥 자라는 너에게 열등의식이 싹틀 여지는 없다. 하물며 보상심리로 조그만 동물을 괴롭히는 짓은 더욱 없다.

드디어 혼자서 마을 어디든 걸어갈 수 있게 된 너는, 가령 북풍이 몰아치는 아무도 없는 들판을 가로질러야 할 때도 문득 자신의 고독을 깨닫고 힘없이 고개를 숙이는 일 없이 당당한 표정을 유지하고 있다.

딱히 친구들로부터 따돌림을 받는 것은 아니지만, 너는 학교라는 좁은 공간과 시대정신을 따르는 교육에 설자리가 없음을 절실하게 느낀다. 그렇다고 등교를 거부하여 부모의 걱정을 사는 일은 없다. 지금, 너에게 부모를 닮지 않은 이상한 아이라고 수군거리는 자는 없다. 너는 언제나 얌전하게 행동한다.

선생이 열심히 반복하는 지식의 절반과 가치관의 대부분이 너의 머리를 그냥 스쳐지나간다. 네가 섭취하고 싶은 새로운 지식은 거의 교실과 집 밖에 널려 있다. 너를 부르고 있는 것은 들과 산이다. 그 부름에 응하여, 너는 근처의 숲과 청정한 영역에 살며시 발을 내디딘다. 자생식물은 따뜻한 언어로 너에게 말을 걸고, 늘 현묘한 도리를 설파한다.

너와 타인과의 관계는 대충 이런 식이다.

친구들과는 화합하나 부화뇌동하지 않을 정도의 거리를 두고, 심복은 만들지 않는다. 놀러 가자고 해도 남의 집에는 가지 않고, 자기 집에 불러들이는 일도 없다. 쓸데없는 말은 하지 않지만, 필요한 말을 피하지는 않는다. 말솜씨가 좋은 것은 아니지만, 퉁명스럽거나 시원시원하지 못한 말투도 아니다.

미련 없이 목숨을 끊어버린 어두운 부모의 핏줄을 이어받았기 때문일까.

아니, 그렇지 않을 것이다.

너는 태어나면서부터 특별한 존재였다.

너는 그렇게 깊은 산마을에 살면서도 결코 비속한 풍습에 물들지 않는다. 그럼에도 너를 사교성이 없는 까다로운 놈이라고 단정하며 경원하는 자는 한 명도 없다. 같은 나이의 친구들은 모두, 가령 네가 그 자리에 있지 않아도 항상 너를 가깝게 느낀다. 즉 그들은 네가 합세하지 않아도, 어찌 된 셈인지 너와 함께 놀고 있는 듯한 착각에 사로잡히는 것이다. 학교에서는 얌전하고, 감정을 드러내는 일이 거의 없다.

그러나 숲에서 너는 마음껏 자신의 모든 것을 토해낸다. 나무에 만연한 병을 저주하고, 우연히 발견한 향목香木에 바싹 다가가 황홀감에 젖기도 하고, 풍화가 눈에 띄게 진행된 바위 골짜기를 지날 때에는 누가 가르쳐준 것도 아닌데 지형의 윤회를 홀연히 깨닫는다. 자연보호 구역으로 지정되어 새침을 떨고 있는 산림을 조소하고, 휘날리는 산벚꽃잎에 희열을 느끼고, 길러준 부모에게

서 이 나무가 할아버지가 심은 나무이고 언젠기는 네가 이어받을 것이란 설명을 들으면 왠지 주눅이 든다. 그리고 너는, 지금 막 세상을 떠난, 당장이라도 괴성을 지를 듯한 늙은 원숭이의 시체에 매달려 왕왕 울음을 터뜨린다. 그런 때의 네 모습은 아무리 보아도 박복한 소년이다.

마을 사람들은 입을 모아 너를 "참한 아이"라고 말한다.

또 너에 대한 선생들의 평가도 그리 나쁘지 않다. 성적표의 마지막 쪽에는 이렇게 적혀 있다. "약간 내성적이지만 외곬은 아니다. 은근한 정열을 갖고 있는 듯하다."

나도 그런 기분이 든다.

그러나 만약 내가 담임 선생이었다면, 분명 이렇게 쓸 것이다. 은근한 정열 속에 광적인 요소가 예감된다, 고.

그런 생각이 드는 것은 마음의 미혹 탓일까. 컴퓨터 게임에도 코믹 만화에도 아이돌 가수에게도 스포츠에도 전혀 관심을 보이지 않고, 오로지 들로만 놀러 다니는 너를 나는 바람직하게 여기고 있다. 한편 일말의 불안감을 느끼는 것도 사실이다. 반항기가 되었는데도 부모에게 대들지 않고, 오토바이를 타고 싶어하지도 않고, 학업성적이 떨어져도 풀이 죽거나 하지 않는 네가 조금은 우려되기도 한다. 네가 이단자 취급을 당하는 것은 상관없지만, 그런 취급에 너 자신이 지고 마는 것은 아닌가 걱정스럽다.

그러나 양친은 너에게 아주 만족하고 있다.

그들이 두려워하는 것은 오직 한 가지, 너를 잃는 것이다. 저녁 어스름 불을 켤 무렵이 되면, 그들은 신단神壇과 불단佛壇 양쪽을 향하여 두 손을 모으고 사랑스러운 자식을 얻게 된 고마움을 고한다. 하루도 빠진 날이 없다. 그들은 너를 위해서라면 어떤 양보도 타협도 마다하지 않을 것이다.

어느 날 밤 그들은, 네가 무어라 말을 한 것도 아닌데 심각한 얼굴로 이런 이야기를 나눈다. 외아들이라고 해서 반드시 가업을 이을 필요는 없다, 고. 그들 입장에서 보면 대단한 결단이었음에 틀림이 없다. 그리고 그들은 이렇게 말을 잇는다. 이미 산촌에서 농사를 짓는 시대는 끝났다, 고. 그렇게 전제하고서, 조금이라도 그럴 마음이 있다면 대학에 진학하여 세상으로 나가 마음껏 활약을 하는 것이 좋겠다, 고. 진심으로 하는 말일 것이다.

나도 찬성한다.

아무리 산과 들을 좋아하는 너라지만, 이곳은 평생을 바칠 만한 가치가 있는 고장은 아니다. 진학을 하든 안 하든, 돌아오든 안 돌아오든, 한 번은 넓은 세상으로 나가보아야 할 것이다.

그런데 너는 고개를 옆으로 저을 뿐이다.

언덕 위의 집에서 동쪽으로 보이는 도시들과, 도시가 조성하는 모난 풍경과, 거기서 소용돌이치는 이상한 세상의 흐름을, 너는 복잡한 곳은 싫다는 한마디로 거절한다. 과연, 숲과 산으로 둘러싸인 생활의 필요성을 태어나면서부터 절실하게 느끼고 있는 네가, 화려한 장식으로 뒤덮인 마굴魔窟투성이, 경박한 언동으로 철철 넘쳐흐르는 도시에 발을 들여놓으리라고는 도저히 생각되지 않는다. 설사 학문 한길로 살아갈 결심을 굳힌다 해도 이곳을 떠나지 않을 것이다.

평생 이곳에서 살겠노라고 너는 단호하게 말한다.

그러자 어머니는 눈물이라도 흘릴 듯 기뻐하고, 아버지는 복잡한 생각에 사로잡히면서도 안도감에 가슴을 쓸어내린다. 그러나 나는 너의 말을 믿지 않는다. 너 자신은 거짓이나 가식 없이 말했을 테지만, 어딘가 억지가 있는 듯하여 마음이 놓이지 않는다. 그 증거로, 이 산마을에 너의 이야기 상대가 한 명도 없지 않은가. 뿐만 아니라 아무리 세월이 흘러도 집이나 마을에 길들여지지 않고, 항상 국외자 같은 냉철한 눈길로 주위 사람들을 보고 있지 않은가. 나무와 풀, 흙과 물, 바람과 햇빛, 그런 것들과는 늙은 농부보다 훨씬 더 잘 어울리면서, 천지만물과는 일체화되어 있으면서도, 인간에 대해서만은 성장함에 따라 점점 더 멀어지고 있지 않은가. 너를 보기만 해도 마음이 흐뭇해지는 마을 사람들이 많은데, 너에게는 그런 대상이 한 명도 없지 않은가.

그럭저럭하는 사이에 너는 중학교 졸업반이 되었다.

뒤늦은 변성기를 맞이하였고, 음모가 간신히 나기 시작하고, 매끈하던 얼굴 여기저기에 여드름이 생기고, 키가 커짐에 따라 얼굴이 길쭉해진다. 아버지를 닮은 것일까. 이마의 별 모양 점도 다소 짙어졌다. 하지만 그 점 탓에 지혜로운 얼굴로 보이지는 않는다. 여전히 너의 얼굴은 기분 좋을 정도로 특징이 없다. 그리하여 성기도 그 나름의 크기로 성장하여, 너는 어느 날 갑자기 발기가 무엇인지를 알고, 그로부터 머지않아 사정이 안겨다주는 희열 속에야말로 생명의 덫이 숨겨져 있다는 것을 깨닫는다.

너는 해질녘의 종소리를 들을 때마다 깊은 상념에 빠지고, 아무것도 켕길 일이 없는데 타인의 눈을 똑바로 쳐다볼 수 없어진다. 필요 이상으로 자아를 의식하는 연령이 된 너는, 바람 자지 않는 마음에 밤낮으로 희롱당한다.

높은 지대에 있어 늘상 바람 거센 촌락을 지날 때, 느닷없이 너는 자신이 어떤 비범한 재주를 갖고 있을지도 모른다고 생각한다. 그러나 눈보라에 앞길이 가로막힐 때는, 자신이 이 광대무변한 우주 속에서 미미한 존재임을 알고 아연실색한다. 내세울 만한 장점도 없는 인간임을 알게 된 너는, 낮게 드리워진 비구름을 향해 깊고 애절한 한숨을 쉰다.

학교 성적은 중간 정도…… 여자들이 야단법석을 떨 만큼 얼굴이 잘생긴 것도 아니고…… 운동신경도 보통…… 자랑할 만한 특기도 열중할 수 있는 취미도 없다…… 말솜씨 좋은 반 아이 앞에 서면 자기 생각의 절반도 제대로 말하지 못한다.

희미하고 애매하고 뿌옇기만 한 너의 동일성이 너를 끝없이 괴롭힌다.

"왜?"란 너의 자문에, 또다른 네가 다음 말을 잇지 못할 정도로 싸늘하게 대답한다. 사실은 아무래도 상관없는 사소한 문제들이 꼬여들어 너를 들볶는다. 두 가지 의미로 해석될 수 있는 것이 너무 많다고 생각한다. 혈연의식이 강한 관계를 번거롭게 생각한다. 옛날부터 이어내려오는 예능을 전수하는 데 어느 정도 의의가 있을까 하고 생각한다. 가문을 중시하는 자들의 얼굴을 보면 속이 메슥거린다. 어른들의 사사로운 즐거움, 예를 들면 꽃나무 아래 둥그렇게 모여 앉아 벌이는 술잔치 같은 것을 보면 짜증이 난다. 아무리 농업이 기계화된다 해도 수입 농산물을 당해내지 못할 것이라고 생각한다.

밤 축제로 시끌벅적한 경내를 지나가는 사람들과, 포장마차에서 주전부리하는 사람들을 보았을 때, 너는 불쑥 바닥 모를 허망함을 느낀다. 태어나서 처음 경험하는 일이다. 이렇다 할 이유를 알 수 없는 까닭에 공포심이 인다. 참을 수 없어진 너는 그 자리에 웅크리고, 양손으로 머리를 감싼다.

마을에 남아 있는 관습에 따라 세상의 법칙을 지키고, 지연사회의 일원으로 아무런 의심 없이 평생을 지내야 한다고 생각하자, 너의 가슴속에 소리가 들릴 정도로 선연하게 커다란 구멍이 뚫린다. 뻥 뚫린 구멍을 향하여, 허무한 바람이 횡횡 불어온다. 그 싸늘함에 너는 자신도 모르게 몸을 떨고 더욱 몸을 웅크린다.

너는 아직 모른다.

너의 가슴에 뚫린 구멍이 평생 메워지지 않으리란 것도, 거기에 불어드는 부정否定이란 바람이 죽을 때까지 그치지 않으리란 것도 아직 모른다. 어쩌면 너의 일생은 그 구멍을 열심히 메우는 것으로 끝날지도 모른다. 즉 너에게 그 바람구멍은 죽음으로 지켜야 할 마음의 한 조각이 된 것이다.

너의 넓적한 얼굴에 뭐라 말할 수 없는 애수가 떠돌기 시작한 것은 그 밤부터이다.

너는 자신의 안과 밖이 허무하고 허무해 진력이 날 듯하였다. 너는 대체 무엇을 목표로 삼아 살아가야 할지 짐작조차 하지 못한다. 심각한 것은, 너와 비슷한 나이의 아이들이 모두 발랄해 보이고, 현실 사회로 뛰어들어갈 날을 손꼽아 기다리고 있는 듯이 보이며, 모두가 한결같이 만사 원만한 것처럼 보이는 것이다.

그럴 때 너는 학교 뒤켠에 있는 민둥산에 올라 먼 곳을 바라본다.

바로 눈 아래로는 눈길을 돌리려 하지 않는다. 척박한 땅에 심겨진 콩…… 골짜기 품에 안긴 조그만 동네…… 저녁 해에 반짝이는 산자락…… 마이크로버스를 타고 돌아오는 온천장의 손님들. 그런 광경은 보지 않는다. 네가 즐겨 보는 것은, 비행 코스를 따라 하늘을 건너가는 매 떼다. 그렇지 않으면 장관을 이루고 있는 철새의 대이동이다.

그러나 아무리 새를 보고 있어봐야 너의 혼까지 날려보낼 수는 없다.

잠시 마음이 풀렸는가 싶어도, 금방 현실의 나락으로 여지없이 떨어지고 만다. 그런 때의 너는 주위에 있는 상심한 어른들이 저속하고 별 볼일 없는 인간으로 보인다. 부모님이나 선생님이나 경찰관이나 병원의 의사나 절의 주지승이나 모두. 그런 인간들이 영위하는 평범한 행복과 보통 생활, 겸허하다고도 할 수 있는 태도 하나하나에서 너는 어찌할 길 없는 허망함을 느낀다. 산다는 것은 결국 이 정도에 불과한 일인가 하는 실망감이, 아직 인생을 얼마 경험하지도 않은 너를 호되게 몰아세운다. 읍에 있는 고등학교를 다녀도 사태는 조금도 변함없지 않을까 하는 생각을 하기도 한다.

무슨 일을 해도 심란한 봄날 오후, 너는 자신을 무능한 자로 단정한다.

그렇게 하여 일시적이나마 편안함을 얻으려 한다. 그런 너의 눈앞에 불쑥 측풍용測風用 기구가 내려온다. 가스가 새어나간 것이리라. 점점 고도를 낮추고 있다. 그러나 완전히 지상으로 내려오지는 않고, 마치 유혹하듯 너의 머리 위로 선회한다. 너는 몇 번이나 껑충껑충 뛰어보지만 손이 닿을락 말락 한다.

바로 코앞에서 스르륵 도망치는 하얀 기구를 따라 너는 민둥산으로 이어지는 비탈길을 올라간다. 언덕 위 아담한 집으로 돌아가본들, 거기에는 어제와 똑같은 아무 재미도 없는 오후가 기다리고 있을 뿐 아닌가 하고 생각한다. 너는 자극을 원하고 있다. 간신히 중력을 거역하면서, 해파리처럼 흐물흐물 날고 있는 고작 그런 것이라도 충분히 너의 피를 들끓게 할 수 있다. 그것이 멀리 도망치면 도망칠수록 너의 온몸은 뜨겁게 타오르고, 땀방울이 뚝뚝 흐른다.

너는 죽지 못해 나는 기구의 인도로 구불구불한 산길을 걸어, 좁은 골짜기를 벗어나, 풍문에 들은 험난한 곳을 아주 간단히 통과하고, 문득 제정신으로 돌아왔을 때는 드문드문 암석이 드러나 있는 험준한 산꼭대기를 밟고 있다. 그리고 어느 사이엔가, 너의 관심은 기구에서 드넓은 광경으로 옮겨진다. 잔월처럼 가늘고 애처로운 기구는 마치 그 역할을 다하기라도 했다는 듯 갑자기 고도를 높이고, 강한 상승기류를 타고 단숨에 하늘로 날아올라 형이상의 세계로 사라진다.

너는 팔걸이의자 모양의 바위에 풀썩 앉는다.

그리고 가능한 한 멀리 내다본다.

지평선과 수평선이 한눈에 들어온다. 삼백육십 도 사방이 완전히 너 하나를 위해 존재한다. 너무도 유명하여 산 이상의 산이 되어버린 원추형 화산은, 개인의 자아라는 것이 심리적으로 확립되어 있지 않은 이 나라 사람들의 마음의 지주로 의연하게 버티고 있다. 그 산자락에 펼쳐지는 나무숲은 이승을 떠도는 영혼의 둥지가 되었고, 그들은 생전과 마찬가지로 자신의 영역을 둘러싸고 뒤엉켜 싸움을 벌이고 있다. 마침내 평야 대부분을 점령하게 된 도시에는 항상 우연에 좌우되는 인생과, 인간의 사상 감정 행동에 끊임없이 각인을 찍는 계급과, 대화로는 풀릴 것 같지 않은 복잡한 사정과, 줄 줄은 모르고 받을 줄만 아는 이기심과, 점점 더 부박해지는 생활과, 실수요 부진 같은 일들이 서로 아우성치고 있다.

그럼에도 도시는 여전히, "전혀 희망이 없는 것은 아니다"란 상투적이고 조야한 간판을 내걸고, 기묘한 풍속을 일일이 진실로 받아들이는 시골 사람을 속이려 하고 있다. 그 너머에서 웅대한 규모를 자랑하는 해원은, 우주론적인 헬레니즘 세계의 찌꺼기를 무수히 흩뿌리면서도, 해령을 따라 쌓이고 쌓인 지진 에너지로 고도한 문명과 풍요로운 생활에 위협을 가하고 있다. 정취 넘치는 바닷바람의 상호작용으로 만들어진 꽃 소식은, 현재의 처지에 만족한다는 자학성 풍부한 사람들이 내뿜는 거짓 감탄의 소리를 열심히 나른다.

　너는 높은 곳에서 넋을 놓고 세상을 바라본다. 아직도 땅을 차지하려는 싸움이 끊이지 않는 세계를 바라보고, 도저히 그 본체를 파악할 수 없는 현세를 바라본다.

　그저 멍하니 바라보기만 할 뿐인데, 너를 차지하고 있던 이 세상에 대한 막연한 심적 포화감이 점점 사그라진다. 사그라질 만큼 사그라지자, 너는 돌연 어른이 되기를 거부할 이유가 하나도 없다는 것을 안다. 고향에 머물러 있는 한 죽을 때까지 어른이 될 수 없다는 것을 깨닫는다.

　그 순간, 너의 가슴속에서 무언가가 튀었다. 평범하다고는 할 수 없는 탄생으로 혼을 닫고 있었던 철문이 드디어 설렘의 폭약으로 날아가버린 것이다. 너 자신도 그 소리를 똑똑하게 들었다. 나도 들었다.

　너는 단번에 많은 것을 깨닫는다.

영일을 꿈꾸는 자들은 타인이지 자기가 아니라는 것을 깨닫는다. 전통과 관습과 세상의 일반적인 풍조와 타인의 의향에는 전혀 구애되지 않고, 오로지 자기 내면의 소리를 따라, 그것을 기준으로 하여 행동과 방향을 결정한다. 그런 삶의 방식을, 열다섯 살인 너는 언어 따위에 기대지 않고, 그저 거기에 멍하니 있는 것으로 득오한 것이다. 또 제약투성이 인간이기에 오히려 자유를 추구할 권리와 자격이 있다는 것도 이해한다.

그 일에는 나도 놀랐다.

너란 녀석은 역시 어디서나 우글거리는 무능한 인종이 아니었다. 그렇다고 네가 특별한 인생길을 걷게 되리라는 징후는 아직 아무것도 찾아볼 수 없다. 그러나 유상무상한 군중 속을 질풍처럼 달려가는 사나이 정도는 될 수 있을 것이다. 지금 단계에서는 뭐라 말할 수 없지만, 그런 느낌이 든다.

너는 좋은 일로든 나쁜 일로든 파란만장한 생애를 보내게 될 것이다. 얼마나 귀속의식이 강한지를 늘 시험당하는 샐러리맨이나, 정신적인 자립이라는 점에서 수준이 낮을 수밖에 없는 농부는 되지 않을 것이다. 그렇기에 너다. 내가 눈독을 들일 만큼의 보람은 있을 것이다. 성장과정만 해도, 너에게는 위기에 찬 나날이 어울린다.

그렇다고 그 결과로 나를 질책하는 것은 잘못이다.

내가 다른 나무보다 좀더 오래 살았고, 그 덕분에 다소 말을 할줄 알고, 특정한 인간의 미래를 조각조각 엿볼 수 있는, 각별한 나무라는 점은 인정해도 좋다. 그러나 세계수世界樹라 불리는 만능의 힘을 갖춘 나무는 아니다. 만약 그렇다면 나는 자신의 말로를 알고 있어야 할 것이다. 그래야 할 것이다. 대저 세계수라는 것이 신과 마찬가지로 존재할 리가 없다. 자신의 미래에 관해서는 아무것도 볼 수 없는 나이기에, 천 년 동안이나 자살을 생각하지 않고 살아 있을 수 있었고, 앞으로 천 년쯤은 더 살 수 있으리라는 낙관주의를 기를 수 있었던 것이다. 그런 의미에서라면, 나 또한 인간과 다름없는 어리석은 존재인지 모른다.

옛날에 이런 일이 있었다.

몇백 년 전 일인지는 벌써 잊었지만, 어떻게 처신해야 좋을지 몰라 나를 찾아온 젊은이가 있었다. 원시의 바다에 떠 있었던 달이 이랬으랴 싶을 정도로 거대한 달과, 소금기를 담뿍 머금은 바람을 데리고, 그는 이 숲에 나타났다. 독특한 미의식을 만들어낼 법한 동그란 눈동자에는, 현 사회에 몸을 던지는 일에 대한 주저가 알알이 드러나 있었다. 헛되이 나이만 먹고, 어리석은 행동을 거듭하며, 교합을 되풀이하는, 단지 그것만으로 끝나는 일생에 대한 두려움이 깃들어 있었다.

얼핏 본 바, 그는 좋은 가문의 자제임에 틀림없었다.

차림새도 말끔하고, 머리도 단정하고, 때묻은 느낌은 조금도 없었다. 몸짓 하나하나에 무엇보다 예의를 존중하는 산뜻함이 있었다. 그는 신발을 벗고 내 밑동에 공손히 절을 하였다. 그러고는 조금도 숨김없는 맑은 눈으로 나를 올려다보면서, 자신이 품고 있는 고뇌를 남김없이 털어놓았다. 그러고 나자 이번에는, 앞날을 어떻게 살아가야 할지 모르겠다는 의미의 말을 줄줄이 늘어놓았다.

그렇다고 그 젊은이가 나를 전적으로 신뢰하였다고는 생각지 않는다.

내가 무당을 믿지 않는 것처럼 그 역시 신목을 진심으로 믿지는 않았을 것이다. 일신교에 몸을 던진 자 같은 무시무시함도 전혀 느껴지지 않았다. 요컨대 책임을 전가할 수 있을 만한 그럴싸하게 보이는 상대였다면, 딱히 내가 아니라도, 가령 그 주변 강뻘에 나뒹구는 좀 색다르게 보이는 암석이나 신사神社에 눌러 사는 쌍두사라도 전혀 상관하지 않았을 것이다.

그는 인생의 비애를 지겨울 정도로 맛본 노인네 같은 말투로 이렇게 말을 이었다.

지위도 명예도 다 내던지고 싶지만, 아무리 찾아봐도 대체할 삶이 보이지 않는다고. 정열적으로 마지막까지 이루고 싶은 길이 전혀 보이지 않는다고. 이 무슨 꼬락서니냐고 나는 가슴속으로 소리쳤다. 세상 단맛에 싫증이 났을 때 불현듯 범속을 벗어나고 싶다고 생각하는 작자들의 잠꼬대나 다름없었다. 이런 놈을 위하여 가지 하나 잎사귀 하나 흔들어줄까 보냐고 생각한 나는, 모른 척 꼼짝 않고 있었다. 바람이 불고 있었음에도 꾹 참고 미동도 하지 않았다.

나를 그저 자문자답을 위한 도구로 이용한 것이라면 그나마 용서할 수 있다. 그런데 그 녀석의 둔감함이라니, 내 줄기에 메아리 치는 자신의 목소리를 하늘의 소리로 받아들이는 상상력조차 갖고 있지 않았다. 내가 정말 무슨 말을 해주지 않을까 하고 진심으로 바라며 열심히 물어댔다. 술주정뱅이에게 걸려드는 편이 차라리 나을 듯싶었다.

이윽고 그는 입을 꾹 다물었다.

불만스럽다는 듯 얼굴을 찡그리고 물러가는 것도 아니고, 생각에 잠기는 것도 아니고, 내게 기댄 채 꽤 오래도록 멍하니 있었다. 완전히 유미주의의 독에 빠진 그의 홀쭉한 육체에는, 사나이다운 피의 용솟음 따위는 흔적도 없었다. 성격 이상자도 아니고, 또 성적인 결함이 있는 것 같지도 않았지만, 그러나 남자로서는 불완전했다. 어쩌면 타고난 미모가 방해하고 있는 것인지도 몰랐다.

그는 어떻게 하면 살아가는 데 필요한 마찰이나 충돌을 피할 수 있는지 그것만 생각했다.

그리고 임기응변에 지나지 않은 아름다움의 일면만 보는 식으로 살아왔다. 지금 그대로라면, 한 조각 양심도 없는 악한의 좋은 먹이가 되어 피눈물을 흘리게 되든지, 주색에 빠져 폐인이 되든지 둘 중 하나다. 그렇지 않으면, 나이를 먹어감에 따라 점점 세상에 길들고 처세에만 능해지고, 조금씩 속류의 견해에 물들어 굴복당하기 쉬운 범부로 전락하여, 잠이 부족하여 퉁퉁 부은 눈에 비치는 것은 추악한 것들뿐인 그런 운명이 기다리고 있을 것이라고 생각했다.

젊은이는 끄덕끄덕 잠시 졸았다.

욕심 없는 얼굴이 한층 풀어졌다. 내가 보기에, 몰아적 정신과 진리를 희구하는 마음은 전혀 다른 것이다. 아무리 꼼꼼히 살펴보아도 내일을 기약할 수 있는 사내가 아니었다. 늑대의 먼 울음소리에 눈을 뜬 그는, 달빛 아래의 단풍에 새삼스레 정신을 빼앗겼다. 자기도 모르게 눈을 부릅뜨게 하는 아름다운 광경에, 그는 어찌할 바를 모르고 한참 동안 일어서지도 못했다. 멋들어지게 물상화한 압도적인 아름다움이, 시신경을 통하여 그의 두부를 거세게 두들겼다. 그의 입가가 팽팽하게 당겨졌다.

겨울을 눈앞에 두고 각양각색으로 물든 잎사귀들의 울렁거림과, 황금빛과 녹색이 들쭉날쭉 복잡하게 뒤섞여 있는 숲 밖의 들판과, 어스름어스름 밤이 내리는 관능적인 하늘에 감동한 그의 눈에서 눈물이 뚝뚝 떨어졌다.

그러고 나자 그는 흔들리는 마음을 수습하여 벌떡 일어났다.

돌연 그 안에서 바람직한 자괴작용이 시작되어, 그의 인격을 형성하고 있던 도덕률이 와르르 소리를 내며 무너져내렸다. 그 자리에서 적당한 말이 떠오르지 않을 만큼 커다란 변화였다. 그런 변화라면 나도 대환영이다.

드디어 그 젊은이는 그를 빙 둘러싸고 있는 넘치는 아름다움을 불러모아, 그 모든 것을 자기편으로 받아들였다. 그리고 운철로 만들어진 단도를 옆구리에서 빼내, 그 날카로운 끝으로 내 표면에 그림을 그리기 시작했다. 가을비 전선을 몰아내고 득의만면해 있는 보름달…… 아름다운 자태의 알록달록한 나무들…… 차가운 하늘 아래 몸을 웅크리고 있는 엽상식물…… 세상눈을 피하려는 사람처럼 살며시 찾아온 저녁. 그리고 영락과 필멸이 자아내는 풍요로운 아름다움을 빈틈없이 새겨넣은 것이다.

놀랄 만한 솜씨였다.

그것은 그림을 초월한 그림이었으며, 이 세상의 모든 우의寓意를 품은, 타의 추종을 불허하는 조각이었으며, 수목의 마음을 뒤흔드는 예술이었다.

간신히 일루一縷의 광명을 발견한 듯한 젊은이는, 흠집 하나 나지 않은 단도를 칼집에 쑥 집어넣고는, 나를 향하여 깊숙이 머리 숙여 절을 하였다. 그리고 발길을 돌려, 순간순간 어둠이 깊어지는 숲속으로 걸어들어갔다. 그 힘찬 걸음걸음은 절대로 객기가 아니었다. 나는 달과 함께 그런 그의 뒷모습을 배웅하며, 이별사를 발했다.


"열매 맺지 못하는 꽃이라도 좋다."


그후로 그가 어떻게 세상을 살았는지는 모른다.

먼 여행길을 떠나 세상살이의 먼지를 뒤집어쓰고 연고도 없는 고장을 이리저리 흐르며 화가로서의 감성을 닦았는지. 아니면 굶주림에 높은 뜻을 잊고 의뢰를 받으면 무슨 일이든 맡는 조각가로 공허한 일생을 보냈는지. 아니면 또 유복한 자기 집에서 빈둥빈 둥거리며 지경地鏡 같은 이상의 충족을 좇아 허식虛飾에 찬 나날을 반복하였는지. 어찌 되었든 그가 내 몸에 마치 문신처럼 새겨넣은 그림은, 틀림없는 걸작이었다. 그 작품은, 순간을 사는 수많은 생명과 그 각각에 내재하는 이데아가 하나로 뒤섞여 내뿜는 긍정과 부정의 광휘에 넘치고 있었다.

수피樹皮가 재생하여 완전히 뒤덮이기까지, 그 그림에 심취하는 자는 나 외에도 수없이 많았다. 어떤 자는 탁본을 하듯 종이에 그림을 베끼기도 하였고, 또 어떤 자는 가공한 짐승 가죽을 갖다 대고 나무망치로 두드려 베껴내기도 하였다. 모사를 시도한 사람도 있었다. 따라서 그 작품이 완전히 소멸한 것은 아니다. 어쩌면 지금도 낡은 광 어느 구석에선가 먼지를 뒤집어쓰고 있을지도 모른다.

그러나 내가 그 그림보다 소중히 여기는 것은, 한잠 자고 있는 동안에 그 젊은이의 내면이 변하는 장면을 목격할 수 있었다는 추억이다. 상상을 넘어서는 체험을 한 것도 아니고, 믿을 수 없는 격변에 휘말린 것도 아니고, 그저 겹겹이 낙엽이 진 숲속에서 한때를 보낸 것뿐인데, 올 때와 갈 때가 거의 다른 사람 같았던 것이다.

사람은 변할 수 있는 생물이다.

경험이 부족한 나이기는 하지만, 그러나 너에게 이 말을 전하고 싶다. 인생이란 어떤 계기로 어떻게 전개될지 알 수 없는 것이다. 운명이란 좋은 물건과 나쁜 물건을 함께 파는 행상과 비슷하다. 모든 것은 물건을 사는 사람인 너의 재량 여하에 달린 것이다.

너는 지금 기구를 따라 뜻하지 않게 오르게 된 민둥산 꼭대기에 있다.

그리고 지금 너는, 자신이 숙명에 갇힌 인간이 아님을 막 알았다. 너는 너의 자유를 빼앗을 자가 이 세상에 없다는 것을 깨달았고, 만약 있다면, 그것은 바로 너 자신이라는 것도 깨달았다.

너는 온몸과 마음으로 너에게 정성을 다하는 부모님도, 재미나는 친구들도, 산세 수려하고 물 맑은 고향땅도, 마음 한구석으로 거부하고 있다. 너는 부모님이 지어준 멋진 이름조차 수용하고 있지 않다. 너는 아직 모르겠지만, 그러나 그것이야말로 너의 본래 모습이다. 이기심의 권화權化란 의미가 아니다. 그것은 흐르는 자로 태어난 자의 필연적인 선택이며, 은혜를 입은 자를 배신하는 매정한 행위와는 다르다.

너는, 개체 개념을 강력한 우성인자로 지니고 태어난, 희소가치가 있는 인간이다. 너에게서는 흐르는 자로서의 편린이 알알이 보인다. 너는 뇌의 수질 언저리에, 단일하고 다른 아무것도 섞이지 않은, 흡습성 풍부한 혼을 갖고 있다. 너는 태어나면서부터 불특정 다수의 타인들 속에서 살아가기 위한 절도라는 것을 이미 체득하고 있다. 일찌감치 너는, 개인의 자유를 무엇보다 우선하고, 그것을 주장하는 빛나는 세계의 입구에 서 있다.

즉 끝없이 고여 있는 날들에 결별을 고할 시기가 다가온 것이다. 너는 아직 모르는 듯한데, 그때가 바로 코앞에 다가와 있다.

천 년째에 너 같은 인간을 알게 된 나는 아주 자랑스럽다. 너에게 온 정신을 빼앗겼다고 해도 좋을 정도다. 그 누구보다 내가 너를 유망하게 보고 있다.

우물쭈물할 필요 없다.

머지않아 자유가 너에게로 근접해올 것이다. 너 스스로 움직이지 않아도, 결국은 그렇게 될 것이다. 지금 이 순간에도 일대 전환의 시기가 점점 다가오고 있다. 몇 분 후면 너의 운명이 와르르 소리내고 무너지며, 일변할 것이다. 어떻게 수습할 수 없을 정도의 혼란 상태가 찾아올 것이다. 이미 나에게는 그 광경이 또렷하게 보인다. 틀림없이 오늘이나 내일 해질 무렵일 것이다.

집이 무너진 개미들처럼 우왕좌왕하는 마을 사람들의 모습이 보인다.

이것은 자연계에서 종종 일어나는 흔해빠진 이변의 하나이다. 아니, 그렇지 않다. 이것은 자연의 응보를 초래한 결과이다. 인위적인 재난이다. 결코 지각변동이 한 짓이 아니다.

얼핏, 산사태가 연약한 지반 위에 잇는 산촌을 덮은 듯이 보이지만, 실은 그렇지 않다. 꼭 단층지진 같지만, 그렇지 않다. 그 증거로 여진이 없다. 또 조산운동의 일환도 아니다. 나는 알고 있다. 골프장과 댐을 건설하기 위한 삼림의 남벌…… 이 재해의 모든 것이 거기에서 연유한다. 정부 관계자는 국지적인 지진으로 얼버무리려 할 테지만, 실제로는 그렇지 않다.

마침내 너를 길러준 마을의 오분의 일이 둘로 쫙 갈라져 산과 함께 골짜기로 무너져내릴 것이다. 마을의 흔적을 싹 쓸어갈 대붕괴. 물론, 전조는 있다. 그것은 이미 시작되었다. 일대에 송진 냄새가 떠다니고, 산에 일군 밭 여기저기서 물이 솟고, 비탈면에 생긴 균열이 빠른 속도로 늘어나고, 그 끝은 지금 너의 집이 있는 언덕 꼭대기까지 뻗어 있다. 그러나 아직 아는 자가 없다.

마을에서 가장 전망 좋은 자리에 있는 너조차 눈치채지 못하고 있는 형편이다. 그도 그럴 것이다. 한참 호우가 쏟아지는 중이라면 몰라도, 이렇게 연일 좋은 날씨가 이어지고 있는데 그런 일이 생기리라고는 전문가도 예상하지 못할 것이다. 설령, 쏴쏴 술렁이는 대나무숲을 이상히 여겨 간신히 몸만 빠져나온다 해도 이미 늦었다. 살아날 가망은 전혀 없다.

깊고 넓은 골짜기로 무너져내린 산은 강의 흐름을 막을 것이다.

그리고 누런 다량의 물을 역류시킬 것이다. 중천에 걸린 폭포 같은 흙먼지가 태양을 뒤덮어, 대낮이랄 수 없을 만큼 어둡게 만들 것이다. 뭉글뭉글 피어오르는 흙먼지 속으로 폭우 때보다 격렬한 번개가 번쩍번쩍 치고, 수천 마리에 달하는 새들이 희미한 빛에 의지하여 쏜살같이 질주할 것이다. 대지의 요동은 눈 깜짝할 사이에 평야를 가로질러, 인구가 밀집한 도시를 관통할 것이다. 그리고 거기에 사는 사람들은 드디어 올 것이 왔다고 간담이 서늘해질 것이다.

다른 사람들과 마찬가지로, 그런 일에 마음의 준비가 전혀 되어 있지 않은 너는, 공포감에 머리칼이 곤두서고, 사태를 간신히 파악하고는 한참을 부들부들 떨고만 있을 것이다. 그 모습은 어쩌면 짐승을 닮았는지도 모르겠다. 예를 들면 지진에 겁을 먹은 원숭이를 닮았을지도 모른다.

얼마 후 침착함을 되찾아, 돌아갈 집도 의지할 사람도 잃고, 고향마저 사라져버렸음을 안 너의 머리로 재빨리 스치는 것은, 유감스럽지만 어쩔 수 없다는 감상과, 그런 말과는 모순되게 끓어오르는 환희일 것이다. 물론 마을 사람 전부가 목숨을 잃은 것은 아니다. 대부분은 살아난다. 그러나 다른 어떤 생존자보다 먼저 너는, 오랜 쇠사슬이 끊겨졌다는 것을 깨달을 것이다. 그와 동시에 네가 추구하는 것이 무엇인가를 알게 될 것이다.

부모 자식 간의 연줄에 언제까지 구애받을 네가 아니다.

어차피 처음부터 친자식 관계는 아니다. 너는 한 차례 착란 상태를 경험한 후, 혼란을 틈타 너를 해방시킨다. 나는 알고 있다. 눈물로 날을 지새우거나, 유족 보상을 상대하고 있을 네가 아니라는 것을 잘 알고 있다. 너는 죽은 친척들을 향하여 "안됐다"는 말 한마디 없이, 고개 한 번 숙이지 않고, 미련 없이 떠날 것이다.

그것으로 족하다.

함몰한 호수 같은 지형으로 완전히 바뀌었지만, 너를 기른 고향은 파멸하는 것도, 지상에서 사라지는 것도 아니다. 언젠가는 복구될 것이다. 그날이 오기를 기대하며 일생을 보내는 사람도 많을 것이다. 그러나 너는 그런 사람들과는 다르다.

그후 네가 어떻게 할지, 나에게는 분명하게 보인다.

너는 죽은 자 중의 한 명이 되어 감쪽같이 사라질 작정이다. 아무리 찾아도 최후까지 발견되지 않는 행방불명자가 되어, 보도진의 취재 헬리콥터와, 참사에 떼지어 날아드는 대형 독수리를 눈아래로 내려다보며, 시침 뗀 얼굴로, 한 번도 뒤를 돌아보지 않고, 날아갈 것 같은 자유를 만끽하면서, 스스로 가야 할 길을 직관적으로 알고, 해가 기울어가는 드넓은 평야 한가운데로 돌진하여, 헤드라이트가 점멸하는 야경을 향하여 걷고 또 걸어, 눈부신 미래로 나아갈 것이다.

참사가 할퀴고 간 상처를 앞에 두고 장승처럼 우뚝 서 있을 네가 아니다. 너의 멍청한 얼굴 속에는 대담무쌍한 혼이 숨겨져 있다.

그러나, 그 한편 너의 죽음도 보인다.

너는 지금, 시간적으로나 생리적으로나 생사의 갈림길에 서 있다. 언제 하산하느냐에 따라서 목숨을 잃을 가능성도 많다는 얘기다. 너무 이르면, 새빨간 아치형 다리 중간쯤에서 지축을 뒤흔드는 어마어마한 소리에 삼켜질 것이다. 그것으로 마지막이다.

그러나 네가 가령 그런 지경에 빠진다 해도 최악의 경우라고는 생각지 않는다. 휘황찬란한 백일몽에서 깨어나기 직전에 끝나는 생애도, 그런 대로 나쁘지 않다. 왜냐하면, 한 점 얼룩 없이, 때묻지 않은 순진무구함을 간직한 채로, 무수한 수난을 체험하지 않고 세상을 떠날 수 있는 셈이니까. 비웃음과 경멸적인 행위에 고뇌하지 않고, 수치심에 저도 모르게 고개를 숙이고, 근심 걱정에

병이 도지는 일 없이 끝나는 일생 또한 그런 대로 좋은 것이다.

너에게만은 말해두고 싶다.

부모에게 고마워하고 싶을 만큼의 삶을 사는 사람은 그리 흔하지 않다. 이미 되돌아갈 수 없는 너에게 새삼스레 이런 말을 하기는 뭣하지만, 그러나 그건 정말이다. 삶이란 실로 성가신 것이다. 그리고 대개의 말로가 비참하다는 한마디로 일축된다. 지금까지 "이제는 지겹다"고 중얼거리며 숨을 거두는 인간을 얼마나 많이 보았던가.

게다가 아무 일 없이 평온한 세상 따위는 너에게 미진할 것이다.

그까짓 자극밖에 없는 세상이 답답하고 감질날 것이다. 설사 오늘이 너의 제삿날이 된다 해도, 미숙한 혼이 토사로 잔뜩 메워진 골짜기 속에서 단숨에 하늘로 뛰어오른다 해도, 나는 조금도 안타깝게 생각지 않을 것이다. 애당초 삶과 죽음이란 것은 언제든 상호보완적인 대립관계인 것이다. 그러므로 삶과 죽음 어느 쪽으로 간다 해도, 일일이 기뻐 날뛰거나 낙담할 필요는 없다. 가장 힘든 것은, 육체와 정신이 죽은 것이나 다름없는 생을 질질 이끌어가는 것이다. 밋밋한 생을 사는 것이다.

차제에 좀더 솔직하게 말하자.

다른 고장 사람들과 별 다름 없이, 이 마을 사람들도 그저 살아 있을 뿐이다. 물론 그들에게 그런 자각은 없다. 그러나 내가 보기에, 독기 없는, 입헌 치하의 국민임에 만족하고 있는, 죽지 않았을 뿐인 사람들에 불과하다. 적어도 너에게 어울리는 사람들은 아니다. 그들은 다양성에 넘치는 세상을 마음껏 즐기는 일도 없이, 어설픈 지식과 고지식한 규칙에 사로잡혀, 아지랑이 아른거리는 야산과 구름바다 저 멀리로 이어지는 산에 터무니없는 생각을 맡기고, 새해 인사를 거듭할 때마다 생기를 잃어간다. 한탄하고 슬퍼하고, 생활에 곤란을 느끼면서 영세한 밭을 일구고, 수호신이나 나무의 정령이 깃들어 있다 여겨지는 노목의 밑동에 궁핍한 추억과 함께 묻혀가는 것이다. 유감스럽게도, 지금의 너는 그들 중의 한 명이다.

이 땅에 머물러 있는 한, 언젠가 너도 고여 있는 자의 전형이 되고 말 것이다.

살 것인지, 아니면 죽을 것인지, 차제에 분명히 하지 않으면 안 된다. 네가 어느 쪽 길을 걷게 될지, 그것은 모른다…… 그렇게 생각하면서도, 어찌 된 셈인지 나는 너와 너 이외의 마을 사람들을 동일시하지 못하고 있다. 도무지 그럴 수가 없다. 내가 잘못 본 것인지도 모르겠지만, 네가 순순히 죽어갈 인간으로는 보이지 않는다.

드디어 너는 일어선다.

그리고 민둥산 꼭대기에서 한껏 기지개를 켜고는, 올라온 길을 성큼성큼 내려가기 시작한다. 타이밍이 약간 이른 듯한 기분이 든다. 지금 그 속도로 내려가면 대붕괴에 휘말릴지도 모른다. 바람 한 점 없는데도 쏴아쏴아 흔들리는 대나무숲이 기울어지는 해에 아름답게 비치고 있다. 산까마귀가 여기저기서 꽥꽥 소란을 피우고 있다. 다들 절규하고 있다. 태풍권 내에 진입했을 때와는 비교도 되지 않는다. 그러나 금방 울음소리가 멈추고, 끝없는 정적이 사방을 지배한다.

지금 그대로 걸어가면, 너는 많은 마을 사람들과 마찬가지로 대량의 토사에 깔려, 마침내 수성암 지층의 일부로 변할지도 모른다. 그러나 과연 어떤 결과가 나올지, 사실은 나도 모른다. 너의 미래가 하나에서 열까지 보이는 것은 아니기 때문이다.

목하 온 산이 숙연하게 아무 소리도 없고, 너의 이마 별 모양 점 위로 운명의 정중선이 조용히, 아주 조용히 지나가고 있다.

*

　만약 대규모 산사태에 휘말려 목숨을 잃을 운명이 아니라면, 아마도 너는 이 경제 대국을 갑자기 습격한 금융공황의 한가운데로 내몰리게 될 것이다.

　여러 가지 사건이 많기는 해도 아무튼 민정이 안정되어 있고, 수익의 분배에 관해 대놓고 불평을 터뜨리는 자가 비교적 적고, 출세를 할 수도 있다는 기대에 가슴 설레는 자들이 널려 있고, 경제적 자유주의라는 것이 번쩍번쩍 빛나던 시절은, 이미 옛날이다. 점차 추락하던 주가가 폭락으로 급변하자 회의론자가 급증하였고, 국가의 노화는 급속화하였고, 정계를 향한 불만이 대중의 입을 일치하게 만들었다.

　정국은 혼미를 더하여 수요공급의 균형은 일그러지고, 사무직이 눈에 띄게 줄어들었으며, 박봉에 허덕이는 자의 수에 비례하여 옛날이 좋았다고 회상하는 자들이 급속도로 늘어났다. 구호 사업 따위는 전혀 제구실을 하지 못한다.

그러나 그런 일들은 네가 관여할 바가 아니다.

세상의 그런 변화도, 무산계급의 대상 없는 분노도, 너와는 아무 관계없다. 또 너에게는 거의 아무런 영향도 끼치지 못한다. 너만큼 위약한 입장에 놓여 있는 자도 드물 것이다. 그렇다고 네가, 세상풍파에 휩쓸려 익사하는 그런 의지박약한 졸장부라는 말은 아니다.

점점 더 번잡해지는 세상에서, 하루하루를 사는 너의 의욕은 왕성해져만 간다. 매사 원만하지 않은 도시생활에 수월히 적응하고, 늘어선 빌딩들과 자동차와 공장이 토해내는 독에 면역성을 높여, 심적 도태와는 명백하게 다른 성장을 꾀하고 있다. 겉보기에는 아직 소년이지만 그 내면은 어설픈 어른을 넘어서고 있다. 처세술을 터득한 것도 아니고, 세상살이의 내막을 속속들이 알게 된 것도 아닌데, 자신의 힘으로 살고, 개인의 자유를 지킨다는 점에서는 그 누구 못지않다. 그 모두가, 네가 흐르는 자가 되었기 때문이다.

고향을 떠난 지 삼 년이 지났다.

삼 년 동안 너의 머리에서 고향의 비극은 거의 사라져버렸다. 그 산마을에서 지낸 십오 년이 수백 년 전으로 흘러간 듯한 기분이다. 지금 누구보다 사는 데 탁월한 너는, 망각의 명인名人이다.

때로 자신의 이름조차 잊어버릴 정도다. 고향에서 발생한 그 재해는 흔한 사건이 아니라서, 전국지의 일면을 장식하는 기삿거리가 되었다. 그런데 그 몇 년 전인가 서쪽에 있는 도시에서 발생한 대지진의 기억이 사람들의 가슴에 생생하게 남아 있었던 탓에, 별 대수롭지 않은 사건으로 불과 사흘 만에 잊혀지고 말았다. 세상은 이미 이백이나 삼백 정도의 사상자로는 동요하지 않는다.

나는 너를 불효막심한 놈이라고는 생각지 않는다.

어쩌면 너는 악연을 끊는 데 성공한 것인지도 모른다. 분명 그럴 것이다. 호적상 벌써 사망으로 처리되어 있을 너는, 그렇게 함으로써 자유로 가는 지름길을 발견한 것이다. 그 어떤 조직이나 집단에도 속하지 않는 너를 기다리고 있는 것은, 궁상스러운 회고 따위가 아니고, 가슴이 에일 정도의 슬픔도 아니다. 눈부신 미래가 너를 기다리고 있다.

이미 너는 이 나라의 국민이 아니다.

그래도 여전히 일본인이란 점에는 변함이 없다. 동시에 지구인이며, 우주인이다. 따라서 선악을 판단하는 것은 너 자신이지, 국가가 아니다. 자유와 방종을 혼동해서는 안 된다는 말 따위는 세상을 다스리는 재주에 능한 자들의 더러운 입에서 나온, 사람을 혼동하게 하는 말이다.

너는 외적인 자유보다는 자유의 실질에 무게를 두는 자다.

진정한 자유를 얻은 기쁨…… 그에 비유되는 잣대다. 너는 부모가 지어준 이름을, 선현이 남긴 계율을 지킨다는 뜻으로 붙여진 이름을, 풍선껌과 함께 어느 지하철역 쓰레기통에 던져버린다. 그렇다고 자기 마음에 드는 새 이름을 붙인 것은 아니다. 이름도 없이 살고 있는 것은, 좋은 이름이 생각나지 않은 탓도, 또 생각하기가 귀찮아서도 아니다.

해방된 자에게 이름은 필요하지 않다.

지금 너는 완전히 해방되어 있다. 그 증거로, 너에게 말을 거는 자가 한 명도 없다. 너는 자신을 불러주었으면 좋겠다고 생각하는 대상을 아직 한 번도 만나지 못했다. 너는 이름을 버림으로 하여 너 자신의 삶에 매듭을 지었다. 이름을 지니고 있는 동안은, 복역중인 죄인과 크게 다를 바가 없었던 것이다.

이름에 매달림으로 해서 오히려 칭칭 얽매여 이러지도 저러지도 못한다는 것을 세상 사람들은 알지 못한다. 자신의 이름에 구애되어 언제까지고 사물을 보는 눈이 길러지지 않고, 좀체 본론으로 들어가지 못하는 것이다. 나무도 풀도, 짐승도 물고기도, 벌레도 미생물도 이름이 없다. 그래도 자기는 자기다. 나는 지금까지 이름이 없다고 자신의 존재를 의심해본 적이 한 번도 없다. 인간만이 이름이 있다. 이름이 고뇌의 색을 짙게 한다.

이름을 버리고 사는 자야말로 자유의 궁극점에 도달할 수 있는 자다.

너는 이미 농가의 외동아들이 아니다. 너에게 조상은 없다. 너는 혼자 힘으로 이 세상에 튀어나온 것이다. 나는 네가 얻은 자유에 두 손을 들고 찬성한다. 하지만 네가 하는 일에 일일이 참견할 생각은 없다. 아니, 그건 거짓말이다. 너의 모든 것을 네 의지에 맡기고, 나는 그저 잠자코 경과를 지켜보기로 하겠다. 그것도 거짓말이다.

너는 누구보다도 유유히 살고 있다.

너는 의기양양하게 길을 활보하고 있다. 허전한 인상 따위는 한군데도 없다. 과밀화 현상이란 소용돌이에 삼켜지는 것은, 이름과 간판이란 추를 달고 떼지어 다니는 자들이지, 너는 아니다.

가거라, 행운아!
흘러라, 반역아!

너에게는 집이 없다. 따라서 주소도 없다.

너에게는 도시 그 자체가 바로 집이다. 번듯한 잠자리도 없다. 그러나 숭고한 정신을 지니고 태어난 너는, 종이상자를 머리 위로 뒤집어쓰고 차가운 빌딩 벽에 전복처럼 착 달라붙어 자는 홈리스 같은 발상은 하지 않는다. 그들을 기다리는 것은 넝마와 때와 뒤틀어진 성격이지, 자유가 아니다. 자유는커녕, 그들은 항상 자유를 빼앗는 측으로 돌아설 가능성을 품고 있다. 예를 들면, 독재 체제의 형성기에 한몫하는 것도 가능한 일이다. 국익을 위한다는 명분을 얻고, 싸구려 사탕을 받아 물고, 인간의 소행이라고는 도저히 상상도 할 수 없는 짓거리를 할 수도 있다. 그런 불량배들이 자유를 운운하다니 당치도 않다.

고향을 떠난 이래, 너의 흐름은 한시도 끊이지 않는다.

　너는 스물네 시간 내내 흐르고 있다. 일 년 내내 이동하고 있다. 잠을 자는 것도 달리는 전철 안이다. 잠이 오면 너는 같은 구간을 빙빙 도는 전철을 타고, 다종다양하게 보여도 실은 전혀 다를 바가 없는 타인들에 둘러싸여, 그들이 토하는 숨을 쉬고, 그들이 흥분하여 떠들어대는 시시한 이야기를 자장가 삼아 잠에 푹 빠진다. 그것은 대낮의 경우다. 백주의 대담무쌍한 숙면이 강건하고 병 없는 몸을 유지하고, 또 성장을 촉진시킨다.

　네가 가장 싫어하는 것은, 무엇보다 같은 공간에 머무는 것이다.

　네가 추구하여 마지않는 자유는, 거주의 자유보다 훨씬 고급한 것이다. 불과 십 분이라도 한자리에 머물지 않는 너이기에 썩는 일이 없다. 처음으로 도시로 나온 촌뜨기임에도 한순간도 침통한 표정을 보이지 않는 것은 그 덕분이다. 너만큼 펄펄 살아 있는 자는 없다. 너에 비하면 다른 사람들은 죽은 것이나 다름없이 여겨진다.

　너는 끊임없이 흐르고 있다.

　그렇다고 분망한 나날을 보내고 있는 것은 아니다. 너는 그 누구보다 느긋하고 편안하다. 그런 만큼 의기 탱천하여 생명력이 충만해진다. 일하지 않기 때문이다. 고용된 몸이 아니기 때문이다. 일자리를 찾으려 하지 않기 때문이다. 고정된 직업에 빌붙기는커녕 아르바이트조차 하려 들지 않기 때문이다.

　너는 시종일관 노동을 거부하고 있다.

일하지 않으면 살아갈 수 없다는 상식 따위는 이런 도시에 몸을 두고 있는 한 해당이 없다. 네가 살아가는 데 필요로 하는 것은, 대해大海를 연상케 하는 이 거리의 도처에 널려 있다. 그것들이 대부분의 사람들에게 보이지 않는 까닭은, 전적으로 그들이 지나치게 안정을 바라 안달하기 때문이다. 그것들은 전부 너를 위하여 준비된 것이다. 너는 그저, 눈에도 보이지 않을 신속함으로 오른팔을 뻗어 다섯 개의 손가락을 능숙하게 사용하여 그것들을 집는 것으로 족하다.

손님 전원의 움직임을 다 살필 수 없는 대형 백화점에 들러, 불과 한 시간 어슬렁거리기만 하면, 몸에 걸칠 모든 것을, 구두며 속옷에 이르기까지 새것으로 바꿀 수가 있다. 그리고, 백화점 지하의 시식 코너를 지날 때면 영양 만점의 다양한 식사를 즐긴다. 동전이 떨어져 있는 장소를 잔뜩 알고 있다. 때로는 고액의 지폐를 줍는 경우도 있다. 전철은 무임승차다.

그러나 너는 사회의 뒷골목을 걷는 자가 아니다.

사람이 꼬이는 장소를 근거로 삼는, 꼴사나운 불량배들과는 아주 다르다. 비슷하지만 다르다. 그들은 끼리끼리 모여 작당을 하지만, 너는 고독을 관철하고 있다. 그들은 고여 있지만, 너는 흐르고 있다. 너는 그들의 유혹에 절대로 넘어가지 않는다. 단발한 야수들에게 둘러싸여 협박을 당해도, 너는 그들의 수하가 되지 않았다. 피부색이 검은 입이 쭉 째진 남자가, 주춤주춤 뒤로 물러나는 너의 멱살을 움켜잡고 이렇게 말했다. 뒷골목에서 사는 자는, 대로에 사는 자 이상으로 결속을 단단히 하지 않으면 안 된다, 고. 너는 몰매를 맞아 반죽음을 겪었다. 그러나 너는 자신의 입장을 지켰다. 흐르는 자의 지조를 훌륭하게 관철하였다.

너는 일 년 내내 시커멓다.

검정이야말로 흐르는 자에게 어울리는 색이다. 길들기 쉬운 사람들과 선을 긋고, 진정한 자유가 목표인 삶의 상징 색이다. 점퍼, 스웨터, 팬티, 구두, 통일된 검정은 홀쭉한 너의 몸에 아주 잘 어울린다. 하지만 그것은 일부의 포교자들이 즐기는 검정이 아니고, 일부의 미신가가 경원하는 검정도 아니다. 또 긴 요양생활을 보내는 현학자의 마음에 잔뜩 칠해진 검정도 아니고, 가두에서 사타구니를 드러내 보이는 매춘부의 스타킹 같은 검정도 아니다.

그것은 이 세상 모든 속임수를 빨아들이는 검정이며, 혼미한 자아와 절교하기 위한 검정이다.

너는 도시의 함정에 스스로 빠져든 얼빠진 가출 소년이 아니다.

어떤 경우에도, 너는 자신을 잃지 않는다. 이런저런 뻔한 술수를 써서 관능을 자극하는 밤의 번화가를 지나갈 때도, 상품세계의 물신성이 풀풀 떠다니는 느티나무 가로수 길을 활보할 때도, 모든 것을 체념한 사람들이 어깨를 맞대고 살아가는 저자에 발 들여놓을 때도, 너는 너 자신이다.

너는 끊임없는 흐름에 도취감을 느끼고, 고여 있지 않음에 충족감을 느끼는 자다.

너는 황진에 휩싸여도 절대로 매몰되지 않는 자로서 두드러지게 두각을 나타내고 있다. 이해가 빠른 너는, 단 한 번의 경험으로 그 이상의 것을 배우고, 하찮은 세상일이지만 실용성 있는 진리를 자득한다. 너는 자칫 실수로 제정신을 잃는 일도 없다. 그리하여 지금 너는, 인간을 구별하여 파악할 수 있는 능력까지 갖추었다. 떼지어 모이는 자들과 그렇지 않은 자. 후자를 또 두 부류로 나눌 수도 있다. 어쩔 수 없이 그렇게 된 자와 자진하여 그런 입장을 획득한 자.

자립한 너에게 영향을 주는 부모의 높은 은덕은 없다.

가끔은 인간의 정을 느끼고 싶다고 생각한 적도 없다. 너의 주변에는 사람을 낚는 교묘한 언어들이 끊임없이 범람하고 있지만, 그러나 너의 마음에 머무는 언어는 한마디도 없다. 가족을 대신하는 존재임을 유난히 강조하는 종교적 언어도, 너에게는 풍선껌한 개 정도의 가치도 지니지 않는다. 그런 너이지만 표정은 절대로 냉혈한이 아니다.


너는 지금, 여느 때처럼 한 역에 삼십 초밖에 정차하지 않는 구두쇠 같은 전철 안에서 눈을 뜬다. 숙면한 후의 상쾌함이 그대로 꿈을 꾸는 듯한 현실로 직결된다. 오늘 역시 너의 숙면을 방해하는 자는 없었다. 도시에 사는 사람들은, 너무나 인구가 많다는 이유로 타인의 자유를 인정하고 있다. 설사 그것이 범죄라 하더라도 말이다.

너의 주변에 아우성거리고 있는 샐러리맨들이나 학생들의 눈은 벌써 죽어 있다.

먹이를 노리고 손톱을 가는 집단 날치기의 날카로운 눈조차 산 자로서의 광휘를 잃고 있다. 사람들 앞에서도 아무 거리낌 없이 꼭 껴안고 격렬하게 입술을 빠는 젊은 남녀의, 때로 상대방의 눈 속을 살피느라 열려 있는 눈에는, 명백한 의심이 부유한다.

슬슬 날이 저물려 한다.

팬터그래프*가 튀기는 불똥은, 도시를 빈틈없이 뒤덮고 있는 프래그머티즘의 불똥을 상징하는 것이다. 그리고 너는 그것을 아름답다고 느끼고 있다. 유성 따위는 문제가 안 될 만큼 아름다운 빛이라고 생각하고 있다.

알루미늄 제품인 이 차량에는, 이익을 독점하는 자는 한 명도 타고 있지 않다. 창밖으로 어지럽게 지나가는 것은, 일반 대중을 향하여 염치도 없이 거짓말을 지껄이는 무수한 간판이며, 너무 숫자가 많아 일일이 염두에 둘 수조차 없는 뜻밖의 재난이며, 위협적인 색으로 채색된 고층 빌딩들이며, 헛수고로 끝날 것이 분명한 노력이며, 사실을 오인하게 하는 정보의 과다이며, 유치한 장난을 충동질하는 네온사인의 반짝임이다.

타서 짓무른 듯한 색의 초승달을, 창끝처럼 날카로운 전파탑이 관통하고 있다.

조력자도 옹호자도 필요로 하지 않는 너에게, 교정해야 할 점

---

* 전차나 전기 기관차의 지붕에 달아 전선으로부터 전기를 끌어들이는 장치.

이 있을 리가 없다. 너란 놈은, 가을바람이 불어와도 여기저기 여전히 남아 있는 열섬*처럼, 어처구니없는 마음고생에 덕지덕지 상처입고 여기저기 널려 있는, 도시의 중압에 짓눌린 실직자들이나, 시시한 환각에 잠겨 스스로를 발광 직전으로 몰아넣는 자, 매끄러운 피부의 여자를 안고 잃을 것도 얻을 것도 상관 않고 죽음을 동경하는 그런 자가 아니다.

욕망의 억압을 받지 않는 너의 단순명쾌한 두뇌는 혼란과는 늘 무관하다.

따라서 너는, 인기척 하나 없는 광장의 수은등 아래 얼빠진 얼굴로 서 있는 일도 없거니와, 해외로 파병되는 길이 훤히 열린 자위대의 위풍당당한 행진을 멍하니 쳐다보고 있지도 않다. 또, 제 공권마저 빼앗을지 모르는 초고층 빌딩의 전망대에 올라 사방을 둘러보는 사이에, 느닷없이 절규하고픈 충동에 사로잡히는 일도 없다.

너는 네 주변에 넘실대는 언어에는 전혀 영향을 받지 않는다.

혼미한 정국이 화살처럼 뿜어내는 언어…… 시시각각 쏟아지는 왜곡된 보도…… 악마를 굴복시키겠노라고 심각한 얼굴로 외치는 신의 마수에 걸린 자의 설교…… 비행소년의 훈시에 이용되는 가소로운 교훈적인 이야기…… 너에게는 그런 것들이 조금도 통하지 않는다.

---

* 에너지의 대량 소비로 지표면의 열이 상승하는 도시 중심부.

내리막길로 들어선 이 나라의 앞날에는 암운이 떠다니는데, 너의 미래는 오히려 휘황하게 밝아오니 어찌 된 셈인가. 그것은 시류를 타고 성공을 거두는 난데모야*의 일시적인 반짝거림이나, 쓸모없이 눌어붙어 있는 샐러리맨이 뜻하지 않은 출세 때 보이는 반짝임과는 현격한 차이가 있다.

우선 무엇보다 옷차림이 다르다.

너처럼 시원스럽게 인파를 헤치고 나가는 자는 그리 흔치 않다. 상쾌한 발걸음으로 스크램블 교차점을 건너고, 문어발처럼 복잡하게 얽혀 있는 육교를 건너, 사람들로 북적거리는 환락가를 소금쟁이처럼 휙 지나가고, 중산층 의식의 침투현상에 떠밀려 자기를 잃은 사람들 사이를 멋들어지게 빠져나간다.

한 차례 곤한 잠에서 깨어나면, 너는 바로 걷기 시작한다. 그리고 거의 온종일 걸어다닌다. 먹고 마실 때도 걸음을 멈추지 않는다. 걷는 일은 너에게 숨을 쉬는 것과 마찬가지로 중요하다. 걸음을 멈추면 죽을지도 모른다. 그런 너의 몸에 불필요한 피하지방은 한 점도 없다. 너의 사지는 탄력 있는 근육과 탄탄한 뼈로 구성되어 있고, 그 정신은 하염없이 흐르는 자의 사상과 철학으로 넘치고 있다.

너는 전철역에서 제일 깨끗한 화장실에 들어가 볼일을 보고, 이를 싹싹 닦고, 세수를 한다. 너의 점퍼 주머니에는 생활에 필요

---

* 무슨 일이든 맡겨만 주면 대행하는 업.

한 물건들이 들어 있다. 그러나 그 수는 최소한이다. 너는 금이 쭉쭉 간 거울을 들여다보면서 갖가지 표정을 지어 보이고, 천파만파처럼 밀려오는 도시의 소리에, 마치 빈 악파가 작곡한 곡이라도 듣듯 귀 기울이고 있다.

너는 나날을 무의미하게 지내는 자가 아니다.

너는 끊임없이 헤엄쳐 산소를 흡수하는 물고기다. 이동을 중단하면, 너의 신변은 곧바로 어둠의 세계로 화할 것이다. 너는 오늘도 쉬지 않고 흐르고 있다. 살랑살랑 흘러간다.

너의 마음속을 헤아리는 자는 없다.

그러나 너는 그런 자와의 만남을 바라지 않는다. 온정에 매달릴 상대를 찾고 있는 것도 아니다. 너는 지금까지, 끈적끈적한 대인관계에서 마음의 평온을 얻으려 한 적이 한 번도 없다. 그렇다고 너의 세계관이 뒤틀려 있는 것은 아니고, 사회에 대하여 그릇된 선입관을 갖고 있는 것도 아니다.

소슬대는 바람처럼, 너는 조금도 뽐내지 않는다.

그런 너에게는, 유용한 결과를 초래하는 일이라면 무엇이든 그 상황에서 진리가 된다. 네가 추구하여 마지않는, 그리고 너의 삶의 원동력이며 증거인 것은, 사람과 사람 사이로 튀어오르는 자극의 불꽃이다. 너는 걸으며 그 불꽃을 그러모아, 네 안에 열심히 저장한다. 그러나 세상사를 체념하거나, 옳고 그름을 가리고 싶어하는 자들과는 조금 다르다.

너는 결코 자신을 과신하지 않는다.

엉뚱한 오해를 하지도 않는다. 너의 진의를 잘못 파악하고, 너를 백안시하는 자들이 세상에는 얼마든지 있을 것이다. 그러나 그런 소인배들은 무시하면 그만이다. 너의 태생부터 알고 있는 나는, 너란 녀석을 충분히 이해할 수 있다. 인간 세상의 굴레를 번거롭게 여긴 너를 낳아준 어머니의 마음이 고스란히 탯줄을 타고 너에게 전달되었는가. 너라는 젊은이를 이해하려면, 그간의 사정을 염두에 둘 필요가 있다.

너에게는 예정이란 것도 없고, 딱히 이렇다 할 목적 같은 것도 없다. 너에게는 어제도 없고, 내일도 없다. 너의 행동을 결정하는 것은 순간순간의 마음의 움직임이다. 그 외에는 아무것도 없다.

너는 지금, 아직 밤도 아닌데 불빛이 휘황한 오피스 가街를 걷고 있다.

이미 크게 흔들리기 시작한 고용자 측의 온정과 종업원 측의 충성심이, 이 나라의 장래를 암시하고 있다. 하지만 계급투쟁의 대부분은 체제 내부로 기어들어가, 그 옛날의 그리운 추억 속의 적색혁명 같은 파란이 일어날 가능성은 거의 보이지 않는다. 도처에서 어리석은 백성을 선동하려는 다양한 움직임과, 사회적인 지도력을 휘두르려는 자들의 움직임이 술렁대지만, 아직 힘다운 힘을 발휘하지 못하고 있다. 그러나 상호 상승작용을 하고 있는 빈곤과 악덕의 정도는 어느 누구도 감당할 수 없는 수준에 도달해 있다. 이제 곧 정부가 민심의 동요를 두려워하게 될 것이다. 하지만 그런 요인들이 너에게 부정적으로 작용하지는 않는다. 오히려 그 반대다.

 종합병원의 지하 영안실로 통하는 계단 앞을 지날 때, 너는 발목까지 오는 구두를 신은 시체가 운반되고 있는 것을 본다. 그 시체가 엉망진창으로 짓뭉개져 있다 해도, 죽음이야말로 틀림없는 진실이며, 유일무이한 현실이다. 너는 타인의 죽음을 접할 때마다 격렬하게 매료되고, 거기에서 튀는 불꽃을 분명하게 느낀다. 지나가다 우연히 만난 죽음에서, 다중성의 광휘와도 같은 감동을 느끼고, 동시에 무어라 말할 수 없는 편암함을 느낀다.

 그러나 도시에서 보는 사자는, 눈 깜짝할 사이에 많은 사람들에 휩싸여 어딘가로 사라지고 만다.

 두 눈으로 똑똑히 보았음에도 불구하고, 너무도 짧은 시간에, 모처럼의 기억이 점점 착각 쪽으로 미끄러지고 만다. 드넓은 바다를 물결과 바람에 둥실둥실 떠가는 떠돌이 중처럼, 움직이기 어렵고 감개무량한 죽음과 만나기는 그리 쉽지 않다. 어디랄 것도 없이 바삭바삭하게 마른 이 도시에서, 이미 깊이 음미해야 할 금언으로 감싸인 죽음을 보기는 불가능에 가깝다. 도시에서는 이미 오래전에 생과 사의 싸움이 유착 상태에 빠져 있다.

 오락 센터는 한결같이 의사소통이 결여된 젊은이들로 버글거리고 있다.

 그들은 해마다 생동감을 더하는 입체 게임기를 통한 의사 체험에 정신을 잃고, 점차 유아로 퇴행하고 있다. 과학적인 진리를 억지로 주입하는 교육으로부터 필사적으로 벗어나려는 그들이지만, 그러나 낙오자가 되기가 고작이다. 너처럼 모든 연줄을 단호하게 끊지 못하는 그들은, 몸부림칠수록 스스로를 얽매게 된다. 그런 자들에게 감동은 없다.

너는 그들보다 훨씬 고급하다.

너는, 복잡한 오락기의 포로가 되고 중독되어 밤낮으로 동전을 쑤셔박는 어리석은 자는 아니다. 네가 이 천박한 오락실에 들르는 까닭은, 지나치는 길에 청바지 뒷주머니에 삐져나와 있는 자동차 열쇠를 슬쩍하기 위함이다. 본업이 날치기인만큼 긴장하지 않아도 그 정도는 간단히 해치울 수 있다. 괴상한 음악과 과장된 효과음으로 시끌시끌한 실내를 한 바퀴 빙 도는 동안 그것을 손에 넣은 너는, 몇 분 후에는 벌써 카프리오레 스포츠카의 핸들을 쥐고 있다.

어깨너머로 보고 배운 운전치고는 대단한 솜씨다.

난폭한 운전을 장기로 삼는 택시 운전사에 비해서도 손색이 없다. 발정기의 민물고기처럼 눈에 띄는 그 스포츠카는, 시원스러운 질주감으로 너를 바라는 곳으로 안내한다. 속도를 올리는 만큼 밀물처럼 밀려오는 충족감. 과거를 흘려보내고, 악연을 끊기에는 더할 나위 없는 최상의 해방을 가져다주는 자동차. 너는 웃고 있다. 껄껄 웃고 있다.

일단 고속도로로 진입하면, 세상은 이미 너의 것이다.

바람구멍이 뻥 뚫린 마음이 스피드에 녹아든다. 그것은 되돌아오기 위한 질주가 아니다. 도처에서 자동차끼리 처절한 사투를

벌이고 있다. 운전자의 감정은 배기음에만 담겨 있다. 모여 살기를 좋아하면서도 타인들과의 교제에 지친 사람들이, 여전히 질리지도 않고 안주의 땅을 찾아 열심히 달리고 있다. 아무리 달려도 그들이 구태를 벗기란 불가능할 것이다.

물불을 가리지 않는 너의 질주에 맞설 자는 없다.

난폭한 운전자는 얼마든지 있지만, 그러나 독행의 정신을 기르며 엑셀을 밟는 것은 너 하나뿐이다. 너는 천부적인 재능을 발휘하여 V8 엔진을 자유자재로 조종하고, 쓸어내다버릴 만큼 많은 반사신경을 일깨워 주춤거리는 엔진이 흙먼지를 일게 하고, 기관총처럼 경적을 눌러대며 그들을 정복해간다. 그리고 흡기음과 배기음을 이용하여 너 자신에게 격문을 띄운다. 절대로 멈춰서는 안된다, 고 말한다. 무슨 일이 있어도 브레이크를 밟아서는 안 된다, 고 말한다. 그런 너에게 차가운 눈초리를 보내는 무저항주의 자들은, 네가 저 멀리로 사라진 후에야 생각났다는 듯 성난 소리를 지른다.

빌딩들의 만화경 같은 창문에 차례차례로 비치는 광경, 그것은 지금의 것만은 아니다. 그렇다는 것을 알아챈 자는 아마 없을 테지만, 실은 이 나라의 그리 머지않은 내일의 모습도 언뜻언뜻 비치고 있다.

예를 들면, 검은 헝겊을 단 채 내걸려 있는 조기.

예를 들면, 어리석은 국민을 선동하는 권세욕으로 똘똘 뭉친, 사람의 얼굴을 한 짐승의 무리.

예를 들면, 지진의 불길에서 나온 많은 사람들.

예를 들면, 웅장한 저택의 복도를 줄지어 저벅저벅 걸어가는, 심장이 서늘해질 만큼 훈장을 잔뜩 단 군 장성들의 무리.

이 나라는 다시금 피에 굶주린 방향으로 흐르고 있다.

왕성한 야심을 품은 자들이 작당하고, 무엇이든 갖고 싶어하는 부자와 결탁하여 이 나라를 송두리째 집어삼키려 하고 있다. 존재 이유와 역할이 점점 더 애매해지고 있는 지식인계급은, 변함없이 뜬소문에 의존하면서, 공정과 신의를 교묘하게 주절거리고, 자유주의 체제의 부속물에 지나지 않는 자신들의 입장에 지극히 만족하고 있다. 이래서는 역부족이라고 불평을 투덜거리는 자도 없다. 그들은 어둠 속에서 끈을 조종하는 인물에 스스로 굴복하면서, 방심한 대중을 향하여 단결을 호소하고 있다. 권태에 침식된 지 오래된 대중의 불어터진 삶은, 현존하는 중요한 문제의 해결 방안을 일일이 앗아가고 있다.

이 도시가, 이 나라가, 이 행성이 제정신을 차릴 날은 절대로 오지 않을 것이다. 시대의 흐름을 막는 데 성공한 자가 있다는 얘기는 과거에도 오늘날에도 들은 적이 없다. 한 번 그쪽으로 움직이기 시작하면, 그다음은 갈 데까지 가는 길밖에 없다. 그것이 시대라는 것이다. 어느 시대든 그랬고, 앞으로도 그럴 것이다. 그것은 질량불변의 법칙에 버금가는 진리다.

그리고, 너처럼 상호의존을 전혀 염두에 두지 않고, 결코 실수

를 하지 않는 젊은이 또한 하나의 진리다. 너라는 녀석은, 청운의
꿈을 품고 고향을 등진 어리석은 인간도 아니고, 무위도식하며
환락에 탐닉하는 재주밖에 없는 양가의 자제도 아니다. 너는 어
느 누구와도 갚고 받을 관계를 맺지 않고, 하얗게 비어 있는 인생
에 관해 날을 밝히며 이야기할 친구도 필요로 하지 않는다. 그런
너를, 자신에 대한 불신에 짓눌려 홀로 초연한 척하는 젊은이와
동일시할 수는 없다.

왕성한 호기심을 갖고 있는 너는 수많은 현대사회의 사상을 눈
도 깜박이지 않고 지켜본다.

폭넓은 투지의 혼을 지니고 있는 너는, 그 어떤 궁지에 몰려도
소리내지 않고, 어떻게든 활로를 개척한다. 너는 언제라도 혼자
일 수 있지만, 그러나 이 세상과의 의사소통을 거부하는 자는 아
니다.

그 증거로 너는 세간의 일을 잘 알고 있다.

쓰레기 소각장의 높은 굴뚝에서 솟아오르는 연기의 성분도 알
고 있고, 국정의 주축을 이루며 사회를 움직이는 자들의 정체가
하나같이 묘연하다는 것도 알고 있다. 빵가게에서 재고 처리한
케이크가 누구의 위로 들어가는지도 알고 있고, 축재자들이 너나
할 것 없이 애타주의자들에게 적극적으로 아부를 떠는 이유도 알
고 있다.

무얼 알고 있다 해도, 너의 관대한 마음은 동요하지 않는다.

무얼 알고 있다 해도, 너의 흐름이 정체하는 일은 없다.

너는 계속 흐르고 있다. 너는 훔친 스포츠카를 타고 끝없이 달리고 있다. 살의를 품고 거리를 좁혀오는 대형 트럭을 개의치 않고, 간단히 삼백 마력을 내는 개조 차량에도 콧방귀를 뀌며, 그 강적을 눈 깜짝할 사이에 쫓아가 단숨에 추월하고는 기성을 지른다. 그렇게 하여 너는 과거의 너를 탈피하고, 아는 자 하나 없는, 너만의 냉정한 공간을 자유분방하게 헤엄치고 다닌다.

너를 핏줄의 정을 못 잊어하는 버림받은 아이로 보는 것은 오산이다.

너는 자신의 힘만으로 이 세상에 기어나왔다. 육아백과의 어디에서도 찾아볼 수 없는 방법으로 자신의 목숨을 구했다. 너는 태어난 그 순간 잔혹한 세상에 기가 죽는 그런 연약한 신생아가 아니었다. 그리고 너를 키워준 어버이라니. 자식을 얻었다는 기쁨을 충분히 만끽하고, 아들이 드디어 골치 아픈 일들을 일으킬 나이가 되자, 갑자기 무너진 산과 함께 골짜기 아래로 떨어져, 집째 고스란히 대량의 토사에 파묻혔다. 그들의 생애는 행복했다고 생각한다. 그들에 대한 운명의 조치는 실로 정당했다고 생각한다. 그 점은 너도 마찬가지다. 운명은 너를 위하여 뒤탈이 없도록 손을 썼다. 그렇게 너에게 흐를 수 있는 계기를 마련해준 것이다. 나는 그렇게 생각한다.

따라서 너는 조금도 뒤틀려 있지 않다.

타인의 물건을 슬쩍 훔치기는 해도, 불구자를 보살피는 마음마저 잃지는 않았다. 뛰어난 호인도 아니고, 또 만인에게 통하는 이치를 따르는 자도 아니지만, 그래도 너는 성격파탄자가 아니다. 보통 사람과 아주 다른 점이 있다면, 그것은 네가 개인의 자유를 지상의 것으로 구현하고 있다는 점이다. 너에게는, 사람이 사람인 이유는 사회적인 동물이기 때문이라는 설이 해당되지 않는다.

처음부터 추방당한 자들 속에 속해 있지 않았던 너다.

고독 속에 있으면서도 당당한 너다.

너야말로 다름아닌 너다.

정상적인 자야말로 이단자 취급을 받는다는 의미에서, 과연 너는 이단자의 전형이라 할 수 있다. 그러나, 나도 실은 네 능력이 어떤 것인지 확실하게 볼 수 없다. 어쩌면 너는 내 기대에 반하여, 그저 바람 같은 사나이로, 아니면 천 명에 한 명꼴인 괴짜로 지지부진한 일생을 마칠지도 모른다.

그렇다고 뭐 내가 너의 장래에 큰 기대를 걸고 있는 것은 아니다. 타인에게 아쉬움을 남기면서 세상을 떠나는 큰 인물, 혹은 금자탑을 세우는 위인을 꿈꾸는 것은 아니다. 나는 그저 네가 마지막 한순간까지 너 자신일 수 있기를 바랄 뿐이다. 상황이나 입장이 어떻게 변하든, 타인과 세상에 영합하고 국가에 순종하여 생활의 질서를 바로잡는 그런 짓거리만은 하지 말아다오. 설령 수난에 찬 일생이라 하더라도 말이다. 너에게 바라는 것이 있다면, 오직 그 한 가지다.

카스테레오에서 흘러나오는 목소리가 내게도 분명하게 들린다. 그것은 밤이 깊으면 갑자기 접근해올 태풍의 눈에 대하여 상세한 정보를 반복하고, 속이 뻔히 들여다보이는 상투적인 문구를 거칠게 짜깁기한 시엠송을 흘리고, 여기저기 눈치를 보지 않으면 안 되는 정치평론가들의, 나라의 헌법을 중요시할 것인지 어떨지에 관한 별 결말도 없는, 다람쥐 쳇바퀴 도는 듯한 논의를 흘리고 있다. 그 틈틈이 흐르는 음악이라니, 이십 세기 말에 작곡된 미국 팝송의 아류투성이로, 전혀 새로울 게 없다.

지금 사람들은 과대한 기대를 품고 맞이한 신세기를 어떻게 감당해야 할지 모르고 있다.

이십일 세기를 향한 꿈이 부푼 것은 이십 세기 최후의 일 년에 불과했다. 여전히 그들은 해방되지 않았고, 종종 터뜨릴 길 없는 분노와 슬픔에 휩싸이고, 암울한 기분에 저도 모르게 얼굴을 찡그린다. 미신을 믿는 자들을 미개인이라고 한마디로 무시하던 작자들이, 지금은 다신교적인 신비주의에 추파를 던지며, 그럴싸한 인격을 지니고, 그럴싸한 풍모를 겸비한 속물에게 경도되고 있다.

사람들은 다시금 신들에 둘러싸여 있다. 그뿐만 아니라 "이제 모든 것이 끝났다. 신은 패배했다!"고 드높이 외치는 사람 따위는 구경도 할 수 없게 되었다.

이루 헤아릴 수 없이 엄청난 수의 전파가 네 주변을 날고 있다.

그 전파들은 무익한 일시적인 정보와 통치자에게만 유리한 정의라는 이념을 열심히 날라, 썩은 토마토 내다버리듯 쏟아붓고 있다. 상식을 넘어서는 통신수단의 발달로 과다한 정보가 세태에 영향을 주고, 세태는 다시 정보에 영향을 주고 있다. 사람들은 머리가 핑핑 돌 정도의 정보에 현혹되어, 사건이나 사물을 곱씹어 볼 여유가 없다. 모든 분야에서 회의주의적인 경향이 농후해질 뿐이다. 예를 들면, 언젠가는 닥칠 플레이트형 대지진에 관한 심도 있는 해설만 해도, 결국은 왜 아직 지진이 일어나지 않을까 하는 의문으로 시종하고 있다.

이런 시대에 살고 있음에도, 너라는 존재는 눈에 띄게 두드러진다.

너만큼 시원스럽고 상큼한 삶을 사는 자는 달리 없다. 자신에게 적합하지 않은 삶을 강요당해 완전히 침체된 사람들 속에 있으면서, 너는 혼자만 살랑살랑 흐르고 있다. 너의 모든 행위와 처신은 풋풋한 생명의 시위이며, 숨을 죽이듯 간신히 살아가는 산 죽음들의 주의를 끈다.

그러나 한없는 자유를 동반하고 둥실둥실 떠다니는 너를 곁눈질하며 지나가는 노동자들은, 너의 현저한 사회성의 결여에만 주목하여 수군거리며, 그 이유 하나만으로 지능이 모자라는 놈이라고 단정짓는다. 그렇게 비하하는 것으로써 간신히 정신의 평형을 유지하고 집으로 돌아갈 수 있는 그들은 네가 발하는 분방한 광휘가 너무도 눈부셔 채 십 초도 응시할 수 없다. 그만큼 그들의 혼은 쇠약해져 있는 것이다.

너는 달린다.

조금도 백미러에 연연하지 않는 질주는, 군중에 뒤섞이기 위한 질주와는 정반대다. 너는 지나간 광경에 미련을 두지 않는다. 너의 코를 납작 눌러주려고 약이 올라 쫓아오는 자신만만한 운전자, 얼굴은 한결같이 핏빛이 가셔 있다. 죽은 자의 얼굴이다. 그들의 표정은, 도망자의 그것과 전혀 구별되지 않는다. 그들은 목숨을 애지중지하면서 달리고 있다. 그들은 또, 자기의 한계속도 너머로 펼쳐지는 충일감을 아직 몸으로 느끼지 못한 모양이다. 아무리 분발해도, 그들이 항상 끌고 다니는 에토스에 대한 집착이 저도 모르는 사이에 브레이크를 밟게 하는 것이다.

잃어버린다고 아쉬울 것 하나 없는 너의 질주는, 이미 운전 기술 운운하는 수준을 넘어서 있다. 마음만 먹으면, 당장이라도 현재의 목숨을 완전 연소시킬 수 있는 너에게 내일은 필요하지 않다. 그렇지만 너는 죽음을 향하여 똑바로 돌진하는 자는 아니다.

매우 거친 운전이지만 너는 정확하게 급소를 알고 있다.

그 증거로, 도로 여기저기에 어지럽게 흩어져 있는 낙하물의 정체를 분명하게 확인하면서 핸들을 꺾는다. 아무리 작아도 금속 조각은 피해 지나가고, 스티로폼 상자는 납작하게 짓뭉개뜨린다. 그 밖에 위엄 있는 직함의 명함도, 떨어진 마권도, 남에게 빌린 사상을 기둥으로 한 인생 지침서도, 혀끝 하나로 한 세상을 진동시키는 땅딸보 주먹코에 언제나 땀을 흘리고 있는 쉰 목소리의 잘나가는 정치가의 선거용 포스터도, 가차 없이 타이어에 깔리고 만다.

무슨 일이 있어도 피해야 하는 것은, 긴 트럭의 짐칸에서 떨어진 코린트식 원주와, 사고 차량의 잔해와, 그리고 음독자살을 기도하였다가 채 죽지 못하여 길 한가운데 널브러져 있는 살아 있는 인간이다. 삶과 죽음이 격렬한 소용돌이를 일으키고 있는 이 세상에서, 화를 자초할 필요는 없다. 지금까지 나는, 아름답게 승화된 인간의 죽음 따윈 본 적이 없다.

인간의 그 어떤 죽음도 대개는 추악하다.


비가 내릴 듯 말 듯 일정치 않은 날씨인데도, 너는 도시의 전경을 바라볼 수 있다. 게다가, 이 평원 너머로 줄줄이 이어지는 푸른 산, 바람을 몰고 오는 해류와 발갛게 빛나는 저녁 해로 가득한 수평선을 본다. 그뿐만이 아니다. 입자의 지평과 사상事象의 지평도 똑똑히 볼 수 있다. 그런 너에게 숙고를 요하는 문제도, 반드시 지녀야 할 정경도, 들끓는 여론도 다 하잘것없는 것이다. 세상 어디에 몸을 두고, 사회의 어떤 자리를 지킬까 따위는 전혀 염두에 없는 너지만, 그렇다고 꺼림칙함을 느끼는 일은 없다.

환락의 저자에 있어도, 만원 전철 안에 있어도, 무단으로 빌린 자동차 안에 있어도, 너는 태어난 숲속에서 금빛 서광과 함께 온몸으로 받아들인 천지의 정을 분명하게 감지할 수 있다. 네가 태어난 지 벌써 십팔 년이 지났는데도, 너의 가슴속에는 변함없이 떨어져 휘날리는 꽃잎이 있고 여름 하늘 아래서 마음껏 지저귀는 작은 새들의 눈부신 삶이 있고, 금환식 때 볼 수 있는 코로나의 광휘가 있다.

그와 동시에, 너의 사지는 점점 안정을 잃어가고 있는 생물군의 생태도 확실하게 파악하고 있다. 너는 그 민감한 피부와 이마 한가운데 있는 별 모양 점으로, 과거처럼 윤활하지 않은 질소의 순환과, 파괴될 뿐인 지구 생태계를 정확하게 인식하고 있다.

그러나 너는, 불필요한 수많은 주장을 대하듯 일단은 그런 비극의 조건을 완전히 묵살하고, 눈앞에 펼쳐지는 순간순간의 설렘과 함께 지금을 힘차게 살고 있다. 너는 너를 향하여 날아드는 모든 것을 고스란히 받아들이기는 해도, 그대로 믿지는 않는다. 너는 어디까지나 살아 있음의 환희를 체현하고 있다. 너의 기질에는 아무런 불균형도 없다.

너는 한결같은 태도로 흐르고 있다.

너는 그 젊은 나이에 이미 확고한 신념으로 사는 자가 되었다. 너는 오로지 낭보를 기다리는 타입도, 자신의 손으로 미래의 문을 비틀어 여는 타입도 아니다. 너는 자동차와 충돌하기 직전에 홀연히 방향을 바꾸는 제비다. 그런 너에게, 도무지 수긍이 안 가는 점이란 하나도 없다. 너는 시끄러운 문제에 휘말리면 곧 타당한 해결책으로 곤란을 피한다.

너는 타인의 차동차를 몰며, 퇴화가 시작된 문명 속을 질주한다.

너는 재산 증식에 급급하여 부패만 심해지는 세상을 휙휙 질러간다. 너는 맥주병의 마개를 따는 퐁 하는 소리의 상쾌한 울림에 숨겨진 조촐한 행복을 흩뿌리며 간다. 그리하여 너는 누적될 뿐인 범죄와, 근절하기 어려운 모든 폐해 옆을 시속 백오십 킬로미터로 달려간다.

신나게 달려, 너는 그대로 동물원으로 차를 몰고 들어간다.

목적은 두 가지. 도난당한 차량의 수배가 시작되기 전에 차를 버리는 것. 또 한 가지는 태어날 때, 또 소년기에 뚫린 마음의 자그만한 바람구멍을 치유하기 위한 것. 그것은 완치 불가능한 지병이라 해도 무방할 것이다. 그 구멍은 밥주머니와 비슷하다. 즉 정기적으로 무언가 따스한 것을 집어넣어주지 않으면 안 된다. 그러나 식사와는 달리 하루 세 번이 아니라, 기껏해야 한 해에 두세 번 정도면 족하다. 그것은 아무런 예고도 없이, 아무런 계기도 없이, 돌연 너를 기습한다. 그것은 풀숲에 숨어 있는 독사처럼 불쑥 너의 머리를 깨문다. 그때마다 너는 이 동물원으로 달려오지 않으면 안 된다. 약물중독자가 금단현상에 고통스러워 식은땀을 뻘뻘 흘리며 번화가로 뛰어드는 것처럼.

만약 그때가 한밤중이라면, 너는 동물원의 문이 열릴 때까지 줄곧 문 앞에서 고통에 몸부림쳐야만 한다. 그런 때의 네 표정은 목숨이 얼마 남지 않은 중환자와 별 차이가 없다. 도저히 참을 수 없어지면, 너는 침입하기 어려운 동물원은 단념하고, 거기서 조금 떨어진 식물원의 높은 담장을 뛰어넘고, 모조 숲으로 몸을 던져, 줄기와 잎의 절묘한 밸런스로 장생하고 있는, 마음에 드는 나무를 꼭 껴안고 목을 놓아 운다.

너는 모를 것이다.

어째서 자신이 아무 매력도 없는 그런 나무에 끌리는지 모를 것

122

이다. 무리도 아니다. 실은 그 나무는 너의 어머니가 목을 맨 나무와 같은 종류인 것이다. 뻗은 가지 모양도 비슷하고, 뿌리를 덮고 있는 흙의 향내도 똑같다. 발이 쑥쑥 빠질 정도로 부드러운 그 지면 같으면, 거의 일 미터 반 정도의 높이에서 미끈한 액체와 함께 떨어지는 신생아의 충격을 팔 할 정도 흡수할 수 있을 것이다. 그러나 네가 아무리 그 나무에 마음을 기댄다 해도, 마음의 구멍으로 불어오는 차가운 바람을 누그러뜨릴 수는 없을 것이다.

푸르스름한 밤, 그 나무 앞에 쭈그리고 앉아 있는 너의 모습에서 웅크린 짐승을 본다.

그러나 너란 놈은 절대로 둔감하고 감동이 없는 생물이 아니다. 연약하지 않다고 해서, 의지할 대상을 필요로 하지 않는다고 해서, 막돼먹은 덜렁패는 아니다. 모든 것을 이치로 재단하면서 살아가는 철인哲人도 아니다.

때로는 엉뚱한 행동을 취할 때도 있다.

너는 태양 주위를 도는 별처럼, 속세의 신앙과는 아무런 인연도 없는 그 나무 주위를 빙빙 돈다. 그러다 오열이 북받치면 그 나무에 마구 매달려, 인간의 울부짖음이라고는 도저히 생각되지 않는, 식물원을 둥지로 삼고 있는 작은 동물 — 주로 도망친 애완동물이지만 — 이나 염세주의자들인 홈리스들이 눈을 번쩍 뜨고 소스라칠 정도의 그런 기이한 소리를 질러댄다.

그리고 그 목소리의 끔찍함에 스스로 제정신을 차린다.

동시에 풋풋한 표정으로 입을 꾹 다문다. 그러고서 너는, 두서없이 떠올랐다가는 사라지는, 사라졌다가는 다시 떠오르는 무질서한 상념을 필사적으로 떨쳐버리면서, 모조 숲에서 서둘러 빠져나온다. 그리하여 너는 콘크리트로 단장한 무생물의 세계로 돌아가, 시정의 무뢰배들처럼, 또는 방황하는 청춘기에 있는 나약한 무리들처럼 휘청거리는 걸음으로 엽록소의 기운으로부터 점점 멀어져간다. 몇만 몇십만 대의 자동차 엔진이 윙윙거리는 굉음 속으로 홀연히 파고든다.

네가 등 언저리로 서늘한 한기를 느끼며 찾아가는 도심의 번화가는, 그 어디나 시뻘건 불꽃 같은 현란한 빛에 싸여 있거나 아니면 알록달록 사뭇 따스한 빛으로 넘치고 있다. 그러나 너를 마음 깊이 비춰주는 광명 따위는 한 줄기도 없다.

너는 지금 동물원에 있다.

아슬아슬하게 폐원 시간에 닿았다. "너무 늦어서 천천히 구경하기 힘들 겁니다"라고 온정 어린 얼굴의 담당 직원이 말했다. 그러나 너는 그 충고에는 귀 기울이지 않고, 관람 순서를 표시하는 입간판도 일절 무시하고, 손님 끌기용 진귀한 동물에게는 눈길조차 주지 않고 달린다. 대나무숲 속에 아련히 남아 있는 향기를 탐닉하기에 여념이 없는 판다도, 늙은 몸을 옆으로 누이고 하늘을 우러러 길게 탄식하는 롤런드 고릴라도 상대하지 않고 길을 서두른다.

원숭이류라면 그 밖에도 얼마든지 있는데, 너는 늘 일본원숭이에게만 관심을 보인다.

안쪽으로 흰 미끌미끌한 벽과 깊고 넓은 구덩이에 갇혀 있는 그들은, 그 나름의 질서를 유지하며 떼를 이루고 있다. 인공 바위산의 여기저기에 앉아 저마다 편안함을 즐기고 있다. 그때그때의 생리적 요구에 따라 움직이고, 산을 오르거나 열심히 털을 손질하면서 눈앞의 위기를 교묘하게 회피하고, 푸대접을 달게 받아들이고 있다. 그토록 멈춰 서기를 싫어하는 네가 원숭이 앞에 서면 발에 뿌리라도 내린 것처럼 꼼짝을 하지 않는다. 그만큼 한곳에 머무르기가 수월치 않은 네가, 난생처음으로 원숭이를 보는 어린애처럼, 난간을 붙든 채 빨려들어갈 듯 뚫어져라 쳐다보며, 딱딱하게 굳어 있다.

왜인가.

시간의 흐름을 잊고 원숭이만 하염없이 응시하는 너의 얼굴에서는, 어느 틈엔가 자유롭고 독자적인 정신이 발하는 번뜩임이 사라지고, 절대로 나쁜 의미는 아닌 타력본원他力本願의 반짝임이 자리를 대신하고 있다. 밀물처럼 밀려오는 저녁 어둠 속에서, 너는 언제까지고 원숭이에게 넋을 잃고 있다. 먹이를 주는 것도 아니고, 말을 거는 것도 아니고, 또 어느 특정한 한 마리를 좇지도 않고, 무리 전체를 멍하니 바라보고 있다.

그런데 원숭이 쪽은, 너라는 인간의 출현에 이상하리만큼 각별한 반응을 보이고 있다. 너의 체모가 유난히 짙다든가, 얼굴 생김이 인간 같지 않다든가, 체취가 짐승 같다든가, 전혀 그렇지 않음에도 불구하고, 어느 원숭이나 수놈에서 암놈까지 모두 너를 빤히 쳐다보고 있다. 당연히 차분하지 못한 새끼 원숭이까지도 장난질을 중단하고 아주 신기하다는 듯 눈을 말똥거리며 너를 보고 있다. 겁을 내지도 않고, 떠들어대지도 않고, 그저 그렇게 조용히, 너라는 인간을 질리지도 않고 바라보고 있다.

이윽고 원숭이들이 제정신을 차린다.

그리고 다시금 하고 싶은 대로 하는 낯익은 행동 패턴으로 돌아간다. 아니, 다소의 변화는 보인다. 오래도록 갇혀 있음으로 인한 험악함이 가시어 있다. 연일 인간들의 으스대는 눈길을 받아야 하는 짜증스러움도 가시어 있다. 끊임없이 싸움을 반복하며 자신의 존재를 확인하고 싶어하는 본능도 어딘가로 사라지고 없다. 우스갯거리가 되는 행동거지도 삼가고 있다. 당장은 믿기 어려운 일이지만, 산달이 되어 둥그런 배를 껴안고 있는 어미 원숭이까지 편안함에 겨운 깊은 잠에 빠져 있다.

원숭이 산 앞에서 흐름을 멈춘 너의 몸 전체에서, 천애고아의 애절한 분위기가 풍기고 있다.

그런 너를 알아차리고, 안면이 있는 사육 담당이 속살거린다.

"그렇게 좋으면 함께 여기서 일하지 그래, 어?"

흘러내릴 듯 둥그런 어깨에 코가 빨간 남자가 말한다.

"일손이 모자란다구."

그러나 너는 냉정한 대답으로 거절한다.

"원숭이는 딱 질색이야."

그렇게 말하는 너는 언제까지고 그 자리를 떠나지 않는다.

마침내 구름이 어지러이 날던 하늘에 빗방울이 돋는다.

바람 자던 상태가 끝나고 한 무더기 열풍이 원내를 몰아친다. 갇힌 신세의 짐승들이 일제히 하늘을 우러른다. 본격적으로 내리기 시작한 비는 원숭이의 등을 때리고, 너의 머리를 두드린다. 구경꾼들은 산산이 흩어지고, 태풍이 몰려오기 전에 집으로 돌아가려고 출구를 향하여 뜀박질을 한다. 방금 전까지 여기저기서 볼 수 있었던 무리진 사람들의 흔적에는 교만이란 온기가 오롯이 남아 있다.

그러나 너와 원숭이들은 조금도 동요하지 않는다.

옆으로 들이치는 빗발을 개의치 않고, 아니 마치 비가 내리는 것조차 전혀 알지 못한다는 태도를 견지하고 있다. 너희에게 그것은 구질구질하게 쏟아지는 비가 아니다. 자애로움에 찬 뜨뜻미지근한 하늘의 물은, 너의 가슴 깊은 곳의 갈라진 틈에까지 파고들어가, 마음속 또는 더 깊은 속에 덩어리져 있던 정념을 조금씩 조금씩 녹인다.

너도 원숭이도 느긋한 기분에 젖어 있다. 중책을 지고 있는 우두머리 원숭이까지 이때만은 어깨에서 힘을 빼고 있다.

원내 방송이 태풍이 접근하고 있으므로 폐원 시간을 단축한다는 뜻을 전한다.

늙은 사육 담당이 또 다가와, 너의 어깨에 주름진 손을 살며시 얹는다. 너는 긴 한숨을 한 번 쉬고 조용히 그곳을 떠난다. 그러자 원숭이들이 일제히 운다. 그들의 외침 소리는, 범상치 않은 날씨에 소란을 피우는 다른 동물의 소리와는 달리 슬픔에 차 있다.

　동물원의 주차장은 텅 비어 있다.

　남아 있는 차는, 아까 네가 타고 온 한 대뿐이다. 덮개를 닫아두지 않아 차 안이 온통 비에 젖어 있다. 그러나 다시 그 차를 탈 만큼 너는 어리석지 않다. 이미 수배가 시작되어, 근처 어디에 숨어 망을 보고 있는 남자가 없다고 장담할 수 없다. 체포될 공산이 크다. 너는 한 번도 경찰의 손에 걸린 경험이 없음을 자랑스러워하고 있다. 너의 자유를 방해하는 자가 누구인지를 너는 아주 잘 알고 있다. 구속과 감금을 당당히 해치울 수 있고, 그것이 상투 수단인 어떤 자들에게는 주의가 필요하다.

　너는 입을 크게 벌리고 하늘을 우러러 목을 충분히 적신다.

　그리고 폭우 속을 걷는다. 비에 젖은 생쥐 꼴을 두려워하지 않는 너는, 쏟아지는 빗속 도처에서 고향의 산하를 보고 있다. 몸부림치는 가로수가 숲과 닮은 나무 향을 풍기고 있다. 격렬한 기세로 길가 도랑으로 흘러드는 빗물이 계곡 물과 비슷한 소리를 내고 있다. 정나미 떨어지는 촌락 공동체의 답답함이 되살아난다. 지겹도록 이어지는 축하의 술잔치…… 근거 없는 비난에도 헤실헤실 웃고 있는 농민의 둔감함…… 가계의 존속이 유일한 목적인 노동…… 남존여비의 폐해…… 너무 강하여 현기증이 이는 혈연의식…… 순박하기는커녕 상스럽기만 한 사투리…… 사상의 현저한 특징인 사대주의.

너는 비에 젖은 도로를 가로질러, 밤낮을 가리지 않고 움직이는 도심부로, 하루에 몇십만은 가볍게 삼키고 토하는 역의 빌딩으로 들어간다. 그러고는 단박에 수백만분의 일의 허망한 존재가 되어, 수도권을 뒤덮은 중형급 태풍의 심연으로 깊이깊이 가라앉는다. 그 뒷모습은 고향을 떠난 자의 그것이다. 그렇지 않으면, 상처투성이 비파 하나에 의지하여 전국 각지를 전전하는 눈먼 승려의 그것이다.

나는 불현듯, 그 떠돌이 중의 추억에 잠긴다.

돌풍과 빗소리에 완전히 청각을 잃고 어느 사이엔가 가도에서 벗어나 숲을 헤매들어온 그 벽창호의 기억이 선명하게 되살아난다. 그것은, 모든 세상에 전해내려오는 이야기가 사실史實과 일치한다고 믿어지고, 극채색의 그림 속에서 정토를 진심으로 꿈꿀 수 있었던 시절에 새겨진 기억이다. 그리움 따위는 하나도 없는데, 내 의사에 반하여 점점 추억이 퍼져간다.

비파를 껴안은 떠돌이 중은 도처를 걸어 돌아다닌 듯 지칠 대로 지쳐 있었다.

이미 풍류를 즐기는 자의 얼굴이 아니었다. 한참 후 그는 나를 알아본 듯, 여하튼 몸을 의지할 수 있는 상대를 발견했음에, 후 하고 안도의 한숨을 쉬었다. 그리고 너덜너덜한 옷을 걸친, 깡마른 몸을 내 밑동에 살며시 뉘었다. 소중한 장사 밑천을 적시지 않으려고, 그는 비파를 가슴에 꼭 껴안은 채 잠들었다.

떠돌이 중이 그렇게 잠들어 있는 동안에도 폭풍은 쉬지 않고 숲을 뒤흔들었다.

여기저기서 크고 작은 나뭇가지들이 꺾이고, 새 둥지가 떨어지고, 늪 속 진흙뻘에서 피는 연꽃이 불어난 물에 잠겼다. 강풍에는 어지간히 자신이 있는 나마저도 휘청거릴 정도로 맹렬한 바람이었다. 만약 내가 드넓은 벌판 한가운데 덩그마니 서 있는 나무였다면, 설사 뿌리의 수가 현재보다 몇 배 많았다 해도, 필경 뿌리째 뽑혔을 것이다. 그 같은 나도, 자칫 제 주제를 모르고 으스대기 좋아하는 나도, 그때만은 인간이나 원숭이와 마찬가지로 나무들 역시 서로를 의지하며 살아가야 한다는 괘씸한 상식에 매달리지 않을 수 없었다. 즉 독립하여 흔들리지 않는 존재란 착각 중에서도 착각에 불과하다는 사실을 절실하게 깨달은 하루였다.

폭풍은 위압적인 태도로 우리 숲을 마구 짓밟아놓았다.

그러나 아름다운 초록의 아성을 무너뜨리지는 못했다. 화산의 분화와는 달리, 그것은 아무리 굉장한 것이라도, 결국 바람은 우리들 편이었다. 없어도 아무 상관없는 불필요한 가지를 털어내고 공기와 빛이 잘 통할 수 있게 해주었으므로. 더 나아가서는, 쓰러진 나무들의 갱신을 재촉하고, 몇 개월에 달하는 햇볕에도 충분히 견딜 수 있는 수분을 보급해주고, 지나치게 늘어난 동식물을 적당한 수로 솎아내주었으므로. 원래 그런 취미 따위는 있지도 않은데, 우연한 행운으로 태평스럽게 살고 있는 안이한 생물에게 가차없는 철퇴를 내리는 것이 폭풍의 또하나의 중요한 역할이었다.

우주의 저편 한없이 먼 곳에서 한 조각 별똥으로 먼먼 길을 여행해온 생명의 근원은, 그후 아득한 시간을 거쳐, 수많은 역경과 곤란을 극복하고 돌연변이의 덕도 보면서, 임기응변으로 진화를 이룩해왔다. 나 역시 예외는 아니다. 무슨 일이 있어도 살아남는다는 점에서는 작금의 젊은 나무에 비해 내 쪽에 장점이 더 많다. 고작 비바람으로 인한 시련에 일일이 울상을 지을 내가 아니다.

폭풍은 밤새 난동을 부리고, 총력을 다해서 숲을 공격하였다.

나무들은 모두, 늙은 나무건 어린 나무건 서로들 있는 힘을 다해 열심히 견뎌냈다. 숲 전체가 투각으로 세공한 빛받이 창처럼 휑뎅그렁해졌다. 덕분에 바람이 빠져나갈 자리가 많이 생겨, 피해를 최소한으로 줄일 수 있었다.

이유도 없이 가슴이 두근거리는 공포의 밤이 지나고 날이 밝았다.

바다 위에서 기세등등하게 뛰쳐나온 태양이, 그럭저럭 죽지 않고 살아남은 생물들에게, 신세계로 출발하기 위해 필요한 에너지를 아낌없이 쏟아부었다. 간신히 위기를 면한 초목이 사방에 소생의 숨결과 재생의 향기를 흩뿌리고 있었다. 숲 위 하늘에서는, 날벌레를 놀리면서 열심히 날아다니는 바위제비가 멋들어진 날개를 지니고 있는 자신의 모습에 취해 있었다. 대평원을 곧은 뜻처럼 똑바로 흐르는 강은 물과 뭍의 균형이 절묘한 이 별에 보내는 찬가를 소리 높이 노래하고 있었다. 그리고 도처에서, 범신론적 세계관이 일체의 현상은 하나의 원인에서 전개된다는 고지식한 이론을 고층운 저 너머로 되돌려보내려 하고 있었다.

태양이 꽤나 하늘 높이 오른 후에야, 나는 겨우 떠돌이 중을 생각해냈다.

지표를 마구잡이로 질주하고 있는 뿌리와 뿌리 틈새에 몸을 의지하고 움직이지 않는 맹인의 모습이, 강바닥에 남아 있는 둥그런 암석처럼, 아니면 겨울잠에 들어간 살쾡이처럼 보였다. 그는 움직이지 않았다. 바로 곁에서 호기심 많은 어치가 재잘재잘 소란을 피워도, 일언반구 반응이 없었다. 완전히 핏기가 가신 얼굴에는 까닭을 알 수 없는 고뇌의 빛이 떠올라 있었다. 속세를 떠나 초연하게 사는 자의 표정이 아니었다.

그러나 그 시점에서, 나는 그에게 무관심했다.

어느 틈엔가 전체를 넓게 바라보는 버릇이 붙어버린 나로서는 인간 하나의 삶과 죽음 따위는 정말 아무래도 상관없었다. 인간들 역시 우리 수목의 운명 따위를 대수롭지 않게 여기고 있다. 우리의 뿌리가 닿아 있는 범위 내에서 목숨을 잃은 자는, 그것이 인간이든 무엇이든, 언젠가는 우리들의 양분이 될 따름이다. 설사 죽지 않는다 해도, 그 배설물이 우리의 생장에 크게 공헌해준다. 굳이 말하자면, 살아 있지 않은 편이 비료로서의 가치가 몇 배나 높다. 또 이 경우는 특히나 당사자를 위한 일도 될 것이다. 빛을 빼앗기면서까지 오래 살아야 할 의미 따위는 하나도 없다고 생각하였다.

불완전한 형태로나마, 전신이 온전하지 않은 상태로나마, 살아갈 수 있는 것은 인간 정도다.

그러나 나는 그 점을 바람직하다거나 부러워한 적이 단 한 번도 없다. 그들은 언제나, 개체의 생존 능력을 높이는 방향에서 자연 도태에 정면으로 거역하여, 그 비극성을 한층 심화하였다. 따라서 인간만이 추악하고 볼썽사납다. 설사 완전한 형태를 이루고 있다 해도 그리 흥미롭지 못한 세상을 빛마저 차단당하고 살아야 할 이유가 대체 어디에 있다는 말인가. 나는 도무지 이해할 수 없었다.

눈먼 떠돌이 중은 살아 있었다.

태양이 높이 떠오르고 기온이 상승한 탓에 체온이 올라간 뱀이 행동을 개시하였다. 그중 한 마리가 떠돌이 중의 유난히 편평한 얼굴 위를 스르륵스르륵 지나갔다. 그러자 그는, 보이지 않는 눈을 부릅떴다. 그 눈은 새빨갛게 충혈되어 있었다. 그는 벌떡 일어나더니, 어깨로 크게 숨을 쉬는 임부 같은 동작을 계속하였다. 그러면서 자신의 신변에 무슨 일이 일어났고, 지금 어디에 있는가를 생각해내려 하였다.

사태를 파악하기까지 꽤 긴 시간이 걸렸다.

목숨을 부지한 것을 안 그는, 잠시 감격의 눈물을 훌쩍거렸다. 그런 그에게 싸늘한 시선을 힐긋 던진 변변치 않은 까마귀가 "바보"라고 울고, 이어 "그렇게까지 살고 싶은가"라고 울며, 파닥파닥 날갯짓을 하면서, 물에 빠져 죽은 자의 시체를 들쑤시러 강 쪽으로 날아갔다.

떠돌이 중은 그 자리에 정좌를 하였다.

태양열이 느껴지는 방향으로 똑바로 얼굴을 향한 그는 양손을 합장하고 뭐라고 중얼중얼 외우기 시작하였다. 그러나 그것은 절대로 건성 염불이 아니고, 어쩌면 하늘로 통할지도 모를 지성이 담긴 염불이었다.

그러나 신에게 감사하기는 아직 일렀다.

숲을 무사히 빠져나간 다음에나 고마워해야 할 것이다. 보통 때도 인간을 위한 길 따위는 한 갈래도 없는데, 태풍 탓에 지면의 상태는 한층 악화되어 있다. 더구나 그는 먹을거리를 하나도 갖고 있지 않다. 텅 빈 배에 물만 채우고서야 먼 거리를 걷지는 못할 것이다. 그런데도 그는 살아 있음을 마냥 기뻐하고, 앞으로의 일은 전혀 생각지 않는 눈치였다. 그런 작자이기에 지금까지 자살도 하지 않고 끈질기게 살아남았을 것이다. 아니 신을 경배하는 마음이 다른 사람보다 훨씬 두터웠기 때문일까.

떠돌이 중은 비파가 무사한지를 살폈다.

그것은 주발과 함께 내 밑동 그늘에 기대 있었다. 그는 옷을 벗고, 고쟁이도 벗어 키 작은 나무에 걸어 말렸다. 알몸이 된 그는 땅에 쭈그리고 앉아, 남아 있는 네 개의 감각기관을 총동원하여, 의식을 극한까지 집중하였다. 아마도 그렇게 하여 자신의 위치를 정확하게 인식하려 한 것이리라. 매미 소리…… 새들의 지저귐…… 무수한 꽃들의 내음…… 바람의 느낌…… 발바닥과 엉덩이로 전해지는 감촉, 그러자 이 어찌 된 일인가. 저하되어 있던 생명력이 일시에 되살아나, 저 마음속 깊은 곳에서 쑥쑥 솟아오르는 혼이 알알이 보일 정도였다.

내가 놀란 까닭은, 그가 자신이 있는 곳을 정확하게 파악했기 때문이 아니라, 깊은 숲속으로 헤매들었음에도 불구하고, 전혀 당황한 모습을 보이지 않는다는 점이었다. 행인지 불행인지 장수할 상을 하고 있는 그의 표정은 경탄해 마지않을 정도로 냉정함을 유지하고 있었고, 그 옆얼굴은 세밀한 초상화처럼 산뜻하였다. 술에 취해 도랑에 빠져 그대로 익사하고 말 남자 같은 얼굴은 이미 아니었다. 그제야 비로소 나는 이 인물이 예사롭지 않음을 알았다.

떠돌이 중은 좀처럼 일어나려 하지 않았다.

비파와 고쟁이는 완전히 다 말랐는데, 번쩍번쩍 빛나는 태양이 하늘 꼭대기로 올라왔는데, 그는 그렇게 나무 그늘에서 하염없이 태양을 피하고 있었다. 옆에 있는 늪의 물소리가 들리지 않을 리도 없고, 또 빨갛게 익은 산딸기 냄새를 맡지 못했을 리도 없는데, 그는 왠지 먹고 마시는 데 아무런 관심도 보이지 않았다. 폭풍이 지나간 후, 온갖 식물이 넘실거리는 바다 한가운데 몸을 두고 있음을 한껏 만끽하고 있었다. 쉴새없이 공격해오는 등에를 그는 날랜 솜씨로 짓뭉갰다. 백발백중이었다.

혹 그는, 여름의 율동감의 원천이 되는 에너지 자체를 피부를 통해 체내로 빨아들여 살아가는 힘으로 바꾸고 있었는지도 모른다.

질량불변의 법칙을 드높이 주창하는 태양이 평원 너머로 기울기 시작했을 무렵, 나는 이렇게 생각하였다. 저 중은 드디어 죽음을 각오한 것이 아닐까, 하고. 저 침착함은, 지금이 적시라는 걸 깨달은 데서 오는 것일 아닐까, 하고. 즉 이제 만사의 끝남에서 연유하는 평온함일지도 모른다, 고. 만약 그렇다면, 비록 늦기는 했지만 옳은 결론에 도달한 셈이다. 내가 상상했던 것보다 훨씬 미련 없이 죽을 때를 잘 아는 남자였을까.

그렇게 정색을 하고 살 만한 무엇이 있는가.

억지로 참아가며, 비지땀을 흘려가면서까지 이 세상을 살아가야 하는 의미 따위는 하나도 없다. 정말 트인 인간이라면, 딱 한 번뿐인 인생이 어쩌고 하는 천박한 결론을 내리지는 않을 것이다. 그 어떤 일도 두려워하지 않는 기개를 갖고 있다면, 당연히 죽음에 대해서도 그것을 발휘해야 마땅하다.

삶이 영원하지 않은 것과 마찬가지로 죽음 또한 영원하지 않다.

완전한 있음이 존재하지 않는다면, 완전한 없음 또한 존재할 수 없다. 삶도 죽음도 실은 애매모호하고, 이도저도 아닌 현상에 지나지 않는다.

이 변화무쌍한 천 년 동안 수도 없이 삶과 죽음의 만남에 중개역을 맡아온 나로서는 그런 생각이 들어 견딜 수 없다.

떠돌이 중은 이 세상에 태어나서, 눈이 먼 탓에 벌레만도 못한 취급을 받아왔음에 틀림없다. 그러니 이제 슬슬 편안해져도 좋을 때다. 더는 유전자에 우롱당할 필요가 없다.

가장 인간답고, 가장 자긍심 강한 행위는, 자신의 생에 스스로 종지부를 찍는 것이다.

이것을 부정하는 자는, 뱃속에 자리 잡은 신과 그 신의 끄나풀이다. 아니면 비열한 눈초리의 권력자와 그 권력자의 주구다. 그들이 가장 두려워하는 것은 반기를 쳐드는 것이 아니라, 엎드려 충성하는 자들이 자살이란 형태로 깨끗이 이 세상에서 사라지는 것이다.

한데 떠돌이 중은 죽음을 서두르지 않았다.

가령 늪에 몸을 담그거나, 실팍한 나뭇가지에 목을 매거나, 면도날을 이용하여 경동맥을 끊거나 하는 짓은 하지 않았다. 그는 마침내 찾아올 자연스러운 죽음을 조용히 기다리고 있었다. 그러한 결단이야말로 진정한 극기심이라 해야 할 것이다. 이르면 저녁, 늦어도 사흘 후에는 죽음의 산을 넘을 것이다. 나는 그렇게 짐작하고 있었다.

그런데 전혀 다른 답이 나왔다.

쓰르라미 소리가 온 숲을 메우고 있던 온기를 털어낼 무렵이 되자, 떠돌이 중은 고쟁이와 옷을 걸치고, 비파를 등에 메었다. 나는 실망하였다. 아직도 살고 싶은가, 하고 소리치고 싶었다. 그러나 그가 느릿느릿 일어난 것은 그 자리를 떠나기 위해서가 아니었다. 나에게 기어오르기 위해서였다. 그는 나를 주의 깊게 만져보고, 줄기 여기저기에 새겨 있는 발판—그것은 과거 수장樹葬 시절의 흔적이었다—을 보자, 도마뱀처럼 착 달라붙어, 혼신의 힘을 다하여 오르기 시작하였다.

그는 신중하게 올랐다. 긴 시간을 들여 첫번째 굵은 가지에 도
착하였다. 그곳은 인간 하나나 둘쯤은 족히 앉을 수 있는 폭이었
다. 불길한 예감이 들었다. 인간들이 목을 매는 나무만은 되고 싶
지 않았다. 아니면 그는 늑대나 곰의 습격에 대비하여, 요컨대 아
직도 목숨이 아까워 그런 짓을 하고 있는지도 모르겠다고 생각하
였다.

그러나, 마침내 그 어느 쪽도 아님이 분명해졌다.

떠돌이 중이 위험을 무릅쓰면서까지 나무에 오른 것은, 오로지
더 높은 곳에서 비파를 켜기 위해서였다. 그 소리가 온 숲으로, 더
나아가 이승의 구석구석까지 울려퍼지도록 하기 위해서였다. 먼
천둥소리가 내일로 빨려들어가고, 밤의 장막이 쓰르라미 소리를
감싸고, 대낮부터 떠 있는 활 모양의 반달이 드디어 붉은 기를 더
하자, 그는 천천히 비파를 들어올려 현을 힘차게 퉁겼다.

고르고 골라진 소리가 사방에 울려퍼졌다.

그때까지 열기에 늘어져 있던 공기가 팽팽하게 긴장하였다. 잔
별까지도 반짝반짝 빛나고, 하늘다람쥐가 하늘에 머무는 시간이
여느 때보다 배나 길어지고, 나는 바람도 없는데 파르르 몸을 떨
었다. 많은 세월을 보내며 오늘까지 자란 다른 나무들도 일제히
몸을 떨고, 가을은 아직 한참이나 멀었는데 육질의 잎사귀가 여
기저기서 떨어졌다. 불순물을 남김없이 배제한, 짙고 엷음이 분
명한 소리는, 온 숲 온 나무들에 메아리치며 증폭하여, 비할 데 없
는 감동을 흩뿌렸다. 온갖 주저와 의심이 사라지고, 내 마음은 실

로 유쾌하게 고양되었다. 신들의 자리를 완전히 빼앗아버린 음악은 늪의 수면으로 기묘한 만다라를 연상시키는 파문을 그리고, 곤충은 말할 것도 없고 물에 사는 균류에게까지 어떤 질서를 부여하고, 더 나아가서는 청죽靑竹이 발하는 푸르고 엷은 빛에 강약의 악센트를 주었다.

그것은 정신적인 고통을 완화할 뿐만 아니라, 생애의 전기를 마련해줄 정도의 소리였다.

풍류의 힘마저 느껴졌다. 타인의 동정에 매달려야 살 수 있고, 도저히 은혜나 원한을 초월하여 살 수 없는, 세파에 시달려 지치고 지친 남자가 연주하는 음악 소리치고는, 그것은 너무도 고답적이고, 너무도 방종하고, 너무도 도달하기 어려운, 너무도 웅장한 선율이었다.

두꺼운 세포의 껍질을 한 겹 한 겹 벗겨내고 혼 자체에 육박하는 그 진동은, 이승과 저승을 구별하는 엄연한 경계를 허물고, 시간을 오도가도 못하게 하고, 온갖 물질을 다양한 원소로 분해하는 작용을 정지시키고, 우리들이 사는 행성의 회전으로 생기는 원심력을 무력하게 만들고, 천체를 빈틈없이 관리하고 있는 역학을 교란시켰다.

떠돌이 중이 목에서 쥐어짜내는 소리는, 전쟁과 전쟁의 배후에 숨겨져 있는 슬픈 이야기를 여실히 얘기하고 있었음에도 불구하고, 통한을 견디지 못하는 죽음 따위는 없다고, 옳고 그름을 후세에 물어야 하는 문제 따위는 존재하지 않는다고 단언하고 있었다. 여느 밤보다 많은 별이 흘렀다. 사나운 짐승들의 출몰도 거의 보이지 않았다. 작은 올빼미는 포식도 잊고 유난스레 새침을 떨고 있었다. 온대림의 풍정風情이 온 숲에 가득하였다.

그 밤, 나는 조금만 더 있으면 삶과 죽음의 근본이념을 이해할 것 같은 상태였다. 그런데 유감이라고 해야 할지, 감동이 지나쳐 나는 정신을 잃고, 그대로 주의주의와 주지주의의 틈바구니에서 그만 잠이 들고 말았다. 나무도 기절을 하고 잠도 잔다. 어쩌면 그것은, 한없이 죽음에 가까운 잠이었는지도 모른다.

새벽녘 어슴푸레한 빛에 잎사귀의 움직임이 활발해졌을 무렵, 나는 간신히 눈을 떴다. 마치 번개를 맞았을 때처럼 비파 소리가 가지와 뿌리에 경련처럼 남아 있었다. 그 탓에 의식이 몽롱하여, 어젯밤의 일을 고스란히 기억하기까지 꽤 힘이 들었다.

떠돌이 중은 비파와 함께 사라지고 없었다.

숲 어디에도 보이지 않았다. 늪으로 이어지는 발자국도 남아 있지 않았다. 필시 더위를 피하여 해가 뜨기 전에 떠난 것이리라. 장님에게 밤과 낮은 다름이 없다. 분명 그의 비파가 주인을 향하여 "살라!"고 위세등등하게 채근하였음이 틀림없다. 그러고는 비참한 자신의 처지를 충분히 즐기는 것이 좋을 거라는 둥 꼬드겼음이 분명하다. 그 말도 일리가 없지는 않다.

그 남자에게도 살아남을 이유와 가치는 있다.

그가 퉁기는 비파 소리에 넋을 잃는 자가 적지 않을 것이다. 거의 육성에 가까운 소리를 내는 저 비파가 저자의 호평을 얻을 수 있을지는 차치하고, 또 미의 극치에 다가가는 일이 가능할지는 차치하고, 덕망가의 열성 넘치는 연설보다 가슴에 와 닿는 것은 사실이다.

그의 비파 소리를 한차례 들은 자는, 가령 엄동설한 적막한 경치 속에서 기침과 함께 자신의 입에서 흐르는 선혈을 본 자라 하더라도, 단박에 마음에 용기가 솟고, 어쩌면 가슴 한구석에서 훨훨 타오르는 정념의 불꽃을 느낄 것이다. 또는 산산조각난, 두서없는 사고에 허우적거리는 자가, 오랜 세월에 걸친 의문이 풀렸다 느끼고, 이후 사람의 마음이 향하는 곳을 알게 될 것이다. 그런가 하면, 서민계급에 속하여 거기에서 평생 벗어나지 못하고 자기 뜻대로 살지 못하는 인생이 얼마나 멋진가를 재확인하는 자도 있을 것이다.

나는 문득 이런 상상을 한다.

그 떠돌이 중이 아직도 어딘가에 살고 있고—족히 사백 살은 넘었을 것이다—다시금 이 숲속으로 헤매들어와 바로 지금 여기에 도착한다면 아주 재밌을 텐데, 하고. 그의 상식을 뛰어넘는 예민한 후각은 지금 막 목을 맨 싱싱한 시체에 반응할 것이다. 좀더 다가오면, 그것이 여자임을 알게 될 것이다. 그리고 눈에 필적하는 귀는 그 여자의 사타구니에서 방금 튀어나온 신생아의 울음소리를 들을 것이다.

그도, 그의 비파도, 죽은 자는 아예 상대하지 않을 것이다. 첫울음소리가 "까짓것"이라고 들리는 조그맣지만 위대한 산 자에

게만 관심을 보일 것이다. 그와 그의 비파는, 오늘이 제삿날이 될
지도 모르는 신생아를 향하여, 숨을 모으고 이렇게 외칠 것이다.

"잘 태어났다!"

*

고귀하게 태어난 너는 아직 죽지 않았다.

너를 낳아준 어머니는 목숨이 끊어진 후에도, 중력으로 늘어질 대로 늘어진 사지를 느슨한 바람에 천천히 회전시키면서, 마치 회전목마 같은 움직임으로 자기 아기를 어르려 하고 있다.

아니, 그렇게 보일 뿐이다.

완전히 물질화한 자가 그렇게 자상한 배려를 할 수는 없다.

그녀의 혼은 숨이 끊어짐과 동시에 아침 해를 받은 이슬처럼 흔적도 없이 증발해버렸음이 분명하다. 자기 일만으로도 벅찼던 그녀에게, 애당초 어미로서의 자격 따위는 있지도 않았다. 그녀의 풍만한 가슴에 꽉 들어차 있는 것은 자애 같은 고급한 것이 아니고, 어디까지나 자기 본위의 생각과, 소시민적인 행복과 불행의 잔상에 지나지 않을 것이다.

설령 누군가의 설득이 효과가 있어, 그녀가 단란한 모자 가정의 길을 선택했다 하더라도, 그 마음이 아들로 인해 구제되는 일은 절대로 없었을 것이다. 아니 오히려 혼란이 가중되었으리라. 그런 그녀에게, 뱃속에서 하루하루 팽창하는 생명 덩어리는 무거운 짐 외에 아무것도 아니었으리라.

그렇다고 내가 그녀를 비난하는 것은 아니다.

물론 자세한 경위는 모르지만, 그래도 그녀는 그녀 나름으로 잘 살아오지 않았을까. 어쩌면 그녀의 유일한 꿈은, 신부로서 신랑과 함께 맹세의 말을 읊고, 그다음 달동네 목조 아파트에 사랑의 보금자리를 마련하는, 실로 조촐한 것이 아니었을까.

뒷맛이 씁쓸한 마지막을 선택했다고는 하지만, 그녀의 짧은 인생이 구석구석 어두운 색으로 도색되었으리라고는 도저히 생각되지 않는다.

그녀에게도 틀림없이 좋은 시절이, 반짝반짝하던 시절이 있었을 것이다. 어쩌면 그녀 인생의 구십구 퍼센트가, 어제 늦은 오후까지, 장밋빛으로 빛나고 있었을지도 모른다. 그러다 어떤 한순간을 경계로, 태양빛이 쨍쨍 내리쬐는 혹서의 시정 속에서 돌연 희망의 빛을 잃고, 암흑의 나락으로 굴러떨어진 것인지도 모른다.


그녀가 죽은 후에도 여름은 여전히 여름으로 이어지고 있다.

여름은 떵떵 위세를 부릴 만큼 부리고, 태양은 평소처럼 거만하게 가슴을 젖히고 지상을 내려다보고 있다. 대지에서 피어오르는 열기는 적란운이 되기 위하여 상승일로를 더듬고 있다. 그동안에도 새로운 꽃은 피고, 오래된 꽃은 시들어간다. 간신히 딱딱한 껍질을 벗어던지기에 성공한 매미가 투명한 날개가 채 마르기를 기다리지 못하고 날아올라, 첫 울음을 울기도 전에 재빠른 새의 먹이가 되고 만다.

숨이 턱턱 막힐 듯 짙은 녹음의 계절은 사방으로 넘쳐흘러, 소리도 없이 평원 저 너머로 퍼져간다.

악성 종양처럼 무시무시한 속도로 확대를 계속하고 있는 도시는, 오늘도 욕망으로 뒤엉킨 비약적인 변화를 노리고, 날카롭게 갈린 도살용 칼처럼 번뜩이고 있다. 이윤의 추구에만 눈이 먼 도시는, 마침내 이 숲으로의 진출을 획책하고 있다. 자본과 노력을 듬뿍 쏟아부어, 우리 식물들에게 인위적인 질서를 강요하려 하고 있다.

자연에 굶주린 시민을 위한 휴식의 장이란 미명하에 위선적인 행위를 되풀이하면서, 항상 한탕주의를 도모하는 패거리들이 뿜어내는 냄새나는 숨이 바로 저기까지 육박해 있다. 실제로, 사전 조사라는 명분으로 변변치도 못한 자들이 지금까지 몇 번이나 이 숲에 발을 들여놓았는지 모른다. 그들 중에는 세상을 속이고 반대파의 입을 막기 위하여 끌어들인 식물학자도 포함되어 있었다. 지식인을 가장한 그는 "이 사업은 자연보호에도 도움이 되는 개발"이라는 염치없는 말을 했다.

그리하여 측량의 표식으로 삼을 막대기를 여기저기 꽂아놓고, 채벌할 나무를 골라 그 가지에 분홍색 비닐 끈을 칭칭 감아놓을지도 모른다. 그런저런 일을 하는 사이에 그들은 목매단 시체를 발견하고, 이어 그 밑에서 울고 있는 벌거숭이 갓난아이도 발견할 것이다. 만약 일이 그렇게 전개된다면, 오늘에 한해 그들을 환영해도 좋다. 너의 목숨을 구해줄 자는, 짧은 안목으로는 좋게 보이지만 실은 추악한 야망에 불타오르는 그 작자들일까. 가령 일이 그렇게 된다면, 나는 운명을 부정하지 않을 것이다. 그렇게 하여 네가 살아날 수 있다면, 이 숲이 그들의 손에 참살을 당해도 상관하지 않겠다.

너에게는 그럴 만한 가치가 있다.

나는 너의 장래에 적지 않은 기대를 걸고 있다. 번화가를 어정어정 배회하며 떨어져 있는 물건을 줍거나, 타인의 물건을 슬쩍하여 입에 풀칠을 하다가 어물쩍하는 사이에 비명에 쓰러지는, 그런 인간으로는 도저히 생각되지 않기 때문이다. 그렇다고 내가 이 세상을 필요 이상 심미적으로 파악하는 것은 아니다. 또 희망적인 관측을 좇아 말장난을 일삼고 싶어하는 자도 아니다.

그러나 오늘의 나는 어느 때의 내가 아니다.

너의 미래를 보여주는 단편적인 영상이 끊이지 않는다. 그 모두가 현실 이상으로 생생하고, 지금 여기 내 앞에 펼쳐지는 수많은 실상보다 몇 배나 선명하다. 절대로 현실성이 결여된 꿈이거나 소모품적인 환상 따위가 아니다. 이 숲에는, 동물이라면 몰라도 식물 중에서 나처럼 환영을 일으키는 거대한 나무는 살고 있지 않다.

그런데 천 년 동안 내가 보아온 것은, 늘 현재의 광경에 불과했다.

그래서 예측 범위도 아주 좁게 한정되었고, 내가 알 수 있는 것이라고는 고작해야 그날 소나기가 쏟아질지 아닐지 정도였고, 그후에 무지개가 뜰지 아닐지 정도에 지나지 않았다. 그것도 적중하는 일은 흔치 않았다.

그러나 오늘의 나는 다르다.

오늘 내가 보고 있는 이 가까운 미래의 영상은, 모두가 자신만만하게 적중할 수 있는 예언이다. 안타까운 것은, 그것들이 어디까지나 부분적인 데 불과하다는 점이다. 영화 필름처럼 끊기지 않고 죽 이어져 있는 게 아니어서, 처음부터 끝까지 쉬지 않고 흘러가지 않는다는 점이다. 그 탓에, 내가 가장 알고 싶은 중요한 장면을 뛰어넘는 경우가 있다. 예를 들면, 네가 어떻게, 누구의 도움으로 숲 밖으로 옮겨졌는지, 그 점을 전혀 알 수 없다.

탄생과 동시에 사경에 빠진 너를 안아 올린 손은, 과연 저 험상궂은 자들의 것일까. 측량사와 임업 전문가들일까. 그렇다면 아무래도 석연치 않다. 만약 그렇다면, 그들은 제일 먼저 너를 병원으로 데려간 후, 가장 가까운 경찰서에 신고했을 것이다. 그리고 너는 어느 시설로 이송되는 것일 보통일 것이다. 하지만 내게 보인 광경은, 사과나무 과수원 옆에 누워 있는 너를 농부가 발견하는 장면이었다. 대체 어찌 된 일인가.

하기야, 이런 때 그런 것은 아무래도 좋다.

사실이야 어떻든, 나로서는 내 안의 스크린에 선명하게 펼쳐지는 너의 미래를 마음껏 즐기면 되는 것이다. 어쩌면 나는, 뛰어난 높이 덕분에 안테나 역할을 하고 있는지도 모르겠다. 그것도 수신과 발신 양쪽을 겸하고 있는 안테나. 내가 포착하고 있는 영상은 그대로 고스란히 너의 뇌로 발신되고 있는지도 모른다. 내게 보이는 것을, 동시에 너도 보고 있는지 모른다.

만약 그렇다면, 설사 너를 구해줄 구세주가 나타나지 않아, 몇 시간 후에 어머니의 뒤를 좇는 신세가 된다 하더라도, 너는 가상의 파란만장한 일생을 실제 체험 이상으로, 무구한 마음에 똑똑하게 새기고 숨을 거두게 되는 셈이다. 산 자와 충분히 비슷하거나, 아니면 훨씬 웃도는 추억을 간직하고 이 세상에서 당당하게 사라질 수 있는 것이다.

아무튼 네가 주역인 드라마가 발산하는 감동은 남김없이 내 존재에 귀속되어, 가장 새롭고 선명한 나이테가 되어, 네가 실재했다는 무엇보다 좋은 증거가 될 것이다. 그리고 그것은 내 천 살의 기념이 되고, 이 다음 천 년을 향한 혼의 귀중한 양식이 될 것이다. 그런 기분이 든다.


또다시 보인다.

너는 지금, 상쾌한 기분으로 걷고 있다. 늘 자율적인 태도를 견지하지 못하여 사람들이 많은 곳으로 모이고 싶어하고, 항상 남이 하면 덩달아 소란을 피우는 재주밖에 없는 대중 사이를 헤치고 나아가고 있다. 여느 때처럼 발걸음은 아주 가볍고, 동작은 세련됨을 더하고 있다. 그로부터 너는 마음과 몸이 모두 성숙하여, 나이는 아직 스무 살이 될까 말까 하지만, 어엿한 한 남자로서, 흘러가는 자로서 필요불가결한 조건을 거의 갖추고 있다.

여전히 너는 검은색을 덮어쓰고 있다.

한 세기 뒤떨어진 디자인의 부드러운 벅스킨*으로 아래위를 감싸고 있다. 그 옷은 너의 몸에 딱 달라붙지만 움직이기에는 아주 편하다. 부츠도 유난히 코가 뾰족한, 공격적인 모양이다. 올백으로 빗어 넘긴 머리는 포마드와 젤로 진득하게 고정되어, 반짝반짝 빛이 난다. 그런 네가 빚고 있는 분위기는, 1960년대 성난 젊은이들의, 일상적으로 악의 없는 행위를 하는 남자들의 그것이다. 그러나 과거를 돌아보고 싶어서, 옛날의 좋았던 시절이 그리워 그런 꼴을 하고 있는 것은 아니다.

너는 항상 똑바로 앞을 보고, 가슴을 쫙 펴고 걷는다.

범죄자들이 버글거리는 뒷골목이든, 굳은 표정의 경찰이 포진하고 있는 파출소 앞이든, 대형 들개들이 우글거리는 공원이든 씩씩하게 손을 흔들며 걷는다. 상대가 누가 되었든 손끝 하나 대지 못하게 한다는 굳은 마음가짐이, 건강하고 군살 없는 육체 여기저기서 샘솟고 있다. 예리하고 사나운 생김이라고는 할 수 없

---

* 무두질한 사슴 가죽의 표면을 사포로 문질러 만든 피혁 혹은 모직물.

지만, 밋밋하던 느낌은 완전히 가시고 없다.

나는 기쁘다.

바람직한 변화라고 생각한다. 타인의 가랑이 사이로 기어다니는 비굴한 젊은이가 되지 않아 다행이라고 생각한다. 네가 그럴 수 있는 것은 끊임없이 흐르기 때문이다. 한시도 쉬지 않고, 끊임없이 자극적인 이동을 하기 때문이다. 경찰에게 덜미를 잡히는 따위의 실수는 아직 한 번도 하지 않은 모양이다. 또 일정한 자리에 취직을 하거나 친구를 만드는 어리석은 짓도 하지 않은 모양이다. 따라서 너는 여전히 이름 없는 자로서 진정 자유로운 입장을 지키고 있다.

도시에 드문드문 부는 바람이 네 귀에 속삭인다.

"조심해, 언젠가는 당할 테니까."

그러나 너는 조금도 동요하지 않는다. 여기저기 무수하게 설치되어 있는 덫에 멍청한 얼굴로 걸려드는 것은 흔해빠진 시골 촌놈이지 너는 아니다. 실패하여 안색이 질리는 것은, 얼빠진 짓만 하는 도시인이지 너는 아니다.

너의 흐름은 점점 세련미를 더하고 있다.

그 매끄러운 움직임에 넋을 잃는다. 너의 흐름은 직선이 아니라 멋들어진 곡선을 그리고 있다. 완력을 시험해보고 싶어 싸움을 걸어오는 상대의 어깨를 툭 치지도 않거니와, 신호를 무시하고 억지로 차도를 가로질러 브레이크가 일제히 급한 비명을 지르게 하지도 않는다.

너는 인파를 빠져나가는 데는 명인이다.

그 점은 다름아닌, 이 세상을 헤치고 나가는 데 달인임을 의미한다.


충성을 다하여 나라를 지킨다는 정신에 편승하여 애국심을 열심히 부르짖으면서 위세등등한 생활을 추구하는 부랑배들.

악정을 일삼는 정부에 일시적인 기분으로 반항하면서 그날의 울분을 풀려 하는, 사실은 좌익 사상과는 아무 인연도 없는 살살이들.

그런 패거리들을 진압하기 위하여 광장으로 줄줄이 집결하는 위엄스러운 차림의, 규칙 하나만으로 모든 것을 제압하려는 젊은 기동대원들.

양자의 화려한, 피의 비가 내릴지도 모르는 충돌을 기대하며 운집하는, 찰나적인 해바라기 근성의 백수들.

너는 그런 패거리들과는 무연하다.

끊임없이 흐르는 자에게는, 세상의 온갖 풍문도, 최고학부를 나온 자가 발하는 경세의 발언도, 신빙성이 의심스러운 보도도, 인류애를 빙자한 교묘한 선전도, 저 먼 바다 위에서 이는 회오리처럼 무관하다. 아니, 그렇지만도 않다. 국가 재정을 재정립할 수 없다는 것이 명백해짐에 따라, 민주주의를 국시로 하는 이 섬나라를 뒤덮고 있는 정세가 너에게 점점 유리해지고 있다.

구직자가 남아돌아가고 있다.

주식 매매가 격감하고 있다. 판로를 확장하기 위한 길은 하나같이 다 폐쇄되어 있다. 모조품이 활개를 치고 대용품으로 대치하는 경향이 강해지고 있다. 파리만 날리는 상점가가 늘고 있다. 색다른 취미가 횡행하고 있다. 인정의 표징이어야 할 풍속이 조금씩 권력의 악취를 풍기기 시작한다.

빈부의 격차가 심하다.

경제사범이 급증하고 있다. 사람들이 많이 오가는 도로의 한 모퉁이에서는 방범을 빙자해 카메라 렌즈를 통하여 국민을 감시하려는 당국의 눈이 하루 스물네 시간 빛나고 있다. 긴축재정이 만연하였다. 응보주의가 고개를 쳐들고 있다. 얼토당토않은 엉터리 이론이 마치 정론인 듯 행세하고 있다. 지금까지 비교적 정상적이었던 독트린이 요즘 들어 군침을 흘리기 시작하였다. 문벌의 오만방자한 처세가 눈꼴시다.

그리고 국화 문장이 또다시 수상쩍은 빛을 보이기 시작한다.

고여 있기를 더없이 사랑하는 사람들, 그들의 일생은 필경 그저 추종하는 자로서 막을 내릴 것이다. 쉴새없이 동반자 의식을 구하여 마지않는 그들은, 아무리 화를 낸다 한들 결국은 다루기 쉬운 폭도에 지나지 않는다. 그들은 꿈에서라도 소동의 장본인이 되지는 못할 것이다. 그들 속에 만고의 영웅을 자처하는 자는 있어도, 이타적인 행위에 낭만을 느끼는 자는 있어도, 온몸으로 불똥을 뒤집어쓰고 사회라는 이름의 철침鐵砧 위에 정의라는 이름의 달궈진 쇠를 내리칠 수 있는 자는 없을 것이다.

어차피 그들은 무덤덤한 발언이나 배치되는 언행으로 안주할 것이다.

그렇게 하여 그들이 얻을 수 있는 것은 고작해야 사실을 과장하여 말하는 버릇과, 언어에 연막을 치는 기술 정도일 것이다. 그들이 즐겨 입에 담는 말은 무슨 뜻인지 알아듣지 못할 소리뿐, 항상 서두만 잔뜩 길고, 언제나 두서없다. 어차피 한 치 앞밖에 내다보지 못하는 그들은, 두 마디째에는 어김없이 이렇게 말한다.

"안 되는 것은 안 돼."

애당초 이 나라에는 시대의 첨단 사상 따위가 존재한 적이 없다. 그저 세계 최고의 문명에서 발생한 사상이 끊임없이 형태를 바꾸면서 반복되었을 뿐이다. 그것은 어느 나라나 마찬가지다. 그런데 대부분의 지구인은 이십일 세기라는 단순한 숫자의 수식에 들떠, 새 시대의 서광을 느끼고, 그런 착각에 편승한 유언비어에 휘둘려 거대한 꿈을 꾸거나, 허풍스러운 좌절감을 만끽하고 있다.

요컨대 사람들은 어떤 그럴싸한 구실을 잡아 싸워보고 싶은 것이다.

물론 투쟁만큼 충실감을 채워주는 것도 없다. 그러나 많은 사람들은 투쟁과 해방을 착각하고 있다. 그들이 즐기는 것은, 너무도 지적 수준이 낮은, 진실한 자유와는 전혀 연관이 없는, 투쟁을 위한 투쟁에 불과하다.

너는 그런 투쟁에는 접근하지 않는다.

무엇보다, 흐르는 자인 너에게는 싸우고 있을 틈이 없다. 물론 너의 입장이 안전하다 할 수는 없다. 흐르면 흐를수록 위험은 증가한다. 예를 들어 뒷골목 목조 아파트의 한 방에 틀어박혀 일 년 내내 숨죽이고 있는 자에 비하면, 네 쪽이 투쟁에 휩쓸려 날벼락을 맞을 확률이 한층 높을 것이다. 그러나 실제로 그런 일을 당한 적은 아직 한 번도 없다. 무릎을 꿇고 싹싹 빌거나, 옆구리를 세게 걷어차이면서 언젠가는 반드시 본때를 보여줄 것이라고 맹세한 적도 없다.

너는 아무와도 친하게 지내지 않는다.

타인과 접촉은 한다. 그러나 그것은 파는 자와 사는 자의 순간적인 만남에 불과하다. 그런 때 너는 무뚝뚝하기만 하다. 불필요한 말은 한마디도 하지 않는다. 너는 하루에 한두 마디밖에 하지 않는다. "이거 주시오"와 "얼마입니까?"…… 그 두 마디로 충분하다.

그렇다고 사람을 싫어하는 것은 아니다.

만약 네가 고독을 사랑하는 자였다면, 도시가 아닌 외딴 시골로 향했을 것이다. 너는 또 집착이 강한 마니아처럼, 한 가지에만 흥미가 동하고 끊임없이 자기 자신에만 몰두하는 인간도 아니다.

너는 생기발랄한 자유를 마음껏 구가하고 싶을 뿐이다.

그런 너에게 도시는 더할 나위 없이 좋은 공간이고, 그 증거로 너는 도시를 마음에 들어하고 있다. 도시의 모든 것을, 빌딩의 어두운 그림자에 가려진 무수한 비극까지, 기꺼이 받아들이고 있다. 삐죽삐죽 솟아 있는 직선적인 건조물을 마치 숲의 나무이듯 여기고, 그 속에서 바글거리는 인간들을 숲의 짐승으로 여기고 있다. 너는 이 먼지로 가득하고, 시끌시끌한 숲을 하염없이 헤매는 일에서 생의 한없는 충족을 느낀다.

이곳에서 너는 좀 색다른 새다.

둥지를 틀지 않고, 자기 영역도 한정짓지 않고, 지저귀지도 않는 별종이다. 너는 냄새를 맡고 모여들어 열심히 교접을 하는 검은 새들을 아랑곳하지 않고, 하늘을 찌르는 의기를 보이고 있다.

너는 먹을 것이 떨어져 굶주린 자와는 다르다.

눈빛부터 다르다. 젊은 시절을 불량배로 소일한 끝에 노점상으로 전락한 노인이 너를 부러운 듯이 올려다본다. 전동식 휠체어를 능숙하게 조정하며 횡단보도를 건너는 신체부자유아가 너를 질시한다. 무수한 팬을 거느린 연예계 스타가, 자신에게는 없는 것을 네 안에서 발견하고 기겁을 한다. 고물 마이크로버스에 꽉꽉 눌러 탄 채 어디론가 향하는 노무자들이, 너한테서 자기와는 다른 삶이 있다는 것을 알고는 일제히 창문으로 몸을 내민다. 그리고 보편타당성이 뒷받침하고 있는 진리라는 것을 찾는 구도자가, 너에게서 천적의 냄새를 맡고 얼굴을 돌린다.

너는 말을 믿지 않는다.

너에게는 명심해야 할 말 따위는 하나도 없다. 모든 언어가 너의 귀에서 공허하게 울린다. 너의 믿음을 얻을 수 있는 것은 육체뿐이다. 너는 손과 발을 믿고, 동체를 믿고, 두뇌를 믿고 있다. 헤모글로빈을 믿고, 괄약근과 불수의근不隨意筋을 믿고, 내분비선과 골을 믿고 있다. 그러나 체조 선수처럼 마음대로 움직일 수 있는

천 년 동안에 1  155

유연한 육체일 필요는 없다. 그저 평범하게 기능하는 몸이면 그것으로 족하다. 본의 아닌 일을 하거나, 몸져누운 적이 없다. 지금 당장 고통에 신음하며 죽을 듯한 조짐은 전혀 없다. 너의 오감은 뛰어나게 예민하다. 그러나 잘 벼려진 칼날처럼 위험한 것은 아니다.

너는 걷는다.

너만큼 많이 걷는 자도 없을 것이다. 너의 다리는 주조류走鳥類의 다리에 필적할 만큼 튼튼하다. 경보 선수도 너를 이기지는 못할 것이다.

쾌청한 오늘도 너는 걷고 있다.

다가오는 세밑, 너의 속주머니는 여느 때 없이 두둑하다. 한참 불경기라고 하는데, 시시껄렁한 물건만 파는 가게의 하루 매상치고는 상당한 금액이다. 너는 그 일을 도둑의 필수 도구도 사용하지 않고, 사전 답사도 없이, 단번에 멋들어지게 해치웠다. 시간상으로도 불과 몇 분 걸리지 않았다. 간단했다. 가게의 지붕창이 열려 있었기 때문이다.

너는 이미 돈의 매력을 알고 있다. 어떻게 써야 하는지도 알고 있다.

조금은 밤놀이도 배웠다. 마음의 바람구멍이 너무 넓어졌다 싶으면 동물원으로 원숭이를 만나러 간다. 그렇게 절실하지 않을 때는 돈으로 적당히 때운다. 지금 너는 적당히 때우러 가는 중이다.

너는 독한 오렌지빛 저녁놀로 물든 주상복합 빌딩으로 들어간다.

지하로 통하는 계단으로 내려가려는데 너를 부르는 자가 있다. 소름이 끼치도록 요란한 차림새의 점쟁이가 너에게 이렇게 말한다.

　"어이 거기 가는 젊은이, 거저라도 좋으니까 수상 좀 봐드리리다."

　그러나 너는 그를 상대하지 않는다. 선정적인 어두운 조명을 따라 좁은 계단을 내려가고 만다. 그런 너의 뒷모습을 빤히 쳐다보면서, 점쟁이가 중얼거린다.

　"졸개로 만족할 놈이 아니로군."

　계단을 다 내려가자 너는 튼튼한 철제문을 주먹으로 쾅쾅 두드린다.

　음행淫行의 즐거움을 안 너는, 이렇게 수상쩍은 장소를 출입하게 되었다. 그리고 그것이 먹고 마시는 일이나 수면, 배설, 호흡과 마찬가지로 중요하다는 것도 알았다. 그러나 과다하거나 함부로 돈을 뿌리거나 하지는 않는다. 또 여자를 고르지도 않고, 쾌락의 도를 높이려고 억지 주문을 하지도 않는다. 너는 네가 좋아하는 아이스크림처럼 여자를 산다. 너는 아무리 맛없는 아이스크림이라도 일단 사고 나면 끝까지 깨끗하게 먹어치운다.

　오늘, 네 앞에 나타난 여자는 아주 정상적인 여자다.

　기름이 질질 흐르는 여자도 아니고, 늙어 매력을 잃은 여자도 아니고, 먹고 싶은 마음이 앞서는 여자도 아니다. 깨끗한 맨살에, 정숙한 아가씨…… 네 눈에는 그렇게 비친다. 너는 상대방의 얼굴을 빤히 쳐다보고, 사지를 구석구석까지 면밀하게 관찰한다. 네가 그런 식으로 여자를 보기는 드문 일이다.

새빨간 나비넥타이에 펑퍼짐한 코, 손님을 고르는 눈이 정확한 남자가, 단골손님인 너에게 이렇게 말한다. 오늘 막 도착해서 일본말은 한 마디도 모르지만, 또 보다시피 노련하다고도 할 수 없지만, 숫처녀라는 것만은 보장한다, 고. 아무리 형편없는 여자라도 최고라고 과찬하는 남자의 말을 순순히 믿을 정도로 멍청하지는 않지만, 아가씨를 본 너는 한눈에 마음에 들어한다. 겉만 번드르르한 것도 아니고, 가시가 돋쳐 있는 얼굴도 아니다. 게다가 이런 직업을 가진 여자들이 흔히 그렇듯, 얼굴이 부어 있지도 않다. 숫처녀란 말은 과장일지 몰라도, 어딘가 모르게 덜 익은 과일 향이 난다.

어느 약소국가에서 먼 길을 찾아온 아가씨는 너를 독방으로 안내한다.

그녀는 눈을 얌전히 내리깔고, 네가 모르는 말로 얘기한다. 아무 말 않고 있으면 안 된다고 주의를 들었을 것이다. 그녀는 알몸이 된다. 마치 곤충이 허물을 벗듯 깔끔한 몸짓이다. 네 쪽이 오히려 긴장한다. 늘 안았던 여자들과는 전혀 다르기 때문이다. 입가에 머금은 미소에는, 요기 비슷한, 애모의 정을 자극하는 무언가가 어려 있다.

네가 돈으로 산 여자를 그렇게 응시하기는 정말 처음 있는 일이다.

그녀가 약물 상습 복용자가 아니라는 것은 분명하다. 몸 어디에도 주삿바늘 자국이 없고, 죽음의 상이 어른거리지도 않는다. 두 뇌가 산만하게 움직이는 공허한 눈길도 아니다. 그런 그녀 앞에서, 너는 너답지 않게 당황하고 있다. 당황할 필요가 전혀 없는데 당황하고 있다. 아니 주저하고 있는 것이다. 향락을 좇던 기분이 빠른 속도로 물러가고, 호르몬의 분비가 딱 멈추는 것을 느끼면서, 너는 옷을 입은 채 양말도 벗으려 하지 않는다. 너는 방구석에 우두커니 앉아 있다. 여느 때의 너다운 흐름이 뚝 정지되어 있다.

그러자 여자 쪽에서 네게 다가온다.

그녀는 네가 입고 있는 옷가지들을 하나하나 정성껏 벗긴다. 그리고 밝은 목소리로 뭐라고 줄곧 조잘거린다. 알몸이 되었는데도 너는 여전히 굳어 있다. 그뿐인가, 너는 아직 손끝 하나 대지 않았는데 지갑을 꺼내 돈을 건넨다. 그렇게 하여 너는 너 자신을 납득시키려 하고 있는 것이다. 즉 이 여자는 늘 사던 여자와 전혀 다를 바가 없다고 너 자신에게 말하고 있는 것이다. 네가 원하고 있는 것은, 애당초 거짓 사랑이고, 그와 반대되는, 흐르는 자의 자유로움에 걸림돌이 되는 막막한 사랑이 아니다.

피부색도, 머리 색도, 얼굴 모양도 일본 여자와 별 차이가 없다.

그런데 눈동자의 광택이 다르다. 검은자위가 큰 여자는, 귀에 끈끈하게 달라붙는 노래 같은 말을 재잘거리며, 너의 목덜미에 두 팔을 휘감고, 조용히 감싸안듯 너를 내리누른다. 그때 너는 그녀 안에서 살랑거리는 바람을 느낀다. 선명하게 느낀다. 그것은 바람을 쐬느라 개똥벌레를 잡으러 나선 밤에 골짜기에서 불어오는 바람이다. 아니면, 들놀이에 지쳐 자기도 모르게 잠에 빠져들게 하는 바람이라고 생각한다.

성교 하나에만 집중하여 한껏 움직이고 있는 그녀의 육체가 한없이 부드럽다.

이미 방랑자로 완성되어 있는 너의 육체의 안과 겉으로 쾌락의 명암이 어지럽게 교차한다. 그녀가 허리를 구불구불 비틀 때마다 애잔함이 더해간다. 별 특별할 것도 없는 교접인데, 너의 가슴속은 격렬하게 흔들리고 있다. 그녀의 침입을 더이상 저지할 수 없다. 첫 만남에, 말도 제대로 나누지 못하는 관계인데, 그녀는 네 안으로 성큼성큼 들어온다.

그러다 퍼뜩 너는 깨닫는다.

자신의 혼 가장 가까운 곳에 마치 이끼처럼 들러붙어 있는 허망한 마음을 비로소 깨닫는다. 네게 없는 것을, 네게 부족한 것을 안다.

그러나 너는 그것을 순순히 인정하지 않는다.

하룻밤 산 여자에게 완전히 이성을 잃어서야 되겠느냐고 생각한다. 너는 이를 악물고 이렇게 하기로 마음먹는다. 난생처음으로 느끼는 이 설레는 마음을, 장딴지에 난 쥐처럼 취급하고, 재빨리 때를 넘기려 한다. 즉 "재수 좋게 좋은 여자를 만났다"는 한마디로 마무리를 하고 미련 없이 그 장소를 떠나, 평소의 자신으로, 표표하게 방랑하는 자신으로 돌아가려 한다. 그런데 너의 얼굴은 지금 불가사의한 온기를 띠고 있다.

만약 내 눈이 틀림없다면, 그것은 이성을 지나치게 의식할 때의 표정이다. 상대방에게 호감을 얻으려 애쓸 때의 표정이다.

오늘밤, 네 안에 돌연 애욕이 움튼 것이다.

네가 그것을 인정하든 않든 그것은 움직이기 어려운 사실이다. 네 아래서 전신을 꿈틀거리며 무색무취의 *끈끈한* 액체를 쉴새없이 뿜어내고, 달콤한 울림으로 소리지르는 아가씨는, 상품이란 입장을 떠나 있다. 그리하여 너는, 느닷없이 눈앞에 입을 쩍 벌리고 있는 넘기 어려운 심연에 놀라면서도 결코 위축되지 않고, 아무튼 그곳을 넘어보자는 생각으로 상하운동에 속도를 가한다.

그리움을 닮은, 정체 모를 온기가 너를 감싸안고 있다.

너는 무슨 보답을 해야 한다는 초조함에, 정액을 배출하기 위해서가 아니라 상대방을 기쁘게 하기 위하여 분발한다. 두번째 사정과 동시에, 텅 빈 정낭 속으로 정에 얽매이는 마음이 가득 퍼져나간다. 처음으로 체험하는 것이다.

이어 너는 혀 꼬부라진 소리로 손님답지 않은 말을 한다. 일본말이 통하는 상대가 아니라는 것은 잘 알고 있다. 그러나 말을 건다. 그렇게 하지 않을 수 없다. 너답지 않은 일이다. 그렇다고 대체 어떻게 된 일이냐고 비아냥거릴 생각은 추호도 없다. 나는 그렇게 빨리 그녀에게 집착을 보이는 너를 오히려 다행스러워하고 있다. 그것은 자웅이 분리되어 있는 동물의 속성이지, 부자연스러운 것이 아니다. 그것은 숲에서 자란 네가 승냥이와 이리 같은 마음 이외의 마음도 분명히 갖고 있다는 것을 멋들어지게 증명해주고 있다.

너는 복숭아빛으로 물든 아가씨를 꼭꼭 껴안으면서, 흐드러지게 핀 황매화나무꽃을 생각한다. 또 운동회에서 펄럭이는 일곱 가지 색 리본을 생각하고, 하늘 한가운데 휘황하게 빛나는 초승달을 생각한다. 이어, 애지중지 키워준 마음 좋은 농사꾼 부부의 웃는 얼굴이 눈물샘을 자극한다. 너는 지금 혼란 속에 있다.

너는 아직도 네 온몸으로 절절하게 스미는 그 기분의 정체를 모르고 있다. 너는 어디든 흔히 있는 뒤틀어진 인간도, 하늘의 못된 귀신도 아니다.

단번에 깊어진 정이 너의 모든 것을 지배하고 있다.

너는 일가의 생활을 돕기 위해, 오로지 그 한 가지 이유로 먼 이국땅을 밟은 아가씨의 눈을 똑바로 본다. 그렇게 눈동자 저 깊은 속에 숨겨진 감정을 읽으려 한다. 그녀의 가슴속으로 파고들 여지가 조금이라도 있는지 확인하려고 필사적이다.

일말의 동정으로 시작된 마음의 혼란이, 지금은 대혼란을 일으켰다.

그것은 마치 여름철 산악 지대의 급사면에 발생한 우레 같은 기세로, 너의 뇌를 마구 헤집고 다닌다. 너희들은 진짜 연인들처럼 서로를 껴안고 오래도록 마주 보고 있다. 어울리지 않는 상대는 아니다. 적어도 나는 그렇게 생각하고 있다.

너희를 갈라놓고 있는 것은 한없이 얇게 제조된 고급 라텍스

뿐, 그외에는 아무것도 없다. 언어나 국적이나 문화의 차이가 아니다. 물론 네게는 보이지 않을 테지만, 내게는 아가씨의 등뒤로 바다 위에 부유하는 다 낡아빠진 배가 보인다. 혹은, 강렬한 심해 등 빛에 드러난 겁에 질린 난민들의 얼굴 하나하나가 또렷하게 보인다. 혹은 수용소를 탈출한 집단이 야음을 틈타 도망하는 모습이 보인다. 그들이 두려워하는 것은 신의 벌이 아니라, 인플레와 민족자결 운동에서 비롯된 피비린내 나는 전쟁의 여파다.

아가씨는 몸 파는 여자로서의 철칙을 버리고, 너에게 매달려 있다.

그녀는 어떻게든 자신의 마음속을 전하려고 응석받이처럼 말을 계속하고 있다. 그리고 너는 자신도 모르게 흐른 눈물 한 방울로 그에 답한다.

그러나 안타깝게도 그때 뜻하지 않은 방해꾼이 나타난다.

갑자기 방 밖이 소란스러워진 것이다. 남자들의 날카로운 목소리가 통로에서 난무한다. 단순한 말싸움이 아닌 모양이다. 여자의 서비스가 안 좋다는 둥, 요금이 너무 비싸다는 둥 그런 이유가 아닌 듯하다. 가만히 있다가는 큰일을 당할 듯한 분위기를 일찌감치 감지한 너는, 아가씨를 밀치고 벌떡 일어난다. 흐르는 자의 본능을 발휘하여, 온 신경을 곤두세우고 무슨 일이 생겼는지 탐지하려 한다.

벽 너머의 티격태격은 거세질 뿐이다.

쌈박질 정도로 간단한 것이 아니다. 아무래도 복수의 난입자가 있는 모양이었다. 가게 사람들이 총동원되어 그것을 저지하고 있는 듯하다. 머릿수가 너무 차이 나는가, 아니면 완력의 차인가, 가게 쪽의 형세가 불리한 모양이다.

너는 재빨리 옷을 챙겨 입는다.

그리고 아가씨에게 돈을 쥐여주고는, 손짓발짓으로 다시 오겠다는 말을 남기고, 문을 살짝 열어 바깥 상황을 살핀다. 침입자들이 경찰이 아니라는 것은 진작 알고 있었다. 예사로운 단속이었다면 가게 사람들이 거역할 리가 없는 것이다.

일대 난동을 부리고 있는 것은 전투복으로 온몸을 무장한데다 무시무시한 가면을 쓴 남자들이다.

그들은 양쪽으로 나뉘어 있다. 한 팀은 때리고 걷어차는 폭행을 자행하고, 한 팀은 도끼로 벽과 문짝을 때려부수고 있다. 당당하게 낯짝을 드러내고 있는 한 남자가 웃으면서 전단을 뿌리고 있다.

그들은 세력권 다툼에 민감한 조직에 속하는, 그저 돈만이 목적인 패거리들과는 다르다.

똑같은 옷을 입은 그들은, 사회의 이면을 향하여 할 말이 있고, 표방해도 무방할 정치사상을 갖고 있다. 그러나 그것은 일관성이 없고 대부분이 멋대로 지껄이는 망언에 가깝다. 꽃은 벚꽃이 최고라면서 국화꽃에도 넙죽 절을 하는 꼴이다.

그런 그들이 최근 가장 혈안이 된 일은, 자국민 이외의 인간을 배제하는 것이다.

전단에도 그렇게 쓰여 있다. 일거리를 빼앗는 외국인을 배척하여 자신들의 존재를 널리 알리고 세상의 공감을 얻자는 것이다. 낡아빠진 수법이지만 조금씩 성공하고 있었고, 단순히 소동만 피우는 집단이라는 인식이 줄어들고 있었다.

그들은 지금을 실지를 회복하기 위한 절호의 기회라 여기고 있고, 이합집산을 반복하면서도 하나로 규합되는 방향으로 돌진하고 있다. 그러는 반면 그들은 백인을 추종하는 문화적 오욕에 대해서는 일절 언급하지 않는다. 따라서 과연 어디에 진의가 있는지 의심스럽지만─어쩌면 그들 자신도 모르는지 모른다─그들은 그렇게 실력 행사를 함으로써 현실에 충실한 자신을 영특한 존재라고 착각하고 있다.

너는 그런 무리들의 난폭한 소동을 비켜 바람처럼 빠져나간다. "철면피!" "나라 팔아먹는 놈!"이란 욕설이 난무하고 있다. 여자를 사면 철면피고, 그 여자가 외국인이면 나라의 적이란 뜻인 모양이다. 그들은 유교처럼 퍼렇게 녹슨 잣대를 함부로 흔들어대기만 하면, 일본 민족의 진정한 혼에 도달할 수 있을 것이라고 믿는 모양이다.

그런 자들에게 너란 존재는, 공산주의자 이상으로 불구대천의 적이 될 것이다. 하지만 그들은 네가 추구하는 자유가 어떤 것인지도 모르고, 너 또한 아직은 상상조차 못하고 있다.

너는 좁고 급한 계단을 단숨에 뛰어올라가 군중이 버글거리는 저자로 흘러든다.

여느 때의 너 같으면, 아무 일도 없었다는 표정으로 그다음의 자극을 찾아 발길 닿는 대로 흘렀을 텐데, 오늘밤은 다르다. 거의 과거를 돌아보는 일이 없고, 항상 온 신경을 앞쪽에 집중시켜 나아가는 것밖에 모르는 너는 지금, 마음의 절반, 아니 그 이상을 주상복합 빌딩 지하에 두고 왔다. 어떤 요부의 매력에도 동요하지 않았던 네가, 완숙하기엔 아직 한참 먼 그따위 아가씨한테 미련을 못 버리고 있는 것이다.

왜 그런 기분이 드는지 너는 알고 있는가.

나는 알고 있다. 잘 알고 있다. 그녀는 실은, 너를 낳은 여자를, 목을 매달면서 동시에 너를 낳은 여자를 꼭 닮았다. 쌍둥이라 해도 좋을 정도로.

타락한 달이 흐물흐물 뭉개지고 있다.

거리는 변함없이 혼돈스럽고, 무의미하고 복잡하다. 오가는 사람들은 마치 장님 떼 같다. 그들 속에 한두 명 정도는 앞으로 다가올 시대를 심각하게 예견하려는 자도 섞여 있을 것이다. 그러나 구석구석까지 빠뜨리지 않고 예견할 수 있는 자가 없음은 말 안 해도 아는 일이다. 나라님들의 지시에 순종하는 재주밖에 없는 대중들은, 애당초 압박에 저항할 힘 따윈 갖고 있지 않다. 그들이 자유를 원한다는 것은 말뿐이지 내심은 아니다.

오늘날의 과학만능 시대는 점차 기울어가고 있다.

그런 만큼, 뻔뻔스러운 종교가들의 활동 범위는 넓어지고 있다. 밤낮없이 거리 한 귀퉁이에 진을 치고 열심히 신에게 정성을 드리라고 외친다. 그들은 사기꾼에 뒤지지 않을 이런저런 수단을 구사하여 이러지도 저러지도 못하는 어정쩡한 대중들을 끌어들이고 있다. 고성능 컴퓨터를 아버지로 삼고 싶어하는 젊은이들을 포섭하였을 때는, 웬 떡이냐며 자신들의 속임수를 축하한다. 그들이 한층 격한 어조로 강조하는 구원이란 단어를 일소에 붙이는 인간은 의외로 그 수가 적다.

궁색하게만 살아온 늙은이가 어느 틈에 교조적 존재가 되어 있다.

일상적인 경험으로는 증명이 불가능한 질서를 내세워 오가는 사람들의 소맷자락을 잡아끄는 그들 바로 옆에는, 국사에 비분강개하는 피에로 같은 자가 있다. 패기만은 충만한 그들은 사회를 향하여 격식 차린 딱딱한 말투로 얘기하고 있다. 아니, 다가올 시대에 대비하여 시커먼 복선을 깔고 있다. 그러나 그들이 우레 같은 박수를 받을 수 있는 날이 올지는 의문스럽다.

그런가 하면, 달변으로 상대를 말아먹기가 장기인 흰 옷차림의 젊은이가 결심을 단단히 굳힌 표정으로, 덕지덕지 치장한 국가주권설을 목청을 돋우어 외치고 있다. 그런 경직된 사상이 과연 제철을 만나 꽃피울 수 있을지는 아직 뭐라 말할 수 없다.

그들은 단순히 유별난 집단이라고밖에 규정지을 수 없는 보통 사람들이다.

평범한 서민들이 가장 사랑하는 것은, 한없이 적당주의에 가까운 절충주의다. 그들은 또 절대적 진리 따위는 있을 리가 없으며, 그 어떤 입장도 그 나름으로 정당하다는 설에 의지하여 필요한 마찰마저 피하려 하고, 출세의 꾀죄죄한 디딤돌을 노린다. 실은 그런 사람들이 억압 정치나 권력정치의 토양을 만들어주고 있는 것이다.

침착하고 용기 있는 자들의 기력이 요즘 들어 눈에 띄게 쇠하였다.

상호 감정적인 연대를 잃고, 넉넉한 마음을 잃고, 바싹바싹 말라버린 대부분의 국민들. 그들은 과적응으로 영락한 나날 속에서, 기름이 떨어진 로봇처럼 불안정하게 꿈틀거리고 있다. 헛되이 복고 취미로 전락하고 있는 예술이나 문화가 명멸하는 네온 불빛 아래서나 겨우 숨을 쉬고 있다.

오늘날 자신의 어리석음을 부끄러워하는 자는 없다.

자신의 박명을 한탄하는 자도 없다. 곤경에 처해 있다고 자각하는 이조차 없다. 한참 일할 나이에 술에 취해 엎어져 있는 남자가 한없는 비감을 띠고 있다. 민권의 축소와 사실의 왜곡, 모든 분야에서 주객전도가 현저하다. 금석지감을 금할 길이 없다. 그러나 그것이 인간사회의 실태다.

지금 너의 흐름은 왠지 불안하다.

발걸음이 비틀거리는 정도는 아니지만, 여차하면 오가는 사람들과 부딪친다. 그러나 지금 너는 부딪친 사실조차 느끼지 못할 정도로 정신이 다른 곳에 가 있다. 네 속에서 시작된 혼란은, 도시의 과속한 회전과 전혀 맞물리지 않는다. 마음의 바람구멍이 메워졌는가 싶었던 것도 잠시, 이번에는 다른 곳에 커다란 구멍이 뻥 뚫리고 말았다. 그곳으로 미치광이 같은 바람이 휙 휘몰아칠 때마다, 너는 "아, 앗" 하고 소리를 지른다. 너는 그런 자신을 어떻게 다뤄야 좋을지 모른다. 어쩔 줄 모르고, 발길 닿는 대로 걷고 있다.

너는 변하고 있는 것이다.

그 어떤 것에도 얽매이지 않았던 네가, 지금은 그렇지 못하다. 그리하여 너는 돌연 걸음을 멈춘다. 걷기를 그만둔다. 햄버거 가게 앞도, 자동판매기 앞도, 깜빡 잊고 문을 잠그지 않은 스포츠카 앞도 아닌데, 하필이면 스크램블 교차점 한가운데서 너는 갑자기 걸음을 멈춘다.

신호가 바뀐다.

당장 너를 향하여 차들이 마구 밀려온다. 클랙슨과 급브레이크와 욕설의 회오리바람이 너를 덮친다. 그러나 너는, 허수아비처럼 거기에 서 있다. 우뚝 선 너는, 요 몇 년 동안 한 번도 보지 않은 하늘을 올려다본다. 너는 하늘을 멀끔히 올려다본다. 그렇게 진지하게 하늘을 보기는 고향을 떠난 이래 처음이다.

재앙이 닥치면 유리 비를 뿌릴 고층 빌딩의 테두리에 걸린 달이 홀쭉하게 야위어 있다. 무수한 색채로 알록거리는 인공의 불빛이 별 하늘을 가리고 있다. 그래도 하늘은 하늘이다. 너는 뜬세상의 먼지로 얼룩진 하늘을 마음껏 만끽한다. 왜 그런 엉뚱한 짓을 하고 있는지 너 자신도 모를 것이다. 그러나 나는 안다. 그야말로 사모의 정이 너를 그렇게 만들고 있는 것이다.

너의 그런 변화를 헐뜯을 마음은 없다.

너에게 보이는 알사탕 같은 별은 운명을 뒤바꿀 만큼, 때로는 파멸시킬 수 있을 만큼의 파토스를 품고 있다. 가슴을 태우는 그 빛에서 벗어날 수 있는 자는 없을 것이다. 너의 머리는 지금, 네가 아닌 인간으로 가득 차 있다. 세 시간 삼십삼 분 삼십 초 전까지만 해도 전혀 몰랐던 아가씨가 너를 바꾸고 있다.

그런 너는 산란기에 들어간 잉어처럼 방비가 허술하다.

너는 너를 둘러싸고 있는 무수한 위험을 완전히 잊고 있다.

차에 치여 죽을지도 모르는 위험.

검문중인 경찰에게 불심검문의 구실을 줄지도 모르는 위험.

흐르는 자로서 무엇과도 바꿀 수 없는 자유를 아가씨에게 빼앗길지도 모르는 위험.

그러나, 지금 너는 그 정도의 위험 따위는 아랑곳하지 않을 만큼 피가 용솟음치고 있다.

너는 젊다.

자신의 젊음을 깨닫지 못할 정도로 젊다. 아직 여력을 저축해 두어야 할, 모든 것을 깨끗하게 체념해야 할 나이가 아니다. 너에게 폭발할 것 같은 기분이 있다면, 찬찬히 구경하기로 하자, 너를 현혹하고 있는 그 별빛이 기폭제가 되어주면 좋으련만.

느닷없이 그 별을 통하여 옛 기억이 되살아난다.

한 백 년이나 백오십 년, 아니 더 먼 옛날 일인지도 모른다. 그 아가씨도 그 별을 보고 있었다. 그녀는 매춘가로 팔려가는 도중, 앞길을 너무 서둔 나머지 이곳으로 길을 잘못 들고 말았다. 숲에 발을 잘못 들여놓고 낯선 길에서 헤매는 인간들은 대개 비슷한 행동을 한다. 정신없이 걸어다니다가 해가 기울 무렵에야 나를 발견한다. 내게 기어오르면 어느 쪽으로 가야 할지 단번에 알 수 있다. 칙칙하게 구름 낀 날에도, 비가 억수같이 쏟아지는 날에도, 한밤에도 알 수 있다. 바다만 찾으면 되니까. 캄캄한 밤이라도 바다는 간단히 찾을 수 있다.

나와 바다 덕분에 목숨을 구한 나그네들이 수도 없이 많다.

당시 나는 그 점을 자랑스러워하고 있었다. 사람들에게 '싸움나무'라 불리는 애매한 존재이기는 했지만, 내가 가리키는 방향은 한 번도 틀린 적이 없었다. 그런데도 길을 찾지 못하여 목숨을 잃은 자가 있다면, 그 책임은 그들에게 있다. 필경, 일일이 확인하려는 뒤틀린 성깔 때문에 재난을 당한 것이리라.

아가씨를 데리고 온 뚜쟁이는 쪼글쪼글한 할아범이었다.

그러나 이런 데서 쉬 죽을 만큼 호락호락하지는 않았다. 그는 사방으로 뻗은 가지를 교묘하게 이용하여 위로 위로 올라갔다. 그런데 제일 가까운 동네에서 들려오는 저녁 종소리는 놓치지 않았지만, 쇠한 시력은 어쩌지 못하여, 비단 막을 친 듯한 어스름한 어둠 속에서 바다와 평야를 식별하지 못했다.

그래서 그는 근처에서 사온 그 아가씨한테 대신 올라가게 하였다. 나무 오르기의 명수인 그녀는 단박에 저 끝 가지까지 올라가, 아직 흥분한 남근 따위는 한 번도 본 적이 없는 듯한 반짝이고 투명한 눈으로 사방을 둘러보았다. 애써 사온 물건이 나무에서 떨어져 도로아미타불이 되면 어쩌나 했던 뚜쟁이의 불안은 금방 불식되었다.

노인은 물었다.

무엇이 보이느냐고 묻고, 바다가 보이느냐고 물었다. 물론 아가씨의 눈에 바다는 또렷하게 보였다. 그러나 그녀는 바다와는 정반대 방향으로 고개를 돌리고 무언가를 찾고 있었다. 아마도 두고 온 고향을, 나고 자란 마을을 둘러싸고 있는 산들을 보려 한 것이리라.

뚜쟁이는 또 물었다.

"바다는 어느 쪽이지?"

아가씨는 어두워서 잘 보이지 않는다고 거짓말을 하였다.

바다는 잔광을 반사하며 금색과 파랑 두 색으로 물들어 있었다. 그러나 얼마 지나지 않아 태양이 짜낸 연명책은 실패로 끝나고, 어둠이 일사불란한 걸음으로 밀려왔다. 뚜쟁이는 할 수 없이 더이상 헤맬 수 없다고 생각하고 내 곁에서 하룻밤을 지내기로 하였다. 과로로 쓰러지고 싶지는 않았던 것이리라. 그는 먼 늑대 울음소리에 신경을 쓰면서 불을 지피기 위해 마른 가지를 모으기 시작하였다. 갑작스러운 불꽃과 연기에 놀란 박쥐 떼가 소란을 피웠다.

아가씨는 여전히 허물없는 친구처럼 내 위에서, 어둠이 짙어지고 있는 드넓은 하늘에 뜬 샛별을 보고 있었다. 그 눈은 눈물로 허송세월하는 눈은 아니었다. 또 모든 것을 포기한 눈도, 이제 와서 발버둥치는 눈도, 노인이 잠시 한눈을 파는 사이에 도망치려 하는 눈도 아니었다.

뚜쟁이는 싸늘하게 식은 주먹밥을 막대기에 꽂아 불에 데우고, 물통을 재 속에 묻어 물을 끓였다.

슬슬 속죄라도 할 나이가 되었는지, 그의 등이 불상을 닮았다.

그리하여 서늘한 가을밤이 숲을 빈틈없이 에워쌌다.

그저 넋을 잃고 바라만 보아도 천계의 수수께끼가 풀릴 듯, 별 그림자 청명한 밤이었다. 팔려가는 아가씨는 남쪽 하늘 낮게 반짝이는 샛별을 보면서, 된장을 발라 구운 주먹밥을 맛있게 우물거렸다. 그리고 깊어가는 밤을 만끽하였다. 달이 매달리려는 회색차일구름을 매몰차게 뿌리쳤다.

뚜쟁이가 불쑥 말을 뱉었다.

앞으로는 하얀 쌀밥을 실컷 먹을 수 있을 것이라고.

그 말은 팔려가는 아가씨를 위한 상투적인 대사 같았다. 그러나 그녀에게 그런 종류의 위로는 아무 쓸모가 없었다. 그녀는 육친과의 이별을 서러워하지 않았다. 그뿐만이 아니다. 그녀의 마음은 벌써부터 미지의 세계를 향하여 활짝 열려 있었다. 여행길 내내 웃음을 잃지 않았고, 때로는 콧노래를 흥얼거렸을 정도다.

그래서 뚜쟁이는 오히려 괴로웠다.

그는 아가씨가 흥얼거리는 자장가 노래에 조금씩 조금씩 휘말리고 있었다. 구제할 길 없는 악한이었을 사내의 주름투성이 얼굴이 조금씩 조금씩 고통스럽게 일그러졌다.

끔찍한 형상의 밤이 숲을 지배하였다.

그러나 모닥불과, 내 가지 여기저기에 달라붙어 있는 발광균류와, 온 하늘에 반짝이는 별들로 둘은 어둠 속에서 버글거리는 짐승 축에 끼지 않을 수 있었다. 그 일대의 생물군 중에서, 그들은 가장 압도적인 존재였다. 내가 나무답게 서 있는 것과 마찬가지로, 그들은 그들대로 한없이 인간다웠다. 특히 아가씨는 이상을 구현한 인간처럼 보였다.

필시 그날 밤 내가 좀 어떻게 되었던 모양이다. 왜 그랬는지는 모르겠으나, 오십 년에 한 번, 아니 백 년에 한 번꼴로, 그런 엉뚱한 착각을 한다.

노후에 대비하여 푼돈이나마 모으겠다는 생각밖에 없는 뚜쟁이가 나무라는 듯한 눈길로 아가씨에게 이렇게 말한다.

부탁이니까 이제 노래 좀 그만 하라고.

그렇게 말한 직후에 그는 몹시 기침을 해댔다. 연기를 삼킨 탓이 아닌 듯하였다. 폐를 앓고 있는 자의 기침 소리였다.

아가씨는 노인의 등을 다감하게 쓰다듬어주었다. 간신히 기침이 가라앉자, 노인은 또 이런 말을 하였다.

오늘밤 여기서 죽어도 여한이 없다, 고.

그리고 그는 나를 올려다보면서, "자빠져 죽으면 어차피 지옥행이다"라고 중얼거렸다. 젊은 시절에는 지옥행을 각오했고, 지옥이라는 데가 어떤 곳인지 한번 구경하리라고 배짱을 부리기도 하였지만, 이 나이가 되니 그럴 수도 없다. 물론 극락행을 바랄 만큼 뻔뻔스럽지도 못하니, 가능하면 혼백이 되어 이 세상에 머무르고 싶다. 그렇지 않으면 거목에 혼을 맡기거나, 나무로 다시 태어나고 싶다.

나는 그에게 이렇게 말해주었다.

지옥에도 연꽃은 핀다.

중얼거리는 뚜쟁이에게 아가씨는 아무런 대꾸도 하지 않았다.

그녀가 바짝 귀 기울여 듣는 것은 늙은이의 넋두리가 아니라 한밤의 벌레 소리였다. 벌레들의 대합창으로 숲은 아직 인간의 손길이 닿지 않은 원시림 같은 중후한 분위기를 자아내고 있었다.

끝내 마지막까지 건실한 세상살이와는 인연이 없었던 사내의 마음이, 활활 타오르는 모닥불빛을 받아 어둠 속에 또렷하게 떠올랐다. 노인은 깊은 한숨을 내쉬고는, 잠시 망설이다 이렇게 말했다.

이렇게 아름다운 밤에 이렇게 멋들어진 나무 아래서 죽을 수만 있다면 얼마나 행복하겠느냐고.

아가씨의 얼굴을 빤히 들여다보면서 세 번이나 똑같은 말을 되풀이하였다. 그렇게 아가씨의 주의를 환기시켜놓고, 그는 마른 풀을 그러모아 베개를 만들고, 그 옆에다 울퉁불퉁한 묵직한 돌을 몇 개나 늘어놓았다. 돌은 들 마음만 있으면 아가씨의 가는 팔이라도 충분히 들 수 있는 무게였다.

이어 그는 노잣돈치고는 꽤나 많은 돈을 고스란히 속주머니에서 꺼내 보란 듯이 아가씨 앞에 늘어놓고 세어보고는, 주머니째로 모닥불 옆에 놓았다. 그리고 예의 돌을 발끝으로 툭툭 치면서 말했다.

"이런 게 머리 위로 떨어지면 그 자리에서 저세상으로 가겠지."

그 목소리가 희미하게 떨리고 있었다.

그는 모닥불을 등지고 아가씨도 등지고, 이불 삼은 낙엽 위로 벌렁 누웠다. 그는 내일을 말하지 않았다. 어떻게 숲에서 빠져나갈 것인지, 길을 찾으면 며칠을 더 걸어야 놀고먹을 수 있는 목적지에 도착할 수 있을지, 한마디도 하지 않았다. "너도 이제 자"란 말도 하지 않았다.

어디 멀리서 쏙독새가 "무슨 일을 하기에는 너무 늦었다"고 한탄하고 있었다.

노인의 머리 쪽에 돌과 돈주머니가 나란히 있었다. 물론 그 둘 다 아가씨의 시야에 들어왔다. 그러나 그녀의 마음속에는 아무런 변화도 없었다. 여느 때와 다름없는 그녀가 거기에 있을 뿐이었다. 그녀는 살며시 일어났다. 그러나 도망치기 위해서도, 돌을 높이 들어올리기 위해서도 아니었다.

늪 쪽으로 가서 일을 보고 온 아가씨는 노인처럼 잠자리를 만들어, 팔리기 위하여 성장한 몸을 나뭇잎 속에 묻었다. 참견하기 좋아하는 부엉이가 내 가지에 앉아, 아가씨에게 용단을 내리라고 열심히 채근하였다. 그것은 선의의 닦달질이었다. 그러나 아가씨는 동요치 않았다. 기다리다 지친 부엉이는 어디론가 날아가버리고 말았다.

아가씨는 하늘을 우러르고 누운 채, 오래도록 무수한 하늘의 강에 꿈을 그렸다. 그러고는 마침내 눈을 감았다. 머지않아 새근새근 숨소리가 들렸다. 그러자 노인의 어깨에서 힘이 쭉 빠져나갔다. 노인의 어깨가 가늘게 떨리고 있었다.

한밤중에 하늘다람쥐 한 쌍이 찾아왔다. 그러나 잦아드는 모닥불에 비친 아가씨의 잠든 얼굴이 너무 아름다워서인가, 놀란 나머지 평소처럼 법석도 피우지 않고 조용히 물러갔다.

나는 밤새 깨어 있었다.

혹시나 싶은 기분에 도저히 잠잘 수가 없었다. 다소 잔혹한 기대를 했는지도 모르겠다. 그러나 그 기대는 빗나가고 말았다. 나나 뚜쟁이가 예상한 일은 벌어지지 않았다. 견디다 못한 노인도 잠에 빠져들었다. 지난 죄를 뉘우치는 코 고는 소리가 단속적으로 이어졌다.

아직 날이 채 밝기도 전에 깨어난 뚜쟁이는 다시 내 몸에 기어올라 사방을 확인하였다. 그때 그의 눈빛은 사람을 찌르는 평소의 건달패로 돌아와 있었다. 그런 사내의 뒤에 딱 달라붙어 걷고 있는 아가씨의 걸음걸이는 실로 가벼워 팔려가는 몸이라고는 도무지 믿기지 않았다.

아마도 두 사람은 해가 많이 떠오르기 전에 숲을 벗어났을 것이다. 그리고 늦어도 사흘 후 저녁에는 여행을 끝마쳤을 것이다. 아가씨는 매일 쌀밥을 먹고, 화장을 하는 몸짓과 신음 소리에 윤기가 더하고, 일할 수 있을 만큼 일하여 이루 다 헤아릴 수 없는 사내들을 사타구니에 끼고, 그리고 같은 지붕 아래 사는 다른 아가씨들과 마찬가지로 스무 살 남짓에 죽어갔을 것이다. 또 그 늙은 뚜쟁이는, 자신의 머리에 돌을 떨어뜨려줄 만한 아가씨를 찾느라 이 마을 저 마을을 돌아다니다, 결국 바람을 이루지 못하고, 나무도 풀도 없는, 그저 굽이굽이 흐르는 강가 어디선가, 돈주머니를 옆에 찬 채 쓰러져 하루 밤낮을 고통에 몸부림치다 객사하였을 것이다. 그렇지 않다면 두 사람 다 좀더 행복한 길을 걸었을지도 모를 일이다.

어찌 되었든, 먼먼 옛날이야기다.

그러나 벌써 황천객이 되었을 그 두 사람이 여기서 보낸 하룻밤이, 내 안에서는 지금도 나이테와 함께 선명하게 새겨져 있다. 그리고 그 추억은 세월을 두고두고 유황에 그을린 은처럼 빛을 더하고 있다.

지금 막 깨달은 일인데, 그때 그 아가씨의 등이 지금 내 바로 앞에서 목매달아 죽은 여자의 등과 똑같다.

\*

　이유야 어찌 되었든 흐름을 멈춘 너는 참으로 비참하다.

　오직 여자와 살고 싶은 마음에 방을 빌리다니, 어리석음의 진수다. 이미 너는 이질적인 젊은이도 아무것도 아니다. 귀중한 검은 옷을 걸쳤음에도 그 정신이 이도저도 아닌 보호색이어서야 아무 쓸모가 없지 않은가.

　요즘 들어 너의 흐름은 급격하게 기운을 잃고 있다.

　이대로 가다가는 머지않아 완전히 고여버릴지도 모르겠다. 일시적인 수단으로 안일한 생활을 손에 넣으려는 사회의 일원이 될지도 모른다. 그러나 너는 희희낙락, 거짓 이름을 사용하여 현금을 팔락이며 빌린 전망 좋은 방을 장식하느라 여념이 없다. 만약 그곳이 살인이 있었던 방이 아니었다면, 신분을 증명할 아무것도 없는 너는 도저히 빌리지 못했을 것이다.

너에게 돈이란, 필요할 때 필요한 만큼 있으면 된다는 의미를 잃어가고 있다. 즉 생활을 위해 필요한 것이란 의미가 농후해지고 있다. 그리고 너란 놈은 자신의 성의를 어떻게 피력해야 좋은지, 돈 말고 다른 것에는 생각이 미치지 못한다. 그래서 열심히 도둑질을 하지 않으면 안 된다. 어찌 생각하면, 무위한 나날에서 벗어나는 데 성공했다고도 볼 수 있다. 머지않아 너는 생활신조라는 것을 갖게 될 것이다.

너는 닥치는 대로 도둑질을 한다.

그날의 기분과 몸의 상태와 운수를 일절 무시하고 도둑질을 해댄다. 당연히 방법이 거칠어진다. 두꺼운 헝겊으로 싼 망치로 차창을 깨부수고, 빈집의 현관문을 걷어차 부순다. 그런가 하면 방범 벨이 부착되어 있는 사무실이라는 것을 뻔히 알면서도 잠입한다. 휴대용 금고를 비닐 주머니에 넣어 십층짜리 빌딩 옥상에서 아래로 던지기도 한다.

이런 식으로 가다가는 언젠가는 열 가지 죄악을 자행하는 대도가 될 것이다. 그런데도 너는 그늘 하나 없이, 오히려 예전보다 반짝이고 있다. 그 눈부신 광휘는 주저나 공포 같은 것을 하나하나 격퇴하고 있다.

그러나 지나치다 싶은 감을 부정할 수 없다.

너무 무모하다. 좀더 조심을 해야 하지 않는가. 대낮에 시커먼 차림으로 고급 주택가를 배회하는 것은 좀 생각해볼 일이다. 너를 목격하고, 너의 행동을 수상쩍게 여기고, 너의 인상을 머릿속에 새긴 자의 수가 족히 백은 넘을 것이다.

피해액이 그다지 크지 않아 본격적인 수사가 행해지지 않으니 그나마 다행이다. 그러나 경찰이 개입하면 시내 전역에 정확한 너의 몽타주가 나돌아다닐 것이다. 너의 경솔함이 걱정이다. 네가 추구하여 마지않는 자유가 균형을 잃고 있다. 너의 흐름이 제어 기능을 잃고 있다.

실제로 오늘 너는 쫓기지 않았는가.

은행에서 돈을 인출한 사무원의 가방을 낚아챈 것까지는 좋았는데, 그 직후에 피해자가 지른 비명 소리를 들은 길 가던 사람들이 너를 쫓지 않았는가. 만만찮은 몸집의 학생들이 무리지어 너를 쫓아오지 않았는가. 만약 그들이 연습하고 돌아오는 길이라 지칠 대로 지쳐 있지만 않았다면, 그 강렬한 태클이 정통으로 너의 갈빗대를 두세 대쯤 문제없이 부러뜨렸을 것이다. 그러고는 경찰에 끌고 갔을 것이다.

간발의 차란 실로 그런 때를 뜻하는 말이다.

물론 너의 두 다리는 건강하다. 그것은 인정한다. 육상 선수만큼 빠르지는 않지만, 인파를 헤치고, 골목길을 빠져나가, 설계자 자신도 길을 잃을 정도로 복잡한 역 빌딩을 쓱쓱 통과하는 일에 한해서는, 너를 당할 자가 없다.

너는 문이 닫히기 직전에 전철에 올라타고, 십 초 만에 택시를 잡는다. 올라가는 에스컬레이터에서 내려가는 에스컬레이터로 바꿔 타고 처음 들어가는 레스토랑의 주방을 당당히 지나 뒷문으로 나간다. 산고을에서 자란 덕분일 테지만, 그러나 그뿐만은 아닌 듯하다.

너의 민첩성은 가히 천재적이라 해도 좋을 것이다.

위기에 대응하는 너의 빠릿빠릿한 움직임은, 어쩌면 도망치기 위한 재능인지도 모르겠다. 혹 너의 일생이 쫓기다 끝날지도 모르겠다. 뭐 그래도 상관은 없다. 마음껏 쫓기라. 성이 찰 때까지 쫓기라. 너는 무의식적으로 너의 태생으로부터 도망치고 있는지도 모르겠다. 만약 그렇다면, 그도 당연한 일이라고 생각한다.

너는 난생처음으로 이성에게 마음을 주는 기쁨을 알았다.

그런 너는 무엇보다 무일푼을 두려워하게 되었다. 너에게 돈과 여자는 이제 떼려야 뗄 수 없는 관계가 되었다. 빈 주머니로는 그녀를 만날 수 없다. 하물며 그녀를 하룻밤 점유하려면, 그런 밤이 매일 계속되려면, 아무리 두툼한 지갑이라도 순식간에 얄팍해지고 말 것이다. 또 그 아가씨를 정말 너 혼자 독점하고, 다른 남자는 손끝 하나 대지 못하게 하기 위해서는, 네가 벌어들이는 어중간한 돈으로는 엄두도 낼 수 없다.

너는 그 일로 가게를 경영하는 남자와 거래를 하였다.

그러자 네 마음을 알고 있는 사내는 얼토당토않은 액수를 불렀다. 아가씨가 빚을 많이 졌다는 설명은 이해할 수 있지만, 전자계산기에 표시된 금액은 엄청났다. 그러나 너는 탐욕스러운 가게 주인의 말을 그대로 믿고, 너 자신도 그녀에게 그럴 만한 가치가 있어 마땅하다 여기고, 값을 깎지는 않았다. 아니 오히려 싸다는 생각까지 하였다.

그러나 좀도둑질로 그만한 돈을 모으기는 도저히 불가능하다.

두 눈동자에 불가사의한 웃음을 띤 동안의 아가씨가, 너를 불가능에 도전케 한다. 그러나 아무리 도전해도 뜻대로 되지 않는다. 실업자가 증가함에 따라 범죄도 증가하였고, 범죄가 증가함에 따라 세상은 점점 더 조심스러워졌다.

속이 뻔히 들여다보이는 마키아벨리즘이 버젓이 통용되고, 탐욕스러운 소수 엘리트층의 계급 지배가 점점 노골화되고 있다. 저 변경의 혁명론은 역시 옳았다. 정변을 야기할 유해한 애국심이 여기저기서 움트고 있다. 정계의 독소로 작용하는 병의 근원이 도처에 방치되어 있다.

대부분의 존재들이 불행한 상태 안에서 꼬물꼬물 생활하고 있다.

소탈하나 정당한 일반인들의 의견이 시종 짓밟히고 있다. 공동으로 사는 세상이란 표현은 이미 지난 세기의 유물로 배척당하고 있다. 오로지 욕망을 충족시키기 위해 버둥거리는 작자들의 번쩍임이, 일대 비약을 이룬 것처럼 보였던 이 나라의 사리분별력을 무력하게 하고 있다. 그런데도 대부분의 노인들은, 허물벗은 곤충처럼 선연하였던 패전 직후의 기적적인 변화를, 끔찍이도 수동적인 얼마 남지 않은 여생 속에서 다시 한번 꿈꾸려 하고 있다.

지금은 너도 그런 대중의 한 사람에 불과하다.

흐르기를 멈춘 너 또한 대중적인 목전의 욕망에 휘둘리고 있다. 좋아하는 여자를 소유하는 그날을 꿈꾸면서, 높은 욕망이 벽 앞에서 제자리걸음하고 있다. 그렇다고 네가 은행을 털거나 현금 수송차를 습격하는 것은 아니다. 그런 계획조차 그려본 적이 없다. 그렇게 세상을 깜짝 놀라게 하는 짓을 세심하고 대담한 수법으로 간단히 해치우는 남자는 얼마든지 있다. 그런 작자들이 매일처럼 텔레비전이나 신문에 뉴스거리를 제공하고 있다.

그들에 비하면 너는 좀도둑도 못 된다.

그러나 너와는 달리 그들은 절대로 혼자서는 움직이지 않는다. 단독이 아니라 늘 복수로 행동한다. 개중에는 본격적으로 작당을 하는 자들도 있다. 목적이야 어떻든 무리짓는 자들의 눈은 죽어 있다. 그러나 너의 눈은 아직 거기까지 가지는 않았다. 네가 의지하고 있는 것은 여전히 너 자신뿐이다.


사무실을 털려다 실패한 너는 허둥지둥 네 둥지로 도망쳐 지금은 방문을 단단히 잠그고 심신의 긴장을 풀고 있다.

침대를 겸한 긴 의자에 벌렁 누워 인공위성에서 쏟아지는 자연을 닮은 소리에 잠겨, 숲과 물과 바람 소리에 귀를 기울이면서 점퍼 주머니에 구겨넣은 쥐꼬리만 한 돈을 세고 있다. 구겨진 지폐를 정성스레 펴면서 한 장 한 장 천천히 센다. 몇 번을 세어봐도 큰 돈은 아니다. 그 방에서 아가씨와 함께 살기란 먼 꿈이다. 네가 그러고 있는 동안에도 아가씨의 사타구니는 낯선 사내를 꽉 조이고 있다.

너는 가게가 아니면 그녀를 만날 수 없다.

그녀는 어디선가 다른 아가씨들과 함께 마이크로버스를 타고 끌려온다. 그리고 일이 끝나면 다시 마이크로버스를 타고 어디론가 끌려간다. 너는 훔친 자동차를 몰아 두 번쯤 미행을 한 적이 있는데, 그때마다 도심의 정체와 교통사고에 걸려 따라잡지 못했다. 그래서 이번에는 가게에서 그녀를 안은 다음, 손짓발짓으로 주소를 물었다. 질문의 의미는 간신히 통했는데, 그녀는 자신이 먹고 자는 장소가 어디인지 전혀 모르고 있었다. 종이와 펜을 쥐여주고 지도를 그리게 하였으나, 어디가 어딘지 도무지 알 수 없었다.

그녀는 네 앞에서 미소를 잃지 않는다.

그것은 상거래용이 아니다. 그녀는 너를 위해서는 진정으로 신음하고 진정으로 허리를 비튼다. 그러나 너는 아직 그녀의 진의를 옳게 파악하지 못하고 있다. 그녀가 너를 어떻게 생각하고 있는지, 너는 아직 확신하지 못한다. 결국 손님의 한 명으로 여기고 있는지, 아니면 그 이상의 상대로 특별 취급하고 있는지, 너는 아직 모른다.

자신감과 불안감 사이에 끼여 어쩌지 못할 때, 너는 고통에 겨운 나머지 아무 데서나 절규한다.

너의 입에서 흘러나온, 목구멍 깊은 곳에서 튀어나온 진정한 외침에, 우연히 그곳을 지나던 타인들이 흠칫 놀란다. 그 목소리가 이 세상에 진저리치고 있는 사람들의 마음을 뒤흔들기 때문이다.

어젯밤, 너는 아가씨가 아주 좋아하는 낙지구이를 사들고 갔다.

너희는 실컷 섹스한 후에 시키면 침대에 엎드려 그것을 함께 먹었다. 너에게 한마디 하고 싶다. 그녀에 대한 너의 태도다. 너무 무뚝뚝하다 싶다. 싱긋 웃지도 않는 것은 좋지 않다. 가끔은 웃는 얼굴을 보여주어라. 수많은 시련을 견디고 있는 그녀조차 네 앞에서는 한 번도 무표정한 얼굴을 보인 적이 없지 않은가. 마음을 닫은 자들 같은 표정은 금물이다.

그러나 안심해도 좋다.

내가 보기에 그녀 쪽도 너에게 흠뻑 빠져 있다. 절대로 네 편을 들고 있는 것이 아니다. 그러나 너희들이 맺어지기에는 문제가 너무 많다. 국적이 달라서가 아니다. 너희 둘의 가장 큰 차이점은, 그녀가 조국을 멀리 떠나 있음에도 여전히 가족들과 깊은 애정을 유지하고 있다는 것이다.

너는 믿기 어려울지도 모르겠다.

그러나 그녀의 가슴속 구십 퍼센트는 항상 가족들로 점유되어 있다. 그녀가 이런 데까지 와서 몸을 팔고 있는 까닭은, 그녀 자신을 위해서만이 아니다. 그녀가 송금하는 돈으로 늙은 할아버지, 할머니와 병약한 몸으로 일하러 나가야 하는 부모와 어린 동생들이 기아를 면하고 있다. 그러니까 그녀만 행복해진다고 만사가 해결되는 것은 아니다. 그녀와 맺어진다는 것은, 즉 그녀의 가족과 한 가족이 됨을 뜻하는 것이다. 그렇게 되면 너는 지금보다 한층 더 도둑질에 매진해야 할 것이다. 넌 아직 그런 상황을 깨닫지 못하고 있다.

너는 훔친 폴라로이드 카메라로 그녀를 찍었다.

벗은 몸이 아니라 얼굴을 찍었다. 애교 있는 앞니에 김이 붙어 있다. 너는 그 사진을 방에 걸어두었다. 너는 그녀에게 너를 찍게 하였고 그 사진을 그녀에게 주었다. 그러나 너의 사진은 그녀의 가족 사진과 똑같은 취급을 받지 못했다. 그녀는 너의 사진을 지갑에 넣지 않았다. 훨씬 더 작게 하면 될 것이라고 생각한 너는 얼굴 부분만 잘라내 주었다. 그래도 허사였다. 그녀가 너의 사진을 어떻게 했는지 너는 모른다. 물어볼 용기도 없었다.

공허한 나날을 보내는 너는 고독한 사냥꾼이다.

지금 너는 네 한 몸만 걱정하면 그만이었던 시절에 비하면, 질척한 외로움에 고통받고 있다. 이렇게 방 안에 꼼짝 않고 있기가 괴롭다. 그렇다고 예전처럼 달리는 전철 안에서 자기도 싫다. 불완전하나마 개인적인 공간을 손에 넣은 너는 전철 안에서 잠자는 날들이 얼마나 비정상적인가를 알게 되었다.

너는 벌떡 일어나 창문에 매달린다.

그리고 하늘을 뒤덮은 검은 연기를 쏘아본다. 이어 형체도 그림자도 없는 구급차의 사이렌 소리에 가만히 귀 기울인다. 그리고 마치 정신을 잃은 사람처럼 다시 긴 의자에 푹 쓰러진다.

너는 아가씨와 함께 사는 날들을 가상한다.

그러고는 그 생활이야말로 행복에 이르는 최단거리라고 혼자 결정한다. 그녀를 조수석에 앉히고 드라이브를 하고 싶다. 한 이불 속에서 자고, 아침이면 함께 일어나 식사하고 싶다고 생각한다. 그런 생활이야말로 모든 것을 보충하고도 남을 행복이라고 생각한다. 만약 그녀가 바란다면 고향으로 내려가 호적을 되살리고, 버렸던 이름을 다시 되찾아도 상관없다고 생각한다. 화재로 잃은 논밭을 다시 일구어도 좋다고 생각한다. 또 그녀의 가족이 되어, 한 가족을 위하여 악당 중의 악당이 되어도 좋다고 생각한다. 그 외에 어떤 골치 아픈 일에 휘말려도 상관없다고 생각한다.

내가 이익을 도모할 수 있는 신목神木이라면, 그런 너를 돕기 위해 온갖 노력을 아끼지 않을 것이다.

대시보드에 눈알이 튀어나올 만큼 어마어마한 돈을 숨기고 있는 자동차가 어디에 있는지 가르쳐주는 정도, 어렵지 않을 것이다. 그러나 그것으로 너와의 인연은 끝장낼 것이다. 왜냐하면 그런 후의 너의 생애 따위는 쫓아다녀봐야 아무 재미도 없을 것이기에.

내가 보고 싶은 것은 흐르는 자다.

아무 짓도 하지 않고 그저 굴러들어오는 행운을 기다리는, 그런 고여 있는 자는 거저 준다 해도 보고 싶지 않다. 흐름을 도저히 꿈꿀 수 없는 나이기에, 천 년 동안 같은 자리에서 꼼짝도 하지 않은 나이기에, 앞으로도 그럴 수 없는 나이기에, 너란 존재는 빛이나 물처럼 귀중하다. 이기적인 주문이라고 생각하지만, 너는 나를 대신하여 언제까지라도 어디까지라도 흘러주었으면 한다. 어찌되었건 흘러주기만 하면 그 밖의 일에 대해서는 전혀 관계하지 않을 것이다.

유랑의 나날을 버린 자는 점점 그 빛을 잃는다.

그들은 끝내 스스로 자신의 옛 상처를 폭로하게 되고, 견디다 못하면 대중이 생각하는 길을 터벅터벅 걷는다. 자진하여 피압박 계급이 되고, 능동적인 행동의 바탕이 되는 분노를 잊고, 체면이 짓밟혀도 아무 느낌도 갖지 못한다. 처음 듣는 간사한 이론에 솔깃해하고, 개인적인 일까지 일일이 간섭하는 것을 바람직하다 여기고, 보편타당성이 뒷받침하는 진리를 강요하는 어리석은 자가 된다. 그렇지 않으면 관사에 사는 공무원이나, 풍채도 시원치 못한 미식가나, 있지도 않은 애정을 털어 손쉬운 추녀에게 추파를 던지는 중년 남자가 된다. 그렇게 이것도 저것도 아닌 어중간한 태도를 지키고 있는 사이, 그들은 인간미가 결여된 거친 인간으로 전락하고 마는 것이다.

너는 지금 서로 잡아먹는 동물처럼 두려움에 떨면서 자고 있다.

번민을 잊기 위해 마신 술이, 너를 억지로 깊은 잠으로 끌고 간다. 나로서는 네가 그녀가 아닌 다른 꿈을 꾸어주었으면 한다. 예를 들면 만 년 전 동굴에 그려진 활과 화살을 꿈꾸어주었으면 한다. 그리하여 깨달아주었으면 한다. 어쩌면 그 그림은 자신이 그린 것일지도 모른다는 것을. 그렇지 않으면 시간을 더욱 거슬러 올라가, 천지창조 이전의, 마치 흔들림의 예고조차 없는 완전한 무의 세계나, 우주의 시작부터 존재하였던 천체의 기묘한 화이트홀이나, 그보다 먼 아득한 옛날에 존재하였던 다른 대우주 같은 장대한 스케일의 꿈을 꾸어주었으면 한다.

너는 그 누구보다 넓은 도량을 가져주었으면 한다.

그러나 지금 너에게 우주란, 불법 노동자이며 가족과의 끈끈한 관계 때문에 매춘에 나선 그 외국인 아가씨일 뿐이다. 그녀에게 더이상 깊이 빠져들다가는, 동반 자살을 하자는 약속을 나눌지도 모르는 일이다. 그런 일은 피해주기 바란다. 아무쪼록 그런 일이 없기를. 그런 죽음이 아름답다고 여겨지던 시절은 이제 다 가지 않았는가.

너는 머리를 식혀야 한다.

그리고 현실로 눈을 돌려라. 또 그녀의 송금으로 뻔뻔스럽게 살아가고 있는 가족들의 썩은 내장을 생각하라. 언젠가는 그녀도 가족들에게 돌아갈 것이다. 당국의 일제 단속에 걸리지 않더라도, 쇠한 국력을 다시금 부활시키기 위해서는 무엇보다 외국인을 배척하지 않으면 안 된다고 외쳐대는 자들의 협박에 넌더리를 내지 않더라도, 스스로 돌아갈 것이다. 그녀들에게 이 나라는 이미 돈벌이에 적합할 만큼 풍요로운 나라가 아니다. 돈은 잘 돌지 않고, 돈을 펑펑 써대며 무모한 짓을 하는 자들도 거의 볼 수 없어졌다.

실제로 그녀가 일하고 있는 가게도 언제 문을 닫을지 위태위태하다.

민의를 잊은 위정자들과 정조도 덕망도 없는 학자들과 그들을 조정하는, 정도를 벗어난 자본가들이 쉬쉬 뒷공작을 하고 있다. 그러나 그들이 하는 짓이라니, 나라의 이익에 반대되는 묘안뿐이다. 이런 시점에 이르러서야 인플레 방지 묘약을 찾는 자체가 잘 못이다.

국정을 담당하는 자들에게 거세게 반항하는 자들이 없는 것은 아니다.

그러나 그들은 정권을 약탈할 만한 저력을 갖고 있지 않다. 완전고용이란 환영을 좇는 사회인의 수도 눈에 띄게 줄어들었다. 그들에게는 이미 해고를 둘러싸고 쟁의를 일으킬 만한 기력조차 남아 있지 않다.

민주주의라니, 구경도 해본 적이 없다는 민중의 소리가 들린다.

집을 파는 사람들이 많아졌다. 공장이 밀집해 있는 지역은 슬럼화하고 있다. 순환도로를 질주하는 차량의 수도, 부두에 접안해 있는 컨테이너선의 수도, 태평양을 넘나드는 대형 여객기의 수도 급격하게 줄어들고 있다. 그리고 너의 방에 켜놓은 텔레비전에서는 민주정치의 정도를 걸어봐야 아무 소용도 없다는 짜증이 흘러넘치고 있다. 만성화된 역풍이 인도적인 견지와 자유의 진의를 휘날려버리고 있다. 나라를 번성케 하는 것도 망하게 하는 것도 결국은 본능의 힘이지 결코 지성이 아니다. 전쟁을 하던 시절이나 평화로운 시절이나 핵심인물이 되어 성난 사자처럼 대활약을 하였던 보통 사람들에게 요즘은 하루하루가 심심하다. 그러나 인간은 어떤 시대에도 적응한다. 그들에게 파멸은 없다. 그것이 인간이다.

너는 열 시간이나 자고 있다.

정신이 들까 말까 한 이때에도 너의 가슴은 벌써 아가씨로 가득해 있다. 오늘이야말로 무슨 수를 써야겠다는 생각이 너의 정신을 긴장시킨다. 그녀를 빼앗아오기 위해서라도 어제와 같은 오늘이어서는 안 된다. 너는 자신에게 그렇게 말한다. 오늘이야말로 결말을 지어야 한다고.

너는 힘을 보충하기 위하여 냉장고를 연다.

그러나 식욕이 없다. 캔 맥주에 손을 뻗는다. 그 맥주도 입을 대기만 할 뿐 절반도 마시지 않는다. 위가 울렁거린다.

싱크대에 목을 처박고 토하는 너의 등에 파국의 그림자가 짙게 드리워져 있다.

고집스러운 성격이 너를 함정에 빠뜨리려 하고 있다. 감정을 어쩌지 못하는 너는, 단번에 빼도 박도 못할 상황으로 돌진하려 하고 있다. 날카로운 기백이 흐르는 자에서 우둔하기 짝이 없는 젊은이로 변하려 하고 있다. 난관이 너무 많은 위험한 사랑을, 너는 있는 힘을 다하여 성취하려 하고 있다. 수단을 가릴 처지가 아니라고 마음을 다지고 있다. 너무 과열된 듯싶다.

너는 끔찍한 몰골로 이를 쓱싹쓱싹 닦는다.

어푸어푸 세수를 하고, 수염을 깎고, 머리칼에 포마드를 덕지덕지 바른다. 거울 속의 너는 몹시 암울하고 무뚝뚝하다. 주입식 교육의 폐해와는 거리가 먼 유능한 무교육자다. 주인에게 아부할 줄 모르는, 아니 아무한테도 길들지 않는 잡견이다.

너는 새 속옷을 입는다.

그 아가씨를 만나게 되고부터 늘 그렇다. 검은 스웨이드 점퍼, 검은 데님 바지, 검은 농구화, 주머니 속에는 소형 쇠지레와 대형 드라이버가 각각 한 개씩, 뒷주머니에는 가죽 지갑, 어김없는 도둑놈 차림이다. 그러나 도둑놈치고 너의 용모는 그다지 훌륭하지 않다. 네가 도둑질을 본업으로 삼으려 한다면, 좀더 콧날이 날카롭고, 좀더 싸늘한 눈길에, 험상궂은 남자가 아니어서는 안 된다.

그렇다고 막상 네가 일을 감행하는 순간에 겁을 집어먹는 얼간이란 말은 아니다. 아무튼 오늘 너는 마음을 꽤나 단단히 먹고 있다. 그래서 그런가. 고뇌를 떨친 그럴싸한 남자로 보인다.

그리고 너는 대낮 싸늘한 공기 속으로 나간다.

네 둥지에서 한 걸음 밖으로 나서면 그곳은 이미 타인들이 서로 잡아먹고 먹히는 세계다. 사람 수만큼 말썽이 끊이지 않고, 종이 한 장 차이의 진실과 허위가 난무한다. 계절은 가을에서 겨울로 옮겨가고 있는 모양인데, 그러나 도시에서 계절 따위는 아무 상관이 없다. 정신을 산란케 하는 것은 무엇 하나 빠뜨리지 않은 이 공간에 가득 차 있는 모든 것이 방향제처럼 거짓스럽다. 자동차의 물결…… 사람의 물결…… 정치와 경제의 물결…… 풍속과 세습의 물결. 모든 것이 거짓 같다.

세분화되고 있는 일들이 사람들을 오히려 조야하게 만들고 있다. 불가분의 관계에 있는 행복과 불행이 동일 평면상에서 음식 쓰레기처럼 뒤범벅이 되어 있다. 혼재하는 사상과 철학의 시시껄렁한 공방전이 이상을 한층 요원한 것으로 만들고 있다. 잔존하는 낡은 제도와 퇴색한 도덕이, 절대적인 권력을 탐하는 쪽으로 기댄다. "인의에 찬 정치를!"이란 정당 포스터의 상투적인 글귀도 결국은 형식주의에 불과하다.

"나를 건드리지 마라!"고 너는 마음속으로 외치고 있다.

"내게 상관하지 마라!"

서민이라는 너무도 나태한 입장에 똬리를 틀고 있는 사람들은 여전히 방어에 여념 없는 나날을 되풀이하고 있다. 처자식과 주택 융자금에 발목이 잡힌 불만투성이 샐러리맨들은 연일 버둥거릴 뿐, 허탈에 푹 절어 있을 뿐, 도저히 기개를 보일 형편이 아니다. 그런데도 여전히 그들은 부자연스러운 요행을 기대하고 있다.

정의의 투합, 동포의 친근감, 그런 것이 다 어디 있단 말인가.

마음에 맞는 자, 그 덕을 추앙할 만한 인물, 그런 놈들이 대체 어디 있단 말인가.


길모퉁이에서는 온갖 꾐이 기다리고 있다.

이 빠진 늙은이가 교통사고를 당한 아이를 내세워 뻔뻔스럽게 거짓말을 해대고 있다. 세인의 각성을 촉구하는 척 시시껄렁한 물건을 당치도 않은 가격에 강매하려는 코밑수염쟁이의 주장은 하나같이 묵살되고 있다. 불경기의 여파에서 벗어난 직종 따위는 있을 수가 없다. 전선과 전화선의 매설 공사가 도처에서 중단되고 공사 현장은 방치되어 있다. 목하 광분중인 한줌의 장사꾼들, 그들의 전대미문의 시도는 모두 속 빈 강정 같은 허망한 결과를 초래하고 있다.

사회의 틀 밖으로 내던져져 홀로 선 자들의 모습이 늘고 있다.

그러나 그들과 너를 똑같이 취급하는 것은 잘못이다. 고립 속에야말로 진정한 자유가 있다고 주장하여도 무방한 것은 너지, 그들이 아니다. 그런데 아주 유감스럽게도 요즘 들어 갑자기 너의 자유는 원래의 색을 잃어가고 있다.

흡습성이 풍부한 마음을 지닌 그 아가씨 탓이다.

너의 행위는 이미 정통파의 자유에서 일탈하였다. 그 모두가 자의를 잃어가고 있다. 너의 그 죽을병에 걸린 사람 같은 얼굴은 뭐냐. 지금 너는 돈을 보면 반사적으로 욕심이 들끓는, 그저 그뿐인 남자가 아닌가. 조금이라도 큰 미끼를 잡으려고 여기저기 주차장을 물색하는 너에게서 흐르는 자의 유유자적함은 털끝만큼도 느낄 수가 없다.

너는 몸이 달아 있다.

부끄러워하는 그 아가씨의 몸이 너를 자극한다. 물론 그녀의 눈동자는 멋지다. 그러나 이지로 반짝이는 눈은 아니다. 그렇다고 해서 노련한 솜씨로 남자한테 돈을 우려내는 그런 눈도 아니다. 적어도 지금은 아니다.

그래서 오히려 처치하기가 곤란하다.

그녀의 도톰한 입술에서 흘러나오는, 자궁에서 직접 새어나오는 듯한 신음 소리는, 나무가 간신히 자라는 저 높은 산에 사는 새의 애처로운 울음소리를 닮았다. 그 소리를 들을 때마다 흐르는 자로서의 혼의 표면이 조금씩, 그러나 확실하게 벗겨져나간다. 끊임없이 그녀의 그림자를 끌고 다니는 꼴이 되어버린 너는 군중 속에 자신의 모습을 묻을 수는 있어도, 인파를 헤치고 나가는 솜씨는 녹이 슬었다. 이대로 가다가는 세상과 국가에 편입된 사람들에게 유린당하여 샛길밖에 다니지 못하는 시궁쥐 신세가 될 것이다.

딱 한 번 너는 울어서 눈이 퉁퉁 부은 그녀를 보았다.

그게 잘못이었다. 그때 너는 이렇게 생각하였다. 더이상 이런 데서 일하게 놔둘 수는 없다. 지금 당장이라도 내 둥지로 데려가고 싶다. 그러기 위해서라면 무슨 짓이든 하리라. 이 한목숨 사라진다 해도 상관없다. 그렇게 생각했다.

그러나 생각대로 되지 않는다.

아무리 걸어도, 아무리 표적을 노려도, 큰돈을 만질 수가 없다. 당연하다. 마음씨도 얼굴도 예쁜 아가씨를 자기 손에 넣을 수 있을 만큼의 거액을 그렇게 쉽사리 훔칠 수 있으랴. 방범 카메라가, 경비원이, 순찰중인 경찰이, 그리고 충분히 목격자가 될 수 있는 불특정 다수의 타인이 쉴새없이 너를 지켜보고 있다.

오늘 너는 아주 위험한 상태에 있다.

오늘 너는 누가 보아도 좀도둑 이상의 아무것도 아니다. 게다가 훔칠 수 있을 때만 훔친다는 마음의 여유도 없다. 한 점만 보고 전체를 보고 있지 않다. 두리번거리지 마라.

이 주차장은 안 된다.

한 걸음만 들여놓아도 의심을 받는다. 이 은행에서는 날치기도 삼가는 것이 좋겠다. 며칠 전 실패하지 않았더냐. 이런 곳을 어슬렁거리는 것조차 위험하다.

할 수 없이 너는 장외마권 판매소로 간다.

불경기가 장기화되면서 경마장에 모여드는 사람들이 더욱 늘었다. 다들 채워지지 않는 욕망에 쫓기고 있다. 다들 패색이 농후한 인생을 짊어지고 있다. 그래도 그들은 자기를 기만하는 재주가 있어서, 있는 힘을 다하여 자신을 긍정하고, 마음에 새겨진 둔중한 아픔을 인정하지 않으려 애쓴다.

그들은 직장을 잃기 전이나 거친 일로 몸을 망치기 이전에는 정이 두터웠고, 정곡을 찌르는 판단이 가능하였고, "인생에는 열매 맺지 않는 꽃이 없다"고 외쳤다. 너처럼 그들 또한 자포자기와 다를 바 없는 고립을 겪고 있다. 어쩌면 그중에는 너와 비슷한 생각을 하고 있는 작자들도 몇 명 섞여 있을 것이다. 즉 나쁜 곳을 다니다가 있는 돈을 몽땅 털어먹고, 마권을 살 푼돈조차 없어서, 횡재를 만난 놈의 속주머니를 노리는 길밖에 남지 않은 치들 말이다.

도처에 그런 눈길들이 있고, 험악한 그 시선은 사람을 가리지 않는다. 네게도 그런 눈길이 쏠리고 있다. 어쩌면 그중에는 도박 전문 형사의 눈이 섞여 있을지도 모른다.

너는 움직일 수 없다.

타락의 소굴에 안주한 너는, 마치 자기완성을 도모하는 자처럼 굳어 있다. 아니면 들판에 서 있는 지장보살처럼 딱딱하다.

전형적인 악한이 장소를 가리지 않고 시퍼런 가래를 뱉고 있다. 올챙이 같은 배 안에 어두운 과거를 꽉꽉 채운 남자가, 사람들의 시선을 피해 자동판매기의 구멍에 털이 더부룩한 손을 처넣고 있다. 코가 절반은 잘려나간 깡패가, 예상이 빗나간 마권을 박박 찢고 있다.

그런 산전수전 다 겪은 놈들을 너와 같은 부류라고 여기고 싶지 않다.

놈들의 쪼그라든 마음은 이미 이해타산밖에 받아들이지 못한다. 그들은 이미 육체의 보전 따위는 안중에도 없고, 사람이 사람답게 사는 권리의 대부분을 스스로 방기하였다. 그들은 그들 자신을 옛날 고리짝에 내던져버리고 말았다. 거품을 뿜으며 달리는 말조차 근원적인 설렘을 간직한 삶에서 그리 벗어나 있지 않은데, 고품격 입체화면 텔레비전을 통해 경주를 생중계로 보면서 웃고 우는 한량들이라니, 술렁이는 공기와 몽글몽글 피어오르는 담배 연기 속에서 오로지 어리석음의 나락으로 떨어지고 있다.

만에 하나 예상외의 결과가 나와, 불과 몇 분 동안에 큰돈이 굴러들어왔다 해도, 그들에게 내일이란 없다. 그들의 생애는 이미 끝났다. 책임져야 할 일거리를 잃은 것만으로, 그저 그런 이유로 퇴락하고 마는 그런 빛 좋은 개살구에게, 이곳은 어울리는 소굴이고, 때로는 천국이기까지 하다.

마침내 그렇듯 쌈박질이 벌어진다.

돈을 빌리고 빌려준 것이 원인이다. 서로 헐뜯기가 시작된다.

욕설이 불꽃처럼 튄다. 그러다 점차 서로 치고받는 싸움으로 발전한다. 그 와중에 이득을 보려는 야바위꾼들의 탁한 눈이 일제히 번뜩인다. 그리고 몇십 초 후에는 그 자리에 있던 남자들 대부분이 내 편과 네 편으로 나뉘어 격돌한다.

장난삼아 시작한 치고받고가 어느 틈엔가 폭력으로 돌변한다.

난동을 부리는 동기 따위는 아무래도 좋다. 따분하고 방종하고 끝없이 절망적인 하루하루를 보내지 않으면 안 되는 자들에게, 폭력이란 충족감 비슷한 착각을 선사하는 마지막 숨겨진 카드인 것이다. 여기저기로 튀는 코피…… 부러지는 앞니, 찢어지는 셔츠, 그런 것들이 순간적으로 자책감을 잊게 하고, 그들의 머리 위에 군림하는 수많은 힘들을 일시적이나마 거둬가는 것이다.

순찰차를 눈치챈 너는 재빨리 그 자리를 떠나 밖으로 나간다.

항상 위압적인 분위기를 풍기며 국민에게 제한을 강요하는 제복의 무리가 순찰차에 이어 도착한다. 그들은 트럭에서 타닥타닥 뛰어내려 네 옆을 달려간다. 그들의 장비는 매해 충실해지고 살상 능력을 더해가고 있다. 우격다짐하는 수단도 날로 치밀해지고 있다. 그렇게 하지 않으면 수습이 불가능해졌다. 도처에서 법치주의가 바보 취급을 당하고 있다. 하지만 최신 컴퓨터를 도입하여 국민 전원의 유전자를 입력하고, 한 사람 한 사람의 일거수일투족을 간섭하는 시스템을 만든다는 계획은 지나쳤다.

너에 관한 데이터는 무엇 하나 수집되어 있지 않을 것이다.

즉 너의 죄를 음미할 수 있는 자가 이 나라에, 아니 이 세상에 한 명도 없다는 뜻이다. 너는 자연재해를 만나 죽은 사람으로 기록되어 있다. 정부기관에 있어 죽은 자는 없는 것이나 다름없는 존재다. 죄를 묻는 행위 자체가 성립하지 않는다.

죽은 자인 네 쪽 또한 국가를 바보 취급하고 있다.

그런데 네가 그 아가씨를 알게 된 후부터는, 이전처럼 모든 타인을 돌멩이 취급할 수 없어졌다. 너에게 그 아가씨는 이미 타인이 아니다. 지금 당장은 세상과 아무 교섭 없이 지낼 수 있지만, 과연 얼마나 더 버틸 수 있을지 의심스럽다.

그 아가씨는 아직 너란 존재의 완전성에 해를 끼치지는 않는다.

목하 그녀는, 너에게 상호 주체성을 증명하는 중요한 상대가 되었다. 그렇다고 해서 지금 이 상태로는 네 손으로 그녀를 해방시킬 가능성이 없다. 아무리 발버둥쳐도 네가 벌어들일 수 있는 돈은 한계가 있다. 하루 온종일 걸어다니면서, 아무리 눈을 번뜩이고 찾아보아도, 너는 고작해야 그녀를 하룻밤 안을 수 있는 돈밖에 벌지 못한다. 그것도 매일 밤 이어지는 일도 아닐 것이다.

실제로 오늘도 수입 없이 끝나려 하고 있다. 푼돈을 줍는 잡수입도 없었다. 다음달 방세를 낼 수 있을지도 의문이다. 수도와 전기가 끊길지도 모른다. 너는 잃는 것을 두려워하고 있다. 일이 잘 안 풀리면 전철 속에서 자면 된다는 생각을 너는 더이상 하지 못한다.

일몰이 죽음의 색을 띠고 밀려오고 있다.

저녁노을을 반사하는 빌딩들이 오늘따라 처량하게 보인다. 폐

허의 악취로 가득한 도시를 비추는 서광이 인간들의 숙명적으로 한정된 조건을 들추고 있다. 각종 물질적 부와 서로 닮은 꼴인 옳고 그름, 너무도 현실적이고 깔끔하지 않은 사랑의 조각조각이 바로 네 옆에 널브러져 있다. 그러나 지금의 너는 그중의 어느 한 가지조차 집을 수가 없다.

풀이 죽은 너는 사람들의 발길이 어지러운 길만 골라 다닌다.

하루아침에 명성을 얻은 중후한 느낌의 백인이 텔레비전 방송국의 정면 현관에서, 환영 인파에 휩싸여 있다. 그는 그리스도의 부활을 다룬 스펙터클 영화에 출연한 배우인데, 탁월한 연기력으로 유명해진 것은 아니다. 에이즈 환자라는 것을 스스로 공개하여, 자신의 육체가 이미 말기에 임박해 있다는 것을 세상에 알렸기 때문이다. 그는 인파 앞에서 이런 말을 거듭하였다. 삶과 죽음 사이를 몇 번이나 오갈 앞으로의 여생을 느긋하게 즐기고 싶다고. 그리고 들꽃이 마르듯 생을 마감하고 싶다고.

그러나 매사가 그렇게 간단하지는 않을 것이다.

백인이 아니었던 그리스도를 연기한 그의 파란 눈은 지금, 팬들이나 카메라를 향하고 있지 않다. 그의 눈길은 검은색 간소한 복장으로 길을 지나고 있는 너의 등으로 쏟아지고 있다. 그는 너에게 어떤 유의 위협을 느끼고 있다. 신과 인간 사이에 서서 그가 발한 감동적인 말을 완전히 무시하고 있는 너의 태도…… 그는 그런 네가 신경에 거슬려 견딜 수가 없다. 멀어져가는 너의 뒷모습을 보는 것만으로, 줄곧 세상의 환심을 사온 그의 자부심이 여지없이 무너진다. 너의 바싹 마른 입술에서 그를 비하하는 말이 툭 흘러나온다.

그 목소리가 너무 작아, 네가 무슨 말을 중얼거렸는지 나는 듣지 못했다.


그 아가씨를 태운 마이크로버스가 이제 슬슬 가게 앞에 나타날 시간이다. 그러나 너의 주머니 속에는 동전밖에 들어 있지 않다. 그것도 역으로 통하는 지하도의 구토물에 섞여 있던 돈이다. 오늘 유일한 수입인 그 돈으로, 너는 제일 싼 햄버거를 산다. 먹으면서 걷고, 걸으면서 곁눈으로 노상에 주차되어 있는 차를 하나하나 들여다본다. 그러나 오늘 너는 더럽게 재수가 없다. 너의 눈에 띄는 차량들은 모두 함부로 손을 댈 수 없도록 방범 장치가 되어 있는 미끼뿐이다.

거기다 무정하게 비까지 내리고 있다.

싸늘한 비와 함께 모든 부패의 근원을 이루는 사회가 너를 거부하고 있다. 진실과 거짓의 유착이 한층 심화되었고 절망이란 독소가 만연해 있는 세상은, 너를 퉁겨내려 하고 있다. 너 자신도 슬슬 눈치채고 있다. 그래서 어느 때와는 달리 풀이 죽어 있다. 어차피 자신은 잉여물이라고 비뚤어진 생각을 하려 한다. 불운을 자초한 사람처럼 걷고 있다.

너는 오늘 평소의 너답지 않게 마음이 약해져 있다.

심신이 피폐해 있다. 식욕도 잃었다. 자신이 손님이 되지 않으면 다른 남자를 상대할 도리밖에 없는 그 아가씨의 입장을 생각할 기력조차 잃어버렸다. 네가 지금 바라는 것은 좁은 네 둥지로 돌아가 술에 취해 잠드는 것이며, 정신의 완전한 고독이다. 뭐가 어찌 되었든 전혀 상관하지 않는 방향으로 점점 기울어가고 있는 너의 모습은, 점쟁이의 말을 믿는 세일러복의 소녀와 조금도 다를 바가 없다.

흐르는 자의 형상이 아니다.

네 마음의 바람구멍으로 도시 전역에 뿌리는 비가 가차 없이 몰아친다. 확대된 동공 같은 밤이 너를 산촌에서 지낸 십오 년간의 삶으로 돌아가라고 부추긴다. 살아갈 능력을 완전히 잃었다고 스스로 믿고 싶어하는 너는, 인간 이외의 생물이 다채로운 삶을 펼치는, 숲에 둘러싸인 나날들로 도망치고 싶어한다. 몸을 찌르는 듯한 북풍을 맞고 서서 살얼음에 뒤덮인 숲을 하염없이 보고 싶어한다. 쨍쨍 내리쬐는 태양 아래 서서 자연발화하는 산불을 바라보고 싶어한다.

그러나 결코 고인을 추모하는 일은 없다.

왜냐하면, 너는 태어나면서부터 생이 무엇인가를 이해하고 있기 때문이다. 이마 한가운데 별 모양 점이 생긴 순간, 생명에는 시작과 끝이 있고, 그것은 유한하며, 일시적이라는 것을 마시멜로 같은 살덩어리 전체로 깨달았기 때문이다.


꽃 피는 계절, 산 사이로 달리는 청청한 바람.

잎사귀들이 부딪치는 바스락바스락 정겨운 소리.

끊임없이 내리는 빗속에서 조용히 자라나는 나무 밑동.

만년 변함없는 빙하의 삭박削剝 작용.

떨어지는 해의 아름다움에 젖고 싶어 일심으로 아성층권까지 날아오르는, 그 올곧은 새.


그런 추억들이 너의 청정한 대뇌를 유성처럼 지나간다. 지나갈 때마다 희뿌연 밤의 대기광이 느껴지고, 낚싯줄과 낚싯대로 전해지는 기운찬 송어의 약동감이 되살아나고, 영원히 반복되는 퇴적 윤회 작용이 이해된다. 꿈결에도 잊지 못할 지나간 날들이, 고향에서의 수많은 체험이, 지금도 너의 가슴속 깊은 곳에 묘비명처럼 또렷하게 새겨져 있다.

너는 원숭이를 만나고 싶어 견딜 수 없어진다.

그러나 동물원은 이미 문을 닫았다. 내일은 개원과 동시에 원숭이산으로 직행해야겠다고 생각한다. 하루 종일 원숭이만 보자고 생각한다. 그런 생각을 하면서 너는 어깨를 움츠리고 양손을 주머니에 쑤셔넣고, 알록달록한 전등이 빛나고 저급한 페인트 따위로 채색된 비 내리는 거리를 걸어 집으로 돌아온다.

그런데 그다음 날이 되어도 너는 동물원에 가지 않았다.

그날 밤부터 열이 올라 사흘이나 누워 지냈다. 감기의 원인은 피로나 비 때문만은 아니다. 둥지를 지닌 것도 그 한 원인이다. 병이란 흐르기를 중단하고 고여 있는 쾌감을 안 자에게 돌연 덮치는 것이다. 이대로 가다간 너는 아마도 속성재배한 채소나 호환 가능한 부품으로 만들어진 제품과 똑같은 운명을 면치 못할 것이다.

열에 시달리는 동안 너는 많은 꿈을 꾸었다.

무슨 꿈인지 알 수 없는, 앞뒤도 맞지 않는 꿈을 잇달아 꾸었다. 사흘째에는 자신이 죽는 꿈을 꾸었다. 그것도 많은 사람들이 보는 가운데 온몸에 불을 질러 생을 마감하는 얼토당토않은 꿈이었다.

그런가 하면 죽은 후에 다시 태어나는 꿈도 꾸었다.

더구나 인간이 아니라 그로테스크하지만 실로 감동적인 태생어胎生魚의 일종으로, 비열이 가장 큰 파란색 액체 속에서 다시 태어났다. 그리고 마지막으로는 그 아가씨 꿈을 꾸었다. 꿈속에 그녀가 나타나는 순간 기분이 상쾌해지고 열이 뚝 떨어지고, 머릿속으로 시원한 바람이 불어오고 단번에 식욕이 돌아왔다. 너는 냉장고 앞에 쭈그리고, 들개처럼 닥치는 대로 음식을 입에 처넣었다. 정신없이 먹는 도중에 묘안이 떠올랐다. 그것은 몹시 거친 방법이기는 했지만, 기회를 노리는 데 능한 너라면 성공할 가능성이 농후했다. 밑져야 본전이고, 또 시도해볼 만한 가치는 충분했다.

그러나 지금 당장 실행하기에는 체력이 너무 부족했다.

그후 너는 꼬박 이틀을 방에서 지냈다. 음식을 배달케 하여 배가 터지도록 먹고 엎드려 팔굽혀펴기와 복근 운동을 한계에 달하도록 계속하고, 느긋하게 목욕을 하고, 자고 싶은 만큼 실컷 잔 이틀이었다. 아무 생각도 하지 않으려 하였다. 거울 속 자신과도 애기하지 않았다.

그리하여 오늘, 너는 다시 밤늦은 거리로 나선다.

오늘밤 너는 흐르는 자의 유연함을 완전히 회복한 상태다. 아니 어쩌면 그 이상일지도 모른다. 도저히 앓고 난 다음이라고는 생각되지 않을 만큼 상큼하다. 자유롭고, 자립한 존재의 형상이다. 그 분야의 개척자처럼 보인다.

그런 너의 주변을 오가는 사람들은 여전한 모습이다.

그들은 각자의 직분을 지키면서도, 결국은 어느 누군가의 목각인형으로 조정받고 있다. 그들은 여전히 국가에 무릎 꿇고 절하는 태도를 유지하고, 계약사회나 법치주의라는 환상에 휘둘리고, 전통과 재물 위에 덥석 앉아 있는 뻔뻔스러운 우상을 숭배하고 있다.

너는 다소 흉악성을 띤 걸음걸이로 걷는다.

거짓 자유의 남용으로 끝없는 무질서에 의존해온 사회 경제는 지금은 더이상 손을 쓰지 못할 정도로 파탄 지경에 이르렀다. 계급적인 이익 추구가 한층 더 날카로운 빛을 발하고, 필요악에 밀린 탈법 행위가 판을 치고, 비인간적이고 끔찍한 이론이 휘황한 조명 아래 활개친다. 유언비어와 아무래도 수긍하기 어려운 의견이 총알처럼 핑핑 난무하고 있다. 얼마 남지 않은 이권을 다투는 작자들의 암거래가 요즘 들어 한층 성행하고 있다.

너는 작렬하는 혼의 움직임을 따라간다.

열강을 상대로 경제력 하나로 팽팽하게 맞서며 하하 웃을 수 있었던 시절은, 지금은 이미 전세기의 이야깃거리에 지나지 않는다. 아무래도 이 정부는, 반역을 도모하지 않을 뿐만 아니라 얌전하게 목숨을 내놓을 만한 남자들을 국가의 이름으로 전국에서 그러모으려 계획하고 있는 모양이다. 국위 신장을 위한다는 명분하에 대중 조작이 나날이 활발해지고 있다. 문제 있는 발언으로 실각한 정치가가 재계의 지원을 받아 다시금 기를 펴고 있다. 행정권이 칼처럼 번득이고 있다. 기념 축전의 배후에 제국주의의 그림자가 언뜻언뜻 비치기 시작하고 군신을 모신 신사에 참배하는 사람들의 눈이 충혈되어 있다. 문명의 의의 따위가 어디에 있느냐는 실소를 금할 수 없는 질문도, 지금은 금해야 할 언어의 선반 위에 올려져 있다.

너는 과감한 기상으로 앞으로 나아간다.

소위 소요 사건이라는 것이 오늘밤 여기저기서 발생하였다. 밤이 깊어지자 경찰의 움직임이 분망해졌다. 생활비의 급등에 고통받는 서민이 참다못해 입을 모아 반대 시위를 벌이고 있다. 모든 것을 체념하고 무기력한 잠을 즐기고 있는 사람들까지도, 자칫 폭도로 변할 가능성을 품고 있다. 사회는 딱 하룻밤 사이에 격변할 수 있다.

그런데도 자주적인 희망을 품고 자력으로 생각할 수 있는 자는 적다.

어처구니없을 정도로 적다. 어리석은 주제에 고집은 황소 같은 위정자들이 연달아 국정을 그르쳐 이미 회복할 길이 없는 형편이다. 그들은 장부의 앞과 뒤를 맞추기 위하여 반동사상으로 기울고 있다. 국방력을 기름으로써, 저 일과성의 비약적인 발전을 다시 한번 꾀할 수 있으리라 믿으려 한다.

너는 지금 바쁘다. 세상의 움직임에 일일이 상대하고 있을 만큼 한가하지 않다.

그러나 그러는 동안에도 출렁대며 부지런히 움직이는 이 나라는 폭력과 정복이 창조하는 대국으로 돌아가기 위하여 조국이란 간판을 내걸고 일사불란하게 밀고 나가려 한다. 언젠가는 또 타국의 영토를 침범하는 날이 올 것이다. 내세울 것이라고는 왕성한 혈기밖에 없는 젊은이들을 충동질하여, 그들의 불거진 행동을 너그럽게 봐주면서, 예전에 없었던 강력한 질서를 구축하려는 불경한 움직임을 확실하게 느낄 수 있다. 그러기에 적합한 조건 따위는 얼마든지 널려 있다.

오늘날 활기차고 거짓 없는 행위란 범죄뿐이다.

먹고살기 위해 무슨 짓이든 할 수 있는 범죄자들은, 물증도 남기지 않고 목격자도 없는 완전범죄를 위하여 밤낮으로 정진하고 있다. 개전의 가능성이라고는 아예 없는 그들은, 정부의 눈을 피해 사제 시한폭탄이니 독가스 발생 장치니 하는 것들을 때와 장소를 가리지 않고 설치하려 한다. 목적하는 바는 혼란 그 자체가 아니라, 혼란에 편승하여 탈취하려는 거액의 돈이다.

그들은 국가적 원리에 반발하는 다혈질의 무리보다 훨씬 대담하고 훨씬 생기발랄하다. 일용 잡화를 슬쩍하는 좀도둑에서 무장한 채 현금 수송차를 백주 대낮에 당당하게 습격하는 강도에 이르기까지, 그들은 사는 보람을 그 나름으로 분명하게 몸으로 느끼고 있는 것이다. 그들을 일망타진하려고 이런저런 수단을 강구하고 있는, 단속의 최전방에 있는 사내들 또한 그렇다. 그들은 실로 충실한 나날을 보내고 있다. 그러나 끊임없는 노력에도 불구하고 일제 검거망에 걸리는 것은 언제나 내성적인 기질의 조무래기들뿐이다. 현행범으로 체포할 수 있는 자의 수도 범죄 건수에 비하면 현격하게 떨어진다.

너는 연일 데모 소동으로 손님의 발길이 뚝 떨어진 번화가로 들어선다.

너는 걸음을 멈춘다. 이어 사방의 동향을 살피면서, 빌딩과 빌딩 사이의 좁은 틈으로 몸을 재빨리 들이민다. 갑작스러운 침입자에 놀란 들고양이가 캇 소리를 지르며 거리로 튀어나간다. 고양이는 데모대와 마주쳐 도망치느라 허둥거린다. 철두철미하게 싸울 마음의 준비가 아직 안 된 노동자의 무리는 거리에서 플래카드를 쳐들고 연호만 외칠 뿐인 조용한 집단에 불과하다. 그들은 모두 비폭력 시위를 한다는 조건하에 참가한, 미처 무슨 일이 생기기도 전에 겁부터 먹는 형식뿐인 중도파다. 터무니없는 요구도 하지 않고 빨간 깃발도 흔들지 않고 혁명의 노래도 부르지 않는다. 그들은 사람의 눈을 의식하고 있다.

그들의 외침은, 인간답게 살자는 포괄적인 요구가 아니다.

그들은 허울좋은 권력구조를 추구하고 표면상의 안정을 추구하는 사람들이다. 그들은 또 아무리 불합리한 시대에도 결국은

이를 악물고 순응하고 마는 마음씨 좋은 사람들이다. 요컨대 그들은 서로 쑥덕거리기만 할 뿐 아무 대책도 없는 사람들이나 별반 차이가 없는 것이다.

그것이 일반 대중이다.

그들은 아무리 역경에 처해도 원한을 갚으려 하지 않는다. 아무리 열화처럼 화가 나도 배만 부르면 단박에 웃음 짓는 그런 사람들이다. 국가를 운영하기 위하여 조직된 관리들도 그들을 그렇게 보고 있을 것이다. 그들을 미약한 적으로 보고 경멸하고 있는 것이다.

너 역시 그들을 그렇게 보고 있다.

네가 관심을 보이고 동정을 주의 깊게 살피는 것은 그뒤를 좇고 있는 무리다. 정부의 권리든 속성이든, 또 집단의 이익이든 권리든 알 바가 아니다, 주의주장이 없어도 얼마든지 살 수 있다, 고 생각하며 일회적인 자극을 위하여 편승하는 무리다. 그런 그들에게 길거리에서 경찰대와 격렬하게 충돌하고 장렬한 투쟁을 펼치는 것은 시간을 죽이기에 더없이 좋은 방법이다. 평생 번듯한 장소에는 한 번도 가보지 못할 그들에게는 그야말로 휘황한 무대를 밟는 일이다. 그들을 조정하는 흑막이 있을지도 모르고 없을지도 모른다. 만약 없다면 오늘밤의 흑막은 네가 될 것이다.

그들은 난동 부릴 빌미를 찾아 헤맨다.

그들은 손에 방망이와 쇠파이프를 쥐었고, 주머니에는 투석용 자갈을 꽉 채웠다. 개중에는 호신용 단도를 지닌 자도 섞여 있다.

그러나 그것이 뼈까지 자를 수 있는 진짜인지는 알 수 없다. 아무튼 그들은 대범하고 흉포하며 때와 장소에 따라서는 어느 쪽으로도 전향할 수 있는, 아주 처치하기 곤란한 무리들이다. 타국을 침략하기 위한 병사들로 길들인다면 그들은 틀림없이 독재자들이 눈물을 흘리며 반가워할 만큼 잔악한 활약상을 보여줄 것이다.

그 행렬 맨 뒤에 있는 유난히 근육이 울퉁불퉁한 덩치 큰 사내.

얼굴과 팔뚝에 핏줄이 불끈불끈하는 그놈은, 슬슬 한바탕 일을 치르고 싶어 근질근질하다. 회백색 멋진 머리칼을 열심히 긁적거리면서 화염병을 사용할 기회만 노리고 있다. 그런 무리들로서는 상대가 누구든 별 상관이 없다. 상대가 경찰대면 더할 나위 없겠지만, 그렇지 않으면 데모대건 개조한 오토바이를 타고 떼지어 폭주하는 젊은이들이건 별 상관이 없다. 오늘밤 상쾌한 기분으로 잠자리에 들고, 내일 기분 좋게 일어나 아무 재미도 없는 생활로 돌아가기 위해서는, 그저 어슬렁거리는 것만으로는 부족하다.

너는 빌딩 사이에서 그들의 움직임을 살피고 있다.

때를 보아 너는 거리로 튀어나온다. 상대의 눈에 띄는 화려한 동작으로 나간다. 그리고 준비해온 카메라를 허풍스럽게 들이대고 덩치 큰 사나이의 정면으로 나서서 플래시를 마구 터뜨린다. 그렇게까지 당하고서도 사태를 이해하지 못하는 자는 없다. 일제히 방향을 튼 그들은 너의 각본대로, 너를 단속반의 한 명이라고, 인간의 의사를 합법적으로 강압하는 끄나풀이라 여겼다.

"사복이다! 저놈을 잡아라!"

덩치 큰 사나이의 그 한마디가 무리의 다음 행동을 결정한다. 그들의 가슴이 요동친다. 전원이 사회에서 버려진 자들에 어울리는 들짐승 같은 함성을 지르면서 너의 목숨을 노리고 몰려든다. 쇠파이프와 방망이를 휘두르면서, 화염병에 불을 붙이면서 너를 쫓아 거리를 달리고 주상복합 빌딩의 지하로 몰려든다.

꼬리를 빼는 너의 다리는 빠르다.

계단을 다 내려가자 너는 철문을 쾅쾅 두드린다. 쪽창이 열리고 손님을 확인하는 눈이 나타난다. 쫓아오는 무리의 모습은 아직 보이지 않지만 발소리는 바로 가까이에 와 있다. 서두르지 않으면 안 된다. 순간의 오차도 허용할 수 없는 장면이다. 문제는 타이밍이다. 늦어도 빨라도 안 된다.

무거운 문이 열린다.

너는 쾌락을 파는 가게로 뛰어든다. 뒤이어 너를 쫓는 무리가 난입한다. 가게의 남자가 자지러지게 놀라 그들을 밀어내려 하지만 상대는 다수다. 당장에 난투가 시작된다. 너는 전원을 끈다. 화염병이 터지고 통로가 불바다로 변한다. 권총을 발사하는 소리도 들린다.

너는 손전등을 켜고 네가 아는 방으로 들어간다.

아가씨는 입을 헤벌리고 서 있다. 그녀의 손님은 알몸으로 방 구석에서 머리를 감싸고 웅크리고 있다. 늘어진 살이 부들부들 떨리고 있다. 너는 안쪽에서 문을 잠그고 아직 사태를 파악하지 못하고 있는 아가씨를 곁눈질하며 통로의 함성 소리와 불길의 정도를 확인한다. 때를 보아 너는 탈출할 것이다. 여기서도 타이밍이 중요하다. 너무 이르면 싸움에 휘말리고 늦으면 불길에 휘말릴 것이다. 어려운 상황이다. 화재까지는 예상하지 못한 것이리라.

아가씨는 무릎을 바들바들 떨고 있다.

간신히 너의 대담무쌍한 계획을 눈치챈 그녀는 서둘러 옷을 입는다. 그리고 너의 등뒤에 찰싹 달라붙는다. 너는 문을 살짝 열고 바깥 동태를 살핀다. 그러자 거기에 충만해 있던 연기와 불길이 덮친다. 경박한 싸움꾼들의 사투는 아직 사그라들지 않았다. 간단없는 비명과 절규가 난무한다.

이미 목숨을 잃은 자도 있을 것이다.

터져나갈 듯 살찐 손님이 공포에 질린 나머지 너의 만류를 뿌리치고 밖으로 달려나간다. 그놈의 머리카락이 불타오른다. 불길이 점점 더 거세진다. 소화용 스프링클러가 전혀 작동하지 않는다. 그런 반면 화재경보기만 요란스럽게 작동하고 있다. 벨소리가 천박하게 울린다. 더는 기다릴 수 없다.

너와 아가씨는 수건으로 코와 입을 틀어막고 손을 맞잡고 튀어나간다.

다른 손님과 여자들도, 싸우던 남자들도, 지금은 오로지 화재 현장에서 탈출하려는 생각뿐이다. 몇 명은 바닥에 쓰러져 있다. 거기에 걸려 넘어지는 자가 있다. 너도 쓰러진다. 그 바람에 너희는 꼭 잡고 있던 손을 놓고 만다. 너는 곧바로 일어났지만 캄캄해서 아무것도 보이지 않는다.

너는 손을 더듬어 아가씨를 찾는다. 소리를 지른다.

그러나 보이지 않는다. 닿지 않는다. 바로 옆에 있는 것 같은데 찾을 길이 없다. 한 발 앞서 도망쳤는지도 모른다는 생각에 너는 그 자리를 떠난다. 우물쭈물하고 있다가는 네가 당한다. 겨우겨우 계단 아래에 도착한다. 너는 대량의 유독 가스를 헤치고 계단을 단숨에 올라간다. 빌딩 밖에서는 그을음을 뒤집어쓴 자들이 기침을 캑캑 해대며 길 위를 구르고 있다. 가로수에 기대어 축 늘어져 있는 자도 있다.

너는 살아났다.

위험했다. 아무튼 목숨은 무사하다. 너는 아가씨를 찾는다. 새카만 얼굴로 필사적으로 찾는다. 엎드려 있는 여자들을 일일이 뒤집어 확인한다. 없다. 모여든 구경꾼들 사이에 끼어 있지 않나 싶어 눈을 찡그린다. 역시 없다. 어디에도 없다. 그렇다면 아직 그곳에서 탈출하지 못했다는 뜻이다. 아직 지하실에 남아 있다.

너는 마음먹은 대로 행동하는 젊은이로 돌변한다.

피가 치솟는 것도 당연한 일이다. 너 혼자 살아나봤자 아무 의미가 없다. 모든 것은 그녀를 가지기 위하여, 둘만의 생활을 시작하기 위하여 네가 저지른 일이다. 그녀를 태워 죽이기 위해 꾸민 일이 아니다. 그렇게 생각한 순간, 너는 다시 빌딩 지하실로 돌아가려 한다.

그러나 뿜어나오는 불길은 엄청나고 악취도 심상치 않다.

너의 정신은 오로지 그곳으로 뛰어들고 싶어한다. 그러나 너의 육체는 단호하게 거부하고 있다. 요란한 벨소리가 빌딩의 골짜기를 타고 이쪽으로 메아리친다. 소리만 들릴 뿐 소방차는 좀처럼 나타나지 않는다. 너는 소방차가 도착하기를 기다리고 있을 때가 아니라고 판단한다. 그녀의 웃는 얼굴이 너를 부르고 있다.

가지 않으면 안 된다.

너는 싫다는 육체에게 호통을 치면서 억지로 맹렬한 불길 속으로 되돌린다. 그러나 거기까지다. 너는 두세 모금 열기를 들이마시고는 그대로 기절하여 그 자리에서 푹 쓰러지고 만다. 그런 네 위를 검은 연기가 뭉글뭉글 뒤덮고 있다. 이미 끝났다. 만사가 끝장났다.

너는 말 그대로 깨끗하게 타 없어졌다.

뭐, 그런 마지막도 괜찮다. 이 세상에 태어난 자들은 모두 저세상으로 건너가야 하는 운명이다. 가족들에 둘러싸여 편안히 눈을 감는 것만이 최상의 마지막이라고는 단언할 수 없다. 깊숙한 안방에 노쇠한 몸을 누이고 식물처럼 조용히 마감하는 일생도 멋지지만, 너처럼 깨끗하게 막을 내리는 최후도 나쁘지는 않다. 너의 자업자득이다. 설사 네가 새카맣게 탄 시체가 되어 들것에 실려 나왔다 해도 나는 그다지 동요치 않을 것이다. 연민을 느끼지도 않을 것이다.

마지막이야 어떻든 그건 별 문제가 아니다.

숙명을 상대로 무장한 이론으로 담판 지으려는 것은 큰 실수다. 중요한 것은, 어찌 되었든 이 세상에 태어났다는 움직이기 어려운 사실이다. 본의는 거기에 있다.

그러니까 시체가 된 네가 모포에 둘둘 말려 실려나오는 장면을 낱낱이 보았다 해도 나는 조금도 당황하지 않을 것이다. 오히려 자신만만한 말투로 이렇게 말할 것이다.

"잘 태어났다!"

*

생명이란 것에 그 존재 이유를 물어서는 안 된다.

그런 약은 짓을 했다가는 눈 깜짝할 사이에 신의 손아귀에 떨어질 것이다. 어차피 생명이란 그리 대수로운 게 아니다. 사소하게 여겼다고 큰일이 나는 것도 아니다. 하나밖에 없는 목숨이란 말도 옳지 않다. 또 죽으면 끝장이라는 사고도 잘못이다.

아무튼 인간은 그렇다.

절대로 진리에 도달할 수 없는 무수한 부조리에 둘러싸여 살다가, 뭐가 뭔지 전혀 알지 못한 채 죽어가는 것이 인간이다. 그러나 제아무리 비참한 횡사로 생을 마감하든, 막 아장아장 걷기 시작한 어린아이의 발에 짓밟혀 죽은 개미처럼 죽든, 그래도 역시 인간이란 생물은 이 모순에 가득 찬 행성에서는 지고한 존재다. 그들을, 그저 공허한 환영이나 쫓아다니고 그저 지속적으로 훼손될 뿐이고, 설상가상이 어울릴 뿐인 실로 가엾은 생물이라고 여겨서는 안 된다.

아무리 보잘것없는 형태라도, 인간의 생은 세쿼이아 화석이 주는 감동을 훨씬 웃돈다.

그리고 어머니의 의지와는 무관하게 자기 힘으로 이 세상에 첫걸음을 내디딘 네가 주는 감동은 한결 더하다. 마치 샛별처럼. 또는 다른 것들보다 훨씬 일찍 움튼 새싹처럼. 그러나 너는 자신이 어떤 존재인지 아직 자각하고 있지 않다. 그럼에도 이 숲을 뒤덮고 있는 짙푸른 초록과 한여름의 충일과 머리 위에서 미미하게 흔들리는 어머니의 모습을 정겨이 볼 수 있었던 것만으로도 태어난 의미는 있었다.

또 이렇게 나와 알게 되지 않았는가.

나로서는 유기물이나 다름없는 너의 가치를 인정한다. 지나치게 충분하다 싶을 정도로 인정하고 있다. 네가 이 시간에 이 공간을 점하고, 뜨거운 체액으로 살아 있다는 것은 의심의 여지가 없는 사실이며, 또 싸울 여지가 없는 진리 그 자체이다.

너를 이 세상에 떨어뜨려 놓은 것은, 비참한 몰골로 죽음을 서두른 경솔한 여자가 아니라 이 숲이다. 이 숲이 너를 낳은 것이다. 네가 그렇게 생각해주었으면 좋겠다. 숲을 대표하고 있는 내가 후견인이 되어도 좋다. 그 역할을 맡기에 나는 부족함이 없을 것이다.

너는 지금 울음을 그쳤다.

다시 우는 울음은 이미 첫 울음은 아닐 것이다. 그야말로 슬픔을 표현하는 첫 소리가 될 것이다. 목숨을 지탱하고 있는 것은 기쁨 따위가 아니다. 납처럼 무겁고, 바닥 모를 늪처럼 깊은 슬픔이다. 이천 년 동안에 태어나고 죽은 무수한 인간들과 마찬가지로, 너 또한 무겁고 깊은 슬픔 위에 그렇지 않은 무엇을 쌓지 않으면 안 된다. 한없는 희구와 슬픔이 원천을 이루는.

완전한 존재도 없거니와 완전한 무도 없다.

그렇다고 네가 신기루의 일부인 것은 아니다. 이 세상에 현존하는 자연법칙은 그 어떤 것이든 사실 그 자체이며, 몽환의 연장선 위에 있지 않다.


대기의 끝없는 확산.

고지구자기古地球磁氣가 표시하고 있는 대륙의 이동.

해구로 보이는 열수광상熱水鑛床.*

대폭발로 돌진하는 적색거성.

놀랄 만한 사실을 잔뜩 감추고 있는 X선 천체.

설명이 불가능한 흐름을 이루고 있는 초은하단.

---

* 지각을 구성하고 있는 암석 사이에 존재하는 특수한 광물의 집합체. 열수에 의해 이루어짐.

이런 모든 현상은 현실 그 자체이며 마음먹기에 따라서 사라지고 나타나는 개인적인 대용물이 아니다.

지금 여기에 이렇게 있는 것이 너다.

너는 틀림없이 여기에 있다. 어디서 와서 어디로 가는지는 모르겠으나, 너는 지금 시원과 종말이 다양하게 모양을 바꾸면서 한없이 영원에 가까운 형태를 반복하는 세상에 엄연하게 있는 것이다. 그 있음을 즐기는 것이 좋으리라. 어찌 되었든 인간으로 태어난 것을 마음껏 즐기는 것이 좋으리라. 네가 보낼 세월이 과연 어느 정도일지는 알 길이 없다. 그러나 설사 그것이 몇십 년이든 아니면 몇 시간이든, 무의미하게 끝나는 일은 결코 없을 것이다.

나는 그렇게 확신하고 있다.

너란 놈은, 무책임한 남자와 건방진 여자가 될 대로 되라는 식으로 탐닉한 쾌락의 희생물이 아니다. 또 운명의 장난이 낳은 무참한 버러지도 아니다. 설령 이 숲에서 한 걸음도 나가지 못하고, 어머니의 멀뚱하게 튀어나온 눈알을 쳐다보면서 목숨이 끊어진다 해도 죽음의 진영에 항복했다고는 할 수 없을 것이다. 왜냐하면 불과 반나절 사이에 너는 나를 통하여 평생의 체험을 그 부드러운 뇌에 똑똑하게 새겼을 테니까.

그러나 내가 보고 있는 너의 미래 모습이 의사擬似 체험이라고는 도저히 생각되지 않는다.

만약 네가 이 숲에서 죽지 않는다면, 너는 아마도 들판 한가운데 발달한 도시 어딘가에 있는 주상복합 빌딩의 지하로 통하는 계단에서 한목숨 깨끗하게 잃을 것이다.

죽음은 항상 호전적이며 기습을 좋아한다.

모든 종류의 죽음이 저자에 가득가득 널려 있어서, 빈둥거리는 산 자를 스물네 시간 노리고 있다. 그러나 죽음과의 끝없는 투쟁이야말로 삶의 증거인 것이다. 즉 죽음이 있어 삶이 있다. 이 사실을 잊어서는 안 된다.

또다시 내게 보이는 것은, 그후의 너다.

그렇다고 검정 숯덩이가 된 네가 보이는 것은 아니다. 아무래도 죽음은 면한 듯하다.

너는 지금 수도에서 그리 멀지 않은 구릉 지대에 있는, 만족스럽다고는 할 수 없지만 꽤 고급스러운 병원의 한 병실에 수용되어 있다. 전망도 아주 좋고, 암전하는 시대도 손에 쥘 듯 알 수 있는 최상층 병실의 청결한 침대 위에 누워 있다. 너는 건강하다. 오랜 병환을 앓고 있는 병자나 모기 같은 목숨을 연명하고 있는 환자와는 하늘과 땅 차이다.

그곳은 일인용 병실이고, 최소한의 프라이버시는 지켜진다.

그러나 흐르는 자가 즐기는 자유와는 거리가 먼 환경이다. 육중하고 튼튼한 문은 단단히 잠겨 있고 아름다운 디자인의 창문에는 쇠창살이 끼여 있다. 그 창문으로 보이는 벚나무와 벚나무 너머 교교한 빛을 발하는 달은, 거의 반년에 달하는 너의 입원생활에 종지부를 찍으려 하고 있다. 그렇다고 그것이 완전한 자유의 획득으로 이어지는 것은 아니다.

너의 불에 타 짓무른 육체는 거의 완치되었다.

인공 피부와 너 자신의 피부를 증식시킨 덕분이다. 부자연스럽고 보기 흉한 뒤틀림은 어디에도 없다. 불타버린 머리카락도 원래대로 나 있고, 충혈되었던 눈도 지금은 깨끗하다. 요컨대 오늘이라도 당장 퇴원할 수 있는 상태인 것이다. 그런데도 이런 곳에 격리되어 있는 까닭은, 심한 화상을 입었기 때문만은 아니다. 당치도 않게 너는 정신질환을 앓고 있는 사람이라 진단되어, 그 결론에 적합한 취급을 받고 있는 것이다. 병원 측은 온갖 의술을 다 동원하였지만 아무런 효과도 없었다.

그 책임은 오로지 너한테 있다.

경관이 신분 확인을 위하여 찾아왔을 때, 너는 영원히 이름 없는 자신으로 있고 싶어서 충격으로 인한 기억상실을 가장하였다. 그런데 좀 지나쳐 중증으로 간주된 너는 사회 복귀가 우려되는 처지다. 의사들이란 어지간하다.

경찰이란 작자들도 어정쩡했다.

그들은 처음부터 너를 사건에 휘말려 피해를 입은 피해자의 한 명으로 여겼다. 나쁜 것은 데모대라고, 그렇게 사건은 처리되었다. 경찰이 너의 신분을 알고 싶어했던 까닭은, 입원비를 지불하거나 신변을 인수해갈 육친이나 친척을 찾고 싶었기 때문이다.

그러나 결국 아무것도 알아내지 못했다.

너는 자신을 증명할 것을 전혀 갖고 있지 않았다. 또 얼굴을 붕대로 둘둘 감고 있는 사진을 공개해봐야 별 의미가 없었다. 짓물렀던 얼굴이 정상이 되었는데도 경찰이 너의 사진을 찍으러 오지 않은 것은 지문 조회에서도 범죄력을 발견하지 못했고 블랙리스트에도 올라 있지 않았기 때문이다. 그런 놈에게 신경을 쓸 만큼 그들은 한가하지 않다.

그러나 너의 진술이 하나에서 열까지 연극이었던 것은 아니다.

정신을 잃고서 병원으로 실려오기까지의 기억이 완전히 상실된 것은 사실이었다. 그러나 너는 애써 기억해내려 하지 않았다. 게다가 네가 원인을 제공한 그 화재에 대해서도, 네가 무슨 짓을 해서든 소유하려 했던 그 아가씨에 대해서도 구태여 생각하려 하지 않았다. 기억하면 마음이 아파서가 아니다. 이미 지나간 일이고 마음의 정리가 다 되었기 때문이다. 그것은 마치 고향의 산이 붕괴되면서 길러준 부모와 인연을 끊었던 것과 똑같은 식이었다. 육체적으로는 정지 상태에 있었지만 너의 정신은 여전히 흐르는 자였던 것이다.

목숨을 건진 너는 지금, 다음 흐름을 준비하고 있다.

그런데 이 국립 종합병원의 야심만만한 담당 의사는, 너한테서 모르모트의 가치를 발견했는지 언제까지고 제 손에서 놓아주지 않았다. 그 젊은 정신과 의사는 뇌전문 외과 의사인 친구와 합세하여, 끊어진 기억 회로를 부활시키는 연구에 정진하고 있었다. 그들은 최신의 다종다양한 기계를 사용하여 너의 뇌를 일일이 관찰하고 검사하였다.

물론 꾀병일 가능성도 염두에 두고 있었다.

그들은 너의 입에서 나오는 "기억에 없다"나 "생각나지 않는다"나 "모른다"는 말에 의심을 품어보았다. 그런데 아무리 시간이 지나도 너를 찾는 자가 나타나지 않는데다, 어쩌다 나타나도 찾는 사람이 아니었기 때문에, 아무 연고가 없는 실험 재료가 굴러들어왔다는 반가움이 앞서, 끝내는 너의 거짓말을 자진하여 믿게 된 것이다. 거짓이든 참말이든, 그들에게 너는 마음대로 주무를 수 있는 살아 있는 뇌를 지닌 인간이었다.

그것으로 충분했다.

그들은 너의 뇌를 자극하기 위하여 병실에 텔레비전을 들여놓고 마음대로 보게 하였다. 처음에 너는 따분함을 달래기 위하여 텔레비전 속으로 들어갈 듯 몰입하였다. 그러나 어떤 채널을 보아도 사회의 주권을 장악하고 있는 자들이 엄선한 영상뿐이었다. 연예인들은 선정적인 볼거리를 최소한으로 줄였고, 무슨 일에든 불평을 터뜨리던 문화인들은 파문을 던지는 발언을 적극 삼가고 있었다.

뉴스 프로그램은 정계의 우두머리가 틀니를 덜그럭거리며 세계의 개관을 떠들어대는, 진실과는 거리가 먼 견해를 즐겨 다루고 있었다. 그런 주제에 주가의 폭락을 유발한 주원인에 대해서는 한마디도 언급하지 않고, 인간의 자유를 항구적으로 부정하는 자가 억지로 강요하는 선善을 고스란히 내보내고 있었다. 그리고 옛날 고리짝에 본색이 드러난 평론가님들은 분쟁의 와중에 있는 근린 제국을 측면에서 지원하는 것이야말로 국제사회의 일원이되는 길이라고 주장하여 심각한 문제를 야기하고 있었다. 그런 그들을 향하여 정면으로 반기를 드는 진정한 지식인은 적어도 텔레비전 세계에는 한 명도 초대되지 않았다. 옆 동네 말싸움에 쓸데없이 참견하지 말자는 소박한 의견을 토로하는 일반인조차 등장하지 못하는 형편이었다.

소동을 진압하는 통치자 측이 승리하고 있었다.

서푼짜리 눈깔사탕과 가벼운 위협에 져서 인간적인 자유를 간단히 국가에 넘겨버린 사람들이 급증하고 있다. 그들처럼 얼빠지고 추악한 얼굴에 미소를 띠고, 그들과는 정반대인 불굴의 투지를 지닌 자들을 날카로운 눈빛으로 쏘아보는, 땅쟁이 땅딸보의 인기가 급상승하고 있었다. 간사하기로는 희대의 인물인 그가 목적하는 바는 의심의 여지가 없다. 그는 이 나라 전체를 좌지우지하고 싶어한다.

얼마 전까지만 해도 국민들은 그 같은 정치가를 뱀이나 전갈처럼 기피하고 경원하였다.

그런데 지금은 어떤가. 그들은 완전히 변했다. 물질적인 번영과 안락을 누렸던 그 시절을 무턱대고 그리워하는 그들은, 행복의 길이 거기에만 있다고 단정짓고 그 실현을 위해서 국가의 필요악인 우격다짐식 폭력에 어울리는 단순명쾌한 체제를 구성하는쪽으로 점점 기울어, 마침내는 그 같은 남자를, 어느 나라와 어느나라가 적국이라고 당당하게 말하는 인물을 전면적으로 인정하기에 이르렀다. 따라서 이 나라가 앞으로 어떤 대죄를 범하는 경우가 생기더라도, 국민 전원이 주모자이며 동시에 공범자인 셈이다.

텔레비전을 볼 때마다 너는 왠지 가슴이 설레었다.

적의에 찬 전파를 직감하였다. 그런데도 너는 그 원인을 알아보려고 하지 않은 채 텔레비전을 단념하였다. 그러자 이번에는 잡지와 단행본을 넣어주었다. 의사들의 예상을 뒤엎고 너는 글자에 관심을 보였다. 그러나 지금껏 거의 언어에 의지하지 않고 살아온 탓에 너의 어휘력은 너무도 빈곤하여 책 한 권을 읽는 데 보통 사람의 서너 배는 시간이 걸렸다. 그렇다는 것을 눈치챈 의사들은 두 종류의 사전까지 넣어주었다.

그러나 몇 권 읽고 나자 너는 책을 내던지고 말았다.

눈이 피로해서도, 이해력이 부족한 것을 알고 짜증이 났기 때문도 아니다. 거의 우뇌를 축으로 하여 이 세상과 접해온 너는 언어의 세계를 바다처럼 느낄 수가 없었다. 사막에 내던져진 듯한 기분밖에 들지 않았다.

너에게 언어는 어울리지 않았다.

너는 그 탁월한 직감력으로 만 권의 책을 돌파한 자 이상으로 이 세상을 정확하게 인식하고 있었고, 언제 어떤 경우에든 자신이 나아가야 할 길을 재빨리 발견할 수 있었다. 까다로운 책을 일일이 읽지 않아도 너는 자신이 극단적으로 한정된 비극적 존재라는 것을 지나칠 정도로 잘 알고 있었다. 혹은 정치의 본질이 통치와 착취라는 것도, 혹은 대부분의 사람들이 그것을 타파할 정열을 갖고 있지 않으며, 진정으로 인간성을 회복하려는 생각 따위도 없으며, 지도자나 주인 없이는 살아가지 못한다는 것도 잘 알고 있었다.

너는 주지주의를 받아들이지 못하는 체질이다.

그런데 그런 네가 손에 들고 며칠이나 열심히 들여다본 책이 딱 한 권 있었다. 이유는 실로 단순했다. 가죽 표지에 인두로 그린 그림이 마음에 들었기 때문이었다. 치졸하기 짝이 없는 그림이었지만, 그러나 너는 한눈에 그 원숭이 그림에 매료되고 말았다. 더부룩한 털에 둘러싸인 그놈은 홀로 인간처럼 두 다리로, 어깨 힘을 뺀 자연스러운 자세로 가을 풀 사이에 서 있었다. 그 늙은 원숭이는 유유자적하고 단정한 얼굴에 곰상하게 무언가를 묻는 듯한 눈길로 너를 지그시 쳐다보고 있었다.

양자의 눈과 눈이 마주쳤다.

그 순간 너는, 그놈의 혼이 중심을 잃고 있음을 느꼈다. 그 때문에 강렬하게 이끌리고 말았던 것이다.

실없는 말을 삼가면서도, 금방이라도 히죽 웃을 듯한 모양의 입술.

단편적인 관찰을 애써 피하면서도, 감정의 여운을 남기는 눈.

본질과 본질이 아닌 것을, 진리와 진리가 아닌 것을 순간에 분별할 수 있을 듯한 코.

머리에 꽉 들어차 있을, 유물론으로부터 전향한 자처럼 유연한 뇌.

그리고 아무 불편할 것 없는 자유로운 생활.

너는 벌떡 일어나 그 조그만 책에 손을 뻗었다.

손가락이 표지에 닿을까 말까 한데 왠지 뜨거운 기운이 느껴지고, 정열과는 조금 다른, 뭐라 설명할 수 없는 온기가 몸속에서 끓어올랐다. 그것은 단박에 너의 가슴을 가득 채우고, 서늘한 바람이 횡횡 불었던 마음의 바람구멍을 빈틈없이 꽉 메웠다. 정신을 차렸을 때 너는 그 조그만 책을 가슴에 꼭 껴안고 있었다. 네 안에서 있을 수 없는 변화가 생긴 것은 그 직후였다.

너는 울었다.

네 눈에서 뚝뚝 떨어진 것은 틀림없는 눈물이었다. 한없는 자애심으로 너를 길러준 부모님을 한꺼번에 잃었을 때도, 오랜 세월 살아 정이 들었던 집이 흙더미에 삼켜졌을 때도, 난생처음으로 사랑한 아가씨를 자신의 실수로 죽였을 때도 절대로 울지 않던 네가, 아직 읽어보지도 않은 책을 손에 들고 울고 있다.

그것은 시집이었다.

기묘한 일이나, 작가의 이름도 출판사의 이름도 전혀 없고, 그저 『원숭이 시집』이라고만 적혀 있었다. 표지를 열자, 가시 돋친 말들이 긴 뱀처럼 줄을 이루고는 첫 행부터 읽는 이를 거부하고 있었다. 읽을 수 있는 글자보다 읽을 수 없는 글자가 훨씬 더 많았다.

그러나 너는 그 책을 집어던지지 않았다.

아니 오히려 도전해볼 마음이 생겼다. 그것도 단순히 읽는 것이 아니라 모든 의미를 정확하게 파악해보자고 마음먹은 것이다. 그렇게 하면 제멋대로 흩어져 있는 사고가 하나로 정리되어 후련할지도 모르겠다는 예감이 들었다.

이렇게 하여 『원숭이 시집』을 독파하는 일이 당면 목표가 되었다.

그날부터 『원숭이 시집』은 너의 스승이 되었고, 사전은 너의 친구가 되었다. 네가 도주를 기도하지 않은 것은 독서하기에 가장 좋은 환경을 잃고 싶지 않았기 때문이다. 너의 눈은 잘 때를 제외하고는 거의 글자를 더듬고 있었다. 밥을 먹을 때도 볼일을 볼 때도 사전과 씨름을 하였다. 글자를 읽게 되어도, 또 한 단어 한 단어의 의미를 그럭저럭 이해할 수 있게 되어도, 문장의 진의를 파악하기까지는 꽤 긴 시간이 걸렸다. 온종일 겨우 한 페이지밖에 못 나가는 날도 드물지 않았다.

화자인 하얀 털의 늙은 원숭이는, 처음에 이렇게 말했다.

이 우주 그 자체가 유기체다, 라고. 무생물인 것처럼 보이지만 실은 의식을 갖고 있다고 말했다.

이어 음양의 의미를 지니는 정서의 철학을 제기하였다.

이 세상은 살 가치가 없다고 단호하게 말하는가 하면, 다음 장에서는 그와는 반대되는 소리를 죽 늘어놓는다. 영혼 불사와 부활과, 영물숭배 같은 신학적 환상을 부정하고 실컷 조소한 후에, 이번에는 유물사관을 대놓고 왈가왈부하면서 신나게 바보 취급하는 것이었다.

그런데도 너는 그에 끌렸다.

흐르는 물의 철학이라 칭하는 난해한 언어에 우롱당하고, 휘둘리고, 혼란을 일으키는 일은 전혀 없었다. 그뿐이 아니다. 너는 모든 페이지에서 흐르는 자가 살아감에 있어 아주 중요한, 도리에 맞는 시사를 받았다. 그리고 조금씩이기는 하나 늙은 원숭이가 무슨 말을 하고 싶어하는지 알게 되었다. 작가가 잇달아 내보이는 심정은 지리멸렬하지 않고 앞뒤가 일치한다는 것도, 더 나아가 어디에 역점을 두고 살아야 하는가도 서서히 알게 되었다. 지금 당장은 이해할 수 없어도, 해를 거듭하면 틀림없이 이해하게 될 언어도 많이 쓰여 있었다.

너의 그런 변화에 의사가 주목하지 않을 리가 없다.

아무렴 불과 두 주일 동안 독서를 했는데, 그것도 이십 페이지밖에 읽지 않았는데 너는 상당한 변화를 보이고 있다. 눈길과 몸짓과 말투까지 완전히 변해버렸다. 한 달 후의 너는 담당 의사가 환자를 어떤 눈으로 보고, 어떻게 취급하려 하는가를, 직감뿐만 아니라 선명한 언어로써 꿰뚫고, 마침내는 그들이 승리의 영광을 지향하며 밤낮으로 하고 있는 연구는 이미 죽은 의학이라는 것까지 간파하고 말았다.

의사는 마치 귀머거리한테 질문을 하듯 큰 소리로 너에게 물었다.

대체 그 책의 어디가 그렇게 마음에 들었는가?

너는 그 물음에는 답하지 않고 이렇게 되물었다.

누가 어디서 구입한 책인가?

의사는 이 병원에 있는 모든 책은 퇴원을 하거나 사망한 환자들이 남기고 간 것이라서 잘 모른다고 대답하였다.

너는 의사에게 "가져도 좋은가?"라고 물었다.

의사는 그 자리에서 "물론"이라고 대답하였다. 그리고 그는 아무 소용도 없는 의학적 의미를 담은 질문을 퍼부었다. 입원 당시처럼 또박또박 대답하지 않는 너를 두고, 그는 제멋대로 해석하였다. 이 환자는 자기 자신한테조차 마음을 닫아버렸다고. 그리고 이런 결론에 도달했다. 완전히 마음을 닫아버리기 전에 이쯤에서 과감하게 효과적인 치료를 해보자고.

"좋아, 그걸 한번 시도해보지"라고 중얼거리면서 그는 병실에서 나갔다.

그날 저녁, 그가 다시 네 앞에 나타났다. 난동을 부리는 환자라도 한 방에 쓰러뜨릴 수 있을 듯 우악스러운 간호사 대신, 아무리 고집스러운 환자라도 안심하고 몸과 마음을 맡길 수 있을 인상의 간호사를 데리고.

너는 그녀를 게슴츠레한 눈으로 쳐다보고는 다시 책으로 눈길을 돌렸다.

성적인 인상을 별로 풍기지 않는 사십대. 그녀의 뼈만 앙상한 몸에 가득 차 있는 것이 박애인지 뭔지는 말할 수 없었다. 하지만 자기 취향의 환자가 아니라는 것을 아는 순간 짜증을 내는 그런 여자가 아님은 분명했다. 필경 헌신적으로 노력하는 타입이리라.

뚜렷한 윤곽의 생김으로 보아 아무래도 혼혈인인 듯하였다.

그녀는 너를 보고 놀란 표정이었다. 네가 의사한테 들은 이미지와는 상당히 달랐기 때문일 것이다. 경험상 마음을 앓고 있는 환자가 아님을 한눈에 알아보았을 것이다. 그리고 그녀는 역시 오랜 경험으로, 간호사의 입장에서 의사가 내린 판단에 이의를 제기하는 것이 무엇을 의미하는지도 잘 알고 있을 것이다.

그녀는 네가 마음에 든 모양이다.

네 쪽도 그렇다. 그 증거로, 너는 그녀를 방해꾼 취급하지 않았다.

그녀가 잠시도 자리를 뜨지 않아도 독서에 방해를 받지 않았고, 그녀가 운동량이 부족할 수도 있으니까 산책하러 나가자고 해도 너는 거역하지 않았다.


오늘 너는 간호사와 함께 병원의 옥상 정원을 걷고 있다.

그곳이 너에게는 유일한 외계다. 그렇다고 네 마음대로 출입할 수 있는 것은 아니다. 화창한 날 오후, 딱 한 시간의 산책밖에 허용되지 않는다. 그것도 반드시 간호사를 대동해야 한다. 너는 간호사한테 감사해야 한다. 비록 한 시간이나마 바깥 공기를 마시고 태양빛 아래를 거닐 수 있는 것은, 자살의 위험이나 타인에게 위해를 끼칠 염려가 전혀 없다는 그녀의 한마디가 있었기 때문이다.

너는 싸늘한 바람을 느끼며 걷는다.

지상에서 삼십 미터 정도 높이에 있는 그 옥상에는 투병생활이 완전히 몸에 배어 더는 발버둥치지 않는 환자들뿐이다. 병에 지쳐 죽을 기력도 없는 사람들이다. 인간이 아닌 다른 동물로 태어났더라면 옛날 고리짝에 죽었을 사람들이다. 어딘가 공생하는 식물을 연상시키는 그들의 육체에는 이미 자주적인 정신 따위는 깃들 일이 없을 것이다. 아니, 그런 세련된 것은 애당초 갖고 있지도 않았을 것이다. 그들은 태어나면서부터 죽어 있는지도 모른다.

그러나 너는 다르다.

너는 그들과 같지 않다. 인간으로서의 등급이 다르다. 너는 흐르는 자다. 흐르는 자인 너는, 손을 이마에 대고 태양빛을 가리면서 옥상에 빙 둘러쳐져 있는 울타리 너머로, 반짝이는 구릉 지대 저 먼 곳을 눈부시게 바라보고 있다. 그렇게만 해도 후련함이 되살아난다. 도시를 향해 흐르는 강은 반짝이는데, 그 유역의 동네에는 활기가 없다.

너는 이미 이전의 네가 아니다.

너 자신은 미처 깨닫지 못했을지도 모른다. 그러나 나는 알 수 있다. 분명하게 알 수 있다. 적어도 사물을 보는 시각이 달라졌다. 아직 읽는 도중이지만, 너는 『원숭이 시집』을 통해 세계를 보고 있다. 놀랄 만한 사실을 발견하거나, 예민하게 시대감각을 터득하는 것 같지는 않지만, 그래도 지금까지 네가 느끼고 있던 세계와는 모든 것이 조금씩 달라 보이리라. 그저 그날그날의 기분에 따라 패스트푸드를 영양원으로 하고, 엉덩이가 가벼워 집에 가만히 있지 못하는 자들과 비슷한 얼굴로 허우적허우적 흐르며 사는 나날이 얼마나 허망한 것인가를 알았으리라. 즉 어떻게 흐르느냐가 문제라는 것을 너는 깨달아가고 있다.

하지만 아직은 구체적인 해답을 얻은 것은 아니다.

맑게 갠 하늘 아래…… 무심하게 떨어지는 벚꽃 잎…… 겨울 잠에서 깨어나 꿈틀거리기 시작한 벌레들의 기운…… 너는 지금, 대지를 밟고 있는 발의 감촉을 생각하고 있다. 거의 걷지도 않고, 흐름을 중단한 너는 병원이야말로 인생의 막다른 골목이라는 것을 안다. 너는 병실에서 홀로, 생명이 얼마 남지 않은 몸을 웅크리고 묘비명을 궁리하는 남자는 아니다.

젊은 너는 내일을 향하여 부드럽게 몸을 돌릴 수 있다.

지난날의 회한에 빠질 나이가 아니다. 너의 자유를 압살하고 있는 것은 아무 일 안 해도 하루 세 번은 반드시 먹어야 하는 식사와, 계절이나 날씨에 관계없이 쾌적한 온도와 습도를 유지하고 있는 청결한 방이다. 여기서 너는 가치 있고, 용기 있는 뇌 연구의 실험을 가능케 하는 대상물로 간주될 뿐 그 이상의 존재는 아니다. 그런 생활은 너에게 어울리지 않을 뿐만 아니라 평생의 치욕이기도 하다. 너에게 어울리는 세계는 울타리 너머에 펼쳐져 있고, 삼십 미터 아래에 있는 지면에서 사방팔방으로 끝없이 이어지고 있다.

비늘에 싸인 새순이 하나씩하나씩 튀어나오고 있다.

그러나 너는 마음밖에 열 것이 없다. 흐르는 날로부터 너무도 멀어진 탓에, 너의 육체는 급속도로 쇠약해지고 있다. 정신은 미로에 빠지기 직전에 가까스로 행보를 멈추었다. 하루라도 빨리 이곳을 떠나야 한다. 가령 그럴 마음이 있다 해도, 너의 목숨을 구해준 보답 따위는 할 길이 없다. 실험 대상으로서의 너는 애당초부터 가치가 없었다. 언젠가는 꾀병이라는 것도 발각될 것이다.

네 주변에 있는 사람들을 잘 보라.

절망적인 원만함과 수동적인 순종 속에서 죽을 때를 기다리면서도 여전히 욕망을 버리지 못하고 헤매는 그들의 천박한 모습을 찬찬히 살펴보라. 사회로 복귀할 수 있는 가능성을 완전히 포기했음에도 누군가에게 장수의 비결을 배우려고 버둥거리는 그들은, 지하에 잠든 자들과 별 차이가 없다. 여기는 병원이란 형태를 취한 묘지다. 그들은 아무 능력도 없는 자들의 집단이다. 너도 저 무리에 끼고 싶은가.

부평초 같은 떠돌이 삶의 의의에 관한 모든 것을 빠짐없이 담고 있는 『원숭이 시집』을 숙독하라.

거기에 이렇게 쓰여 있다.


살아 있는 혼이라면 동그란 호를 그리며 머나먼 타향 저 바다 끝까지 날아갈 것이다.


나 역시 동감이다.

희망의 원천은 안정 속에 있지 않다. 너를 돌보고 있는 간호사의 과도한 친절에 안심하고 몸을 맡겨서는 안 된다. 그녀가 감시역을 겸하고 있다는 것을 잊어서는 안 된다. 너 같은 자는, 혼을 갉아먹은 무수한 약물의 악취에 절어 있는 이 늪에서 한시라도 빨리 헤어나지 않으면 안 된다.

간호사는 너에게 묻는다.

자신이 어디에 사는 누구였는지 모르는 기분이 어떤 것이냐고.

잠시 후, 너는 이렇게 대답한다.

하늘로 오르는 기분이다, 라고.

"정말로?"라고 간호사가 말한다.

너는 말을 잇는다.

미래를 살려는 자의 입장으로는 최고라고.

그 말은 시집에서 주워섬긴 것이지만, 네가 한 차례 말한 순간 네 말이 된다.

이윽고 혼혈의 추녀는 고개를 숙이고, 자기는 잊고 싶어도 잊을 수 없는 과거가 산더미 같다고 말하고는 입을 다문다. 그동안 너는 같은 장소를 불안하게 오가며 아무도 모르게 병원을 탈출할 방법을 궁리한다. 그리고 이 병동의 구조를 살핀다.

전혀 틈이 없다.

형무소가 이럴 것이다. 그런데다 국립병원이라는 불가침의 권위로 이중삼중으로 에워싸여 있다. 그래서 너는 비로소 사태의 심각함을 깨닫는다. 그곳이 우리 이상이 아님을 새삼스럽게 깨닫는다.

"오늘밤 같이 불꽃놀이 구경해요"라고 간호사가 말한다.

"여기서 보면 잘 보여요."

불꽃놀이가 있을 때만 밤의 산책도 허용된다고 한다.


그날 밤, 너희들은 다시 옥상 정원에 갔다.

밤바람을 쐬어서는 안 되는 환자들이 많아 옥상은 휑했다. 게다가 서로의 얼굴을 확인할 수 없을 만큼 캄캄하다. 너희들은 향기로운 나무에 둘러싸인 벤치에 나란히 앉아 있다. 특등석이다.

불꽃놀이는 벌써 시작되었다.

정말 그곳에서는 잘 보인다. 그러나 너무 멀어서 파열음이 뒤늦게 들리는 탓에, 밤 풍경의 일부 또는 전기 장식품의 연장으로밖에 보이지 않는다. 그런데 너는 그렇게 생각지 않는 모양이다. 처음 불꽃놀이를 보는 것도 아닌데, 너는 완전히 마음을 빼앗기고 말았다.

너는 입을 헤벌리고 그 광경에 넋을 잃고 있다.

어슴푸레한 밤하늘의 빛을 짓찧는 불꽃놀이 대회는 짐승처럼 밤눈이 밝은 너에게는 박력 넘치는 불꽃의 제전이다. 타오르다 공중에서 탁 퍼지는 화약은, 『원숭이 시집』에 실린 언어와 마찬가지로 너를 격렬하게 뒤흔든다.

불꽃은 너의 그 어쩔 수 없는 정념을 부추긴다.

그리하여 너의 탈주 계획은 결정적인 것이 되었다. 동시에 너의 잠옷 속으로 스르륵 미끄러져 들어온 간호사의 앙상한 손가락의 움직임도 그 목적을 분명히 하였다. 그것은 이미 화상의 회복 정도를 확인하려는 직업적인 움직임이 아니었다.

부끄러워하는 것은 오히려 네 쪽이다.

봄밤의 요염한 분위기 속에서, 너의 물건은 당장에 자연의 섭리에 순종하여 척력을 거역한다. 어느새 그것은 음탕한 여자의 대퇴부 가장 뜨거운 곳에 들어가 있다.

서로의 성기가 격렬한 언어를 토하고 있다.

대담한 재주를 피우고 있는 여자는, 옷깃을 한껏 제치고 빈약한 유방을 밀어붙이며 너의 입 속에서 절규한다. 너희들의 돌발적인 정사는, 과거를 청산하기 위함도 미래를 초대하기 위함도 아니다. 또 마음과 마음에 다리를 이을 정도로 대단한 행위도 아니다.

그 증거로, 불꽃이 그 방사를 자극하는 역할을 하지 않는다.

한순간도. 여자한테는 어떨지 모르겠으나, 적어도 너는 그렇다. 너의 몸은 지금, 틀림없는 이성의 지배를 받고 있다. 그러나 혼은 어느 누구의 제지도 받지 않고, 오로지 불꽃에 집중하고 있다. 정의 굴레가 움틀 기미는 조금도 없다.

너는 여자에게 빠지지 않는다.

『원숭이 시집』이 너에게 사상을 가르쳤다면 불꽃은 너에게 뜨거운 철학을 심고 있다. 아낌없이 밤하늘로 치솟는 석 자 구슬이 타당탕 터지며 울리는 소리와, 마젤란은하니 T자형 왕관이니 동자 행렬이니 하는 모양을 본뜬 경이적인 창작 폭죽과 달빛 아래 하얀 파도를 연상케 하는 폭죽의 불꽃이 너에게 가르치고 있다. 생명을 어떻게 사용해야 하는지를 가르치고 있다.

알록달록한 불똥이 토하는 열정의 언어를 너는 빈 마음으로 듣는다.

몇백 발이나 되는 폭죽의 집합체인 대형 불꽃이, 이 세상의 모든 색을 쏟아내면서 지금 그야말로 유종의 미를 장식하려 한다. 그것은 본의 아니게 여자를 껴안고 있는 너를 향하여, 시시껄렁한 의리 따위는 지킬 필요가 없으며, 그런 곳에 고여 있을 때가 아니라고 소리를 꽥꽥 지르고 있다. 불꽃들은 모두 너에게 쓸데없는 말을 하고 있는 것이 아니다. 빛보다 늦게 도착하는 폭발음은, 네 안에서 잠자고 있는 흐르며 사는 정신을 흔들어 깨우려 한다. 질타하고 격려하고 있다.

그런데 네 허리에 두 다리를 휘감고 망측한 소리를 질러대고 있는 여자는, 너 같은 불쌍한 환자의 마음을 치유할 수 있는 것은 오직 자신밖에 없다는 자기도취에 빠져 있다. 서로가 닮은꼴이라고 멋대로 착각하고 있다. 그러나 너는 이런 만남을 필연적인 결과라고 여기지 않는다. 집착해야 할 접촉이라고도 생각지 않는다. 이제 여자는 싫다고 또다른 네가 몇 번이고 몇 번이고 중얼거리고 있다.

너의 장래를 결정하는 것은 음란한 조건 따위가 아니다.

너의 앞날을 일구어주는 것은 『원숭이 시집』이다. 그리고 너의 정열의 돌파구는 흑색 화약이다. 나는 그런 예감이 든다.

후끈한 질 속을 향하여 단번에 사정을 하는 순간에도, 너의 정신은 그 자궁의 소유자에게 바쳐지지 않는다. 네 마음에 푯대를 세울 수 있는 인간이 이 세상에 존재할 리가 없다. 여자가 매달려 있는 동안에도 너의 손에서는 『원숭이 시집』이 떠나지 않았다. 그리고 눈은 똑바로 불꽃을 응시하고 있었다.

그러나 주제넘게 말이 많은 여자는 너에게 흠뻑 빠져 있다.

딱 한 번의, 그것도 일방적인 교접으로 너의 모든 것을 수중에 넣었다고 착각하고 있다. 그녀는 도토리 같은 눈으로 너의 얼굴을 빤히 들여다보면서 입가에는 야비한 미소를 띠고 이렇게 말한다.

"또 해줄게요."

그러고는 간호사다운 노련한 손길로 화장지를 사용한다.


그다음 날도 또 그다음 날도 그녀는 네 위에 올라탔다.

그럴 때마다 네 가슴을 획 지나는 것은 다른 여자였다. 동남아시아의 어느 나라에선가 몸을 팔기 위해 이 나라를 찾은 그 아가씨다. 그러나 그것도 순간의 일, 끝날 것이 끝났을 때에는 그녀의 그림자도 이미 무로 돌아가 있다.

그리고 너는 여자 대신 『원숭이 시집』을 껴안는다.

가죽 표지의 그 책은 너에게 지적인 일격을 가하고, 생기를 준다. 나무 그늘에서 쉬고 있는 백발의 늙은 원숭이는 그 어떤 지식인보다 유능한 독자인 너에게, 터놓고 딱딱한 이야기를 한다. 이는 너의 인생이지 다른 누구의 인생도 아니다. 물론 신도 뭐라 간섭할 수 없다고 말한다. 너의 행복과 불행은 너의 재주를 어떻게 발휘하느냐에 달려 있다고 말한다.

그때 이 병원이 서 있는 언덕 꼭대기에 봄날의 천둥이 울린다.

갑작스러운 천둥소리에 놀란 소심한 환자들과 들뜬 기분으로 꽃구경 나온 사람들 사이에서 비명이 터진다. 그러나 누워만 있는 그들은 금방 그것이 죽음의 신호가 아니라는 것을 깨닫고, 안도감에 가슴을 쓸어내리고 거나한 기분으로 다시 일상에 녹아, 그 다음은 아무 일도 없다.

늙은 원숭이는 다시 이렇게 말한다.

사람에게는 두 종류가 있다.

흐르는 자와 그렇지 않은 자.

흐르는 자란 무엇인가.

그것을 잘 생각해보라.

늘어질 대로 늘어진 병원생활에서 잃은 체력을 회복하기 위하여, 너는 틈틈이 운동을 한다. 팔굽혀펴기와 스쾃*과 복근운동으로 전신에 부담을 준다. 계단을 이용하여 심폐기능을 단련한다. 네가 섭취한 영양분은 한 톨의 유실도 없이 피가 되고 살이 된다. 네가 지내온 청춘, 딱히 이렇다 할 의미도 없는 상태를 벗어나고 있다. 나는 그렇게 생각한다. 푹 잠자고 태양과 함께 눈을 뜰 때마다, 너는 심신이 조금씩 변하고 있음을 자각한다.

---

* 양발을 벌리고 서서 등을 펴고 무릎을 구부렸다 폈다 하는 체력 단련 운동.

그러던 어느 날 아침, 너는 뜻하지 않게 의사들의 얼토당토않은 대화를 듣게 된다.

일부러 훔쳐 들은 것이 아니다. 우연히 그런 일이 벌어졌을 뿐이다. 인터폰 스위치를 끄지 않고 그들이 나눈 한 마디 한 마디가 네 방의 스피커를 통하여 또렷하게 들려왔다. 그것은 너의 수술에 관한 의논이었다. 놀랍게도 그들은 이미 수술을 진행하는 방향으로 대화를 나누고 있었다. 너의 두개골을 반으로 절단하여, 마치 헬멧이라도 벗기듯 떼어낸다. 그리고 약한 전류로 뇌 여기저기를 자극한다. 그렇게 하여 뇌에 숨겨진 수수께끼를 해명하고, 신비의 베일을 단번에 벗겨낼 작정이다. 예상을 넘어서는 수확이 있을지도 모른다. 어쩌면 의학이나 종교적 차원으로 부각될 수 있을지도 모른다. 산 원숭이를 몇천 마리 실험대에 올려놓아 봐야 말할 줄 모르는 생물이라 언제까지고 끝이 없다. 그들은 마치 세상살이가 어렵다는 말이라도 하듯, 그런 이야기를 나누고 있었다.

요컨대 너는, 말할 줄 아는 원숭이인 셈이다.

역사에 이름을 남기고 싶어하는 의사들이 문제 삼고 있는 것은 이미 기억상실의 메커니즘이 아니다. 그들이 진정 파헤치고 싶어하는 것은, 뇌의 어딘가에 있을 혼의 방이며, 또 죽음이 찾아왔을 때 필요한 혼의 비상 탈출 장치였다.

그것은 다름아닌 네가 살아서 이곳을 나갈 수 없다는 뜻이다.

그런 이야기를 들었을 때 보통 젊은이들 같으면 공포에 질린 나머지 제정신이 아닐 것이다. 그러나 너는 표정 하나 바꾸지 않고, 인터폰 스위치를 끄지 않은 것을 안 의사들이 허둥지둥 달려오기 전에 재빨리 방을 떠났다. 문은 이제 잠겨 있지 않다. 다른 층으로 가는 것은 금지되어 있지만 옥상에는 자유롭게 올라갈 수 있었다.

너는 옥상 정원으로 가서 늘 앉던 벤치에 앉는다.

느긋하게 숨을 돌리면서 너는 애독서에 눈길을 쏟는다. 의사들이 숨을 헐떡거리며 달려온다. 동요치 않는 너의 태도를 본 그들은 안심하고, 담당 간호사만 남겨두고 돌아간다. 너는 천천히 얼굴을 들고, 헌신적인 연기가 일품인 간호사에게 아이스크림을 좀 사주었으면 한다고 부탁한다. 그녀가 아이스크림을 사러 간 사이 너는 도망의 절차를 정한다. 착착 진행되고 있는 계획 어디에도 무리는 없다. 한다면 한다.

그다음은 밤을 기다리는 것뿐이다.

저녁밥을 깨끗하게 먹어치운 너는 당장 준비에 착수한다.『원숭이 시집』을 비닐 주머니에 넣어 허리춤에 단단히 묶고는 그 위에 잠옷을 입는다. 외출용 옷이 따로 없다. 너의 옷은 그 화재 때 다 타버렸다.

운 좋게 달도 뜨지 않았다.

비까지 내리기 시작한다. 더없는 행운이다. 좍좍 쏟아지는 비가 언덕과 병원과 벚꽃과 너의 과거를 세차게 때린다. 너는 크게 심호흡을 한 번 하고 베갯머리의 버튼을 누른다. 그러자 아가씨처럼 들뜬 목소리로, "금방 갈게요"라고 인터폰이 말한다. 너는 미리 준비해둔 물건을 침대 밑에서 꺼내, 문에 바싹 기대어 기다린다. 상대가 방으로 들어서자마자 덮친다.

우선 입에 재갈을 물린다.

이어 옥상 정원 나무에 감겨 있던 새끼줄로 뒤로 뻗은 손을 꽉꽉 묶는다. 두 발도 가지런히 묶는다. 그러고는 간호사를 침대 위로 던지고 담요를 푹 덮어씌운다. 눈 깜짝할 사이에 끝났다. 그녀는 그저 눈을 번들거리고 있을 뿐이었다. 혹 그녀는 이상한 기대에 사로잡혀 있었는지도 모르겠다. 성적 유희의 하나가 아닌가 하고 가슴 설레었는지도 모를 일이다.

너는 맨발로 복도로 나선다.

간호사의 움직임을 봉해버렸으니 그다음은 식은 죽 먹기다. 충분한 시간을 벌 수 있다. 너는 계단을 단숨에 뛰어올라 옥상으로 간다. 예상한 대로 아무도 없다. 금방 비에 푹 젖는다. 뇌우가 광범위하게 세상을 적시고 있다.

대피용 사닥다리가 있는 곳은 이미 확인해두었다.

너는 그것을 통로 측 벽면을 따라 소리 없이 내려보낸다. 훌쩍 난간을 뛰어넘어, 신중하게 내려간다. 비에 젖은 손이 미끄럽다. 번갯불이 눈을 찌르는 것 같다. 돌풍이 몰아친다. 그러나 너는 태연하다. 베테랑 등산가처럼 침착하게 삼십 미터 낙차를 점점 줄인다. 잔디로 덮인 지면에 발바닥이 닿자 동시에 너는 다시금 흐르는 자로 돌아간다.

거처가 일정치 않은, 신출귀몰하는 나날이 재개된다.

번갯불이 정원을 가로지르는 너의 모습을 쉬지 않고 비쳐댄다. 그런데도 알아채는 자가 없다. 너는 똑바로 주차장으로 향한다. 많은 자동차 앞에서도 망설임이 없다. 열쇠를 뽑지 않고 세워둔 자동차를 몇 대나 알고 있다. 낮부터 주목하고 있었던 것이다. 매일 옥상으로 드나들었던 것은 딱히 독서나 일광욕만을 위해서가 아니었다. 봐두어야 할 것은 전부 봐두었다. 이 시간대에는 수위가 문을 지키지 않는다는 것도 알고 있다. 가장 안전한 길에 대해서도 조사해두었다.

너는 눈에 잘 띄지 않는 색과 모양의 승용차를 내몬다.

처음에는 살살, 그러나 병원 부지를 벗어나자 단숨에 속도를 올린다. 와이퍼가 소용이 없을 정도로 쏟아지는 호우지만, 너는 속도를 늦추지 않는다. 뒤쫓아올 자를 두려워하여 그렇게 질주하고 있는 것은 아니다.

너는 껄껄 웃는다.

그것은 네가 오래도록 잊고 있었던, 저 배 속 깊은 곳에서 터져 나오는 웃음이다. 구불구불한 언덕길을 무지막지한 속도로 내려가는 네 앞에 펼쳐져 있는 것은, 너와 호흡이 잘 맞았던 자유다. 한동안 잠잠했던 흐르는 자의 부활을 축하하며, 폭우가 도처에서 폭죽처럼 쾅쾅거리고 있다.

이미 들것에 실려 병원으로 옮겨지던 때의 네가 아니다. 너 자신은 아직 잘 모르는 듯하나, 너는 몇 겹이나 허물을 벗었다. 지금의 너는, 넘쳐나는 미래에 짓눌리는 사람처럼 함부로 젊음을 소모하며 방황하는 자가 아니다.

그렇다, 너는 변했다.

자기 자신뿐인 네가 아니다. 지금 너의 곁에는 늙은 원숭이가 있다. 그리고 망막에 빈틈없이 각인되어 있는 그날 밤의 불꽃이 너의 앞길을 환히 비추고 있다. 너는 폐쇄된 인생을 사는 자가 아니다. 너는 밀봉된 청춘을 사는 자가 아니다. 나는 너의 인품 따위에 매력을 느끼고 있지 않다. 너 자신과, 운명에 매력을 느끼고 있는 것이다.

백미러에 비친 병원의 불빛이 점점 멀어져간다.

그 비인간적인 행위를 아무렇지도 않게 얘기하던 의사들은, 귀중한 실험동물을 잃은 셈이 된다. 그들은 곧 윤회의 얼개를 의학적으로 해명할 수 있을지도 모르는 입구에 서 있었다. 그리고 그 몸도 마음도 추악한 혼혈 간호사는 낙을 잃어버렸다. 아마도 그들은 너를 찾지 않을 것이다. 경찰에 신고도 하지 않을 것이다. 그런 짓을 할 틈이 있다면 다른 환자에게 눈독을 들일 것이다.

너를 성가시게 할 것들은 아무것도 없다.

너는 일단 도시로 잠입할 것이다. 그리고 열심히 도둑질을 할 것이다. 그리고 다른 자동차를 훔치지 않으면 안 된다. 아니 그보다 먼저 입을 옷과 신발을 갖춰야 한다. 잠옷 차림으로는 움직임이 자유롭지 못하다. 그리고 또 당장의 생활비도 마련하지 않으면 안 된다. 그러나 큰돈은 필요치 않다. 한두 주일 연명할 수 있는 돈이면 충분하다. 너의 도둑질은 그 선에서 끝날 것이다. 그런 기분이 든다.

  나는 도둑질로 평생을 끝내려 한 놈을 알고 있다.

  아니 과연 마지막까지 그랬는지는 잘 모른다. 그가 열심히 훔쳐낸 옛 동전들은 아직 누구의 눈에도 발견되지 않은 채 내 뿌리께에 묻혀 있다. 크고 작은 동전들의 허황된 빛에 비친 그놈의 얼굴은, 그때까지 저지른 수많은 악업으로 몹시 어둡고, 눈동자가 몹시 작은 눈은 한 발 앞서 지옥을 보고 말았다. 스스로는 선량한 고물상인 체하였지만, 그러나 볼 줄 아는 사람은 그놈이 발하고 있는 살기에 오싹 소름이 끼쳤을 것이다.

  그는 동지도 없었다.

  조직을 만들지 않았던 것은, 그가 타인을 절대로 믿지 않았기 때문이다. 어쩌면 그놈은 자기 자신조차 믿지 않았는지도 모른다. 그는 항상 혼자 내게 왔다. 그러고는 항아리를 파내서, 벌이가 좋을 때는 동전을 집어넣고, 나쁠 때에는 한 움큼 꺼내갔다. 그리고 서둘러 항아리를 다시 묻고는 잽싸게 그 자리를 떠났다.

  그놈이 떠난 자리에는 역겨운 체취가 남았다.

  그것은, 언젠가는 정체가 드러나 하늘의 벌을 받지 않으면 안 될 자가 풍기는 죄 그 자체의 악취였다. 아니면 단도에 눌어붙어 있는 연약한 자들의 피냄새였는지도 모른다. 아무튼 그놈은 내 취향의 인간이 아니었다. 설사 내 앞에서 목숨이 끊어진다 해도 그 죽음을 애도할 마음이 일지 않는 작자였다. 그래서 나는 그놈이 나타나기만 하면 잎의 기공이란 기공을 전부 닫고, 아무리 힘들어도 그놈이 돌아갈 때까지 숨을 꾹 참고 있었다. 그놈이 짊어지고 있는 태생이 아무리 음침하고 동정할 가치가 있는 것이라 해도, 그놈을 좋아하기란 지난한 일이었다.

그렇다고 내가 뭐 윤리학적 견지에서 좋고 나쁘고를 가리는 것은 아니다.

좋고 나쁨의 척도라는 것은 실로 어중간하다. 그것은 거의 생리적인 조건으로 크게 좌우되지 사고력으로 좌우되지 않는다. 아무튼 나는 그놈이 아주 싫었다. 만약 내가 인간이고 그놈이 벌레였다면, 만난 순간 조금도 망설이지 않고 짓밟아버렸을 것이다.

수목이라도 희로애락의 표정은 있다.

아마 불교가 민초들의 사랑을 받고, 신들린 듯한 언사를 연발하는 통치자가 추앙받았던 시절의 어느 여름이었을 것이다.

고독한 도둑이 초록빛을 머금은 지나가는 비와 함께 나타났다.

그런데 그때 그의 모습은 여느 때와는 좀 달랐다. 지저분한 노인네 같은 꼬락서니에 머리카락은 헝클어지고 몸짓은 어딘지 모르게 맥이 없고, 생활력도 없는 놈으로 보였다. 언뜻 보기에도 불쌍할 정도로 풀이 죽어 있었다. 생각한 만큼 벌이가 좋지 않았던 모양이라고 나는 생각하였다. 그런데 그게 아니었다. 가슴팍에서 꺼낸 가죽 주머니를 거꾸로 뒤집자, 지금까지 본 적도 없는 다량의 동전이 좌르륵 쏟아져나왔다.

황금빛 반사광이 내 잔가지에까지 비쳤다.

그는 그것을 항아리에 넣기 위하여 내 뿌리께를 파기 시작하였다. 표적으로 놓아둔 돌을 치우고 떡갈나무 널조각으로 열심히 팠다. 그런데 얼마 파지도 않고서 도중에 갑자기 중지하고 말았다. 그러더니 동전 한 움큼을 쥐어 나를 향하여 힘껏 내던졌다. 울퉁불퉁한 줄기에 맞아 퉁겨나간 그것은 유성처럼 반짝반짝 빛나며 사방으로 흩어졌다. 그 아름다움은 과연 사람을 매혹할 만하였다.

아마 그때만은 나도 후광이 번뜩이는 눈부신 존재였을 것이다.

도둑은 흩어진 동전을 그러모으려고도 하지 않고 사방을 둘러보려고도 하지 않고 내 아래에 큰대자로 누웠다. 나뭇가지 사이로 새어들어오는 아름다운 햇살을 넋 나간 사람처럼 바라보는 그의 눈 안에서 나는 절대로 화해할 수 없는 이율배반을 감지할 수 있었다. 인정사정없는 도둑놈답지 않았지만 그렇다고 딱히 놀랄 만한 일도 아니었다. 왜냐하면 인간의 품성이 하루아침에 변하는 일이 그리 드물지 않았기 때문이다.

인간이란 참 알 수가 없다.

깜짝 놀랄 만한 취향으로 넘치고 넘치는 생물이다. 인간이란 어느 만큼 경지에 오른 사람이라도 사실은 죽기 직전까지 어떻게 살아야 할지 모른다. 모르는 채 생은 막을 내린다.

즉 인간이란 어찌할 바를 모르는 생물이다.

어째서인지는 모르겠으나 그들은 자신의 본체를 자궁 어디에다 두고 나오는 모양이다. 그리고 이 세상에 머물러 있는 동안, 그들은 그것을 생각해내려고 찾아내려고 발버둥을 치고, 고뇌하고, 마음 편할 날도 없이 영원한 미성년자로 끝나고 만다.

천 년 동안 나는 이념이 승리하는 것을 한 번도 본 적도 들은 적도 없다.

하지만 그 반대되는 일은 넌더리가 날 정도로 알고 있다. 바로 그 점에야말로 사는 이유가 있는 것이다. 그렇기에 이곳은 저세상이 아니고, 이 세상인 것이다. 만약 인간 자신의 지성으로 인간화에 성공하는 날에는, 그들은 사는 목적의 대부분을, 아니 거의 전부를 잃게 될 것이다.

그런데다 이 세상은 저세상이 되고 말 것이다.

배제가 아니라 결합이, 착취가 아니라 평등이, 증오가 아니라 자애가, 전쟁이 아니라 평화가 골고루 확대되어 이 행성 전체를 뒤덮을 경우, 인간은 지금보다 훨씬 더 죽은 자에 가까워질 것이다. 복잡한 얽힘, 교묘하게 연동하는 행과 불행, 비극과 희극이야말로 그들을 생기발랄하게 하는 원동력이다. 여러 가지 사실의 끊임없는 변용, 이것이야말로 살아가는 최상의 증거이며 삶의 원동력이다.

도둑은 나를 신기하다는 듯 올려다보았다.

그가 나를 나무로 본 것은 아마도 그때가 처음일 것이다. 그때까지는 그저 돈을 숨겨놓은 장소를 기억하기 위한 표적물로밖에 여기지 않았던 것이다. 대체 나의 어디에 그렇게 매력을 느꼈는지는 모를 일이나, 그는 암울한 눈으로 나를 응시하였다. 이어 그는 세상과 교섭 없이 오래도록 방치되어 있었던 탓에 시커멓게 되고 만 혼을 고스란히 드러내고 나와 마주하였다.

그 눈길은 무슨 숭고한 목적으로 한 몸을 바치는 자를 닮았다.

그때까지 나는 인간이 항구적으로 발달한다는 따위의 어설픈 착각을 한 적이 없었다. 그런데 그때만은 혹시나 하는 기분이 들었다. 왜냐하면 불과 삼십 분 동안에 시시각각으로 투명도를 더해가는 그의 눈동자를 손에 잡을 듯 볼 수 있었기 때문이다. 그가 내 안에서 무엇을 봤는지는 모른다. 상상도 할 수 없었다. 분명한 것은, 그의 몸에서 풍기던 피비린내가 깨끗하게 사라졌다는 것이다. 그리고 악의와 욕망으로 얼룩져 있던 표정도 어디론가 날아가고 없었다.

나는 이상한 느낌이 들었다.

혹 죽음을 맞을 시기가 앞당겨질 전조는 아닌가 하고 의심하였다. 그가 여기서 이대로 죽음을 맞이하는 것은 아닌가 하고 상상하였다. 만약 그렇게 된다 해도 나로서는 그를 비난하거나 바보 취급할 생각은 없었다. 죽고 싶은 자가 죽는다는 것은, 살고 싶은 자가 사는 것과 마찬가지로 가치 있는 일이다.

그렇다고 목숨을 경시하는 것은 아니다.

다만, 유난스럽게 중시할 만한 것은 못 된다고 생각하고 있을 뿐이다. 생명을 필요 이상으로 중시하는 것은 더할 나위 없는 악취미이며, 진정으로 고매한 식견이라고 하기는 어렵다.

완벽한 형태로 존재하는 생명은 없다.

불완전하기 때문에 생명인 것이다. 특히 인간의 생명이란 어지간히 고르지도 못하고, 부자연스럽고, 엉터리 같다. 그들만큼 이 세상에 적응하지 못하는 생물도 없다. 개별적인 측면을 말하자면 끝이 없다. 그들을 보면 때로는 자멸의 필요성을 통감하는 때도 있다.

공중에 떠 있는 존재 같은 인간.

그들은 신을 이념화하는 데 실패했다. 그리고 그들이 추구하여 마지않는 자유는 여전히 결박당해 있다. 그들은 수많은 과오와 그 보상 사이에서, 짜증과 불안으로 일생을 마감한다. 그들은 모두, 자기 자신의 운명에 눈물로 호소하고, 끊임없이 지속되는 지복至福의 대상을 사변하고, 쓸데없는 과거를 추억하며, 중요한 말은 흘려듣고, 유명무실한 자유를 꿈꾼다.

도둑놈이 동전과 함께 내던진 것은 바로 그 거친 마음이었다.

그는 벌떡 일어나, 겨울잠에 들어가기 직전의 곰처럼 침착지 못한 태도로 내 주변을 잠시 어슬렁거렸다. 그러고는 지표를 뚫고 나온 굵은 뿌리에 앉아 변해가는 사방을 조용히 지켜보았다. 그는 그렇게 앉아서 무엇을 기다리고 있었던 것일까. 경청할 만한 하늘의 소리라도 기다리고 있었던 것일까. 그러나 아무리 기다려도 숲의 눅눅한 공기는 아무런 말도 전해주지 않았다. 나 역시 주제넘게시리 말을 걸지는 않았다. 잎사귀 하나도 떨어뜨리지 않고 침묵을 지켰다.

그동안에도 생물들의 교배는 계속 진행되었다.

나는 나 자신에 대해서도 그렇듯, 인간에 대해서도 있는 그대로의 그들을 인정하고 있다. 요컨대, 그 이상도 그 이하도 아닌 것으로 보고 있다. 그래서 그 도둑놈한테는 불의의 돈이 잘 어울린다고 생각했다. 평생을 도둑질이나 하고 살 남자라고 생각했다. 그런 인간을 애써 비료 줄 시기를 놓친 채소나 아직 덜 숙성된 술 따위에 비유할 필요는 없었다.

당연히 그는 방방곡곡 이름이 알려진 거물은 아니다.

그러나 도둑으로서 그의 솜씨는 그야말로 몇 손가락 안에 꼽힐 만큼 일품이었다. 그렇지 않았다면 벌써 옛날에 잡혀 형장의 이슬로 사라졌든지, 얻어맞아 죽었을 것이다. 그런데 어떤가. 그날 그는 그런 자신에게 넌더리가 나고 만 것이다. 나의 과장된 생각이 아니다. 그는 팔짱을 끼고 침묵에 젖었다. 어찌할까를 생각하다 고개를 떨어뜨리고 있는 모습이었다.

비 갠 후의 숲은 모든 나무와 풀들이 우열을 가리기 힘들 만큼 생기를 발하고 있었다.

오랜 세월의 고생을 견디고 충분한 준비를 갖추어 딱딱한 껍질을 벗어던진 매미들은, 각자 모범이 될 수 있도록 목청 높이 울기 시작했다. 무수한 원생동물은, 천재일우의 기회를 끈질기게 기다리면서 반석 같은 자세로 찰나의 연속인 생을 착오 없이 영위하고 있었다. 어떤 곳이든 약육강식의 성스러운 폭력이 지배하고 있었다. 속세에 살면서 초연할 수 있는 생명은 하나도 없었다. 대낮에 벌어진 살육은, 그다음 순간에는 눈부신 빛의 소용돌이에 삼켜져

사라지고 없었다.

죄업이 될 행위…… 그런 것이 어디 있단 말인가.

나는 그가 원래대로 도둑다운 도둑으로 돌아가주기를 바라고 있었다. 내던진 동전을 혈안이 되어 그러모으고, 그것들을 항아리에 감추어 땅속 깊이 다시 묻고, 깨끗이 사라져주기를 바라고 있었다. 그렇지 않다면 이 자리에서 죽어주었으면 했다. 골똘히 생각하고 또 생각하여, 그 자신을 추호도 용서하지 않고, 숙고한 결과로 스스로 목숨을 끊어주기를 바랐다.

그러나 그는 어느 길도 택하지 않았다.

동전은 내버려둔 채 목매달지 않고, 기울어가는 지친 태양을 등지고 어디론가 사라져버리고 만 것이다. 발길을 돌리기 직전, 그는 무슨 생각에서인지 나에게 깊이깊이 머리를 숙였다. 그러고는 감사의 말로밖에 해석되지 않는 말을 하고는 박수까지 쳤다.

내가 그런 대접을 받아야 할 이유는 없었다.

황송해진 나는 작별의 말이라도 한마디 해주려고 하였다. 그러나 이미 때는 늦어 다시금 타향을 헤매는 자가 된 도둑은 숲속으로 모습을 감추어버렸다. 동전은 해가 진 후에도 빛을 잃지 않았다. 희뿌옇게 빛나는 달빛 속에서도 반짝거렸다. 그 빛에 놀란 두꺼비가 첨벙 늪으로 뛰어들었다.

그때 이후로 그는 모습을 나타내지 않았다.

그후 그가 어떻게 되었는지는 모른다. 파도 같은 세월을 보냈을까. 신분에 어울리지 않는 생활을 하면서 거드름을 피우는 인간이 되었을까. 자기도 먹기에 모자라는 것을 거지에게 나누어주는 마음씨 착한 빈농이 되었을까. 나는 그가 언젠가는 반드시 돌아올 것이라고 생각했다. 가령 그 세계에서 손을 씻었다 해도 살아가려면 돈이 필요할 테니까. 건실해질수록 반대로 먹고살기가 어려워질 테니까.

그런데 그는 두 번 다시 나타나지 않았다.

그를 대신한 자도 오지 않았다. 혹 그후 대도가 되었는지도 모를 일이다. 부하를 줄줄이 거느리고 각지를 싹쓸이하면서, 뒤쫓는 무리들이 겹겹이 쳐놓은 방어망을 돌파하면서, 위세등등한 여생을 보냈는지도 모를 일이다. 그러나 사실은 알 수 없다.

그래도 후일담류가 전혀 없는 것은 아니다.

그로부터 나는 늦가을이 되면 대량의 낙엽을 떨어뜨려 동전을 덮었다. 잎은 한 장 한 장 부식작용을 일으켜 훌륭한 흙이 되었고 그 흙은 황금빛을 가리면서 두터운 층을 형성하였다. 그 황금의 일부가 빗물에 녹았고, 내 뿌리가 그 물을 빨아들였다. 이듬해의 일이었다. 산벚꽃이 반쯤 피었을 무렵이다. 하늘에는 구름 한 점 떠 있지 않은데 나는 번개를 맞았다. 내 안에 녹아 있던 미세한 양의 황금이 번개를 불렀는지도 모르겠다. 초고압 전기가 내 안을 내달렸음에도 상처는 거의 없었다. 줄기가 터져나가는 일도 없었고 가지가 불타는 일도 없었다.

그리고 움트는 새싹에도 별 영향이 없었다.

다만, 그 일이 있은 후에 일부분이기는 하나 잎의 색이 변했다.

새순이 돋는 계절에만 누런빛을 띠는 정도라면 몰라도, 여름 들어 서도 같은 색을 유지하다 가을이 되면 푸른빛을 띤 빨강으로 변했다. 그런데다 줄기 전체를 뒤덮고 있는 이끼에 붙어 사는 마가목 같은 나무들이 선명하게 단풍이 졌기 때문에 내 정체는 점점 더 이상하게 되었다. '싸움나무'로서의 풍모가 생생하게 드러났다.

하지만 일부러 나를 보러 오는 인간은 없었다.

거의 백 년 동안이나 단 한 명도 없었다. 그러다 간신히 나타난 사람이 버섯을 캐러 온 농가의 아낙네였다. 그러나 그녀는 내 발치밖에 보지 않아 각양각색의 알록달록한 잎에 에워싸인 나의 아름다움을 발견하지 못하고, 바구니 가득 조촐한 행복만 담아 돌아갔다.

*

　달을 꽉 채우고 태어난 너의 생명력은 특별하다 할 만큼 값진
것이다.

　그녀가 처음으로 낳은 아이인 너는, 성장의 길을 순조롭게 나
아가고 있다. 몇 시간 후의 네 운명에 관해서는 뭐라 말할 수 없
다. 그러나 지금 현재 너의 탄생을 허사로 만들 소재는 거의 보이
지 않는다. 그리고 식물인 나와 동물인 너의, 아주 변하기 쉽고 아
주 동요키 쉬운 혼의 결착은 시간의 경과와 함께, 태양의 고도와
함께 점차 견고해지고 있다.

　우리는 이미 떼려야 뗄 수 없는 관계 따위가 아니다.

　그렇다고 신생아에 불과한 네가 벌써 천 년이나 산 나에게 무슨
메시지를 보낼 리는 없다. 그 반대다. 나는 너한테 해주고 싶은 말

이 산처럼 많다. 때를 보아 말해주리라.

그보다 먼저 너에게 묻고 싶다.

대지 위에 서 있는 나를 안테나로 하여, 어디에선가 보내오는 미래의 영상을 너도 보고 있는지. 내게 보이는 것처럼 너에게도 보이는지. 보인다면 그것을 믿는지. 믿지는 않더라도 즐기고 있는지. 나는 기꺼이 믿고 있고 즐기고 있다.

그러나 부디 오해는 말아다오.

그 영상들은 내가 예견한 미래가 아니라는 것을 잊지 말길 바란다. 일개 수목에게 그런 엄청난 힘이 있을 리가 없다. 나 자신을 어류에 비유한다면, 깊은 바다가 있는지조차 모르고 물속 얕은 곳에서 파도 사이사이로 떠다니는 플랑크톤과 함께 진리의 찌꺼기를 먹고사는 낙천적인 물고기에 지나지 않는다.

나는 매체로 이용되고 있을 뿐이다.

누군가가, 어떤 이유로든, 나를 통하여 너에게 너의 미래의 단편을 보내고 있다. 아니면 이는 누군가의 의지에 의한 작용이 아니라, 아직 나도 모르는, 인간도 모르는 현상의 하나인지도 모른다. 그러나 누군가의 의도라면, 과연 어떤 목적을 노리고 있는 것일까. 반나절도 못 되는 허망한 생애에 대한 연민의 정…… 위로라도 해주자는 뜻일까.

그런 일을 꾀할 자가 있다면, 아마도 너의 어머니일 것이다.

숨이 끊어진 후에도 그녀의 뇌는 죽지 않고, 아니 살아 있을 때보다 몇 배나 더 굉장한 힘을 발휘하고 있는지도 모른다. 아니다.

설마 그런 일이 있을 수 있겠는가. 분하고 원통해서 스스로 목숨을 끊은 여자에게, 두 번 보기도 끔찍한 몰골로 죽어 있는 이 여자에게 그렇게 굉장한 힘이 있으리라고는 도저히 생각되지 않는다.

그렇지 않다면, 발신원은 너 자신인가.

다른 누가 아닌 너 자신의, 아직 티 한 점 없는 전두엽이 보내고 있는 영상과 음성인지도 모른다. 불가능한 일이 아니다. 네가 어머니의 태내에 있을 때는 어땠는지 모르겠으나, 물체 간에 작용하는 척력으로 어머니의 몸에서 분리된 너의 이온화한 생명 에너지는 지금, 격류처럼 콸콸 흐르고 있다. 그 정도의 에너지라면 자신의 미래 정도는 들여다볼 수도 있지 않을까. 너는 나로 하여금 그런 기분이 들게 한다.

너는 장차 세상에 이름을 크게 떨칠 인물이 될 것인가.

도무지 그렇게는 생각되지 않는다. 물론 그런 생각은 들지 않지만, 지금까지 너는 내 취향에 맞는 길을 걷고 있다. 조금씩 좋은 방향으로 가고 있다. 최소한 출발부터 빗나간 그런 자는 아니다.

지금 내게 보이는 것은, 이십몇 년 후 밤하늘을 아로새기는 불꽃놀이다.

색채와 모양에 현저한 진화의 흔적이 보이기는 하나, 불꽃이란 기본 사항에는 그다지 변화가 없다. 고원의 중앙을 차지하고 있는 산상호山上湖로 각양각색의 잡다한, 그리고 외설스러운 불꽃이 우박처럼 쏟아지고 있다. 수면에 비쳤다가 사라지고, 사라졌다가 다시 비치는 불꽃은, 넋 나간 표정으로 구경하고 있는 사람들에게 절대적 조화를 실감케 한다.

그들의 얼굴은 화약색으로 물들어 있다.

그들은 작렬하는 파열음의 잔향을 마음껏 음미하면서, 다음 폭발의 예감으로 가슴 설레고 있다. 그런 그들의 표정에는 어쩌면 우정도 믿을 만한 것이 아니겠느냐는 정신의 이완이 역력하고, 더불어 뿌리 깊은 타락이 역력하다. 가시적인 세계가 아니면 절대로 눈을 돌리려 하지 않는 그들은, 여전히 하잘것없는 존재다. 이런 때에도 좋은 돈벌이가 없나 하고 찾아다니고, 턱도 없는 희망을 품기도 한다.

수구적인 사람들은 여전히 사대사상에서 벗어나지 못하고 있다.

민주주의는 차용물 신세로 말기에 접어들었다. 거듭되는 오직汚職 사건에 분개할 기력조차 잃었다. 부조리한 정신적 습관과 전통적 우매함에서 헤어나지 못하는 그들은, 사소한 계기만 있어도 집단적 광기의 길로 일제히 내달릴 것이다. 그들은 천하를 호령하는 자의 등장을 고대하고 있다.

다시금 교사와 선동의 시대가 부활하였다.

더위로 해이해져 멍청한 표정을 짓고 있는 사람들. 그들이 불꽃 속에서 보고 있는 것은, 평등과 호혜에 바탕을 둔 안전장치로 일관하는, 사람들에게 자상하고 따뜻한 사회가 아니다. 절대로 그렇지 않다. 타자의 희생 위에 태연하게 살고 있는 그들이 갈망하고 있는 것은 음陰의 활기가 넘치는 혼란을 위한 혼란이다.

그들은 대혼란이 적갈색 인생을 뒤엎어주기를 바라고 있다.

그 혼란 속에는, 당연히 국제적 분규와 그 틈을 노린 침략의 의도도 포함되어 있다. 그러나 지금 단계에서는 극소수의 무리만 그것을 자각하고 있다. 실질적인 사람이 극단적으로 적은 이 섬나라는, 근로소득과 자본의 투입이 눈에 띄게 줄어든 이래 아가리를 쩍 벌리고 있던 조락의 심연으로 드디어 침몰하기 시작하였다. 그들은 벌써 옛날에, 직분에 충실하다고 스스로 강조하는 노정치가의 푸념에 염증이 나 있다.

사람들은 원인도 모를 초조함에 애를 태우고 있다.

서민은 가능성만으로 끝나는 착취자의 입장과 그 주변을 덕지덕지 치장하고 있을 환상 같은 자유에는 이제 넌더리를 내고 있다. 이대로 가면 언젠가는 조국의 수명도 다할 것이라고 느끼고 있다. 그래서 차제에 강권의 발동도 어쩔 수 없다고 여기는 대동소이한 견해가 들불처럼 번져나가고 있다. 그런 풍조를 필연적인 결과라고 보는 자들이 늘고 있다. 그들 중에는 전쟁으로 초래되는 대량소비를 꿈꾸는 자도 있을 것이다. 거액의 전쟁 비용을 마련하기 위해 각종의 세금을 걷는 것에서 시작하여, 선전포고도 없는 전쟁으로 몰고 가기가 십상이다.

일을 은밀히 추진하는 자와 뒷공작을 하는 자들이 군사권을 장악하려고 노리고 있다.

좋은 자리를 차지하고 불꽃놀이를 구경하는 사람들의 엉덩이에 깔린 신문지에는, 황실의 존재 양상을 새로이 하자는 특집 기사가 실려 있다. 그 옆 칸에는 농작물을 약탈하는 자들이 횡행하여 속을 끓이고 있는 농민들이 급기야 자위단을 조직하였다는 기사가 있고, 당국에 항의하는 조합장의 성난 얼굴 사진이 곁들여져 있다. 그러나 그 자신이 정부의 끄나풀이라는 것은 자명하다. 그들은 다시 한번 국위를 선양하기 위해서라면 어떤 수단도 마다하지 않는 자들에게 빌붙어 알랑거리는 교활한 배덕자다.

정관주의靜觀主義가 썩어가고 있다.

수면 위로 흩어지는 불꽃에 넋을 잃고 있는 사람들의 가슴속은 후련하고 아무런 응어리도 없다. 나날이 줄어들고 있는 식량과 연료 때문에 답답한 현실도, 그로 인한 마음고생도 오늘은 찾아볼 수가 없다. 신시대와 일체화하려는 각오도 없다. 지금은 그저 떠들썩하고 농밀한 색채가 아로새기는 불의 제전에 깊이깊이 심취해 있을 뿐이다.


간신히 명맥을 유지하고 있는 병균 보유자.

날치기 집단을 일망타진하기 위하여 눈을 희번덕거리는 형사들.

시큼한 숨과 함께 반골 정신까지 토해내면서 추태를 부리는 학생.

헐거운 구두를 신은 한참 귀여운 시절의 아이.

과학이라는 이름의 종교에 물들어 득의만면해 있는 지식인.

사소한 일로 울컥하는 소심한 사람.

전신을 사용하여 감동을 표현하는 벙어리.

다구 한 세트를 마련하였다고 몇 번이나 자랑하는 늙어빠진 할아버지.

갈대숲 속에서 아무도 모르게 물결에 흔들리는 불어터진 익사체.

그들은 한결같이, 사람과 자연이 멋들어지게 융합한 밤하늘의 그림에 있을까 말까 한 혼을 빼앗기고 있다. 이런 때에는 저 높은 하늘에서 별을 찾으려고 눈을 찡그리거나, 찌든 살림으로 구질구질해진 일상에 대해 생각하는 자는 없다.

너 또한 그렇다.

그러나 너는 다른 구경꾼과는 조금 다르다. 심부름과 잡일을 하는 역할이기는 하나, 너는 그 폭죽을 쏘아올리는 자들의 일원이다. 그렇다고 실습생에 불과한 네가 직접 불을 당기는 일은 없다.

너는 불꽃놀이의 명수들 밑에서 일하고 있다.

가명을 사용하여 그 희귀한 직장에 발을 들여놓은 너지만, 화약을 다룰 수 있는 자격을 취득하기란 불가능할 것이다. 고향으로 돌아가 면사무소에 지금까지의 경위를 설명하고 본인임을 증명하여, 호적을 복구하지 않으면 어느 직장에서든 응당한 대우를 받지 못할 것이다.

그런데도 너는 그렇게 하지 않는다.

이유는 잘 알고 있다. 언제까지나 흐르는 자이고 싶기 때문이다. 그러기 위해서라면, 그 어떤 희생이라도 치를 너는, 제일인자의 지위를 내놓지 않는 베테랑보다 한결 빛나고 있다.

『원숭이 시집』에도 이렇게 쓰여 있다.

이름과 집을 버리지 않고서는 진정한 자유를 획득할 수 없다.

너의 흐름을 결정지은 것은 언덕 위 병원 옥상에서 보았던 불꽃이었다.

그 밤의 감격이 일 년이 지난 지금도 퇴색하지 않았다. 아니 불꽃을 가까이하면 할수록, 그 감격은 더 깊어지고 있는지도 모른다. 불꽃에 한 걸음이라도 더 가까워지고 싶은 나머지, 너는 난생처음으로 고용살이 몸이 되었다. 노동량이 많은 데 비하여 실수입은 적은 그 일을 너는 아주 마음에 들어한다. 그렇다고 구경꾼들의 탄식과 환성 소리 속에서 기쁨을 발견하는 것은 아니다. 또 이를 본업으로 삼아 불꽃을 창작하는 연구에서 삶의 보람을 찾으려는 것도 아니다.

바로 아래서 불꽃을 본다.

너는 그렇게 불꽃을 보는 것만으로도 취한다. 달리 바라는 것이 하나도 없다. 알록달록한 불똥의 빗속에 우뚝 서서, 둔탁한 폭발음의 홍수에 몸을 맡기면, 그 순간 황홀감에 빠지고, 때로는 성적 흥분까지 느낀다. 진짜로 사정을 한 일도 한두 번이 아니다. 그리고 두번째로 마음에 드는 것은, 이 고장에서 저 고장으로 흐르는 생활이다. 대량의 화약과 함께 전국 각지를 이동하는 나날이 온몸이 찌릿찌릿하도록 좋았다. 딱 하룻밤을 지내고는 그 자리를 뜨는 그 일이 너에게 맞는다.

그 두 가지 이유로, 너는 혼자이기를 그만두었다.

고용주는 이렇게 말하며 당초부터 못을 박았다. 목숨을 잃을 수도 있는 위험한 일이다. 자격증을 따서 전문가가 될 생각이 아니라면 용돈 정도밖에 줄 수 없다고. 재삼 그 점을 강조하였다. 그럴 때마다 너는 고개를 끄덕거렸다. 탁 트인 인물인 고용주는 완곡하게 내쫓을 수도 있었는데 너를 써보기로 하였다. 사람을 보는 눈이 있는 그는 이렇게 말했다.

"아무것도 묻지 않을 테니까, 잘해봐."

네가 추구하고 있는 것은 불꽃과 부초의 생활, 그뿐이었다.

목숨을 건 일로 배양되는 강한 동료의식 따위에 너는 아무 관심도 없었다. 그 탓에 선배고 동료고 너를 이상한 놈에 얼간이 취급까지 하면서 마음대로 부려먹었다. 너는 주변 일에는 전혀 개의치 않고 일을 하였다. 네가 자신의 태생에 대해서는 한마디도 하지 않을뿐더러 물어도 대답하지 않아, 모두 너를 지렁이 보듯 하였다. 그래도 너를 정말 내쫓고 싶어하는 자는 없었다. 동료 한 명이 이렇게 말했다. 술을 마실 때는 같이 마시고, 노래를 부를 때는 같이 부르라고. 너를 배려하는 마음에서 우러나온 충고였다.

하지만 너는 일 때문이 아니면 일절 사람들과 접촉하지 않았다.

술을 입에 대는 일도 없고, 노래방에 드나드는 일도 없고, 밤을 새워 마작을 하는 일도 없다. 이 불경기에 그나마 목이 잘리지 않은 것은, 오로지 일에 대한 너의 탁월한 능력 덕분이었다.

이해가 빠르고, 전혀 빈틈이 없는 너의 솜씨는 불꽃놀이를 한 번 치를 때마다 동료들의 신뢰감을 얻었다. 마침내 동료들은 너라는 유별난 남자를 어떻게 다루어야 하는지 터득하게 되었다. 요컨대 가만히 놔두면 족하다는 것을 깨달은 것이다.

누군가가 말했다.

"저놈은 일 잘하는 로봇이야."

네가 참을 수 없었던 것은, 마치 개처럼 "로보, 로보" 하고 불러대는 것도, 한여름 눈코 뜰 새 없는 분주함도 아니었다. 너를 가장 괴롭힌 것은 겨울의 따분함이었다.

겨울이면 동료들은 산속에 있는 공장에 틀어박혀 폭죽을 제조하는 데 전념하는데, 자격이 없어 화약을 만질 수 없는 너는 거의 할 일이 없었다. 하기야 너는 이렇게 생각하고 있었다. 자격이 있어도 그런 일은 하고 싶지 않다고. 고참이 말했다. 폭죽을 쏘아올리는 진정한 환희를 알기 위해서는 제조를 하는 과정이 얼마나 힘든지도 알아야 한다고. 그러나 네가 느끼는 불꽃의 매력은 오로지 그것이 터지는 한순간에 집약되어 있었고, 그 외에는 아무래도 상관없었다.

겨울이 되면 너는 변두리 씨구려 아파트의 방에 틀어박혔다.

겨울잠에 가까운 생활이었다. 눈을 쓸고, 먹고, 『원숭이 시집』과 씨름을 하고, 자고, 배설하고, 또 자는 일상의 반복이었다. 너는 불을 켜놓은 채 잤다. 손님이 없어도 달리는 관광용 기차의 기적 소리가 이 산 저 산으로 메아리쳤다. 이웃집에서 들려오는 축 늘어진 피아노 소리가 너를 비탄에 찬 자를 닮게 하였다.

그러나 한겨울에 불꽃놀이를 구경하고 싶어하는 동네가 하나도 없는 것은 아니었다.

그런 날이면 너는 자명종이 울리지 않아도 벌떡 일어나 싱글거리며 아파트를 나섰다. 엄동의 투명한 밤하늘 아래 열리는 불꽃놀이 대회가 너에게는 실로 소생의 숨결이었고, 쌓이고 쌓인 격정의 돌파구였다. 그리고 너 자신은 의식하지 못하지만, 너의 머릿속에서 순간적으로 터지는 불똥은, 저 먼 태고에 묻어둔 혼의 무한한 확대와 똑같은 현상이었다.

『원숭이 시집』이 지적 영양분이라면, 불꽃은 정념의 자양분이었다.

너는 불꽃 아래에서 소금을 뿌려 구운 뜨거운 생선을 우적거리면서 생과 사의 개념을 조금씩 형성해갔다. 또 철학의 붕괴를 오감으로 느끼고, 자유와 평등에 대한 망상을 일소하였다. 네가 애독하고 있는 시집을 지휘하고 있는 백발의 늙은 원숭이는 아주 조야한 말투로 거리낌 없이 이렇게 말한다.


그대의 앞길을 가로막고 있는 것은 사멸해야 마땅한 국가다.

그대 앞에 잠복해 있는 것은 명령과 지배와 폭력으로 무장한 국가다.

그 증거로, 도처에서 전쟁의 조짐을 볼 수 있지 않은가.

머지않아 해뜨는 나라는 전쟁의 암운으로 뒤덮일 것이다.

그리고 그것은, 소행성이 항성을 은폐하듯 일시적인 것은 아니
리라.

지금 수면 위에서 작렬하고 있는 불꽃이 너에게 이렇게 말한다.
네가 정착을 경원하는 것은 실로 당연한 일이다. 흐르기를 멈
추고, 집단 노동으로 생산된 각종 물자로 높은 담을 쌓은 데서 인
간의 비극이 비롯되었으니. 생리적인 견지로 보아도 흐른다는 것
은 아주 자연스러운 일이다. 그야 물론 정주는 안정을 도모하고,
안정은 행복감이란 착각을 유도한다. 그러나 그것은 한때다. 그
앞에 기다리고 있는 것은 산소 결핍이며, 살아 있는 부패다. 유랑
에서 얻을 수 있는 모든 것은, 설사 그것이 비애와 유사한 것이라
도 지고한 보물이다.
나도 동감이다.
너는 비바람과 눈을 견디고 초지를 관철하기 위하여 흐르는 것
이 아니다. 또 거석기념물처럼 묵직한 아버지의 이미지를 동경하
여 흐르는 것도 아니다. 즉 너는, 정착하고 싶어도 정착하지 못하
는 성격을 슬퍼하는 그런 놈이 아니라는 뜻이다. 네가 거머쥐고
있고, 네가 잠겨 있는 자유는 혼동하기 쉬운 것이기는 하지만, 속
해 있는 조직의 터무니없는 목표에 준하여 사는 사람들의 그것보
다는 몇 배, 몇십 배 진실에 가깝다.
나는 너를 변호하고 싶다.
지금 단계에서 너에게 이 이상의 자유를 요구하는 것은 무의미

하다. 또 어리석기도 하다. 그 점은 너도 잘 알고 있을 것이다. 다른 사람들에게는 힘들고 위험한 이 일도 너에게는 더할 나위 없는 정신노동일 것이다.

너는 결코 세인의 의향에 자신을 맡기지 않는다.

지금까지 너는 귀소본능을 지닌 생물처럼 행동한 일도 없거니와, 그렇게 돼볼까 생각한 적도 없다. 너는 아가리를 쩍 벌린 채 절대로 아물지 않는 마음의 상처 속에 머리를 처박고 자신의 분신을 찾으려 한 적도 없다. 외계의 어떤 자도 너를 위협하지 못하고, 그 어떤 운명도 너에게 으름장을 놓지 못한다.

너란 놈은 잘 알고 있다.

인간으로서, 젊은이로서, 또 남자로서, 저항할 권리와 의무가 있음을 누구보다 잘 알고 있다. 고독이 직관적인 지성을 무디게 하는 일은 없다. 그렇다고 해서 네가 항상 타인에게 태생이 비겁한 인간처럼, 뱃속 검은 얼간이처럼 너그러운 태도로 임하는 것은 아니다. 그렇게 항상 좋은 얼굴로 남을 대할 수 없다는 정도는 너도 알고 있다.

너는 너를 멸시하는 자를 멸시한다.

또 너에게 등을 돌리는 자에게 등을 돌린다.

너는 무의식적으로 본성을 숨기고 있다. 나는 그렇게 생각한다. 정말 반격할 필요가 있다고 판단한 경우에는 주저 없이 공격 자세를 취할 것이다. 어제까지만 해도 그 실력이 어느 정도인지 몰랐는데, 오늘밤 알게 되었다.

너를 학식도 재능도 없는 떠돌이라고 깔본 동료가 있었다.

너를 신나게 조롱하여 술안주로 삼으려 한 젊은이가 있었다. 불꽃놀이가 시작되기 두 시간쯤 전이었다. 그놈은 너에게 멱살을 잡혔고 얻어맞아 쓰러졌다. 옆구리를 얻어맞고 버둥거렸다. 물론 뒷맛이 개운치 않았다. 그러나 결과로서는 바람직했다. 너를 가벼이 여기는 놈들에게 좋은 본보기가 되었으므로. 동료들 전원이 오늘밤을 경계로 너를 다시 보게 되었으므로. 고용주도 연상의 동료에게 손찌검을 한 너를 해고하지 않았다. 충고도 하지 않았다.

그리하여 지금 너는 평소와 다름없이 힘차게 일하고 있다.

호수 한가운데 설치된 특설 무대 위에서 정신없이 일하고 있는 고참들을 거들고 있다. 한여름처럼 앞뒤 가리지 못할 대소동이 벌어지고 있다. 수면에 장치된 폭죽이 원색의 돔을 몇 개나 만들어 보인 후, 그 역할을 대형 불꽃으로 넘겨준다. 눈이 번쩍 뜨일 만큼 고급스러운 양탄자 같은 화려한 모양이, 결합했다가 분열하는 원자처럼 어지럽게 흩어지고 난입한다.

불꽃은 영원히 남을 명성이란 것을 조소한다.

실험에 실험을 거듭하여 오늘밤 처음으로 사람들에게 선을 보이는 신작新作 불꽃은, 호숫가를 꽉 메운 구경꾼들의 입에서 일제히 감탄사를 자아낸다. 모두의 얼굴에 경탄이 어려 있다. 야구장 관람석에서 환호하는 관중들의 열기보다 더 굉장하다. 사람들 위 하늘에는, 버들가지처럼 호리호리한 몸매의 미녀가 하느작거리다, 때로는 머리카락을 뒤흔들며 춤을 춘다. 과거에 그런 폭죽을 만들려고 한 사람은 한 명도 없다. 생각도 못 했을 것이다.

미녀 무리가 사라지자 이번에는 무수한 반딧불이 떼지어 난 다…… 그것도 불꽃이다.

이어 연속적으로 터지는 화약 하나하나가 조합을 이루어, 새벽 녘을 나는 새 떼들을 공중에 그려낸다. 지평선을 가르는 고원 저 너머로 일제히 날아오르는 것처럼 보이게 하려고 대체 어떤 장치 를 구사한 것일까. 그 일련의 창작 불꽃은 장내 아나운서의 설명 에 귀 기울이지 않아도 알 수 있다. 세 살배기 어린아이도 분명히 알 수 있을 만큼 선명한 그림을 그리고 있다. 고참들의 연구와 노 력의 결과라고 일축하면 그뿐이지만, 그 아름다움에 너까지 박수 를 치고, 있는 힘을 다해 외친다.

새가 아직 몇 마리 남아 있다.

소형 낙하산에 매달려 있는 새 한 마리 한 마리가 높은 하늘에 서 부는 바람 때문에 남쪽으로 남쪽으로 흐른다. 그 모습이 산개 성단散開星團처럼 아름답다. 마음 끝자락까지 침투하여, 기분을 순화시키는 그 감동은, 어쩌면 구경꾼의 정신까지 소생시켰는지 도 모른다. 어쩌면 사랑의 영속성이란 것을 암암리에 이해하는 힘을 선사했는지도 모른다. 그리하여 그들은 빛과 그림자를, 행 과 불행을, 부와 빈을 대비적으로 파악하는 눈을 일시적이나마 버렸을지도 모른다.

제일 마지막까지 남아 있었던 파란 새가 훌쩍 사라진다.

그러자 구경꾼들 사이에서 박수갈채가 인다. 그 소리는 다음 폭죽의 파열음과 함께 여름밤을 뒤흔들고 주변의 산들을 헤집어놓고, 근처 초원에서 타국의 치안 유지를 도모하기 위해 야외 훈련에 정진하고 있는 젊은이들을 일제히 뒤돌아보게 한다. 방독마스크 안에 있는 그들의 눈동자가 동심으로 돌아가 반짝반짝 빛난다. 정신을 위해하는 요소는 무엇 하나 보이지 않는다.

부패한 우유처럼 시큼한 냄새가 나는 정신은 전혀 감지할 수 없다. 모든 것이 생기발랄하다. 풀이 무성한 무덤에서는 반딧불이 날고 있다. 똑같은 유카타*를 입은 노파들 한 무리가 아이스크림에 입맛을 짝짝 다시면서 젊은이들 같은 싱싱한 소리를 내고 있다. 궤도에 오른 국산 제1호 초대형 인공위성이 장밋빛 미래를 암시하고 있다. 좋은 밤이다. 바싹바싹 다가오고 있는 암흑의 시대를 잊게 하는 좋은 밤이다.

지금 막 터진 특대형 불꽃을 향하여 너는 양손을 뻗는다.

그리고 너는, 한치의 오차도 없이 확산하는 불똥과, 대지를 힘껏 두드리는 중저음의 거친 음향을 가슴 한가득 껴안는다. 볼을 타고 내리는 것은 희열의 눈물이다. 숙련을 요하는 솜씨로 고참이 제조한 화약의 폭발, 그 강렬한 충격으로 지구상에서 자연적으로 발생하는 전자파에 이상이 생기고, 순간적이지만 그 간극 사이로 미래를 엿볼 수 있다. 자유와 대적하는 시대가 언뜻 보인다. 열등한 인종이라고 일방적으로 매도당한 사람들이 토하는 선

---

* 목욕 후나 여름에 입는 무명 홑옷.

혈이 보이고, 그들의 산 피를 빨아 마시고 피둥피둥 살찐 놈들의 대책 없는 오만함이 또렷하게 보인다. 그 시대에는 테크놀로지의 대부분을 신무기 개발에 주력한다.

인류는 드디어 멸망기에 접어든 것일까. 아니면 부단히 계속되는 진화의 도상에 있는 것일까. 이 행성을 가득 메우고 있는 너무도 가변적인 종의 행방에 대하여 진실을 알고 있는 자는 없다.

불꽃이 사라지고 난 다음에 남는 것은 검은 그림자를 거느린 구름뿐이다.

그것은 결국 어중이떠중이의 집단에 지나지 않는 구경꾼들의 머리 위로 좍 퍼져나가, 개개인의 가슴속 깊이 뿌리내리고 있는, 절반은 의식적인 악을 자극한다. 이 나라 사람들은 이미, 아등바등 나날을 보내는 것도, 도덕적인 감정에 따르는 것도, 하찮은 자신을 부끄러워하는 것도, 요행을 기다리는 마음도 다 성가셔하고 있다. 즉 그들은 보다 강력하고 항구적인 민주주의의 정도를 걷는 일에 싫증이 난 것이다.

그들은 국민의 반대를 제압하는 강력한 지도자를 원하고 있다.

언제까지고 자립을 바라지 않는 벌레 같은 인간들로 구성된 이 나라는, 이웃 나라들과의 교제에 과다할 정도로 신경을 쓰고, 타국을 위하여 충분한 자금을 원조해왔음에도 불구하고, 온 세계 온 나라들로부터 바보 취급을 당하고 있고, 뜯어낼 돈이 다 바닥이 나자 거들떠보지도 않는 푸대접을 받고 있다. 지금 사람들이 바라는 것은, 노기충천한 정치가가 체한 속이 뻥 뚫리는 것처럼 자신들을 후련하게 만들어주는 것이다. 불쾌한 속내를 감추려 하지 않는 외국에 앙갚음을 하고, 찍소리 못 하게 할 남자를 기다리고 있다. 전원이 한마음이 되어 오직 한 방향을 지향하는 정당성을 일반 국민들에게 알기 쉽게 설명해주고, 끊임없이 고무해주는 그런 국가적인 아버지의 등장을 바라고 있다. 만약 그런 걸물이 나타나지 않으면, 신이나 마찬가지로 만들어내면 될 일이라고 생각하고들 있다.

실제로 그 유사한 남자가 정계에 데뷔하여, 소위 독재 태세에 들어가 있다.

시대의 산물에 지나지 않는 그는 사실은 조무래기다. 사소한 일도 그냥 지나치지 못하는 그는 사람들 앞에 서면 종종 흥분을 한다. 그런데 그런 조바심이 오히려 국정에 대한 한결같은 자세라고 받아들여져, 시원시원하고 재기발랄한 친구라는 인상을 대중에게 심어주고 있다. 국민에게 정열적으로 호소한 정치가는 지금까지 그 한 명뿐이었다. 정말 그렇다. 그러나 사람들은 그의 정열의 불꽃이 핏빛으로 물들어 있다는 것을 간파하지 못한다. 아마 당사자도 미처 모르고 있을 것이다.

그가 가두연설을 하면 당장에 인파가 몰린다.

그는 이렇게 역설한다. 마침내 새 헌법을 만들 시기가 도래하였다. 오랜 전통을 본받아 새로운 질서를 수립하지 않으면 이 나라는 무법지대로 화할 것이다. "우리나라는 바보 취급만 당하고 있지 않은가!"란 과격한 한마디는 청중들의 마음속에서 말라비틀어져가고 있던 애국심에 단비를 뿌리고, 잃어가고 있던 인생의 목표에 강렬한 빛을 던진다. 그래봐야 일당독재와 실추된 천황의 권위를 되살려 다시 한번 신격화하는, 그런 시대로 역행할 뿐이다. 군사 대국의 간섭을 뿌리치기 위해서는 스스로 군사 대국이 되는 길밖에 없다는 진부한 이론이 다시금 꿈틀거리려 할 뿐이다.

지성의 승자는 다 어디로 가버렸는가.

소림자론이 여간해서는 꿈쩍도 하지 않는 벽에 부딪치자, 신비주의적 형이상학이 고개를 쳐들기 시작하였다. 한때 죽어가던 신의 얼굴에 발그스름하게 핏기가 돈다. 그리하여 권력은 수호신을 모신 숲과 촛불을 켠 신단을 거주지로 하고 있는 저 조잡한 신과 또다시 손잡으려 하고 있다. 창고에 처박혀 먼지를 뒤집어쓰고 있는 기괴한 제구祭具들이 다시금 세상을 넘보려 하고 있다.

그런 대세를 거역하는 자를 제거하려는 광기와 타산으로 뭉친 단체가 나날이 세력을 더하고 있다. 놈들은 애국자를 자처하지만, 실은 다른 노림수가 있다는 것을 자신들조차 자각하지 못한다. 그 점이 두렵다. 그들은 오직 떠들썩한 논의를 압살해야만 시대의 선각자가 될 수 있다고 믿으면서, 자신의 가슴속에 똬리를 틀고 있는 괴물의 정체는 조금도 눈치채지 못한다. 그들은 동료라고 여겨지는 무리들과 잇달아 붕우朋友의 계약을 맺으면서 뒤로는 서로 혀를 내밀고, 약속을 쓰레기로 만들 구실을 찾고, 배신의 기회를 노리고 있다.

『원숭이 시집』에는 이렇게 쓰여 있다.

세상의 어떤 규범도 좇지 말고, 오로지 흐르기를 계속하라.

옳고 그름의 쳇바퀴 돌기에 휘말리지 말고, 집단의 은총에 의지하지 말고, 하물며 자신의 양심에 바탕하여 스스로를 관리한다는 어리석은 환상에 휘둘리지 말고, 거침없이 흐르라.

국가를 신봉하는 자들의 견해에 물들어서는 안 된다.

그대가 추구하여 마지않는 자유는 그대의 범주 안에만 머물도록 해야 할 것이다. 자칫 그대 밖으로 퍼뜨려서는 안 된다.

그대에게 반려는 필요치 않다.

흐르는 자는 어디까지나 고독을 관철하지 않으면 안 된다.

혹 자유를 찾아 헤매는 집단과 스쳐지나다 그들이 말을 건다 해도 절대로 합류해서는 안 된다.

그대의 등뒤에서 비명 소리가 들린다 해도 뒤돌아 구원의 손길을 뻗는 쓸데없는 짓을 해서는 안 된다.

왜냐하면 그들은 자진하여 속박과 구속을 받아들이고자 하는, 타고난 피학대 성도착자니까.


백발의 늙은 원숭이는 이런 말도 한다.


계몽사상이란, 인간의 본질은 외면하면서 머리만 커다랗고 낙관적이며 우쭐거리기 좋아하는 무리들의 썩은 뇌에서 튀어나온 도원경桃源境이다.

만약 그렇지 않은 타입에다 대중들의 의견에도 귀를 기울이는 현실파가 진정으로 자유를 이 세상 구석구석까지 전파하려 한다면, 그자는 필시 권력자로 둔갑하려는 야심가에 불과할 것이다.

한 나라를 통치하는 자리를 거머쥔 자들이 하는 짓이란 대개가 정해져 있다.

그들은 언젠가는 반드시, 진정한 자유를 희구하는 나머지 군거群居를 기피하는 자들을 사회적으로 말살하는 작업에 착수한다.

자유란 만인의 공유물이 아니다.

자유란 언제나 대중의 자유를 빼앗은 자의 손아귀에 있다.

그러나 군중에게 소름끼치는 희생을 강요하는 권력자가 거머쥐고 있는 자유는 진짜가 아니다.

잡것이 섞이지 않은 순수한 자유는 늘 흐르는 자와 함께한다.


영원히 병들지 않고, 영원히 살아 있는 그 원숭이는, 그것을 흐르는 물의 철학이라고 칭한다. 그리하여 너는 그 철학을 열심히 배우고 있다. 늙은 원숭이의 그 많은 말이 언젠가는 사라질 운명에 있는 일시적인 가르침일 뿐이라고는 생각지 않는다. 지금 당장은 아니더라도 언젠가 반드시 도움이 될 말들이다. 나는 그렇게 믿고 있다.

남녀 사랑의 결정체라고는 할 수 없는 형태로 이 세상에 태어난 너.

그런 너의 의식 아래에 있는 마음의 상처는 호젓한 밤이 오면

쓰리고 아플 것이다. 그 아픔은, 미친 짓이라도 한바탕 하지 않으면 가라앉지 않을 만큼 혹독할 것이다. 좀 매정한 듯하지만, 너의 그런 상태야말로 진정한 자유에 몸담고 있다는 좋은 증거이다. 태어날 때 틈이 생기고, 철이 듦과 동시에 가슴속으로 뻥 뚫려버린 어두운 구멍으로 획획 불어드는 바람을 외면해서는 안 된다. 견디기 힘들더라도 절대로 무풍 상태에 안이한 동경을 품어서는 안 된다. 잠잠하고 유달리 차분하고 적적하고 사람 그림자 하나 없는 공간으로 도망치려 해서는 안 된다. 거기서 너를 기다리는 것은 무미건조하여 파삭파삭한 나날과, 관념을 굳히기만 할 뿐인 생활과, 화석화의 일로를 더듬는 죽은 것이나 다름없는 생애에 불과하다.

그 바람을 친구로 삼으라.

그 바람을 맞으며 흐르라.

흐름을 멈추지 않는 한, 이 세상은 너의 독무대다.

그것은 인력의 법칙이나 지렛대의 원리 이상으로, 이의를 제기할 여지가 없는, 깊고도 오래된 진리이다. 흐르는 자가 가장 경계해야 할 것은 냉소나 백안시 같은 것이 아니다. 고독에 대한 소극적인 자세나 격렬한 증오이다. 밤의 장막이 이끌고 오는 엷은 향수와 핏줄의 온기에 일일이 휘둘려서는 반쪽이라 하지 않을 수 없다. 아니 그 이하다.

너는 옛 둥지를 그리워하지 않는다. 너는 옛 친구를 상대로 절절한 회고담을 늘어놓지 않는다. 너는 다리 난간에 기대어 유랑

생활의 서글픔을 한탄하지 않는다. 그렇다고 네가 메마른 태도를 견지하거나, 실력 이상으로 허풍을 치거나, 사회와 완전히 절연하고 세상을 등진 생활을 하고 있는 것은 아니다. 너는 너 자신을 포함한 인간과 역시 너 자신을 포함한 이 세상을 더없이 사랑하는 자다. 다른 사람들은 모르겠지만, 나는 알 수 있다.

아무 데도 정착하지 않는 너의 앞날을 축복하는 자는 없다.

당연한 일이다. 유랑의 세월을 살려는 자는, 타인의 무책임한 입에서 기분 내키는 대로 흘러나오는, 듣기에만 좋은 성원에 힘입지 않는다. 나는 너를 특별한 눈으로 보고 있다. 따라서, 어차피 덧없는 세상이라면서 자포자기한 대범함으로 흐르거나 떠밀려가는 인간들과 똑같이 취급할 생각은 털끝만큼도 없다. 너는 딱 한 번뿐인 인생을 일장춘몽으로 끝낼 얼간이는 아닐 것이다.

너는 보통 인간 이상이다.

너와 너의 순결한 정신은, 사기와 기만을 적극 피하면서, 또는 존재의 핵심을 건드리면서, 어디까지나 네 식대로, 편견을 면하기 어렵다는 것을 잘 알면서도, 조용히, 그러나 끈질기게 흐르고 있다.

너는 탁한 세상을 싫어하는 자가 아니다.

그렇다고 타파해야 할, 터무니없이 거대한 어떤 적을 상대로 단신으로 싸우려는 자도 아닌 듯하다. 지금 이 시점에서는 그렇게 보인다. 너는 자애로운 아버지 같은 스승을 찾고 있는 것도 아니고, 전폭적으로 신뢰할 수 있는 친구를 얻고 싶어하는 것도 아니다. 그럼에도 너는 여전히 타인의 호의를 고맙게 여기는 마음을 갖고 있고, 또 깊이 자성하는 마음도 잃지 않았다.

이제 너는 아무것도 훔치지 않는다.

문득 손이 근질거려 눈에 띄는 물건을 싸그리 훔쳐 입에 풀칠을 하는 짓은 하지 않는다. 하지만 공덕심을 되찾았다는 것과는 조금 의미가 다르다. 네가 훔치지 않는 까닭은 불꽃 이외에는 아무것도 원하지 않기 때문이다. 지금 너는 먹을 것에든 입을 것에든 불편함이 없다. 잠잘 곳도 있다. 이 일에서 얻는 수입으로 충분하다.

너는 불꽃과 잘 어울린다.

네가 즐겨 몸에 걸치는 어두운 그림자색 점퍼와 셔츠와 바지와 구두는 불꽃에 잘 어울린다. 네가 아주 좋아하는 아이스크림 또한 불꽃에 잘 어울린다. 너는 매일 다른 종류의 아이스크림을 먹는다. 세 끼 모두 아이스크림으로 때우는 일도 적지 않다. 다양한 색과 모양과 맛의 아이스크림이 너의 건강과 정열을 유지해주고 있다. 먹어도 먹어도 살이 찌지 않는 것은 네가 흐르는 자이기 때문이다.

너는 매일 밤 불꽃에 빠져든다.

너는 마치 성에 탐닉하듯 불꽃과 관계하고 있다. 그런데 간간이 불꽃만으로 마음의 바람구멍이 메워지지 않는 일도 있다. 느닷없이, 전혀 뜻하지 않은 때 뭐라 형용할 수 없이 복잡한 심경에 사로잡히면, 너는 가는 곳곳마다 동물원을 찾아 돌아다닌다. 그리고 원숭이를 찾는다. 금단증상에 몸부림치는 약물중독자가 약을 파는 사람을 찾는 눈길로, 낯선 동네를 여기저기 헤매다닌다.

원숭이도, 그냥 원숭이가 아니다.

네가 원하는 것은 일본원숭이뿐이다. 대만원숭이도 안 되고 게를 먹는 원숭이도 안 된다. 참으로 그 점은 이해할 수 없다. 아무리 산고을에서 자랐기로서니, 고작 원숭이한테 그렇게 집착한다는 말인가.

찻집이 많고 대나무 공예로 유명한 어느 동네에서의 일이다.

도착한 그날, 너는 무성한 여름 풀숲 속에서 돌연 마음의 통증을 느꼈다. 그러자 너는 하던 일을 도중에 걷어치우고, 서둘러 동물원을 찾았다. 동물원이 없는 동네라는 것을 알자, 이번에는 애완동물 가게를 두 곳이나 돌아다녔다. 세번째 가게는 망해 문을 닫은 상태였다. 너는 당황하였다.

끝내는 반신불수 환자처럼 걷는 것조차 용이치 않았다. 그래서 강한 일광을 피하여 가로수 아래 쭈그리고 앉았다. 우연히 그곳을 지나던 초등학생 한 명이 일본원숭이를 기르는 집을 알고 있었기에 망정이지 그렇지 않았다면 무슨 일이 생겼을지 모를 일이다. 너는 수영장에서 돌아오는 초등학생 전원에게 아이스크림을 사주고는, 그 길로 원숭이가 있다는 집을 향했다. 하얀 벽의 양조장이 줄줄이 서 있는 서늘한 길을 걸었다.

너의 이마의 별 모양 점 주위로 식은땀이 솟았다.

청결한 거리 중간쯤, 오래된 저택의 웅장한 대문 앞에 섰을 때, 너는 금방 원숭이의 기척을 느꼈다. 너는 무턱대고 문 안으로 들어가, 일본원숭이 앞에 서서 그를 가만히 들여다보았다. 그 집의 안주인이 나와서 너를 빤히 쳐다보았다. 첫 대면에서 원숭이가 마음을 허락한 너란 인물이 신기했던 것이다. 너와 원숭이는 마치 오래전부터 알고 있는 사이 같았다.

원숭이는 하얗게 바랜 눈으로 조용히 너를 보았다.

그리고 원숭이는 너에게 살며시 안겼다. 너도 상대의 따스한 등을 꼭 껴안았다. 안주인은 놀라 눈을 끔벅거렸다. 너의 탄생을 지켜본 나조차 너와 원숭이의 밀접한 관계에 대해서는 전혀 알지 못했다. 하긴 너의 미래가 속속들이 보이는 것은 아니니까.

뭐, 그런 일은 차차 알게 될 것이다.

그 원숭이는 아직 그렇게 늙지도 않았는데, 거의 병이라도 든 것처럼 축 늘어져 있었다. 그래서 너는 사슬을 풀어주면 어떻겠냐고 말했다. 아니면 적어도 가벼운 사슬로 바꾸어보면 어떠냐고 조언하였다. 안주인은 흥하고 콧방귀를 뀌면서, "그랬다가는 끊고 달아날 거예요"라고 몰인정하게 내뱉고는, "원숭이에 대해서 아무것도 모르는 모양이로군요"란 말을 남기고 집 안으로 들어가고 말았다.

원숭이의 운명이 비참한 결말을 장식하리란 것은 누가 봐도 자명했다.

애당초 원숭이를 개처럼 취급한 것이 잘못이다. 원숭이는 너무도 인간을 닮았고, 인간은 또 너무도 원숭이를 닮아갔다. 너는 원숭이의 얼굴을 양손으로 감싸고, 식욕이 없더라도 무엇이든 먹지 않으면 안 된다고 곱씹듯 말했다. 그리고 온 길을 되돌아가 아이스크림을 몰래 사 가지고 와 원숭이에게 전부 주었다. 원숭이는 게걸스레 아이스크림을 먹었다. 그때, 이상한 남자가 현관에 진을 치고 있다고 경찰에 신고하는 안주인의 목소리가 들렸다. 너는 서둘러 그 자리를 떠났다.

재빨리 떠나가는 너의 등뒤로 원숭이의 처절한 외침 소리가 들렸다.

그 밤 너는 다시 그 집으로 갔다. 불꽃놀이가 끝나기 직전, 아무리 튼튼한 사슬이라도 끊을 수 있는 커터를 가지고 저택 그늘로 숨어들었다. 그런데 담을 넘으려는 순간 개에게 들켜 원숭이 구출은 실패로 끝나고, 너는 허둥지둥 도망쳤다. 너는 폭죽을 쏘아올리는 동안 내내 외쳤다. 작렬음에 맞추어 원숭이를 닮은 소리를 연발하였다. 옆으로 지나던 유카타 차림의 아가씨들이 키들대고 웃는데도, 너는 그 이상한 소리를 질러댔다.

『원숭이 시집』에 이렇게 쓰여 있다.


세계는 죄 속으로 매몰되고 있다.

그러니, 갖고 싶은 것이 있으면 자신의 이와 손톱으로 뺏을 것이다.


그러나 너는 원숭이를 갖고 싶었던 것은 아니다.

훔쳐서 애완동물로 삼거나 얘기 상대로 삼고 싶었던 것이 아니다. 그저 원숭이를 풀어주고 싶었을 뿐이다. 사슬을 끊고 근처 산으로 되돌아갈 수 있게 해주고 싶었을 뿐이다. 그날 이후 네 안에서 다소의 변화가 생겼다. 일본원숭이를 사슬에 묶어 기르는 자를 인간쓰레기라 여기고, 죽여도 시원치 않을 놈이라 믿게 되었다. 그러나 다행히 사슬에 묶인 일본원숭이와 두 번 다시 만나는 일은 없었다.

원숭이라 하면, 그 약장수가 생각난다.

그 작자가 내게로 온 것은, 내 엽록소의 활동이 가장 활발하였던 삼백여 년 전의 일이다.

실비가 뽀얗게 내리는 산을 넘고 넘어, 강을 건너 간신히 이 숲에 도착한 사내가 대체 어떤 작자인지 나는 한동안 알 수 없었다. 왜냐하면 원숭이를 데리고 있지 않을 뿐만 아니라, 원숭이에게 재주를 피우게 하여 돈을 버는 약장수 같은 차림도 아니었기 때문이다. 사냥꾼이라고 하기에는 아무 도구도 갖고 있지 않았고, 나무꾼이라고 하기에는 차림새가 어색했다.

그 밤 그는 내 밑에서 잤다.

잔뜩 들고 온 쌀과자를 우물거리고 늪의 물을 마시고, 가까이에 있는 풀 열매를 먹었다. 그는 절대로 불을 피우지 않았다. 담배도 피우지 않았다. 곰의 발자국 소리가 들리고 멀리서 늑대 우는 소리가 들리는데도 그는 코를 드르렁거리며 잤다.

다음날도, 또 그다음 날도 그는 내 주위를 떠나지 않았다.

며칠 동안 특별한 행동을 보이지 않았다. 고작 반경 백 미터 이내에서 어슬렁거릴 뿐이었다. 그가 노리는 것이 새끼 원숭이라는 것을 알기까지 나는 꽤나 답답하고 짜증스러웠다. 그는 절대로 서두르지 않았다. 하루하루, 마치 정신이라도 나간 사람처럼 단조롭고 느슨한 생활을 하였다.

그런데 그게 원숭이를 잡는 그의 방법이었던 것이다.

그는 그러는 동안 원숭이 떼를 주의 깊게 관찰하고 있었던 것이다. 물론 원숭이 떼는 다들 그의 존재를 눈치채고 서로 경계를 늦추지 않으면서 다니는 길을 재빨리 변경하였다. 개중에는 전혀 가까이 오지 않는 놈도 있었다. 그러나 그는 조금도 당황하지 않고 원숭이들이 마음껏 활보할 수 있도록 하였고, 자신도 전혀 긴장하지 않았다. 혹 양자의 거리가 영원히 좁혀지지 않는 것은 아닐까 하는 생각이 들었다.

그에게 무슨 꿍꿍이속이 있는지 전혀 짐작이 안 갔다.

멀찌감치 잠복한 상태에서 원숭이들이 지나가는 길을 잘 보아두었다가 불쑥 숲속에서 튀어나와 어미 원숭이의 정수리에 몽둥이를 휘두를 작정인가. 아니면 넝쿨을 짜서 만든 그물을 나무 위에 설치해놓을 작정인가. 아니면 또 마취약을 섞은 모이라도 뿌려놓을 작정인가. 그런데 그는 침착하게 원숭이들의 움직임을 알게 모르게 관찰하고 있을 뿐이었다. 자기가 먹을 식량으로 지참한 쌀과자로 유인하는 짓도 하지 않았다.

아침저녁으로 나를 방문하는 까마귀가 가지 끝에 앉아 인간을 야유하는 소리로 울었다.

해가 기울면 그는 쌀과자를 우물거리고 물을 마시고 비속한 노래를 흥얼거리면서 넝마를 몸에 휘감고 잤다. 암만 그래도 불가사의한 사내였다. 거의 공포를 모르는 것 같았다. 육식동물도, 숲을 뒤덮는 어둠도, 혼백의 기운도 전혀 무서워하지 않았다. 물을 마시러 온 곰 가족과 늪가에서 마주쳐도, 눈과 눈이 마주쳐도 안색 하나 변하지 않았다. 조금도 동요치 않는 인간을 보고 주춤거리던 곰 가족은 웅웅거리는 소리 하나 내지 않고 모습을 감추었다.

사내는 어둠이 걷히지도 않았는데 일어나 숲을 소요하였다.

차츰 물들어가는 나무들 사이 청렬한 흐름을 따라 발길을 옮겼다. 그렇게 그는 매일 조금씩 원숭이들이 질러대는 노란 목소리 쪽으로 접근하였다. 그러면서도, 겁 없는 새끼 원숭이가 바로 옆을 휙 지나가도 눈빛 하나 변하지 않았고, 새 떼들에 놀라 깡충거리는 고양이 같은 태도도 취하지 않았다.

그럭저럭하는 사이에 한 달이 지났고, 보고 있는 내 쪽이 오히려 불안해졌다.

그의 노련한 태도에 감탄하였던 것은 처음 한동안뿐이었다. 나는 답답해졌다. 대체 언제나 본심을 드러내고 마지막 수단을 사용할 것인지 애가 타서 견딜 수가 없었다. 저렇게 태평을 부려서야 평생 한 마리도 잡지 못할 것이라고 생각하였다.

그보다 당장 급한 것은 다가오는 겨울이었다.

눈 덮인 숲에서 살 수 있는 인간은 없다. 어지간한 체력을 소유한 자도, 아직 이 숲에서 한겨울을 나지 못했다. 옛날에 젊고 기운 넘치는 사냥꾼이 그에 도전한 적이 있었다. 그러나 아니나 다를까 실패로 끝났다. 한기를 너무 들이마셔 폐렴을 앓았고 열이 펄펄 끓어 꼼짝도 하지 못했다. 끝내는 자기가 잡은 동물의 피가 뚝뚝 떨어지는 털가죽을 둘둘 말고, 봄을 미처 기다리지 못하고 오두막에서 동사하였다. 하기야 그 옛날의 겨울은 지금보다 훨씬 더 추웠다.

나는 그에 대한 관심을 털고 다른 곳으로 눈을 돌렸다.

볼거리는 그 밖에도 얼마든지 있었다. 그래서 일의 경과를 처음부터 끝까지 다 알고 있는 것은 아니다. 문득 그를 보았을 때, 그는 이미 새끼 원숭이를 한 마리 껴안고 돌아갈 준비를 하고 있었다.

어떻게 사로잡은 것일까.

더욱 알 수 없는 것은, 원숭이가 묶여 있지 않은 점이었다. 자루에 갇혀 있는 것도 아니었다. 눈알을 데굴데굴 굴리면서, 원숭이는 조그만 몸으로 사내에게 찰싹 매달려 한시도 떠나지 않았다. 새끼 원숭이는 마치 그를 친부모처럼 따르고 있었다. 무리에서 떨어져 나왔는데도 조금도 불안해하는 기색이 없었다. 그를 다시 빼앗으려는 어미 원숭이들의 움직임도 느낄 수 없었다.

설마 인간 세상의 처녀들처럼 사고 판 것은 아니리라.

드디어 이별해야 할 때가 되자, 그 새끼 원숭이가 속해 있었던 원숭이 떼들이 모여들었다. 내 온 가지에 원숭이가 앉았다. 소동이 일 기미는 없었다. 우두머리 원숭이 이하 전원이 얌전했다. 새끼 원숭이를 데려가려는 인간에게 이빨을 드러내고 짖지도 않았다. 아무 무기도 갖고 있지 않은 인간 한두 명쯤은 총공세를 가하면 간단히 물리칠 수 있을 텐데 그들은 그러지 않았다. 즉 그들은 잠자코 새끼 원숭이를 배웅할 작정이었다. 과연 인간과 원숭이 사이에 어떤 거래가 있었던 것일까. 사내가 있는 정성을 다해 부탁한 것일까. 어쩌면 그 사내야말로 얘기로만 듣던 마술사인지도 모른다는 생각도 했지만, 암만 봐도 평범한 약장수였다.

하얀 눈송이가 하늘하늘 떨어지기 시작했다.

사내는 성큼성큼 잰걸음으로 돌아갔다. 새끼 원숭이는 한 번도 뒤돌아보지 않았다. 새끼 원숭이의 뒤를 쫓는 어미 원숭이도 없었다. 약장수의 모습이 보이지 않자, 원숭이들은 나를 떠나 평소 다니는 길을 따라 이동을 시작하였고, 평화로운 일상으로 다시 돌아갔다. 마른 가지에 스치는 소리, 가지가 휘는 소리, 낙엽 밟는 소리가 멀어져갔다. 그리고 초겨울 찬바람이 불어왔다. 매가 검은방울새 떼를 습격했다. 늦게 핀 숙근초가 겨우 겨울잠에 들어갔다. 조각달이 안개에 가리웠다.

그 밤, 나는 이리저리 상상해보았다.

생각한 끝에 이런 결론에 도달했다. 혹 그 새끼 원숭이는 어미와 사별하지 않았을까. 병에 걸려 죽었든 늙어 죽었든, 아니면 인간을 흉내내어 세상을 비관하다 목매달아 죽었든 잘 모르겠지만, 아무튼 돌봐줄 어미가 없어 성가신 존재가 된 새끼 원숭이가 아니었을까, 하고. 그런 사정으로 쌍방의 이해가 일치한 것은 아닐까. 그렇게밖에 생각할 수 없었다.

그러나 과연 사실은 어떠했을까.

단, 그날 이후의 새끼 원숭이의 운명에 대해서만은 분명하게 말할 수 있다. 철사가 삐죽삐죽하게 튀어나온 쇠사슬에 묶여 각지를 끌려다녔을 것이다. 언제까지고 흐르는 자로서의 자유를 얻지 못한 채, 혼의 질을 인간 수준까지 떨어뜨리고, 불안이 불식되는 순간을 꿈꾸면서, 자기기만의 일생을 보냈을 것이다. 물론 나쁜 일은 없었을 것이다. 예를 들어 굶어 죽는다거나, 높은 나뭇가지에서 떨어져 불구가 되는 일은 없었을 것이다. 경기가 좋을 때에는 어느 시골 마을에서 불꽃놀이 구경도 했을 것이다.

고원에 있는 호수에서 벌어지고 있는 불꽃놀이는 이제 가경佳境에 들어갔다.

그러나 아직 유종의 미를 장식하는 거대한 폭죽의 차례가 되려면 잠시 기다려야 한다. 너는 지금 수면에 띄운 임시 무대 한구석에 쭈그리고 앉아 고참의 손길을 바라보고 있다. 당분간 네 할 일은 없다. 불꽃놀이가 끝나면 뒷정리를 하는 일만 남아 있다. 두둑한 팁을 주는 주최자를 위하여 고참들은 조금도 빈틈없이 일하고 있다.

불꽃에 반비례하여 마음은 색을 잃어간다.

너는 수만 명 구경꾼들의 대환성 속에서 범부의 천박함을 감지하고, 위태로운 문화의 수용력을 간파하고, 나아가서는 헌정의 위기까지 꿰뚫고 있었다. 찬반양론과 당리당략을 위한 논쟁 따위에 넌더리가 난 일반 대중은, 혼탁이 더욱 가중되어 주춤주춤 뒷걸음질만 치고 있는 이 나라를 다시 한번 부활시키기 위하여, 불꽃처럼 선연하고 보란 듯이 압도적인 힘이 필요불가결하다는 방향으로 일제히 기울고 있다.

물론 그것은 매스컴에 의한 대중 설득이 이룬 공이다.

타집단에 대한 이유 없는 증오심을 부추겨 자기 집단의 응집을 고취하려는, 상투적인 여론 조작이 어둠을 지배하는 자들의 계획대로 진행되고 있다. 그렇다고, 그것이 전혀 근거 없는 이야기는 아니다. 몇천 년에 걸쳐 잠만 자고 있는 옆자리의 사자가 이번에야말로 정말 잠에서 깨어나려는 기세다. 경제력과 군사력을 갖춘 십몇 억 민중의 자신감은 결코 과잉이 아니다. 위협을 느끼기에 충분한 힘이다.

전 국민의 생사를 쥐고 있는 권력의 강화와 미화가 착착 진행되고 있다. 나라의 질곡에 불과한 인간을 처분하기 위해서만 존재하는 법률이 잇달아 탄생하고 있다. 나라의 미래에 둘도 없는 가르침이 되어야 할 과거의 세계 전쟁이 지금은 대장부 기질을 발휘시키기 위한 교재로 악용되고 있다. 황실은 다시금 금기의 벽의 높이와 두께를 더하고 있다. 그리고 그 열광적인 지지자들은 입을 모아 이렇게 외치고 있다. 속국이란 굴욕은 더이상 참을 수 없다. 완전무결한 나라를 지향해야만 한다. 백인들은 아시아를 영원히 패퇴의 우리 안에 가두어두려고 한다, 고.

서양문명은 서서히 기울어가고 있다.

전쟁을 투기사업의 기회로밖에 여기지 않는, 그래서 호전적인 부자들. 그들이 깔아놓은 레일이 지금은 국가의 중요한 길잡이 역할을 하고 있다. 유교와 신도神道*를 교묘하게 이용한 미담을 부각시켜, 얼토당토않은 속설에 가담하는 어용학자들이 정치 경제의 주구가 되어 암약하고 있다. 법조계의 거물이 온 세상이 제 집이라도 되듯 거들먹거리며 형벌 불소급의 대원칙을 무시한 발언을 공공연하게 반복하고 있다. 이런 식이라면 아무 죄도 없는 시민이 부당한 벌에 시달리고 평화의 사도가 반역자란 오명을 뒤집어쓰는 날도 머지않을 것이다. 털어놓고 솔직하게 대화하는 관행은 이미 꼬리를 감추고 말았다.

과거 이런 시대가 있었다.

『원숭이 시집』은 그런 세상의 움직임을 정확하게 파악하도록 하는 재주가 있다. 너는 그 덕분에 시대의 흐름을 빈틈없이 파악하고 있다. 너의 애독서가 금서로 지목되어 재가 될 운명에 있다는 것도 어렴풋이 느끼고 있다. 그렇다고 기울어가는 이 나라에서 갑자기 정색을 하고 어떻게 처신하여야 올바른 것인지를 생각하거나, 목숨을 던져서까지 권력과 투쟁을 벌이는 과격한 정치 사상으로 빠져들지는 않는다. 네가 정치에 개입하지 않는다는 것

---

＊일본의 전통적인 신앙.

은 아니다. 어떤 의미에서 너만큼 정치나 사상에 몰입해 있는 자도 없을 것이다.

게다가 너는 지금 충만한 상태다.

너에게는 무엇과도 바꿀 수 없는 불꽃이 있고, 숙독에 값하는 책이 있으며, 불꽃과 책으로 채색되는 흐르는 나날이 있다. 지금은 그것으로 충분하다고 생각한다. 그 이외의 일은 뒷짐을 지고 구경이나 하고 있으면 된다고 생각한다. 아니 보지 않아도 상관없다고 생각한다. 그런 생활은 네가 사는 목적과 딱 합치되는 것이며, 또 마음의 바람구멍을 메워주기에도 충분하였다.

흐르면서 너는 먼 파도 소리에 귀 기울이고, 빛나는 밝은 달을 우러러본다.

그리고 유난히 추운 밤, 볼이 움푹 들어가도록 절망에 우는 야윈 처자 옆을 지나치고, 밤낮으로 열심히 일하는데도 사회에서는 빛을 보지 못하고 언제까지고 제자리걸음만 하는 중년 남자의 등 뒤를 슬며시 지나간다. 너는 그런 사람들을 만날 때마다 빙그레 웃는 자가 아니다.

너 같은 자에게 세상은 이러쿵저러쿵 말이 많을 것이다.

너 같은 젊은이들이 늘어나면 나라꼴이 어떻게 되겠는가. 늙어서 걷지 못하게 되면 어쩌는가. 그러나 너는 세상을 향하여 아무 말도 하지 않는다. 변명을 늘어놓거나, 반론을 할 필요가 없다. 네가 거대한 강의 흐름을 따라 흐르고, 몇 날 며칠이고 객지 잠을 거듭할 때, 서열에 왈가왈부하고 배려도 부족하고 목을 조르듯 채근하는 사회는 저 멀리로 물러나고, 물거품 같은 세상이 진정한 자유인을 위하여 그 문호를 개방한다.

너는 현세를 거부하는 자가 아니다.

너는 이 세상에서 제명을 당한 자가 아니다. 흐름을 통해 축적된 체험이 너를 반짝반짝 연마시켰고, 너의 자유를 보다 확실한 것으로 굳혀준다. 정신의 방탕아인 너는, 그렇다고 뒤떨어진 자가 아니다. 너를 홀로 뒤에 남겨둘 수 있는 자는 없다. 물론 너 역시 누군가를 앞서거나 뒤서거나 하는 자가 아니다.

너는 술에 취하여 길바닥에 널브러져 있는 회사원을 넘어 지나간다.

너는 부수입을 기대하는 남자와 관료적 자만심이 알알이 드러나 있는 남자를 피해 지나다니고, 육식을 금하고 선식을 즐기며, 사람을 평등하게 대하는 남자를 곁눈으로 보면서 지나간다. 또 아름답게 꾸민, 아주 달콤한 냄새를 풍기는 아가씨들을 스칠 때면 순간 봄이 되어 푸릇푸릇한 들판에 섰을 때처럼, 설레는 가슴을 자제하지 않고 걸음을 우뚝 멈춘다.

그럼에도 너는 여전히 흐르고 있다.

너는 집을 동경한 적이 없다. 오래 살아 낡아빠진 집에도, 새 나무 냄새가 향긋한 집에도, 유서 깊은 집에도 너는 조금도 관심을 보이지 않는다. 깊은 밤, 남의 집의 단란함을 부러워하는 일도 없다. 너는 때가 덕지덕지 낀 나날을 싫어하고, 퇴색한 가치관을 경원한다. 너는 마루 밑 들창을 빠져나온 곰팡내 나는 역한 공기에

토악질을 한다. 그리고 너는 문틈으로 새어나온 불빛 속에서 묘지를 감지한다.

그래서 너는 흐른다.

전혀 그렇게 보이지 않을지도 모르겠지만, 고상하게 태어난 너의 신체 내부를 도는 선홍색 혈액은 쉴새없이 끓어오르고 있다. 그러나 그것은 울분을 터뜨리기 위한, 혹은 분노의 불꽃을 태우기 위한 열이 아니다.

그런 너에게 하루하루는 너 자신을 위한 기념일이다.

갑자기 내린 비로 불꽃놀이가 중지되는 날도, 현장이 습지대라서 각다귀의 공격이 맹렬한 날도, 고참들이 깜박 잊고 온 도구를 가지러 되돌아가는 성가신 일을 한 날도, 너에게는 더할 나위 없이 충족된 하루다.

시집 속에서 늙은 원숭이는 이런 말도 하고 있다.


흐르는 자의 나날은 그렇지 않은 자들의 나날에 비해 뜻하지 않은 재난과 조우할 확률이 높다. 그러나 성가신 문제에 연루되거나, 호되게 배신을 당하거나, 억울한 죄를 뒤집어쓰는 횟수는 반대로 줄어들 것이다. 또 비난의 화살을 맞는 일도 없을 것이며, 그런 이기적인 언행은 용납할 수 없다는 충고도 듣지 않을 것이며, 타인들로부터 경원당하는 일도 없을 것이다.


형세를 관망하는 태도를 견지하고, 이 세상에는 이제 신물이

난다는 말을 내뱉고 돌아서는 생활이 얼마나 멋진 것인지, 진정 알고 있는가.

흐르는 자가 향수에만 젖어 있거나, 온갖 원망스럽고 쓰라린 일에 쫓겨다니기만 한다고 생각하는가.

진정한 자유인의 투명한 눈동자에 비치는 산들이 전부 청산이라고는 할 수 없다.

황폐함 속에서 한결 빛나는 자, 그것이 그대다.


참으로 그렇다. 나도 동감이다.

수많은 소문들이 네가 흐르는 속도로 네 귀를 스쳐지나간다. 너는 저잣거리의 환담에 관심을 보이지 않는 자는 아니다.


여전히 어처구니없는 경제 시황.

권력의 힘으로 죽어가고 있는 안락사 법안.

막대한 피해를 초래할 다음 지진에 관한 끝없는 말씨름.

산업적 정열에 의거한 군수산업의 대두.

항암 물질 인터페론의 효과.

한없이 피폐해지는 파멸의 각인이 찍힌 지구 환경.

주민등록번호를 한층 강화한 국민 관리의 구체안.

외국과 밀약을 체결하기 위한 교섭이 아슬아슬하게 결착을 본 상세치 않은 사정.

과학이 다하지 못한 사명들.

더는 버티지 못하여 드디어 줄어들기 시작한 이 별의 인구.

화성에 바다를 만든다는 꿈같은 개조 계획.

전쟁 산업이 발전을 가져다주는 것은 아닐까 하는 과거의 환영.

유전자 조작에 의하여 조성된 코브라의 독을 지닌 바이러스와, 그 어떤 백신도 무력하게 만드는 바이러스를 눌러 담은 생화학 무기.

스페이스 플랜의 일환인 실험 비행의 대실패.

어떻게든 파국을 회피하려고 조심스럽게 반전론을 외치는 사람들의 어젯밤 모임.

광섬유를 이용한 텔레비전 전화의 보급과, 밀리파를 사용한 통신망의 발달.

인간의 수명을 연장한 만큼 마음을 파먹은 과학 기술.

육체의 시대는 끝났다고 주장하는 불거진 뼈의 육체를 지닌 거짓 성자.

속내는 다른 군소국의 과도하게 친일적인 태도.

우주에서 시도해보자는 원폭, 수폭 실험.


진위 여부야 어떻든, 지금 당장 그런 소문들이 너의 자유를 위협하는 단계는 아니다. 그래서 너는 자신의 안위에만 그렇듯 신경을 쓸 수 있는 것이다. 그래서 너는 시대의 요청에 따라 활약하지 않아도 되고, 만인이 앙망하는 미심쩍은 거물이나 사회의 혼란을 빌미로 자신의 부를 구축하려 기도하는 빈대 같은 자들을 비난할 필요도 없는 것이다.

현재의 너에게, 도저히 단념할 수 없는 일 따위는 하나도 없다.

엎치고 덮친 불행도 없거니와, 뜻한 바대로 성공하는 일도 없고, 면목 없게 끝나는 일도 없다. 그런데도 너는 그 어느 누구보다 발랄하게 살고 있다. 마치 실패를 모르는 제왕처럼, 마치 자오선을 통과하는 극렬한 태양처럼, 죽음의 궁지로 몰아넣는 그림자는 절대로 근접하도록 놔두지 않는다.

그런 너의 삶의 방식에 공감하는 자는 거의 없으리라.

그러나 나만은 너를 인정한다. 그렇다고 너를 과대평가하고 있는 것은 아니다. 너의 기묘하고도 기괴한 탄생과 성장과정을 지켜보고 있자니, 지금 이렇게 네가 살아 있는 것만으로도 실로 대단하다고 감탄하지 않을 수 없다. 냉혹하고 비정하기 짝이 없는 살인자가 되었어도 이상할 게 없을 텐데, 너는 불완전하나마 직장까지 갖고 있다. 더구나 애독서를 지닐 만큼 성장하여, 그 시집의 화자를 후견인으로 ─ 원숭이기는 하나 ─ 하여 자비로운 마음을 기르고, 지순한 자유가 무엇인가를 체득하고 있지 않은가.

네가 헤매는 일은 더는 없을 것이다.

너의 기분이 현저하게 손상되는 경우는 흐름이 며칠이나 정체될 때 정도이다. 이미 너는 시골 촌구석에서 상경한 풋내기가 아니다. 너는 시대를 앞서가는 감각을 연마하면서 흐르고 있다. 요컨대 그 어떤 경우에도, 지금 당장 목숨을 잃는다 해도 후회가 없을 정도의 충일을 그 두 손에 거머쥐고 있는 것이다. 네가 내일을 생각하지 않는 것은, 내일이 없는 삶을 살아서가 아니다. 오늘이 충족되어 있기 때문이다.

목숨이 우선이란 말은 너에게 어울리지 않는다.

실제로 지금 이렇듯 선연한 불꽃에 둘러싸인 너의 영과 육은 무한한 환희에 떨고 있지 않은가. 산상 호수의 수면으로 쏟아지는 불똥의 비는 절정을 향하여 폭발하고 있다. 고참들의 얼굴이 한층 더 번들번들 빛나고, 구경꾼들은 머리가 어질어질할 정도로 폭발과 색채에 취해 화산의 분화를 방불케 하는, 지극히 원시적인 감격에 젖어 있다. 그들 중 몇 명이 지금 이대로 생이 마감되기를 진정으로 바랐다 해도 아무 이상할 게 없다. 그러나 나는, 그들과 너를 똑같이 취급할 마음은 없다. 그들은 그저 힘든 세상살이 때문에 그렇게 생각했을 뿐이므로. 그러나 너는 정반대다.

중량감 있는 알록달록한 불꽃이 잇달아 오르고 있다.

불꽃은, 뜻한 대로 이루어지지 않고, 마음만 급하고, 발뺌과 침묵으로 장식된 인생을 또렷하게 비춰내고 있다. 그러자 그들은 불현듯, 구질구질 이어질 앞날이 한 달 또 한 달 인내와 복종의 반복일 뿐이라면, 한순간의 빛과 소리가 적셔주는 거짓 도취에 취해 죽는 게 차라리 멋질 거라는 왜곡된 생각에 사로잡힌다.

그들은 마음 한구석으로 이 세상을 살고 있는 자기 자신에게 치를 떨고 있다.

한편 너는, 밤하늘에 나타났다가는 사라지고 사라졌다가는 나타나는 불꽃 그 자체에 아무런 선입견도 없이 몸과 마음을 맡기고 있다. 그러나 다음 순간에는, 너와 구경꾼 누구도 예상하지 못한, 점화하는 고참조차 예측하지 못한, 일생일대의 불꽃의 제전을 두 눈으로 직접 보게 된다.

그렇다. 나한테는 확실하게 보인다.

그들한테는 보이지 않을 참담한 광경이, 나한테는 똑똑하게 보인다. 그것은 있어서는 안 되는 사고다. 잠시 후 우주 천체의 좌표가 뒤틀릴 정도로 어마어마한 폭발이 일어날 것이다. 그 원인은 아마 영원히 수수께끼로 남을 것이다. 고참 중 한 명이 뒷마무리를 잘못한 것이리라.

분명한 것은 네 탓이 아니라는 점이다.

너는 임시 부교 끝에 엎드려 누워 있었을 뿐, 폭죽 쏘아올리는 작업에는 전혀 손을 대지 않았다. 어쩌면 불발탄이 낙하하면서 차례를 기다리고 있던 폭죽에 인화하여 폭발을 유발한 것인지도 모른다. 물론 이런 유의 사고는 늘 돌발적으로 발생하고, 일단 발생하면 손쓸 여지가 없다.

그런데 놀랍게도 그런 순간이 정말 찾아왔다.

처음에 구경꾼들은 그 폭발을 새로운 아이디어의 개발이라 여기고, 열심히 환성을 보냈다. 그런데 금방 사태가 예사롭지 않음을 깨닫고는, 순간 침을 삼켰다. 그리고 이번에야말로 진정한 감탄사를 뱃속에서 쥐어짜냈다. 그들은 비로소 자기들이 어떤 폭발을 보고 싶어했는지 알게 된 것이다.

그들의 잔혹한 흥분이 사방의 산을 제압한다.

유종의 미를 장식하기 위해 준비한 소중한 폭죽이 하나도 남김없이, 그것도 한꺼번에 밤하늘이 아니라 거의 인간들의 발치에서 폭발했던 것이다. 반원구 모양으로 퍼져나가는 불똥과, 태양의 무리 같은 무지막지한 충격파가, 일각을 다투는 상태의 몇 배 속도로 위기를 초래하였고, 관계자들에게 도망칠 틈을 주지 않았다.

　폭풍으로 남자들이 몇 명이나 하늘 높이 치솟았다.

　그 광경이 선명한 실루엣을 그리며 호숫가에 모인 구경꾼들의 눈에 새겨진다. 운이 좋았던, 그리고 기민하게 움직인 몇 명이 일제히 호수로 뛰어든다. 그러나 그 직후에 폭발이 이어졌으므로, 그들이 과연 살아났을지는 의문이다.

　인간의 손이 만든 것은 예기치 않을 때에 불쑥 반기를 든다.

　화약은 그 좋은 예다. 불꽃은 멋대로 난동을 부리고 고함을 지르고 의표를 찌르면서, 한여름을 고원에서 지내려 한 사람들의 순탄한 인생을 강렬하게 채색한다. 다행히 폭발의 사각지대에 있었던 너는, 정면으로 그 충격을 받아 내장이 짓뭉개지는 수난만은 간신히 피할 수 있었지만, 부교 위에서 무사할 수는 없었다. 몸이 마치 가벼운 솜처럼 공중으로 둥실 떠오르는가 싶더니 다음 순간에는 수면으로 내동댕이쳐졌다.

　좋아하는 불꽃 덕분에 죽을 수 있다면 바라던 바가 아닌가.

　그런 농담을 할 기분이 아니다. 너는 아직 얼마 살지 않았다. 만약 여기서 죽는다면, 차라리 태어나서 금방 죽는 편이 나았다. 안타깝게도 목숨을 하찮게 여기는 가학적 경향이 있는 사람들도,

의지할 사람도 없는데다 살날이 얼마 남지 않은 사람들도, 항상 수동적인 입장에서 무기력하게 하루하루를 보내는 인간들도, 이 세상은 살 가치가 없다고 단정지으려 하는 사람들도, 이렇듯 인정사정없는 참극을 직접 목격하니 과연 긴장하여 꿋꿋한 성격의 소유자로 일변한 듯이 보인다. 그러나 일시적으로 그렇게 보인 것일 뿐, 결국은 착각에 불과하다.

폭풍으로 인한 거대한 파도가 해일처럼 호수 주변을 몇 번이나 씻어내린다.

그때마다 비명이 여기저기서 찢어진다. 뻘겋게 벗겨진 피부를 드러낸 관계자가 현장 부근 여기저기에 떠 있다. 마치 타 죽은 물고기 같다. 살아서 헤엄치는 자도 보인다. 구조에 나선 보트가 신음을 내지른다. 한참이 지나자 경찰차와 구급차의 사이렌 소리가 성큼성큼 다가온다.

너의 모습은 보이지 않는다.

아무 데도 없다. 수박처럼 둥실 떠 있는 머리통 중 누가 너인지 어두워서 식별할 수 없다. 아아, 완벽한 어둠이다. 어쩌면 너는 이미 물속으로 가라앉았는지도 모른다. 좌우 양쪽 폐에 물이 차서, 호수 바닥을 향하여 천천히 가라앉는 중인지도 모른다. 만약 그렇다면 참으로 안된 일이다. 너무하다. 너다운 종말이라고는 생각하고 싶지 않다.

부디 살아 있기를, 하고 나는 외친다.

마음속으로 몇 번이고 몇 번이고 외친다. 너의 그 예사롭지 않은 생명력으로, 이 어중간한 운명을 단호히 배격하지 않으면 안 된다. 물론 힘들다는 것을 알고 하는 말이다. 천 년을 산 내가 할 수 없는 일을 이십 년밖에 살지 않은 너에게 기대하고 있는 것이다. 너란 놈에게는 그럴 만한 가치가 있다. 이렇게 끝나서는 안 된다. 너한테는 아직 무언가가 있다. 분명히 있다. 있을 것이다.

이윽고, 천체의 빛이 다시 되돌아온다.

별도 달도 심술궂은 빛을 발하며 일장춘몽으로 끝나기 쉬운 사람들의 일생을 비추고 있다. 그리고 암흑의 우주는, 그 큰 입을 쩍 벌리고 본의 아니게 육체를 잃고 당황하는 영혼을 꿀꺽 삼키려 하고 있다.

죽은 후에 정해지는 인간의 진가…… 그건 허황된 거짓이다.

죽음은 언제든 생의 기선을 제압하고, 불의의 습격을 가한다. 그런 것이 죽음이다. 죽거나 다친 사람은 내가 아닌 타인이라는 생각을 순간순간 확인하는 구경꾼들의 넘쳐흐를 듯한 웃음이, 번들거리는 눈동자를 축으로 얼굴 전체에 퍼져나간다. 원시적인 그 환희는 아무리 감추려 해도 완전히 감출 수 있는 게 아니다.

*

기적적으로 살아난 네가 거기에 있다.

그런 너에게 할 말 따위는 하나도 없다. 나는 네가 죽지 않고 살아 있기만 하면 그것으로 충분하다.

너를 구한 것은 통나무 하나였다.

순간적으로 네가 그것을 잡지 않았더라면, 십중팔구 익사하였을 것이다. 부교의 재료였던 그 통나무는 너를 꽤 멀리까지 실어 날랐다. 강으로 이어지는 호수의 유유한 흐름을 타고 너는 쑥쑥 수문이 있는 쪽으로 끌려간다. 점점 물의 흐름이 기세를 더한다. 다른 통나무들도 속속 모여든다. 그 이상 수문에 접근하는 것은 위험하다.

애써 건진 목숨이 다시금 위험에 직면한다.

너는 죽을힘을 다하여 물과 싸운다. 그러기에 너다. 너는 양손을 번갈아가며 물이 얕은 강가로 헤엄을 친다. 처음에는 앞으로 나아가는 것인지 뒤로 가는 것인지 잘 알 수 없었다. 그러나 마침내 조금씩 수문이 멀어져간다. 너는 드디어 하얀 모래사장에 몸을 누인다. 숨을 헐떡거리고 있다.

폭발 사고의 소동은 지금도 계속되고 있다.

그러나 불과 이 킬로미터 떨어졌을 뿐인데, 이미 남의 일이다. 엄청난 수의 빨간 회전등을 멀리 바라보고, 사이렌 소리를 듣다가, 너는 의식을 잃는다.

하지만 그리 대단한 일은 아니다.

의식 장애를 일으키거나, 자기가 어디 사는 누구인지도 기억하지 못하는 실어증을 유발하는 일은 없다. 머지않아 너는 실신에서 깨어난다. 너를 깨운 것은, 등뒤로 바짝 다가와 있는 산에서 새벽 하늘을 향하여 지르는 들원숭이들의 외침 소리다. 만약 그 소리가 없었다면, 터무니없는 일이 벌어졌을지도 모른다. 왜냐하면 주둥이가 넓적한 까마귀가 너를 죽은 자로 판단하였기 때문이다.

그놈이 네 머리 위에 내려앉았다.

그리고 부젓가락처럼 튼튼한 주둥이로 오른쪽 눈을 내리찍으려 하였다. 그때 원숭이들의 소리에 정신을 차린 너는 왼쪽 눈을 부릅뜨고 시커먼 새를 뚫어지게 쏘아보았다. 그러자 까마귀는 부르르 놀라 날아오르며 멋쩍게 "까악" 하고 울었다. 그래도 아직 미안했는지, 인간의 말을 흉내내어 말했다.

"잘 태어났다!"

까마귀는 그런 말을 남기고 날아올라, 이번에는 취재 헬리콥터가 붕붕 날고 있는 사고 현장 쪽을 향했다.

교만한 태양이 일찍부터 시간을 어지럽히고 있다.

너는 지금, 인적 없는 소나무숲에 들어가 햇볕을 피하고, 무사한 목숨을 보슬보슬 마른 모래 위에 누이고 있다. 찰과상 하나 입지 않은 것을 기적이라 해야 할지, 나는 뭐라 말할 수 없다. 흐르는 자에게 이 정도의 위험은 늘 따라다니는 법이리라. 이런 위험을 차례차례 극복하는 자만이 진정하게 흐르는 자가 될 수 있는 것이다.

너는 어이가 없는지 멍해 있다.

질긴 운이 너의 선도자 역할을 하고 있다. 너는 참 대단한 놈이다. 아무 의미 없이 이 세상에 태어난 인간이라고는 도저히 여겨지지 않는다.

『원숭이 시집』도 무사하다.

그 책은 너의 엉덩이 뒷주머니에 얌전히 들어 있다. 물론 젖었지만, 못 쓸 정도는 아니다. 오히려 이전보다 깨끗해졌다. 너는 그것을 옷 옆에 가지런히 놓아 햇볕에 말린다. 뭐라 형용하기 어려운 참상을 빚고 있을 사고 현장 쪽에서 수면을 타고 불어오는 미풍이 너의 소중한 애독서를 말린다. 고원에 부는 바람치고는 너무 덥다. 열풍이라 해도 좋을 정도다. 그러나 싸늘하게 식은 몸에는 쾌적할 것이다.

너는 느긋하게 풀어져 있다.

간신히 목숨을 건진 사람치고는 거의 동요를 느낄 수 없다. 아니 전혀 느낄 수 없다. 너는 직장 동료들의 생사에 관해서도 전혀 관심이 없는 모습이다. 타인의 일에는 여전히 관심이 없고, 그렇다고 자기 일에만 집착하는 것도 아니다. 수면에 떠 있는 특설 스튜디오에서는 아직도 연기가 두세 줄기 피어오르고 있는데, 너의 간담을 서늘케 한 사고는 일찌감치 먼 과거의 사건으로, 기억의 한편으로 물러나고 말았다.

그것은 무엇보다 네가 발군의 흐르는 자임을 증명한다.

지금까지 네가 방랑하는 나날에서 배운 것은 결코 죽은 학문이 아니다. 그리고 『원숭이 시집』이 설파하는 흐르는 물의 철학은 어디까지나 실학에 무게를 두고 있다. 너는 이미 요지부동의 자유인이다. 천성이 가혹한 인간도 아니고, 사람을 사람으로 여기지 않는 태도를 견지하는 건방진 풋내기도 아니다. 또 지고지순의 인물을 지향하는 그런 시답잖은 남자도 아니다.

너는 자신의 출생지에 관해서는 일절 생각지 않는다.

마음속 깊이 반해 있었던 동남아시아계 아가씨의 훗날에 대해서도 생각지 않는다. 너는 너 자신의 미래도 안중에 없다. 네가 받아들이는 것은 항상 지금이며, 지금의 너 자신이다.

지금이야말로 모든 것이다.

지금이란 시간 속에 느긋하게 몸을 누이고 있는 너는, 도량이 크면서도 조심스러운 남자와 어딘가 공통점을 갖고 있다. 그렇다고 똑같다는 얘기는 아니다. 너란 놈은 항상 너 자신을 유지하고 있다. 그런 너의 성격은 달리 그 예를 볼 수 없다.

너는 유들유들하고 태만한 자가 아니다.

사내답지 못하게 우물쭈물하는 자도 아니고, 짐승보다 못한 자도, 사명의 완수에 노력하는 자도 아니다. 마음 내키는 대로 살고, 타향을 조용히 흐르는 너는, 흥망이 있는 생애를 보내는 자와는 어딘가 다른 독특한 충족에 잠길 수 있다. 너를 협동 정신이 결여된 자로 보는 견해는 명백한 실수이며 지나치게 단면적이다.

물론 너는 우호적인 분위기와는 거리가 먼 남자다.

그러나 가까이하기 어려운 인간은 아니다. 내 생각에 너만큼 이 사회에 녹아 있고 너만큼 이 세상에 익숙한 인간도 드물 것이다. 너의 일련의 흐름은 마치 호수의 밀물 때처럼, 혹은 악보를 외워 연주하는 명곡처럼 실로 매끄럽다. 설사 부자연스러운 일이 가끔 있다손 쳐도, 그것은 흘러가다가 어쩌다 교각에 걸린 나무토막 같은 것으로, 언젠가는 다시 흐르기 시작한다.

더욱더 흐르라, 고 늙은 원숭이는 말한다.

너는 떳떳하지 못한 생각이나 혼을 잃을 만한 생각에 사로잡힌 적이 한 번도 없다. 어느 누군가를 원수처럼 여긴 적도 없거니와, 그런 일을 당한 적도 없다. 그런 일은 보시로 살아가는 자들에게는 종종 있을 수 있겠지만, 너에게만은 없다. 만에 하나라도 없다.

사방이 여름이다.

지금 막 밤을 일소한 태양빛을 받으며 수분을 증발시키고 있는

『원숭이 시집』은 소생의 숨결을 내뿜고 있다. 그것은 거짓 친절로 덕지덕지 치장된 책이 아니다. 분노를 달래거나 사람의 슬픔을 어루만져주는 책도 아니다. 흐르는 자의 정신을 성장시키는 데 도움이 되는 책이다.

『원숭이 시집』에는 내세우는 바가 선명한 주장이 있다.

예를 들면, 타인의 일을 돌아보지 말고 흐르며 살아야 한다. 묘한 진리 그 자체가 아닌가. 달밤에 들뜬 늙은 원숭이는 자기도 모르게 이런 말을 내뱉는다.


이 세상을 헤쳐나가는 데는 그 나름의 의미가 있다.

이 세상 어느 누구에게도 구속되지 말고, 어디까지나 자유롭게 살고, 혼에 가중되는 부담을 가능한 한 경감시켜라.

그러면, 다음 세상을 향하여 무리 없이 날갯짓할 수 있으리라.


너는 그 노선에 따라 살고 있다.

화약으로 인한 끔찍한 폭발이 아무래도 너의 흐름에 큰 변화를 초래한 듯하다. 불꽃과 함께, 같은 일을 하는 동료들과 함께 흐르는 나날을 졸업한 듯하다. 즉 너는 다시 혼자가 된 것이다. 바람직한 일이라고 생각한다. 이렇게 하여 너는 보다 자유로워졌다. 각지의 축제 예정에 맞추어 흐르는 생활과, 겨울이면 방에 처박혀 뒹굴거리는 생활은, 진짜가 아니다. 장인 기질로 똘똘 뭉친, 그래서 시야가 좁디좁은 고참에게 엉덩이를 걷어차이면서 지내는 나날은 언젠가는 너의 흐름을 가로막을 것이고, 그리하여 너를 끊임없이 주위에 신경을 쓰는 좀스러운 사내로 만들 것이다.

마침 적절한 시기다.

너는 불꽃을 보기 위해 몰려드는 구경꾼들에게 그만 진력이 나 있는 참이었다. 불꽃을 보는 것이 마음의 짐을 덜 수 있는 유일한 낙인 그들은 한결같이 기회주의의 양의성兩義性에 싸여, 분명한 말을 피하는 엄살쟁이 오합지졸에 지나지 않는다. 캠프파이어의 불꽃과 형광등과, 초롱 띄워 보내기에 하잘것없는 분노를 봉인할 수 있는 그들은, 붙임성 있게 웃는 얼굴만이 장점인 그들은, 실은 마음고생이 끊이지 않는 범부로 살다가 아무 멋도 없는 일생을 끝낼 것이다. 불꽃의 작렬하는 열에 들뜬 그들은 바싹바싹 죄어오는 불똥의 말에 넋을 잃고, 피의 요동을 닮은 착각을 즐긴다.

그러나 그뿐이다.

다음날부터 전혀 다른 인간으로, 정 많고 한 많은 타입으로 변해버리는 일은 없다. 또 얼핏 보면 흡인력이 넘치듯 보이는 불꽃조차 줄 수 있는 것은 사탕 발린 환희에 지나지 않는다. 불꽃이 초래하는 감동의 힘이 설욕하는 힘으로 변했다는 이야기는 아직 한 번도 들은 적이 없다. 폭죽을 쏘아올리는 자도, 불꽃놀이를 구경하는 자도, 환멸의 비애를 느끼고 싶지 않다면 마지막을 장식하는 대형 불꽃이 난무하는 소리를 등으로 들으며 그 자리를 떠나야 할 것이다.

감동의 여운 따위를 상대해서는 안 된다.

일시적 방편으로 불꽃 따위와 타협해서는 안 된다. 그런 짓을 해봐야 아무 소용도 없다.

너는 불꽃을 단념하였다.

그렇다고 인간과의 약속을 어기고 화약으로서의 규율을 깨뜨린 불꽃에 깊이 실망한 것은 아니다. 정나미가 떨어진 것도, 공포에 떠는 것도 아니다. 다만, 불꽃이 보여주는 꿈에 싫증이 났을 뿐이다. 그뿐이다. 너는 불꽃에만 의지하여 평생을 살 수 있는 그런 행복한 자가 아니다. 나는 그렇게 생각하고 있다. 불꽃은 결국 불꽃에 지나지 않는다. 너의 마음을 흔드는 것은 형식적이고 틀에 박힌 폭발이 아니고, 실수에 의한 폭발도 아니다.

야만스러운 태양이 너를 태운다.

너의 강건한 육체로 야수파를 연상시키는 피가 쿨럭쿨럭 흐르고 있다. 햇빛의 열과 피의 열이 옷과 구두와 머리칼을 말리고, 『원숭이 시집』을 말리고, 어젯밤의 참사를 말린다. 완전히 마르자 너는 벌떡 일어난다. 그리고 아직 소동이 사그라들지 않은 사고현장 쪽으로 고개를 돌리고, 손을 입에 대고 외친다. 목구멍이 찢어져라 외친다. 어디선가 들은 적이 있는 목소리다. 그렇다, 원숭이의 목소리를 닮았다.

그것은 어쩌면 불꽃과의 작별인사인지도 모른다.

과연 너의 목소리가 건너편 강가까지 들렸을까. 배란기를 맞이한 소녀의 귀에는 들렸을 것이다. 그만큼 야성적이고 그만큼 본능적이고 그만큼 성적인 외침이었다. 이어 너는 입을 것을 입고,

신을 것을 신는다.『원숭이 시집』도 집어 주머니에 넣는다.

흐를 준비가 다 갖추어졌다.

너는 세상의 절반쯤은 쉬 내다보일 언덕을 향하여, 좀처럼 응낙하지 않을 내일을 향하여, 길고도 힘찬 기염을 토하면서 천천히 발걸음을 옮긴다. 운명의 의향을 타진하지 않고 급한 경사길을 올라간다.

너는 쉬지 않고 걷는다.

언덕을 넘고, 유명한 곡창지대를 가로지르고, 깨진 돌이 잔뜩 깔린 곧바른 시골길을 걷는다. 식물과 동물로 가득한 산과 들을 지나고, 뭉게뭉게 피어오르는 적란운 아래를 지나, 무뢰한이 횡행하는 떠들썩한 번화가를 지나, 한여름 햇살을 받으며 인위적으로 도태된 먼지투성이 가로수 너머로 사라진다. 너는 점이 되어 신기루처럼 홀쩍 사라진다.

그러나 고귀하게 태어난 네가 그리 쉽사리 사라질 리는 없다.

적어도 이 숲에 있는 동안은, 울창한 교목들, 생명의 진수로 에워싸인 이 숲에 있는 한 망령처럼 사라져버리는 일은 없을 것이다. 나뭇가지 사이로 새어드는 황록색 햇살을 적당히 받고 있는 너의 알몸은 지금 기운차게 울고 있다. 그것은 절대로 태어남을 후회하는 소리가 아니다.

삶의 무게를 견디지 못하는 자의 울음소리가 아니다.

최악의 조건에서 첫 울음을 운 너지만 겉보기는 그렇게 나쁘지 않다. 태어난 지 얼마 안 된 갓난아이와 죽은 지 얼마 안 된 어머니 사이를 중재하는 힘 따위는 전혀 작용하지 않는다. 애당초 너희들 사이에 그런 인연은 없었는지도 모른다. 요컨대 너라는 놈은 태어나면서부터 호적이 없는 자이며 어느 누구의 후예도 아니란 뜻이다. 너를 인지하고 있는 것은 아마 나뿐일 것이다. 이 내가 너를 흠뻑 사랑해주리라.

어머니의 사랑보다 한층 깊은 이 숲은 메아리의 집이 아니다.

이 숲에서 너의 탄생을 가타부타 반대하는 자는 없다. 공기도 험악하지 않다. 잘 들어라. 너는 구경거리가 아니다. 만약 네가 구경거리라면 목숨 있는 모든 것이 구경거리일 것이다. 물론 너의 어머니는 운명이란 칼에 처참하게 죽었다. 그렇다고 너까지 똑같은 길을 걸으란 법은 없다. 안심해도 좋다. 설사 네가 시시각각 다가오는 죽음에 겁을 먹고 있다 해도, 죽음을 두려워하는 것은 너의 육체를 지탱하는 본능이지, 너 자신이 아니다.

더구나, 너는 그럭저럭 살아날 듯하다.

우수한 전문의와 베테랑 간호사와, 요염한 소리를 지르면서 열심히 숨을 헐떡이는 건강한 어머니와, 그 출산을 응원하는 아버지 덕분에 무사히 태어난 신생아와 마찬가지로, 너에게도 미래는 열려 있는 듯하다. 굴곡이 심한 생애를 보낼지 어떨지는 차치하고, 흔해빠진 일생을 보낼 것 같지는 않다. 어쩐지 그런 분위기다.

나에게 보이는 너의 미래는 평범하지 않다.

너는 실로 건강하지 못하게 태어났음에도 밥 한 공기를 가지고 쩔쩔매는 허약 체질은 아닌 듯하다. 또 피붙이에게 살의를 품게 하는 술주정뱅이가 될 것 같지도 않고, 거만하기만 한 돌팔이 관리도, 어설픈 지식밖에 없는 국문학의 노대가도, 은자의 생활을 동경하는 뱃사공이 될 것 같지도 않다. 그렇다고 그들과 정반대의 인간이 되리라는 예감도 들지 않는다. 재탕 삼탕한 차를 홀짝거리는 인색한…… 금박 손목시계를 열심히 자랑하는 속물 중의 속물…… 무슨 일이든 남한테 맡기는 게으름뱅이…… 책상 앞에 앉아 경을 읽지 않으면 날이 새지 않는다 여기는 겁쟁이. 그런 인간이 될 가능성도 아직 남아 있다.

인간이란 어떻게 변할지 알 수 없는 법이다.

어쩌면 너는 머리띠를 질끈 동여매고서 개악된 노동법에 정면으로 항거하는 노동조합원의 일원이 될지도 모른다. 또는 재수 좋게 돈줄을 잡아 사치의 극을 누리면서 무질서한 나날을 보낼지도 모른다. 혹은 또 신의를 지킨다면서 그 말을 한 입에 침이 마르기도 전에 약속을 어기는 저급한 중년으로 전락할지도 모른다.

아무튼 너의 미래에 관한 그 이상의 영상은 아직 내 시계 안에 들어와 있지 않다.

그러나 머지않아 보일 것이다. 내 온몸이, 뿌리 끝에서 가지 끝까지 그 예감으로 충만하다. 잘하면 식물의 세력권 내에 있으면서, 겨우 반나절 만에 너의 일생을 볼 수 있을지도 모른다. 만약 그렇다면, 이보다 더 멋진 관측 지점은 달리 없을 것이다.

저세상도 그럴 테지만, 이 세상도 불가사의한 일투성이다.

내가 땅속 깊이 마치 인간의 뇌 신경세포처럼 사방으로 뻗은 뿌리로 열심히 빨아올리는 물. 양분을 담뿍 머금은 물. 그 물이 가지 끝까지 올라가는 얼개를 정확하게 이해하는 자는 드물다. 모세관 현상으로만 설명하기는 어려울 것이다. 십 미터 정도 높이의 수목이라면 그 단순한 역학으로 설명이 될 테지만, 그러나 나처럼 사십 미터나 되는 나무는 도저히 불가능하다. 다른 어떤 힘이 작용한다고 믿는 것이 타당하다. 아직 식물학자도 잘 모르는 이야기인데, 그 힘이란 바로 수목이 은닉하고 있는 정신력이다.

사고력은 동물만의 특권이 아니다.

과연 인간 자신은 어떻게 생각할지 모르겠으나, 내 생각에 그들의 식물학은 초창기 단계에서 헤매고 있다. 그들이 수목과 의기투합하여 친구가 되려면 앞으로 천 년, 아니 만 년이 걸릴지도 모른다. 그때까지 그들이 과연 인간이란 종족을 유지할 수 있을까.

나는 생각하는 나무다.

나는 울창한 숲에 천 년이나 머물면서, 지평선 끝을, 수평선 너머를, 우주의 저 너머를, 그리고 사람들 몰래 태어난 갓난아기의 미래를 내다볼 수 있는, 스스로도 그 정체를 알 수 없는 '싸움나무'다. 저기 아무 데나 나 있는, 자손을 남기기에 열심인 나무들과는 성질이 다르다. 식목일 같은 날 천황이 심는 나무와는 격이 다르다. 그런 나무들은 자라면 신목 취급을 받는 모양인데, 실제로는 별 대수로울 것 없다. 덩치만 크고 쓸모없다는 말은 정말이지 그들을 가리키는 것이다.

특히 오늘, 나는 특별한 존재다.

기분이 여느 때 없이 고양되어 있다. 천 년 동안 지내면서 가장 흥분한 상태다. 잎사귀 끝이 잔뜩 긴장하고 있다. 오늘은 내게 잊지 못할 날이 될 것이다. 올해는 최고의 해가 될 것 같다. 오랜 세월, 죽기 전에 꽃 한 번 피우고 싶다는 바람이 이루어졌는가, 하얗고 향기롭고 큼지막한 꽃송이가 내 몸을 한가득 장식하고 있다. 그런데다 주검에서 태어난 생을 가까이서 볼 수도 있다. 그것은 오물에 뒤섞여 있지만, 내게는 논에 내려앉은 학처럼 아름다운 존재이다.

게다가 토막토막이기는 하나, 그 아이의 일생을 순서대로 보기까지 하였다.

보려고 해서 본 것이 아니다. 어디까지나 보인 것이다. 그러나 착각일지도 모른다. 내게로 바람처럼 옮겨져 오는 무수한 영상은, 어쩌면 이 아이가 통과할 미래가 아닌지도 모른다. 평생을 한 장소에서 지내지 않으면 안 되는 나의 소망이 담긴 망상일지도 모른다. 그렇지 않다면, 머지않아 죽을 확률이 지극히 높은 이 아이가 헤쳐나가고 싶어한 나날을, 이 세상에서 살았던 기념으로 내게로 보내, 비문처럼 새기려 하는 영상인지도 모른다.

아무튼 우리는 일맥상통하는 부분이 있다.

우리의 호흡은 정확하게 일치하고 있다. 생물들이 껴안고 있는 거대한 모순을 단번에 지양할, 위대한 힘이 작용하는 것일까.

한 가지 분명한 것이 있다.

그것은, 내가 장난삼아 내 멋대로 상상의 날개를 펼치고 있는 것은 아니라는 점이다. 나는 떠오르는 잡념으로 타인의 운명을 점치는 점쟁이 같은 나무도 아니고, 인간이 하는 일에 일일이 말참견을 하는 특수한 힘을 가진 잔소리꾼도 아니다. 그런데 어찌된 셈인지 그렇게 오해하는 인간들이 많다. 옛날에는 더 많았다. 인간들이 아직 생명의 원칙에서 그리 벗어나지 않았고, 자연도태의 길에서도 지금만큼 벗어나 있지 않았던 시절, 그때는 아주 많았다.

단골 무당이 나를 찾아오던 시절이 그랬다.

추하고 괴이한 용모의 그녀는 영의 힘이 쇠했다느니 어쩌느니 하면서 알몸으로 밤새 나를 껴안고, 상식을 훨씬 초월하는 힘을 얻으려 하였다. 물론 나에게 그런 힘이 있을 리 없다. 오히려 역효과였다. 감기에 걸려 열에 시달리기가 고작이었다. 그런데 그녀는 높은 열에 들떠 허덕이다 불쑥 뱉은 헛소리를 신의 계시라 해석하고, 만족하여 돌아갔다.

인간이란 아무것이든 믿는 생물이다.

내 마음껏 상상을 하자면, 그녀는 정욕을 풀 상대가 견딜 수 없이 그리워지면 찾아와 나를 수컷 대신 사용했는지도 모르겠다는 생각도 든다. 틀림없다. 그 증거로, 그저 나를 껴안고 있는 것이 아니라, 일부러 울퉁불퉁한 줄기를 골라 유방이며 뭐며를 착 밀어붙이고는, 때로는 격렬하게 허리까지 흔들어가며, 비명에 가까운 신음 소리를 내질렀다. 그리고 그녀가 돌아간 뒤에는, 꼭 거기가 닿은 위치에 음탕한 액체가 끈적하게 남아, 하늘가재가 그것을 핥으러 모여들었다.

그녀에게 남자가 꼬여들 가능성은 전혀 생각할 수 없었다.

그녀가 아무리 욕정을 노골적으로 드러낸다 한들, 유달리 키가 크고 몸집도 큰 그녀에게는 어지간히 색다른 취미가 있는 남자라도, 어지간히 술에 취한 남자라도 손을 대지 않을 것이다. 다행히 그녀 자신은 그런 자각이 없었다. 있었다면 살아 있지 않았을 것이다. 그리고 그녀는 나를 껴안는 것이 감퇴한 힘을 충전하는 피맺힌 노력이라고 믿고 있었다.

그녀는 민심을 좀먹는 속신俗信을 이용하여 속임수를 썼던 것은 아니다.

그녀의 연극조의 공수*를 액면 그대로, 때로는 그 이상으로 받아들이는 사람들 역시 이용당하고 있을지도 모른다는 의심은 털끝만큼도 품지 않았다. 그들의 관계는 무의식적인 공모였는지도 모른다. 애정결핍으로 성격이 비뚤어진 여자도, 그녀의 메기주둥이 같은 입에서 한없이 쏟아져나오는 말도, 마음의 귀를 기울여 그것을 듣는 자도, 그렇게 함으로써 상호 발광하지 않을 수 있었던 것인지도 모른다.

인간은 고뇌를 완화시키는 두 가지 방법을 갖고 있다.

한 가지는 손쉽고 익숙하고 중재의 명수 같은 얼굴의 신을 진짜

---

* 신이 내린 무당이 신의 소리를 내는 것.

로 믿고, 그 앞에 두말 않고 엎드리는 방법. 또 한 가지는 그 신의 사자가 되었다는 위대한 착각으로 고뇌하는 사람들의 세계에 군림하는 방법. 그러나 어느 경우든 비극이 배가되는 결과로 끝나는 일이 많다. 단순한 늑간신경통을 죽은 혼의 징벌이라 여겨봐야, 결국 먹어가는 나이는 어쩔 수가 없는 것이다.

여느 때처럼 그녀는 기발한 차림을 하고 있었다.

대체 뭘 뿌렸는지, 도롱이도 갓도 생선 비늘처럼 반짝이는 물질로 덮여 있어, 몸을 움직일 때마다 번쩍번쩍 빛이 났다. 비가 한층 광택을 더해주고 있었다. 그리고 여느 때처럼 그녀는 필요 이상 찡그린 얼굴이었다. 안색은 어딘가 모르게 파리하고, 눈은 새빨갛게 충혈되어 있고, 피부도 까칠해 건강하지 못한 몸 그 자체였다. 비틀비틀한 걸음걸이가 그녀의 인격이 와해되고 있음을 여실히 말해주고 있었다.

다만 평소와는 다른 점이 있었다.

그녀가 갑자기 옷을 벗고 나한테 달려들지 않은 점이다. 그녀는 내 밑둥치에 쭈그리고 앉은 채, 오래도록 꼼짝도 하지 않았다. 상당히 헤매고 있는 모습이었다. 하늘과 땅을 잇는 중개자로서의 자부심도, 여자로서의 자존심도 완전히 잃은 듯이 보였다. 비는 추적추적 내리고, 밤은 구질구질 깊어갔다. 어느 틈엔가 가을이 와 있었다.

그녀를 바람직하다고 여긴 적은 한 번도 없었다.

가능하다면 언젠가 그녀의 얼굴 가죽을 벗겨주고 싶다는 생각을 했다. 이렇게 기괴한 여자들은 한 명도 남기지 않고 제거하여 좀더 상쾌한 기분으로 사람들의 세상을 바라볼 수 있다면 얼마나 멋질까 하고 생각했다. 그런데 그녀는 그런 나의 기분도 모르고, 마치 여기가 자기 집이라도 되는 양 빈번하게 찾아왔다. 더러운 인연이라고 체념하는 길밖에 없었다.

그날 밤 그녀는 상당히 녹초가 되어 있었다.

수몰된 마을처럼 한없는 슬픔에 잠겨 있었다. 좋은 징조였다. 만약 그녀가 지금까지 멋대로 지껄여온 무책임한 말로 인해 짓뭉 개지고 있다면, 그것은 당연한 귀결이었다. 그녀의 신변에 무슨 일이 있었는지, 그런 것은 알고 싶지도 않았다. 소박한 사람들이 사소한 일로 그녀의 능력을 의심하기 시작했다 해도, 또 누구한 테 지적을 당한 것이 아니라 스스로 자신의 입장을 의심하기 시작 했다 해도, 그런 것은 아무래도 상관이 없었다.

설사 나와 관계된 일이 원인이라 해도, 나로서는 어떻게 손쓸 길이 없었다.

그녀가 위로의 말을 듣고 싶어한다 해도, 나는 그 열망에 답해 줄 수 없었다. 나는 사람이나 짐승의 말을 알고 그것을 사용하여 생각할 수는 있지만, 인간의 귀가 들을 수 있는 음성을 발하는 능력은 없다.

결국 나는 식물이고, 그녀는 동물이었다.

가령 인간과 직접 대화할 수 있는 능력을 갖추고 있다 해도, 나는 그녀를 위하여 아무 말도 해주지 않았을 것이다. 그녀가 싫다는 그런 단순한 이유에서가 아니다. 나는 구제란 말 따위는 농담 삼아서라도 하고 싶지 않았다. 왜냐하면 나 자신이 구제를 전혀 필요로 하지 않기 때문이다.

이 세상에서 구제를 필요로 하는 것은 인간뿐이다.

인간이란 존재는 아무튼 너무 들떠 있다. 이 별에서 그들의 영향력은 너무도 강대하다. 그들은 녹지대를 잠식하고 있다. 유감스럽게도 인간이란 종은 너무 번성하였다. 인류가 등장하기 전의 지구를 상상하기보다, 그들이 소멸한 다음의 지구를 상상하는 편이 훨씬 수월하다. 인간이 신과 함께 죽고, 식물이 존재를 회복하는 날이 그리 멀지 않을 것이다. 풀과 나무에도 정신은 있지만, 고뇌라는 성가신 것은 없다. 스스로 흐를 수 없는 생물로서, 그 정도 특전쯤 있어 마땅하다고 생각한다.

인간의 비극은 정체에 그 뿌리가 있다.

무당이 비탄에 빠진 원인은 탕녀가 될 수 없는 여자로 태어났다는 데 있었다. 이 남자에서 저 남자로, 그리고 또다른 남자로 흐를 수 없었기 때문이다. 아직 때를 벗지 못하여 어리숙하게 보이는 남자와, 경멸스럽고 천박한 남자와, 시대의 총아가 될 만큼 꼴도 보기 싫은 남자와, 대단한 의협심을 발휘하는 남자와, 장사 수완이 탁월하여 항상 희희낙락하는 남자들을 번갈아 따라다니면서, 혹은 그런 남자들에게 에워싸이면서 흐르고 흘러 암컷답게 살 수 있었다면, 분명 그런 사태는 벌어지지 않았을 것이다.

지금 그녀의 입에서 흘러나오는 말은 망자의 한탄에 지나지 않는다.

가령 전생의 인연에 관하여 문제 삼지 않으면 안 될 사람이 있다면, 그건 다름아닌 그녀 자신일 것이다. 갑자기 속취가 물씬 풍기는 여자로 돌변한 그녀의 마음은, 파도에 흔들리는 달그림자처럼 천 갈래 만 갈래로 흐트러졌다. 허리를 쭉 펴고, 시원시원한 얼굴로 부조리하기 짝이 없는 말을 늘어놓으며 밤낮으로 상념에 괴로워하는 타인의 미래를 단정적으로 보여주었던 자신만만한 그녀의 모습은 이미 어디에서도 찾아볼 수 없었다.

이럭저럭하다 그녀가 주르륵 눈물을 흘렸다.

나로서는 그런 눈물 따위는 보고 싶지 않았다. 최후의 한순간까지 무당으로서의 본분을 다해주기를 바랐다. 설사 그녀가 무슨 속상한 일이 있을 때마다 애를 태우는, 보통 여자와 다를 바 없는 여자라 해도, 내 앞에서는 본성을 드러내지 않기를 바랐다. 내가 싫어하는 타입이기는 하지만 그래도 그녀를 인정한 까닭은, 진지한 표정으로 근거 없는 말을 떠들어대는 그녀이기 때문에, 태연하게 무례한 언사를 할 수 있는 그녀이기 때문에, 안하무인격으로 행동하는 그녀이기 때문이었다. 물론 그녀에게 사람을 보는 눈이 없다는 것은 애초부터 알고 있었고, 순행하는 운명에 관해 뭐라 말할 수 있는 자격이 없다는 것도 알고 있었다.

그녀는 낯짝 두껍게도 앞서 한 말을 뒤집었다.

그런데도 사람들은 여전히, 그녀가 눈알을 까뒤집고 거품을 물면서 토하는 말이 그대로 맞아떨어진다고 믿고 감격하였다. 그녀 자신이 그 말을 믿고 있었기 때문이 아닐까. 사람은 사람이 믿는 것을 믿는다. 인간이란 그런 동물인 모양이다.

필시 그녀는 또다른 자신이 믿는 것을 믿고 있었던 것이리라.

나한테 올 때마다 그녀는 늪가에 우뚝 서서, 일광욕을 하는 도마뱀처럼, 자신의 괴이한 모습을 황홀하게 바라보곤 하였다. 선정적인 바람이 숲을 빠져나와 늪의 수면을 질러갈 때, 그녀를 지탱하고 무당답게 하는 광휘가 태양의 빛보다 더 눈부시게 느껴졌었다. 그리하여 희미하게 들리는 저녁 종소리에 이끌리듯 마을로 돌아가는 그녀의 뒷모습은, 과연 예사 인간과는 달랐다.

그런 그녀가 하필이면 나를 상대로 신변 이야기를 털어놓기 시작한 것이다.

그것도 적나라한 고백을…… 무당에게는 어울리지 않는 불평을…… 이것도 아니고 저것도 아니라고 주절주절 늘어놓으면서, 그녀는 회한에 찬 눈물을 떨어뜨렸다. 요컨대 하늘도 무심하다는 말을 하고 싶었던 것이리라. 다정히 얘기라도 나눌 수 있는 남자 한 명쯤 있는, 최소한의 조건을 갖춘 여자로 태어나고 싶었던 것이리라.

나는 실망하였다.

적당히 그만하라고 소리치고 싶었다. 울고 싶은 만큼 실컷 운 그녀는 이번에는 아주 싸늘한 표정으로 나를 위협하였다. 사십 일간의 여유를 줄 테니까 그동안 자기 소원이 이루어지게 하지 않으면 나한테 불을 지르겠다는 것이었다. 참 어처구니없는 여자다. 그 말만 남기고 여자는 다시 번쩍번쩍 빛나는 도롱이와 갓을 뒤집어쓰고 부슬부슬 내리는 빗속으로 돌아갔다. 어둠도 그녀의 험악한 분위기에 겁이 나 길을 비켜주었다. 마른 가지와 낙엽을 밟는 거친 발소리가 멀어진 후에도, 부엉이와 하늘다람쥐는 꼼짝 않고 숨을 죽이고 있었다.

한편 사십 일이란 정해진 기간 동안 나는 제정신이 아니었다.

화가 치민 여자가 기분 내키는 대로 지껄인 협박의 말이니까 일일이 신경쓸 것 없다고 하루에도 몇 번이나 자신에게 말했다. 어쩔 수 없는 일이었다. 삼림을 이루는 수목이 가장 두려워하는 것은 지진도 한발도 아니고 화재였으므로. 모닥불을 피웠다가 뒷마무리를 제대로 하지 않아 남은 불씨, 낙뢰, 담배꽁초, 숯의 불똥, 돌풍으로 인한 자연발화, 미치광이의 방화. 천 년 동안 숲은 이루다 헤아릴 수 없을 만큼 불의 세례를 받았다. 요행히 나는 죽지 않고 살아남았지만, 혼자 힘으로는 일 센티미터도 움직일 수 없는 나무들은 화형에 처해진 인간처럼 격렬하게 몸을 뒤틀며 발버둥치다가 끝내는 죽어갔다.

사십 일이 마치 나흘처럼 금방 지나갔다.

그리하여 사십 일째, 가을의 해질녘, 이제 나타나지 않을지도 모른다고 안도할 무렵, 그 무당은 높은 소리로 쩍쩍거리는 때까치들을 침묵시키며 모습을 나타냈다. 그녀는 잊지 않았던 것이다. 손에는 기름이 든 항아리와 불쏘시개를 들고 있었다. 그녀는 살기가 등등했다. 정말 불을 지를 작정이었다. 주저함이 없었다.

그녀는 도착하자마자 기름 항아리를 내게 냅다 던졌다.

여전히 사람 같지 않은 용모에, 특히 그날은 눈이 뒤집혀 있었다.

나를 원망하고 저주하다니 착각도 유분수인데, 그녀는 펼쳐놓은 불쏘시개 위에 돌을 비벼 불꽃을 일으켰다. 줄기에 뿌려진 기름에 불꽃이 훨훨 일자, 그녀는 깔깔 웃었다. 웃을 일이 아니었다. 검은 연기가 끝가지를 향하여 뭉글뭉글 피어오르다, 불어오는 바람에 숲의 남쪽으로 흩어졌다.

불꽃은 연기만큼 기운차지 않았다.

기름이 다 타버리자 급속도로 사그라졌다. 만약 그녀가 불을 다루는 데 더 능란했더라면, 그 정도로 끝나지 않았을 것이다. 가령 마른 가지들을 그러모아 산더미처럼 쌓아놓고 불을 질렀다면 국물도 없었을 것이다. 내가 불에 타 죽는 것은 말할 것도 없고, 피해가 광범위하게 확산되어, 최악의 경우에는 하룻밤 사이에 이 멋진 숲이 황량한 벌판으로 화했을지도 모른다.

얼마 있자 불길은 점차 사그라지고 연기도 수그러들었다.

줄기 표면과, 마침 그곳을 기어가고 있던 곤충 몇 마리가 타는 정도로 끝났다. 살아 있는 나무가 그렇게 간단히 불에 탈 리가 없다. 그런데 무당은 무슨 속셈인지, 그것을 기적이라고 단정하였다. 그러고는 또 나를 과대평가하였다. 그녀는 내 밑동에 넙죽 엎드리더니, 죄송하다 잘못했다 자신의 죄를 빌면서 피가 배어나오도록 이마를 땅에 비벼대고 용서를 구했다.

"음, 용서해주지."

그렇게 말한 것은 물론 내가 아니라 그녀 자신이었다. 그녀는 스스로 한 말에 고개를 끄덕이면서 이번에는 또 감사하다는 말을 늘어놓으며 감격의 눈물을 흘렸다. 이제 얌전히 돌아가주었으면 했는데 뻔뻔스럽게도 그다음 소원을 빌어냈다.

무당은 온갖 미사여구를 동원하여 나를 칭송한 후에 이렇게 부탁했다.

차제에 우주에 편재하는 유형무형의 힘을 남김없이 부여해주십시오, 라고. 뭐가 차제란 말인가. 그러나 이번에는 협박조의 말을 늘어놓지는 않았다.

"좋아, 주지."

그렇게 말한 것도 물론 그녀였다.

"다만, 천천히"라고 말한 것도, "한꺼번에 많은 힘을 주면 죽어버릴 테니까"라고 말한 것도, 또 "그 대신 평범한 행복을 바라면 당장에 효력이 없어질 것이다"라고 말한 것도 그녀 자신이었다.

참으로 그럴싸한 구실을 생각해냈다.

그럴 조건만 갖추고 있으면, 최악의 사태가 벌어지더라도, 인간을 초월하는 힘이 없다는 사실이 들통나더라도 어떻게든 빠져나갈 구멍이 생길 것이다. 더 나아가서는 번뜩 제정신을 차리고 객관적인 눈길로 자기 자신을 보게 되었을 때, 뇌 속에서 대혼란이 일어나 끝내 미쳐 죽는 일도 회피할 수 있을 것이다. 그러나 인간이란 생물은 한결같이, 잘하든 못하든 그렇게 일인극을 연기하며 살다가, 가능한 한 애매한 형태로 죽어가는 존재다. 그게 가장 현명한 삶의 방식인지도 모르겠다. 그렇게라도 하지 않으면 인간 따위, 너무도 어리석어 살아내지 못할지도 모른다.

그 직후 그녀에게 일어난 일은 나와는 아무런 관계가 없다.

아니 그렇지도 않다. 전혀 관계가 없는 일은 아닌 듯하였다. 그녀의 머리 위로 떨어진 굵직한 가지는 방금 전까지 나의 일부를 이루고 있었으므로. 그렇다고 그 가지에 나의 원한이 담겨 있었던 것이 아니냐는 것은 말도 안 되는 억측이다. 우연히 그런 일이 생겼을 뿐이다. 전형적인 우연에 지나지 않는다.

무당은 그 자리에서 풀썩 주저앉으며 앞으로 고꾸라졌다. 나는 분명 죽었을 거라고 생각했다. 그녀의 몸은 소한테 밟힌 개구리 꼴이었다. 아니 훨씬 더 추악한 비유를 해도 무방하리라.

그런데 실신한 그녀의 옆얼굴이 믿을 수 없을 만큼 아름다웠다.

그 아름다움에 나는 잠시 넋을 잃고 말았다.

구혼자가 줄줄이 늘어선 아가씨보다 훨씬 예뻤다. 한 폭의 그림이라 해도 좋을 정도로 단정한 옆얼굴이었다. 나뭇가지에 부딪치는 바람에 얼굴 생김이 그렇게 달리 보이는 것일지도 모른다고 의심했지만, 실상은 그렇지 않았다. 얼굴에는 상처 하나 없었다. 그래서 나는 이렇게 생각했다. 기절한 것이 아니라, 죽은 것이 아닐까 하고. 죽음이 그녀를 일변시켰을지도 모른다고. 죽음에는 그만큼 극적인 힘이 숨겨져 있다. 죽음과 아름다움은 마치 탄두와 신관의 관계와 같다.

그런데 무당은 살아 있었다.

잠시 정신을 잃었을 뿐이었다. 한참 후 정신을 차린 그녀는, 돌에 걸려 넘어진 아이가 그러듯 벌떡 일어나, 무슨 영문이었는지 살펴보지도 않고, 정수리에 생긴 거대한 혹을 쓰다듬으며 비틀거리며 돌아갔다. 그 모습이 어지간히 우스웠는지, 어치새가 요란한 소리를 내며 웃었다. 덩달아 딱따구리가 웃고, 정직하지만 속이 좁은 멧새도 숨죽여 웃었다. 그 웃음들이 사그라들자, 별이 빛나는 달밤이 시작되었다.

나는 후 하고 안도의 한숨을 쉬었다.

무당이 어슴푸레한 어둠 속으로 삼켜지고 마른 낙엽을 밟는 소리가 거의 들리지 않을 즈음, 느닷없이 끔찍한 비명 소리가 숲을 흔들었다. 비명이라기보다 애조를 띤 절규에 가까웠다. 그것은 마치 격에 맞지 않는 발언처럼 순간적으로 숲을 침묵케 했다. 벌레 한 마리 울지 않는 정적이 숲을 덮었다. 그사이 가을이 한층 깊어졌다.

그녀의 비명 소리가 틀림없었다.

그러나 그다음에는 아무 소리도 없었다. 독사라도 밟은 것인가. 곰이라도 만난 것일까. 어느 쪽이든 나는 알 길이 없었고, 알고 싶지도 않았다.

이후 그녀는 전혀 모습을 보이지 않았다.

그렇다고 그렇게 쉽사리 죽을 여자라고는 여겨지지 않았다. 어쩌면 숭배의 대상을 나무에서 별로 바꿨는지도 몰랐다. 하룻밤 사이에 별무리 숭배자로 전향한 그녀는, 분화 때문에 크게 모습이 변한 산꼭대기에 서서 특별한 힘을 얻으려고 온 마음으로 기도를 올리고 있는지도 모른다. 아니면 운 좋게 유별난 취향의 남자를 만나, 기꺼이 꼬임에 넘어가 눈치 빠른 마누라로 둔갑해서는 잎맥이 나란한 잎사귀처럼 보기 좋고 행복한 부류에 속하는 일생을 보냈는지도 모른다.

그로부터 몇백 년이란 세월이 흘렀다.

해마다 나는 이른봄의 상쾌한 공기와, 풍년의 징조인 대설과, 가슴 벅찬 단풍과, 의기충천한 기세로 난동을 부리는 뇌우와 함께 착실하게 생장을 계속하였다. 그리하여 새삼스럽게 시간이란 것의 위대함을 생각한다. 시간은 언제든 이해가 빠르고, 원한을 털어내주고, 분노에 미쳐 날뛰는 자의 태도를 단박에 유연하게 만든다. 그 반면, 시간은 기다리며 살 수밖에 없는 자를 초조케 하고, 만사에 성급한 자의 자유를 절반으로 삭감하고, 꽃에 흔들리는 마음을 지닌 구경꾼들의 뺨을 느닷없이 때린다.

지금, 내 가지 끝에 앉은 오동통한 점박이 철새가 이렇게 지저귀고 있다.


"아아, 흐르는 세월의 아쉬움에 몸이 저리네."


시간은 흐르고, 너는 시간의 견해에 동의하면서 흘러간다.

너는 신진기예의 흐르는 자다. 그러나 시인할 수 있는 행위만 하는 궁극적인 유랑자가 되기에는 아직 더 시간을 필요로 할 것이다. 결코 자유의 편린만을 그러모으는 수집광이 되어서는 안 된다. 네가 손아귀에 거머쥘 자유는 끊임없이 발전하는 고품질이 아니면 안 된다. 왜냐하면 너란 놈은 이 숲이 낳은 유일무이한 인걸이기 때문에.

목하 너는 내 기대에 부응하는 흐름을 유지하고 있다.

설원에 뾰족 얼굴을 내밀고 있는 새싹처럼 그 기운이 날로 더하고 있다. 어느 월요일 오후에 참담하게 무너진 주가를 계기로 비롯된 인플레 속을, 다시금 대두한 극좌와 극우 사상 사이를, 악인들이 횡행하는 난세를, 너는 쉬지 않고 흘러간다. 제삼자의 눈에는 어떻게 비칠지 모르겠으나 너는 일개 민간인이 아니다. 적어도 이 나라에서 너만큼 해방된 인간은 없을 것이다.

민주주의 이념은 방치된 채다.

발언권을 박탈당한 것이나 다름없는 사람들이 평생을 그늘에서 살자고 다짐하고 있다.

숨겨둔 장물을 무더기로 나누어 가지는 그런 무리들이 바깥 세계로 추악한 모습을 당당히 드러내고 있다.

은행의 도산과 식량 부족으로 인한 소동이 점점 확대되고 있다.

국민의 인내를 강요하는 정부는 결국 극소수의 재력가들로 지탱되고 있다.

강한 권력의 태풍에 몰려 쫓겨다니는 자와 감옥 창문으로 무죄를 호소하는 자들이 급증하고 있다.

그러나 너의 흐름을 저지하는 자는 없다.

너의 발걸음은 항상 가볍다. 그것은 정치색을 불식한 걸음걸이다. 너는 싸구려 임금에 몸을 맡기지 않고, 때묻은 더러운 차림도 아니다. 또 경찰에 구류되는 실수도 하지 않는다.

너는 어떤 새로운 사태에도 기민하게 대처할 수 있다.

『원숭이 시집』을 남김없이 배우려 하는 너는, 세상의 얼개와 인간의 본성을 알아가고 있다. 뒤죽박죽인 현실의 요점을 순간적으로 파악할 수도 있다.

일반 대중은 사람의 말을 이해하는 원숭이다.

그들은 맹종할 수 있는 상대를 기다리고 있다. 즉 탄압을 원하는 것이다. 애당초 그들은 준수해야 할 규칙과 그렇지 않은 것을 구분하는 식견 따위는 갖고 있지 않다. 그들은 자신을 의지하지도, 움직이려고도 하지 않으며, 서로의 눈치만 볼 뿐이나. 그들이 가장 즐기는 수단은, 권력을 마음대로 주무르는 무리들에게 부끄러움도 염치도 모르고 애원하는 것이다.

풍요로운 시절은 앞으로 당분간 찾아올 것 같지 않다.

뒤늦게나마 이 사실을 깨달은 인간들은 사분오열하고 있는 야당 여당에 넌더리를 내고 있다. 그리고 그들은, 타협안을 잇달아 걷어차는, 투실투실 살이 쪄 자라목 같은 남자의 선동성에 매혹되어, 문치파文治派라고는 도저히 여겨지지 않는 수단으로 정부를 전복하려는 그의 흑심을 묵인하고 지지하고 있다. 세상에는 그 작자의 손발처럼 움직이는 브레인이 줄지어 있다고 믿고 있다.

해명의 여지가 없는 반칙 행위…… 지금은 그런 것이 존재하지 않는다.

과거의 풍요로운 시대를 다시 한번 되살릴 수 있다면, 일시적인 국민 부재의 상황도 감수해야 한다는 분위기가 무르익고 있다. 그래서 스스로 무관의 제왕을 자처하는 그 정치가는, 입을 열었다 하면 정적을 비판하는 그 독설가는, 열광적인 지지자들 사이에서 철인이란 별명으로 불리는 그놈은, 점점 더 고압적인 자세로 나오고 있다. 논거가 애매한 실리주의를 열심히 부르짖고, 국운을 거는 위험하기 짝이 없는 정책을 연일 내세우며, 국화와 벚꽃 모양으로 너덜너덜 장식한 허풍을 떨고 있다. 주목의 대상인 그는, 그 이름을 내외에 떨칠 소지를 착착 쌓아가고 있다. 그는 어느 틈엔가, 전쟁과 평화라는 양단논법을 포기하였다. 그런 인물의 등장에 목청을 돋우어 반대하던 시절은 먼 옛날이다.

그놈은 말한다.

경제에 앞서 반드시 회복해야 하는 것은 야마토大和*, 민족의 엄격한 혼과, 절대로 도덕과 의리를 배반하는 일이 없는 빛나는 국민성이라고. 이웃 나라에서 연달아 정변이 일어나고 있는 오늘날, 다시 한번 국민으로서의 존재 양식을 스스로에게 물어봐야 하지 않을까, 라고. 현실 세계는 무수한 투쟁으로 성립되어 있으며, 그것을 배제하고는 개인의 번영도 국가의 안녕도 보장할 수

---

* 일본의 옛 나라 이름. 지금은 주로 일본 정신을 강조할 때 쓰인다.

없다고.

그런 그의 발언을 봉쇄하는 자는 이미 한 명도 없다.

오히려 그의 발언을 지론이라고 믿는 사람들이 급증하고 있다. 그 탓에 한때 쇠퇴한 듯 보이던 수數의 논리가 다시 기세를 떨치고 있다. 서민은 아직, 자신들이 기대하는 것이 국권의 발동임을 미처 알지 못한다. 어렴풋이 인식한 자라도, 엄청난 이익을 탐식하기에 적절한 시대의 도래라고밖에 생각지 못한다. 놈들은 뒷전에서 은밀하게 자금을 돌리고 있다.

파멸의 밑그림까지 꿰뚫어볼 수 있는 지혜로운 인간은 흔치 않다.

이미 견제력이란 대의명분하에 핵무기 개발이 용인되고 있다. 주변 제국이 보유하고 있는 이상 우리나라도 보유하지 않을 수 없다는 이 가벼이 결정할 수 없는 문제에 대해서, 견식 있는 척 의견을 토하고 싶어하는 자들이 열을 올려가며 벌였던 격론은 대체 뭐였던가. 전쟁에 자진하여 협력하는 과학자가 능력에 넘어서는 대우를 받고 있다.

너의 애독서이며, 성전이기도 한 『원숭이 시집』에는 이렇게 쓰여 있다.


국민이기에 앞서 그대 자신의 긍지를 우선할 것이다.

아무리 세상이 혼란스러워도, 고독을 동반한 흐름을 멈추어서는 안 된다.

한곳에 머물러 이상향의 건설을 꿈꾸어서는 안 된다.

설령 정의의 집단이라 하더라도, 구태여 참가할 것까지는 없다. 왜냐하면, 집단과 자유는 항상 상반되기 때문이다.


너는 그렇게 살고 있다.

너는 철의 다리를 소유한 자다. 너는 쉬지 않고 걷는다. 산책이란 말만 들어도 흥하고 고개를 돌리는 무정한 자가 십 년 걸려 걸을 거리를 너는 불과 일 주일 만에 걷는다. 실제로 지금 너는 봄다운 따사로운 햇살 속을, 보리밭 사이로 난 오솔길을 따라 터벅터벅 걷고 있다.

변함없이 달랑 옷만 걸쳤을 뿐이다.

바지에 재킷, 티셔츠, 양말, 물집이 잘 생기지 않고 때가 타지 않는 신소재로 만든 구두…… 모두 검정으로 통일되어 있다. 그리고 청결하고 말쑥하다. 이전과 다른 것은 머리카락을 포마드나 헤어젤을 발라 고정시키지 않은 점이다. 너의 풍성한 머리칼은 동풍을 맞으며 기분 좋게 살랑살랑 나부끼고 있다.

너의 예측하기 어려운 미래가 반짝반짝 빛나고 있다.

너란 놈은 너를 포함한 그 누구도 멸시하지 않는다. 또 어느 누구에게도 적대 행위를 하지 않는다. 너는 대인공포증이 없다. 인간을 분류하고, 그 결과 끝없이 서로 으르렁거리지 않으면 안 되는 것은, 자유 그 자체인 혼을 스스로 가둔 사람들이지 너는 아니다. 너와는 달라 머물러 있기 좋아하는 사람들. 그들은 오로지 땀을 뻘뻘 흘리며 일하여 자리를 잡는 일에 열심이고, 스스로 결정해야 할 중대한 문제를 타인에게 맡긴다. 그 당연한 결과로 국민을 계몽하기 위해서라고 사칭하는 반동 주모자들의 손아귀에 놀아난다.

너의 떠가는 구름 같은 생활은 점점 광택을 더하고 있다.

너는 불현듯 걸음을 멈추고 먼 파도 소리에 귀를 기울인다. 그리고 해양성 기후의 미소한 변동을 감지하고, 자기도 모르게 탄성을 흘린다. 너는 하얀 구름이 걸려 있는 능선의 아름다움에 넋을 잃고 걷는 사이, 그 산의 정상에 서서 세상을 조감하고 싶은 욕구에 사로잡힌다.

그리하여, 너는 불과 몇 시간 만에 그 산을 오른다. 표고 이천 미터 위의 암석에 묵직하게 자리 잡은 너는 고양된 기분으로 『원숭이 시집』을 낭독한다.

주저뿐인 세상에서 너는 거취에 주저하지 않는다.

항상 자신만만한 것은 아니지만, 그래도 삼거리 한가운데서 고민하는 일은 없다. 또 오줌 냄새 나는 막다른 골목길에서 우왕좌왕하는 일도 없다. 우박을 맞아 우수수 떨어지는 찌르레기 떼를 보아도 너는 침착함을 잃지 않는다.

너는 그렇게 젊은 나이에 이미 이 세상의 고참이 되었다.

자기도 모르는 사이에 너는 인가가 밀집한 지역이나 사람들의 숨으로 후텁지근한 장소를 피해 지나간다. 그러나 마음을 닫고 있는 자는 아니다. 인간에게 흥미를 잃은 자는 아니다. 자기 혼자 좋아서 세상과 대치하는 자도 아니다. 여전히 뻥 뚫려 있는 네 마음의 바람구멍은 무엇이든 빨아들이려고 항상 밖을 향하여 열려 있다.

오늘 오전중 너는 많은 사람들을 만났다.

지방치고는 꽤 큰 도시를 통과할 때의 일이었다. 새싹이 움트기 전, 알몸으로 서 있는 가로수 사이 넓은 길을 신사연하는 남자가 걷고 있었다. 그 남자는 중절모를 쓰고 줄무늬 양복 위로 회색 망토를 걸치고, 길쭉한 우산을 지팡이 대신 짚고서는, 자기한테는 불가능한 일이 하나도 없다는 양 도도한 얼굴로 걷고 있었다. 흰색이 섞인 멋들어진 턱수염에는 무언가 묵시적인 의사 표시가 느껴지고, 두툼하고 남자다운 입술 끝에 물린 궐련에서 피어오르는 연기에는 복고사상의 부활을 바라는 염원이 담뿍 담겨 있었다. 지금까지 그는 사회의 쓰레기 같은 존재였을 것이다.

그런데 요즘 들어 갑자기 그런 유의 남자들의 진출이 현저해졌다.

약간은 분열 기질이 있는 그들은, 논지의 근거가 빈약한 퇴색한 국수주의를 떠들고 다니고, 허풍스럽게 경종을 난타하면서 개인의 자유를 무시하려 하고 있다. 그들은 무슨 일이 있으면 수호신에게 참배하고 싶어하고, 성대한 장례식 행렬에 참가하고 싶어하고, 의협심을 위장한 행위와 사람을 분발시키는 거짓말로 자신을 치장하고 싶어한다.

그러나 너는 이미 그들의 본질을 꿰뚫고 있다.

그런 남자들이야말로 정작 어려운 일이 생기면 동료를 아무렇지도 않게 버리고, 자신의 목숨보다 우선한다고 떠들었던 국가도 미련 없이 배반하고 만다. 쏜살같이 도망치는 것이야말로 그들의 진정한 모습이다. 그런 그들의 최대의 꿈이란 쟁쟁한 치들이 모여드는 고급 요정에서 밤마다 즐기는 환락이며, 그렇지 않으면 대공연을 감독하는 지위이다. 애당초 그들에게 맨손으로 적에 대항할 배짱 따위는 없다. 아깝게도 적기를 놓친 명인들이다.

너는 그 작자를 지그시 관찰하였다.

중후한 망토를 걸치고 있음에도 타인의 뜻에 영합하기에 능란한, 잔재주를 부리다 경멸당하는 음흉한 장물아비처럼 주먹세례를 퍼붓기에 충분히 가치 있는 남자였다. 그렇다고 고작 그런 이유로 일일이 손을 보는 네가 아니다. 그런 것은 흐르는 자가 할 짓이 아니다.

그러나 상대방은 힐금힐금 보는 너의 시선이 신경에 거슬린 모양이었다.

그는 발끈하여 뒤돌아, 너를 빤히 쏘아보았다. 그러고는 이렇게 한껏 으름장을 놓았다.

"어이, 애송이. 나한테 무슨 볼일 있나?"

네게 소란을 피울 마음이 없다는 것을 안 남자는, 성큼성큼 걸어와 또 이렇게 말했다.

"너 같은 쓰레기가 일본을 말아먹는다."

그렇게 말한 그는, 우산 끝으로 너의 콧잔등을 밀었다.

너는 원래 그런 놈을 상대할 마음이 전혀 없었다. 너의 기민한 움직임과 싱싱한 체력으로, 그런 얼간이 같은 놈 하나나 둘쯤은 한 방에 때려눕힐 수 있을 것이고, 또 한 방에 목뼈를 부러뜨릴 수도 있을 것이다. 그뿐인가. 너는 우산보다 더 굉장한 무기를 휴대하고 있다. 고급 철강으로 만든 대형 잭나이프가 너의 바지 속에, 성기 바로 옆에 숨겨져 있는 것이다.

산 것도 훔친 것도 아니다.

주운 것이다. 걷다 지쳐 굽은 등뼈를 쭉 펴려고 상체를 활처럼 뒤로 젖혔을 때, 위아래가 뒤바뀐 풍경 한구석에 떨어져 있는 것을 발견하였다. 상가를 낀 주택과 입지 조건이 나쁜 동네 공장 사이 좁은 틈에, 정체불명의 다른 잡동사니와 함께 나동그라져 있었다. 좋은 만남이었다. 본 순간, 너는 직감하였다. 그 나이프 또한 흐르는 자임에 틀림없다고. 양자 사이에는 뭔가 통하는 것이 있었다. 이리하여 너는 백발의 원숭이란 스승에 이어, 마음 든든한 친구를 얻게 되었다. 그것은 호신용도 아니고 길가는 사람한테서 금품을 빼앗기 위한 것도 아니었다. 하물며 너의 흐름을 방해하는 누군가와 겨루기 위한 무기도 아니다. 그 나이프는 지금 너의 장사 수단으로 크게 도움이 되고 있다.

너는 전혀 기죽지 않고 중절모의 사내를 똑바로 쳐다보았다.

물론 지니고 있는 나이프에 대해서는 내색도 하지 않았다. 또 입가로 적의를 드러내거나 눈으로 살기를 띠는 일도 하지 않았다. 너는 그저 조용하게, 마치 돌비석 같은 것을 보는 것처럼 상대를 쳐다보기만 하였다. 그러자 사내는 갑자기 주춤거리기 시작하더니 앙갚음을 겁내는 표정으로 우산을 내리고, 뭐라고 작은 소리로 중얼거리다 배기가스와 대중의 불평불만이 충만한 거리를 가로질러 사라지고 말았다.

그후에 네가 만난 사람은 사거리에 서서 꽃을 파는 소녀였다.

지독스레 두꺼운 화장을 한 그녀의 가녀린 팔에 안겨 있는 것은 전부 조화였다. 그러나 그 색이며 모양이며 향기며 감촉은 진짜를 훨씬 능가하고 있었다. 너무도 아름다운 가짜 꽃은, 입을 모아 이런 말을 하고 있는 듯하였다. 테크놀로지와의 공존은 가능하다고.

너는 웃음 지으며 허물없이 말을 거는 소녀를 피하여 근처 골목길로 쑥 들어갔다. 그런데 그녀가 뒤쫓아와 네 앞을 가로막고 용건을 말했다. 어디까지나 비유적인 말투였는데, 단도직입적인 말투보다 몇 배나 선정적인 울림을 지니고 있었다. 너는 그럴 마음이 없었다. 그녀의 어린 육체에는 손가락 하나 대지 않고 푼돈을 쥐여주었다. 너는 소녀가 내미는 빨간 장미를 받지 않고 재빨리 그 자리를 떠났다.

마을 어귀 공원 잔디 위에 노동자인 듯한 남자가 엎드려 있었다.

봄날의 햇살을 담뿍 받으면서 체면 불구하고 자고 있었다. 코 고는 소리만 들리지 않았더라면 시체를 연상했을지도 모른다. 증가하는 실업자 중의 한 사람이 틀림없을 그 남자에게 따끈따끈한 공기는 마른 땅에 자비로운 비 같은 효과를 내고 있을 것이다.

너는 멈춰 서서 그를 내려다보았다.

그 남자의 얼굴은 깊은 잠에 빠져서도 불안에 떨고 있었다. 아

338

무래도 그런 상황을 위기라고밖에 받아들이지 못하는 남자인 듯하였다. 가계를 제대로 꾸릴 수 없게 되었다는 것만으로 자신의 모든 것이 끝났다고 단정짓고 있었다. 직장을 잃은 자는 이미 사회인으로서의 품위를 유지할 수 없고, 존중되어야 할 인권 일체를 포함한 자유를 완전히 상실하였다고 생각하고 있는 것이다. 만약 그렇다면 어처구니없을 정도의 인식 부족이라고 너는 생각하였다.

너는 조금 더 가까이 다가가 너의 그림자를 그자의 얼굴 위로 떨어뜨렸다.

햇빛이 가리어 한기를 느낀 그 너덜너덜한 사내의 코 고는 소리가 뚝 멈췄다. 이어 그는 한쪽 눈을 가늘게 뜨고, 이윽고 양쪽 눈을 뜨고 너를 올려다보았다. 그러고는 천천히 일어나, 아무 말도 하지 않고 사라지는 너의 뒷모습을 이상하다는 듯 바라보았다.

그후의 그에게 어떤 변화가 있었는지는 알 수 없다. 메마른 눈에 산 자의 생기가 돌아왔는지 분명하지 않다. 인간이란 원래 무일푼이란 것을 깨닫고 자유의 입구에 섰는지, 아니면 하루하루를 마지막이라 여기고 열심히 사는 길을 택했는지 알 길이 없다.


얼마 후 너는 장의사 앞을 지나게 되었다.

꽤나 형식미를 존중할 것 같은 엄숙한 표정의 주인과 그 아내가, 똑 닮은 부부가, 양 눈썹 사이로 깊은 주름을 그리며 손님을 상대하고 있었다. 네가 일부러 걸음을 멈추고 창 너머로 그들의 모습을 살핀 까닭은 세 사람의 옷차림이 검정으로 통일되어 있었기 때문이다. 손님의 등이 때때로 바들바들 떨리는 것은, 아마도 흐느끼고 있기 때문이리라. 어쩌면 그녀는 사랑하는 아이를 잃었는지도 모른다.

이어 너는 유리창에 비친 너의 모습을 멀거니 바라보았다.

그렇게 너는 자신의 몸을 감싸고 있는 검정의 질을 확인한다. 즉 그것이 죽음을 뜻하는 검정이 아님을, 신의 심판을 받기 위한 검정이 아님을 재확인하는 것이다. 너는 끊임없이 죽음과 무릎을 맞대고 싶어하는 유별난 성격의 인간이 아니다. 그렇다고 죽음을 외면하는 겁쟁이도 아니다. 장의사 앞을 떠나 몇 걸음 채 걷기도 전에 길 위에 나뒹구는 진짜 시체를 보고도 너는 눈 하나 깜짝하지 않았다. 그것은 죽은 것처럼 잠들어 있는 산 자가 아니라, 시신의 입장에 철저한, 더 이상 손쓸 길 없는 사자였다.

그는 방금 전 진압된 폭도의 일원이었다.

이름 모를 그 남자는 길바닥에 큰대자로 널브러져 있었다. 얼핏 보기에 외상이랄 만한 상처도 없었고, 따라서 피 한 방울 흘리지 않았다. 그는 선량하고 건강하고 촌스러운 시민의 형상을 고스란히 유지하고 있었다. 나이는 한 사오십. 이런 일을 당하지 않았더라면―필시 목숨을 걸 각오는 되어 있지 않았을 것이다―허드렛일이나 하며 평생을 끝마쳤을, 언성 한 번 높이지 못했을 인상. 무슨 문제 하나 제기하지 않는 죽은 얼굴. 한쪽 구두가 벗겨져 있었고, 양말에는 커다란 구멍이 뚫려 있었다. 요컨대 그 주검은, 보는 이의 피를 끓게 하는, 정국에 일대 전기를 초래할 만큼의 힘을 지닌 주검은 아니었다.

그 주검을 위하여 소리 없이 눈물을 흘리는 자는 없었다.

누구 하나 돌보는 이도 없고, 마치 차에 치인 고양이처럼 하염없이 그렇게 방치되어 있었다. 경찰의 모습도 보이지 않고, 모자를 깊숙이 눌러쓰고 비밀스레 상황을 살피는 동료의 모습도 보이지 않았다. 양쪽 다 바빠서, 이미 가치를 상실한 인간에게 신경쓸 틈이 없을 것이다. 그 주검을 보는 통행인들은, 순간 놀라 걸음을 멈춘다.

너는 주검을 구경하는 사람들을 구경하였다.

치켜뜬 눈이 남자 못지않아 보이고, 한시도 담배를 놓지 않는 황토색 얼굴의 여인. 그녀는 중립적인 냉정한 태도를 견지하면서, 그러나 누구보다 주의 깊게 사자를 바라보고 있었다. 마치 죽음이란 것에서 아주 중요한 무엇을 배우려는 듯했다. 그녀 외에는 다들 겁을 내고 있었다. 아무리 불합리한 위정자라 해도 정면으로 대들면 어떤 꼴을 당하는지 보여주는 더할 나위 없는 교재.

구경꾼들은 살이 되는 공부를 한 셈일까.

진정 항의와 저항이 국민으로서의 권리이며 의무라고 생각하여 어리석게 궐기하면 어떻게 되는지를 두 눈으로 똑똑히 본 그들은, 자신의 한계를 깨달았을 것이다. 그들의 가슴속에 쌓이고 쌓인, 고이고 고인 어정쩡한 분노가 한꺼번에 무너져내렸을 것이다. 울화통이 터져서 정의를 몸소 실천한 결과가 이 꼴밖에 안 된다는 결론을 내렸을 것이다. 그런 사람들이 대부분인 한, 애써 반역을 도모한 무리들은 세상에 해악을 끼쳤다는 한마디로 깨끗하게 치부되고 만다.

그때 너는 생각하였다.

죽은 자에게 도움을 주고 싶다는 충동에 사로잡혔다. 그리고 그 충동은 마치 우정의 발로이듯 자연스러운 행위로 이어졌다. 그렇다고 별 대수로운 일은 아니었다. 그저 벗겨진 구두를 다시 신겨주었을 뿐이니까. 하지만 너는 미처 자신 속에 움튼 아우라 같은 정체 모를 분노를 깨닫지 못하고 있었다. 그런 너를 본 사람들은, 아주 용감하고 마음씨 고운 젊은이란 점은 충분히 인정하면서도, 그것이 오히려 덧없는 친절이 되어, 언젠가 너 역시 죽은 자와 비슷한 운명을 더듬게 될 것이라고 예감하지 않았을까.

네 덕분에 구두를 신은 남자는, 신기하게도 주검으로서의 품위가 한결 더해졌다.

얼굴 표정까지 변한 것처럼 보이니 어쩐 일일까. 박학다식한 청백리⋯⋯ 신임이 두터웠던 사람⋯⋯ 자타가 반체제적인 입장을 취하고 있다고 인정하였던 존재⋯⋯ 풍요로운 시상을 간직하였던 불세출의 기인⋯⋯ 추락사한 용기 있는 조인鳥人. 그의 반쯤 열린 입은 너 한 사람을 향하여, 이 말을 거듭하고 있었다.

"발밑을 보라."

그러나 너는 하늘을 우러러보았다. 엷게 구름 낀 하늘을 잇달아 가로지르는 것은, 레이더파를 모조리 흡수하는 전투기 편대였다.

음속의 벽을 뚫는 편대의 충격파가 지상을 뒤흔듦과 동시에, 네 애독서 속의 백발의 원숭이가 주검을 향하여 이렇게 소리쳤다.

"쓸데없는 방해는 하지 마라!"

이어 이렇게 말했다.

"이 젊은이는 흐르는 자이지, 싸우는 자가 아니다."


주검과 작별을 고하는 순간, 너는 공복을 느꼈다.

그래서 근처 가게로 들어가 외국산 쌀이 섞인 주먹밥과 뜨거운 캔 녹차를 샀다. 너는 한 번 치통을 앓아 할 수 없이 병원을 찾았다가 치료를 받느라, 유명한 사찰이 많다는 점밖에 내세울 것이 없는 별 볼일 없는 동네에 발이 묶인 일이 있었다. 그 이후로 아이스크림은 먹지 않는다. 그리고 식후의 양치질에 한층 열을 올리게 되었다.

너는 점심을 옆구리에 끼고 인적이 드문 쪽으로 향했다.

계속되는 주가의 폭락으로 임차인이 없어 황폐해질 대로 황폐해진 빌딩가로 들어갔다. 빌딩과 빌딩 사이의 쥐죽은 듯 조용한 골짜기로 들어가, 벗겨진 아스팔트 노면에 앉아, 자유로운 바람에 몸을 드러내며 식사를 하였다.

네가 바라는 것은, 언제 어떤 경우든 바로 가까이에 있었다.

어디에 있든 네가 바라는 것은 바로 네 옆에 있었다. 즉 스물네 시간 자유를 만끽할 수 있는 입장에 있는 것이다. 떨치지 않으면 안 될 미련도, 묘안이 떠오르지 않는 난제도, 어딘가 마땅한 곳으로 투서라도 쓰지 않으면 안 될 불평도, 너와는 일절 무연한 것이다. 그래서 너는 살금살금 도망치는 그런 짓은 하지 않는다. 그래서 너는 홀로 감상에 젖는 일도 없다. 그래서 너는 발을 동동 구르며 억울해하는 일도 없다. 너는 혼자서라도 흥겹게 웃을 수 있고, 마음만 먹으면 전등 불빛으로 아름답게 빛나는 분수 앞에서도 법열경法悅境에 젖을 수 있다.

고양이 한 마리가 어디선가 나타났다.

그놈이 너를 주의 깊게 관찰하였다. 그리고 난폭한 인간이 아니라는 것을 간파하자, "야옹" 하고 울었다. 너는 남은 주먹밥을 반으로 갈라, 속이 많은 쪽을 고양이에게 주었다. 너희들은 식사를 함께 함으로써, 방랑하는 자의, 흐르는 자의 홀가분함을 서로 확인하였다.

너는 고양이에게 물었다.

이런 데서 생을 마감할 것인가, 라고. 그러자 고양이는 "야옹"이라고 대답하였다. 너는 말했다. 여기저기 돌아다니지 않으면 진짜 들고양이가 될 수 없다고. 고양이는 그렇지도 않다는 의미를 담아, 또 "야옹"이라고 울었다. 너는 차로 목을 축이고는 천천히 『원숭이 시집』을 꺼내, 한 소절을 들려주었다.


설령 그곳이 우둘투둘한 피부로 덮인 도마뱀밖에 살지 않는 사막이라도,

설령 그곳이 미필적고의로 가득한 대도시라도,

설령 그곳이 한 번도 요동을 친 적이 없는 바다라도,

설령 그곳이 악마의 손이 미치지 않는 우주 밖이라도,

그대는 절대로 한곳에 머물러서는 안 된다.

끊임없이 유연하게 흐르라.

흐르는 나날 속에 진정한 평안함이 있다는 것을 알아야 한다.

얽히고설킨 사랑…… 문장으로 풀어낸 추억…… 해산달을 맞이한 여자…… 사회인으로서의 자리매김.

희비가 엇갈리는 단조로운 일상…… 집으로 돌아가는 타성에 젖은 걸음걸이.

봉건시대의 유풍…… 남녀의 밀회…… 하늘의 도움을 바라는 기도.

이 모든 것이 태어날 때부터 갖추고 있는 자유를 빼앗는 것이다.

흐르는 자가 손에 거머쥐고, 피부로 느끼는 자유.

그것은 항상 청백자색으로 물들어 있다.

그리하여, 뜻하지 않은 과오를 저지른 때조차 그 빛을 잃는 법이 없다.


너는 거기까지 읽고 『원숭이 시집』을 탁 덮었다.

들고양이는 고맙다는 말도 없이 사라졌다. 너는 거기서 고양이와 함께 밥을 먹었다는 사실 따위는 순간에 잊어버리고, 다시금 발 닿는 대로 흐르기 시작하였다.

너를 위하여 있는 낮, 어제와 같지 않은 낮은 대개 그런 식으로 흘러간다. 그후 네가 보낼 밤은 낮 못지않게 멋지다. 예를 들어, 사는 이 없는 들가의 집에서 지내는 밤은 너에게 아주 유효한 조언을 담뿍 선사한다. 집 울림 하나하나가, 떨어지는 낙수 한 방울 한 방울이, 단박에 날카로운 언어가 되어 정착한 삶의 폐해를 늘어놓는다. 모래로 자글거리는 폐교의 복도에서 지내는 밤은, 편중된 지식이 초래하는 폐해를 매몰차게 규탄한다. 고적한 호숫가 싸구려 여관에서 지내는 청청한 밤은, 사소한 일로 아등바등거리는 어리석음을 넌지시 깨우쳐준다.

그렇다고 네가 복을 타고났다고는 할 수 없다.

그렇다고 딱히 운이 나쁜 것도 아니다. 물론 너는 한눈을 팔다 집으로 돌아가는 즐거움과도, 고향으로 돌아갈 때의 가슴 설렘과도 인연이 없다. 그 대신 돌아가지 않으면 안 될 고향도 집도 없음으로 해서 후련한 긴장감이 있다. 너는 쉴새없이 시간을 낭비하지 않고는 못 견디는 자가 아니다. 밤낮 가리지 않고, 너는 이 세상을 구성하고 있는 실로 신선한 한순간 한순간에 잠겨 있다.

너는 여전히 행복하다.

남쪽을 향하여 바퀴 없이 달리는 열차에 몸을 싣고, 오랜 장마 끝의 하늘 아래를 흐를 때, 네가 느낀 것은 그야말로 지복감이다. 그리하여 막막한 생각이 갑자기 하나로 정리되는가 싶더니, 이 세상에 존재하는 의의를 분명하게 깨달았다. 그것은 강단 철학자가 즐겨 입에 담는 언어의 형태를 이루지는 않았다. 하지만 클로버로 뒤덮인 따사로운 들판에서도, 어린 오누이가 나란히 손을 잡고 건너는 통나무 다리에서도, 이미 발 디딜 틈이 없는 도심부에서도, 길게 이어지는 해안의 방풍림 속에서도, 새벽 달빛 아래 드높이 솟아 분수령을 이루는 산맥에서도 그 해답을 골고루 찾을 수 있었다.

그때마다 너는 깨달았다.

자신이 허무한 삶을 살고 있지 않다는 것을, 또 하루의 중심에 어두운 장막을 치고 있는 자가 아니라는 것을 분명하게 깨달았다. 게다가 세인의 불평을 사는 일도 없고, 세상의 평판에 마음 쓸 일 없는 삶의 양식에 자신감을 얻게 되었고, 나아가서는 돌아볼 가치조차 없는 과거의 어렴풋한 그림자를, 은혜를 저버린 자들이 지니는 일말의 불안을 불식할 수도 있었다. 요컨대 애쓴 보람도 없이 끝나기 일쑤인, 이웃집과 비교하여 근소한 차이밖에 없는 수입에 신경을 쓰는, 그런 인생은 절대로 살지 않을 것이란 뜻이다.

너란 놈은 다른 누구보다도 천성이 풍요로운 인간이라고 생각한다. 지금 너는 둘도 없는 방랑의 달인으로 원숙미를 더해가고 있다. 청년기에 달한 너는 자연의 풍물에 마음속 깊이 친근감을 느끼면서 느긋하게 산과 언덕을 넘고, 온 동네 사람들이 오랜 세월 캠페인까지 벌여가며 간신히 완성시킨 멋들어진 하이웨이를 겨우 이 분에 주파한다. 너는 참배길의 싸늘한 돌들을 밟고, 참배객을 상대하는 찻집에 들른다. 거기서 밥과 오뎅으로 허기를 때우고 어슬렁어슬렁 바다까지 걸어가, 곶 끄트머리에 있는 기울어진 조그만 불당, 지장보살 옆에서 야숙을 한다. 하늘 한편으로 이

름 없는 혜성이 나타나고, 간간이 바다 울림이 들리는 감개무량
한 밤이 너를 포근히 감싼다.

낡은 밤이 밝아, 새로운 아침이 너를 맞이한다.

너에게는 조심하지 않으면 안 되는 재수 없는 날이란 없다. 네
가 도처에서 체험하는 하루하루는 늘 예상 밖의 부가가치를 마련
하고 있다. 너는 졸졸 흐르는 개울의 맑은 물에 세수를 하고, 칫솔
과 면도기를 겸한 여행용 초소형, 집게손가락만 한 도구를 사용
하여 상쾌한 기분을 되찾는다. 갈아입을 옷도 없고, 달리 치장할
것도 없는 너는 일 년 내내 여행 준비 완료 상태다.

무얼 희생하더라도 충분히 그에 값하는 여행이다.

너는 정든 집에서 수의만 걸친 채 실려나오는 능구렁이 할아범
옆을 지나고, 속이 뻔히 들여다보이는 파벌주의에 걸어차인 국사
범 옆을 지나고, 일자리를 잃었다고 맥없이 축 늘어져 고개를 떨
어뜨리고 있는 돌부처 같은 성실한 노동자 옆을 잠자코 지나간
다. 유채꽃밭을 건너온 바람이 "사랑하고 이별하는 아픔은 세상
사"라고 속삭인다. 그러나 그 말은 너에게 불필요한 것이다.

신세기를 알리는 바람을 맞으며 너는 하염없이 흐른다.

그리하여 난무하는 배추흰나비 떼 속을 헤치고 고속버스 정거
장에 도착한다. 생식기를 연상시키는 투명한 박스 속, 나란하고
투명한 벤치에 너는 풀썩 앉는다. 네 앞을 핑핑 지나가는 자동차
는, 외견상으로는 전세기의 그것과 별 다름이 없다. 다만 바닥이
드러난 자원을 아끼기 위하여 가솔린 자동차와 디젤차가 현저하

게 줄어들었다. 그 대신 수소와 메탄을 연료로 한 자동차와, 소음이 적은 전기 자동차가 무수한 결점을 극복하지 못한 채 증가하고 있다. 석유는 벌써 죽음의 선고를 받은 상태다.

너는 자동차를 몰지 않는다.

훔쳐가면서까지 핸들을 잡고 싶다는 생각은 하지 않기 때문이다. 다른 이유도 있다. 검문에 걸릴 확률이 한층 높아지기 때문이다. 너는 국민 전원이 의무적으로 휴대해야 하는 주민 카드를 갖고 있지 않다. 정부는 신분증명서가 없는 자를 국민으로 취급하지 않는다는 방침을 굳혔다. 너는, 턱도 없는 소리라고 생각한다. 너는 국가가 개인에게 강요하는 등록과 관리를 위한 번호를 거부하는 자다. 이름까지 버린 네가 그런 것을 받아들일 리가 없지 않은가.

그러나 정부는 벌써 카드를 능가하는 제도를 염두에 두고 있다.

개인의 모든 정보를 수록한 마이크로캡슐을 국민 전원의 몸에 심는다는 계획을 세우고 있는 것이다. 목적하는 바는 심문 절차를 생략하고, 한 명도 빠짐없이 국책의 틀 안에 가두려는 것이다. 이미 개나 고양이한테는 실행하였고, 자위대에도 일부 실시되었다고 한다. 어리석음의 절정이라는 말만으로는 간과할 수 없는 정도까지 와 있다.

너는 카드를 지니고 있는 자보다 훨씬 홀가분하게 살고 있다.

적어도 몇 배는 더 생기발랄하다. 이 나라는 너라는 인간의 존재를 알지 못한다. 천재지변을 당해 죽은 자로 처리되어 있다. 너의 자유는 죽은 자로 처리되었기에 가능한 것이 아니다. 그것은 너 스스로 획득한, 다른 누구의 입김도 미치지 않는 너만의 자유다.

하지만 이곳은 틀림없는 너의 나라다.

네가 배척당해야 할 이유는 없다. 너 자신도 그렇게 생각하고 있다. 그 증거로 너는 이 나라가 너무 좁다고 생각한 적도 없고, 언젠가 대륙을 방랑하고 싶다는 생각도 한 적이 없다. 어디가 모국이고 어디가 조국인지를 결정하는 것은 국가가 아니라 너 자신이다.

『원숭이 시집』에도 분명히 그렇게 쓰여 있다.

어느 누구한테도 속박되지 않고 관리당하지 않는 흐르는 자의 눈으로 세상을 바라보는 한, 자연과 인공물은 교묘히 균형을 이루고 있는 것처럼 보인다. 그러나 그것은 착각이다. 실제로는 눈에 보이지 않는 곳에서 거의 극한에 달한 파괴가 진행되고 있다. 다른 무엇보다 먹는 것에 무게를 두지 않으면 안 되는 위기 상황이 이 기적의 행성 전체를 뒤덮으려 하고 있다. 공기와 물의 오염이야 어떻든, 삼림의 수명이야 어떻든, 핵무기 감축이야 어떻든, 이미 그런 것에 신경을 쓰고 있을 때가 아니다.

군벌이 설치던 시절의 냄새가 난다.

민생을 안정시키기 위한 길은 오로지 하나밖에 없다고 주장하는 정부는 이런 정거장에도 국방군을 모집하는 포스터를 붙여놓았다. 과거의 전쟁에서 얻은 교훈은 이미 그 빛을 잃었다. 전쟁으로 인한 악순환이 다시금 고개를 쳐들고 있다. 외적의 침입을 막는다든가, 아시아의 동포를 전화에서 구해낸다든가, 민족해방의

350

성스러운 전쟁을 위해 싸운다든가, 그런 눈부신 대의하에, 경제적으로 궁지에 몰린 이 나라는 또다시 다른 나라들에 촉수를 뻗치려 하고 있다.

그리고 고귀한 신분이 부활하려 하고 있다.

상석만 차지하고 싶고, 사익밖에 염두에 없는 패거리들이 유별나게 격식을 차린 제사를 개최하게 되었다. 봉건성의 타파를 부르짖는 목소리는 거의 들을 수가 없다. 국민 통합의 상징, 그런 말도 어느 사이엔가 사라져버렸다. 권력에 의한 모략 선전이 효과를 거두고 있기 때문이다. 국제조약을 위반하는 행위가 격찬을 받고, 미군을 상대로 살상 사건을 일으킨 과격분자가 일약 유명인사가 되었다. 그런 정보가 정거장 천장에 박힌 종이상자 비슷한 크기의 텔레비전 화면에서 끊임없이 흐르고 있다.

그런데도 정작 사람들이 알고 싶어하는 정보는 나날이 줄고있다.

그러나 담담한 태도로 세상과 접하고 있는 너는 결코 뒤통수를 얻어맞는 일이 없다. 너는 백발의 늙은 원숭이가 하는 말 이외에는 귀 기울이지 않는다. 이미 너는 인간사회의 근본적인 결함을 시정하는 것이 환상에 지나지 않음을 알고 있다. 국가 간의 문제 역시조금씩이나마 해결될 가능성이 거의 없음을 너는 잘 알고 있다.

『원숭이 시집』에는 이렇게 설파되어 있다.


개인의 자유가 보장되지 않는 한, 전체의 자유도 있을 수 없다.

또, 이런 말을 하기도 한다.

온몸으로 개인의 자유를 지키려 하지 않는 자는, 그것을 빼앗겨도 불평할 자격이 없다. 그들은 결국 순종해야 살 수 있는, 말도 안 되는 인종이니까 그들의 자유까지 걱정해줄 필요가 없다. 그들과 진정한 약자를 혼동해서는 안 된다. 흐르는 자에게 그들은 이차적인 적으로 여겨질 수도 있으나, 어쩌면 그들이야말로 최대의 적인지도 모른다.

너는 약자가 아니다.

또 무슨 일에든 빈정거리는 태도를 취하는 약자의 아류도 아니다. 비록 아직은 출발점에 있지만 분명 강자 축에 낀다. 너는 인권이란 존중되어야 마땅한 것이라고 생각하고 있다. 그러나 자기자신이 그런 취급을 받으리란 기대는 별로 하지 않는다. 다만, 누구한테 엉덩이를 걷어차이며 살고 싶다는 생각은 하지 않는다.

그리고 너는 그대로 살고 있다.

앞으로 어떻게 될지는 알 수 없지만, 그러나 지금 너 개인의 행동의 자유는 거의 제한을 받지 않는다. 너는 모든 구속을 거부한다. 타인은 물론이고 시간에도 속박되고 싶어하지 않는다. 시계를 차지 않는 것은 그 때문이다. 시간에도 달력에도 구애받고 싶어하지 않는다. 너는 알고 있다. 시간이나 날짜에 대한 과도한 인식이야말로 자유를 짓밟는 원흉이라는 것을.

과연 나는 천 년이란 시간을 헤쳐왔다.

그러나 그 천 년에 겁을 낸 적도 없고 얽매인 적도 없다. 즉 시작이 있으니 반드시 끝이 있으리란 고지식한 명제하에 딱딱한 돌대가리가 되었던 기억은 전혀 없다는 뜻이다. 설사 한 번쯤 있다 하더라도, 그것은 내가 아직 어려 언제 쓰러지는 나무에 깔리는 신세가 될지 모르는 그런 시절의 일일 것이다. 당시의 나는 수목으로서의 계율을 지키는 것이 고작이었다.

현재의 나에게는 영원을 산다는 확실한 감각이 있다.

죽음이란 아무것도 없는 어둠으로 삼켜지는 것이 아니다. 이 세상이 있으니 이 세상이 아닌 세상이 있는 것은 당연한 일이다. 그렇다고 이 세상과 저세상이란 딱 두 가지 세상을 빙글빙글 원을 그리며 돌고 있는 것도 아니리라. 나선상으로 천천히 회전하면서, 존재의 형태를 끊임없이 바꾸면서, 항시 서로 다른 시공간을 천천히 헤쳐나가는 것…… 그것이 우리, 즉 생물이다. 과학적으로 증명되거나, 인간의 좌뇌를 납득시키지 못하는 한, 종교적인 착각이라고 결론지어질지도 모른다. 그러나 그런 착각과 환상 속에야말로 위대한 진리가 숨겨져 있고, 이 세상을 매끄럽게, 발버둥치지 않고도 살 수 있는 열쇠가 숨겨져 있는 것이다.

너는 그 열쇠를 거의 손에 쥐려 하고 있다.

고속버스를 기다리는 네 앞에 펼쳐져 있는 미래는 끝이 없고, 구석구석까지 자유 그 자체의 광휘를 발하고 있다. 그것은 닫힌 슬픔의 세계가 아니다. 당장이라도 비가 내릴 듯 먹빛 구름이 드리워진 하늘 아래 서 있을 때도 너는 수명을 모르는 생물과 마찬가지로, 완전히 해방되어 있다. 육체를 걸치고 있는 동안에, 이 세상을 충분히 보아두는 것이 좋으리라. 동트는 바닷가의 풍경…… 저녁노을에 물든 산자락…… 추분점을 지나는 철새의 흐트러짐 없는 비상…… 거대한 무지개를 낳는 여우비…… 푸르스름하게 가라앉은 밤…… 적당히 춥고 적당히 따뜻한 아름다운 강토…… 해 떨어지기 직전 태양선을 따라 나타나는 초록 광선…… 그런 모든 것이 너를 위해 마련된 것이다.

나는 너의 화사한 미소를 바람직하게 생각한다.

또 네가 산자락으로 숨어드는 달과 함께 보내는 유쾌한 한때도 바람직하다 생각한다. 너란 놈은, 어두컴컴하고 냄새나는 지하 통로를 살금살금 도망다니는 시궁쥐가 아니고, 바람에 흔들리는 미처 꺼지지 못한 불씨도 아니다. 그야말로 너는 홀로인 자다. 그렇다고 함부로 사람들과 섞이기를 바란 나머지 친구를 잃는 사람들 이상으로 고독하지도 않다.

너의 마음은 하루하루 밀도를 더하고 있다.

그것은 네가 흐름을 멈추지 않기 때문이며, 『원숭이 시집』을 수도 없이 숙독하기 때문이다. 하지만 너는 속세를 거부하는 자는 아니다. 너는 속세를 통하여 『원숭이 시집』과 접하고, 『원숭이 시집』을 통하여 실사회를 여실히 보고 있다. 탁월한 지능의 소유자인 늙은 원숭이는 네가 진흙탕 길에 들어서기 전에 한마디 한다.

네가 도둑질하는 나날과 결별할 수 있었던 것도 그 덕분이다. 네가 스스로 물건을 만들고 그것을 팔아 입에 풀칠을 하게 된 것도 그 덕분이다.

버스를 기다리며 너는 나이프로 나무를 깎는다.

칼 한 자루로 조각하는 주먹 크기만 한 원숭이상은 보는 사람을 압도하고 만다. 조각의 명수가 하루 종일 공방에 틀어박혀 정성껏 제작한 조각상 따위는 발끝도 못 따라갈 정도로 완성도가 높다. 어쩌면 그것은 원숭이를 초월한 원숭이인지도 모른다. 너의 그 기술을 취미에 불과하다 여기는 자가 있다면 그는 바보천치다.

너는 똑같은 원숭이를 만들지 않는다.

그날그날 서로 다른 마음이 작품에 미묘하게 투영되기 때문이다. 재료를 가리지 않는 탓도 있다. 나무면 뭐든 사용한다. 단 죽은 나무만 사용한다. 주로 걸어가는 도중에 줍는 나뭇조각이다. 길바닥이나 강가 벌판이나 파도가 철썩이는 해변에 얼마든지 널려 있다. 그 나무의 휘어진 정도며, 딱딱한 정도, 나뭇결, 옹이의 위치에 따라 원숭이의 모양이 결정된다.

칼은 너를 배신하지 않는다.

너도 칼을 거역하지 않는다. 재질의 감촉을 충분히 살려 완성된 원숭이는 모두 고등생물이다. 처세에 능하고 교활한 놈들보다는 훨씬 고등하다. 그 증거로, 원숭이를 본 자들은 가슴속을 들킨 듯한 기분에 흠칫 놀라고 만다. 오합지졸이나 다름없는 패거리들의 일원이라고 스스로 인정하고 거드름을 피우는 사람들이 그 원숭이를 빤히 쳐다볼 때, 그들은 한결같이 이런 생각을 한다. 언젠가, 어디선가 본 얼굴인데, 라고. 그러나 아무리 머리를 쥐어짜도 기억이 나지 않아 찜찜한 나머지 "그걸 팔지 않겠는가"라며 지갑을 꺼낸다. 그리고 다들 네가 부르는 금액에 산다. 간혹 그 몇 배나 되는 값을 제시하는 자도 있다. 그러나 그들은 필경 모를 것이다. 원숭이를 산 후에도 줄곧, 목조 원숭이의 얼굴이 자신의 얼굴과 꼭 닮았다는 것을. 핏줄이 닿은 어느 친척이, 나이 어린 손주나 그런 사람들이 지적할 때까지 모르고 지낼 것이다. 그러나 실물에 가까운 나무 원숭이에 비해 인간 쪽이 열등하다.

네 손에서 태어난 원숭이가, 그 원숭이를 닮은 인간보다 훨씬 훌륭하다.

그것을 장사라 하기에는 너무 간단하다. 수제품이라고 속여 싸구려 가짜 액세서리를 번화가 길바닥에 죽 펼쳐놓고, 길가는 사람들에게 교태를 부리는 쓰레기들. 그런 자들을 흉내낼 필요는 없다. 너는 그저 너의 작품을 손에 쥐고 정처 없이 걷기만 해도, 어느 틈엔가 팔린다. 더구나 반드시 상대방이 먼저 말을 건다. 너는 값을 부르기만 하면 된다.

값은 상대방의 주머니 사정이나 너에 대한 태도로 결정된다.

무례하고 허풍스러운 놈에게는 터무니없는 값을 매긴다. 그래도 팔린다. 혹자는 이익의 유무에 관해 진지한 표정으로 묻기도 한다. 그런 때 너는 단호하게 대답한다. "없다"고.

오늘 네가 선연한 손놀림으로 조각하기 시작한 원숭이는 양면

성을 지니고 있다.

정면에서 보면 모든 욕구를 버린 듯 보이고, 뒤쪽에서 보면 힘겨운 욕정에 들끓고 있는 것처럼 보인다. 그리고 그 표정이란, 어떻게 보면 상대방의 마음을 이리저리 억측하며 화를 벌컥 낼 듯 보이고, 또 각도를 약간 바꾸면 어리석은 판단을 삼가는 얼굴로 보인다. 혹은 속된 인기를 노리고 있는 듯이 보이면서도 예술의 영역에 도달한 듯 드높은 격조가 느껴지기도 한다.

땅딸막한 버스가 아지랑이를 헤치고 다가온다.

노면을 스치는 타이어 소리밖에 나지 않는 까닭은 전기를 동력으로 사용하고 있기 때문이다. 머잖아 운전사가 필요치 않은 신형차로 차종이 바뀐다는 소문이 나돌고 있는데, 과연 실현될 수 있을지는 의문스럽다. 혹 전차 이야기가 잘못 퍼진 것은 아닌지 모르겠다.

너는 제일 뒷좌석에 앉아 묵묵히 나무를 깎고 있다.

바닥에 흩어지는 나무 부스러기를 보고서도 뭐라 불평하는 자가 없는 것은, 너의 그 험상궂게 보이는 풍모와, 쓱쓱 나뭇결을 잘라내는 나이프가 뭐라 형용할 길 없이 어울리기 때문일 것이다. 운전사는 자동 추월방지장치에 의존하면서 적당히 핸들을 잡고 적당히 액셀을 밟고 있다.

승객은 너를 포함하여 여섯 명.

이미 노경에 접어든 다섯 명은 모두 같은 고향 사람인 듯, 똑같은 사투리로 와글와글 떠들고 있다. 돈 문제로 찾아온 친구를 보기 좋게 되돌려보내는 방법에 대하여…… 애첩을 잃은 벼락부자의 슬픔이 아무래도 진심이었던 모양이라는 둥…… 살아 있는 먹이밖에 먹지 않는 애완동물…… 이사를 한 뒤부터 밤마다 가위에 눌리는 이야기…… 종종 조제를 잘못하는 종합병원에 대하여…… 혹서가 이어졌던 작년 여름에 죽은 자에 대한 추억. 다섯 명 모두 흥을 돋우는 솜씨가 뛰어나 이야기가 끊이지 않는다.

그런데 그들은 중요한 이야기는 하지 않는다.

긴급을 다투는 중요한 문제에 대해서는 언급하지 않는다. 만성화된 식량의 절대 부족…… 증가를 억제할 수 없는 다이옥신…… 물가의 상승…… 까다롭고 번거로운 규칙과 예법禮法의 역기능…… 전력 회사가 한결같이 얼버무리고 있는, 송전선에서 누전되는 전자파의 악영향…… 중앙집권제가 초래하는 무수한 왜곡…… 한 나라를 통치하는 자의 정당한 조건…… 국가권력으로 인한 묵과하기 어려운 폭력…… 험악한 양상을 띠고 있는 중국의 내란.

그런 일들에 대해서는 한마디도 하지 않으려 한다.

일부러 피하고 있다. 밀고와 감시의 눈을 두려워하기 때문이다. 아니 그뿐만은 아니다. 원래부터 그들은 눈앞의 일에만 울고 웃으며 산다. 꿈에서 신탁을 받을 수 있다고 진짜로 믿고 있는, 행복한 인종들이다. 이렇게 가끔 마음 맞는 사람들끼리 여행을 할 때에도 정신은 여전히 고여 있는 그런 사람들이다.

그들은 살아 있으면서도 죽은 자 취급을 받는 생활에 길들어 있다.

즉 나약하면서도 강한, 변덕쟁이 일반 대중이다. 농담에는 탁월한 재주를 갖고 있으면서도 자기 나라의 야심에 관해 물으면 대답이 궁해진다. 그들은 화평한 세상을 더없이 사랑하면서도 발발한 전쟁에 대해서는 얌전하게 순종한다. 그들은 자신들의 수다스럽고 경솔한 성격을 순순히 인정하고, 과장된 이야기에는 용감하게 뛰어들면서 무슨 일이든 시작할 때부터 도망갈 채비를 차리고 있다. 그리고 그들은 저력을 발휘하는 일도, 독자성을 발휘하는 일도 없이, 대담하게 전례를 타파하는 일도, 천황제에 관한 평소의 감상을 술회하는 일도 없이, 항상 누군가의 눈치를 살피면서 아직 절반밖에 살지 않은 인생을 가을색으로 물들이면서 구질구질 살아간다. 허튼소리를 지껄이거나 불평을 하는 데 있어서는 타의 추종을 불허한다.

너는 손길을 멈추고 창밖 경치로 눈길을 돌린다.

늙수그레한 나이에 얼간이처럼 웃어대는 남자들의 텁텁한 숨을 밀어내기 위하여 좌우로 창문을 활짝 연다. 상쾌한 바람에 싸인 너는 자기도 모르게 미소를 띤다. 얼마 남지 않은 석탄을 캐내 새로이 쌓인 시커먼 탄더미 위에서 부모들로부터 방치된 아이들이 기운차게 놀고 있다. 만약 진정한 우정이란 것이 있다면, 그들 사이에서 생겨날 것이다. 그들은 고속버스를 향하여 손을 흔들고 있다. 너는 그에 답한다. 가난하여 학교에도 다니지 못하는 그들이지만 그래서 오히려 발랄하다.

일찍이 신동이라 불렸던 아이들보다 그들이 훨씬 영리할 것이다.

아마도 그들 대부분은 잡역이나 병역의 길을 따르기보다는 범죄자의 길을 주저 없이 선택할 것이다. 혹은 너를 본받아 흐르는 자가 되어 진정한 자유를 만끽할지도 모른다. 혹은 또, 그들 중에서 장래 짐승 같은 위정자를 상대로 과감한 행동을 취할 자가 나올지도 모르겠다. 아무튼 앞날이 듬직한 아이들이다.

그들은 살아 있다.

그 무엇보다 직함을 고마워하는 부모의 비호 아래 소중하게 자라난 아이들보다 훨씬 생기발랄하다. 이렇게 거리가 떨어져 있는데도 그들의 반짝이는 눈빛이 또렷하게 보인다. 그 눈은 기상천외함으로 빛나고 있다. 그들이 언젠가 이 세상에 내디딜 첫발은, 너와 마찬가지로 순조로울 것이다. 그들은 모두 흐르는 자로서의 소질을 갖고 있다.

그들도 언젠가는 『원숭이 시집』을 정독해야 할 것이다.

그들이 걸치고 있는 넝마 같은 옷이 유연한 봄바람을 맞아 마치 반기反旗처럼 펄럭이고 있다. 그들은 어린 나이에 벌써 이 세상을 뒤집는 자가 누구인지 알고 있다. 그리고 그들이 아름다움의 극치를 이루는 장중한 회당 처마 속 깊은 곳에 틀어박혀 해골로 변할 운명에 있다는 것도 알게 될 것이다. 즉 대중의 힘을 쥔 자야말로 민중의 적이라는 것을 깨닫게 될 것이다. 한참 놀 나이인 그들한테는 그런 비탈길에서의 놀이가 어울린다.

너를 태운 풀색 버스는 지금도 열심히 달리고 있다.

이번 봄 막 모델을 바꾼 국민차를 선전하는 얼토당토않게 큰 입 간판이 논 한가운데 푹 꽂혀 있다. 그것은 국산차가 아니다. 중국 제다. 내란을 거듭하면서도, 중국은 지금 그야말로 떠오르는 태양 같은 기세로 발돋움하고 있다. 머지않아 세계의 모든 시장을 장악할 것이다. 탄력 있는 발상과 자기 대代에 재물을 축적하려는 무모한 국민성 때문에, 때로는 지나치게 돌진하여 계획에 차질을 빚는 일도 있을 것이다. 그러나 생산 그 자체가 타격을 입는 일은 당분간 없을 것이다. 엄청난 인구가 벅적거리는 나라. 독주 태세로 들어가고 있는 나라. 이십억에 달하는 인구가 발하는, 인간으로서는 헤아리기 힘든 불가사의한 마력은, 오늘날 세계의 동향을 완전히 파악하고 있으며, 국가의 흥망에 관한 여러 가지 문제를 착착 극복하고 있다.

그런 데 비해 이 나라는 종말을 향하고 있다.

자포자기한 자멸의 길로 기우뚱 기울어 복원의 조짐은 전혀 보이지 않는다. 과거의 저 경제 대국의 위신도 이제는 땅에 떨어졌다. 허덕이고 있는 것은 정치나 경제뿐만이 아니다. 백인에게 아부하며 백인의 뒤만 좇은 나머지 쇠퇴의 극에 달한 문화나 예술 또한 오수처리장 바닥에 가라앉은 찌꺼기 같은 운명에 처해 있다. 민족주의에 편승한 문화나 예술 역시 권력의 피비린내 나는 입김에 절어 오로지 부패의 길을 걷고 있다.

세상을 바로잡자고 입을 모아 소리치며 동지를 규합하는 사람들이 늘고 있다.

그러나 애당초 야무지지 못하고 끈기가 없는 그들은 그저 집단을 만들기만 할 뿐, 그다음은 하루하루를 뜨뜻미지근하게 보내는 자들과 다름없는 생활을 계속하고 있다. 그런 자들에게는 이미 자신을 훈계할 여력조차 없다.

외국에서 오는 손님을 맞이하는 횟수가 날로 줄어드는 이 나라는, 지금에야 겨우 알게 되었다.

돈을 뿌리지 않고서는 상대할 수 없는 국제화의 허망함을 깨달은 것이다. 그러나 이미 때가 늦었다. 또다시 신의 살아 있는 현현이란 환상 속에 죽 늘어선 충령탑이 보인다. 나약해지기 쉬운 국민의 체내에 어느 틈엔가 잔학성에 대한 항체가 형성되었다. 그들은 엉거주춤한 자세로 어둠을 홀로 쓸쓸히 헤매는 자유보다는, 고압적인 정치를 강요하는 깡패 같은 지도자의 선도를 받고 싶어 한다. 그들은 직장의 송년회나 신년회보다, 국가적인 규모의 행사 행렬이나 제등 행렬에 참가하여 수심에 찬 마음을 달래고 싶어 한다. 슬퍼할 일이라고 한탄하는 소리는 전혀 들리지 않는다. 어느 신문이나 논조는 대개 똑같다.

너를 태운 버스는 지금 스산한 고장을 통과하는 중이다.

지저분한 광장에서 집회가 열리고 있다. 투실투실 술살이 오른 남자가 많은 군중들 앞에 서서, 안경알을 번뜩거리며 돼먹지 못한 연설을 토하고 있다. 순국의 정신이 어쩌니저쩌니 열변을 토하고 있다. 청중은 미동도 하지 않는다. 야유하는 자도 없다. 얌전히 경청하고 있다. 마치 신의 말씀이라도 내리기를 기다리는 모습이다. 거침없이 말을 내뱉는 남자 뒤에는, 사자처럼 시커먼 얼굴에 승마복을 입은 여자가 커다란 일장기를 들고 서 있다. 그리하여 자신 속에서 느닷없이 솟구치는 용기를 자각한 사람들은, 어제까지의 자포자기한 나날에 종지부를 찍은 오늘을 위해 만세를 합창한다. 있는 힘을 다해 만세를 외치면서, 반反국민이란 탈락자가 되지 않은 기쁨에 몸을 떨고 있다. 선동으로 인해 태도를 결정한 그들은 자유를 운운할 자격이 없다.

고속도로는 산간 지대를 따라 하염없이 뻗어 있다.

숲과 울타리로 둘러싸인 들판 한가운데 구릿빛 말이 한 마리 서 있다. 털이 북실북실한 아주 거대한 말이다. 새끼를 뱄는지 배가 힘겹게 부풀어 있다. 성자라 일컬어지는 인간만큼이나 웅장하게 서 있는 그 생물은 조용히 풀만 뜯고 있을 뿐인데도 인간의 선한 마음을 되살리는 힘을 발하고 있다. 설령 인간의 말을 할 줄 안다 해도, 폐가 될 말을 뱉거나 부실을 꼬집거나 삶의 방법에 대한 장황한 훈계를 늘어놓지 않으리라. 필경은 전도사처럼 부드러운 말투로 전해져 내려오는 애달픈 사연 한 가지 정도나 들려줄까. 그렇지 않으면 살고자 애쓰는 생물을 향하여 한껏 동정을 담은 짧은 말을 중얼중얼거리는 정도이리라.

그러나 너는 그 말에 매료되어 있다.

너는 버스 속에서 바라보기만 했는데도 그 말의 탄탄한 몸에서 수심을 털어내주는, 조심스러우면서도 강한 힘을 느끼고 있다. 아무리 비참한 남자라도 일단 그 말에 올라타면 울적한 나날은 당장에 사라지고 숙연하게 눈물을 흘리던 추억 따위는 깨끗하게 날아가고 말 것이다.

너는 생각한다.

그런 말과 함께 흐를 수 있는 시대에 태어나고 싶었다. 말등에 올라타 흔들리며 사계절을 유유히 보내고, 주어진 수명인 몇십 년을 살 수 있다면 얼마나 멋질까. 비새雨鳥가 떼지어 날아오르는 벼랑길을 걷고, 영험한 물이 샘솟는 산을 오르고, 졸졸졸 흐르는 계곡물을 따라 원생림을 헤치며, 밤에 내리는 비를 맞고, 얼음이 녹는 동풍을 온몸으로 느끼며, 대지에 비치는 자신의 긴 그림자의 인도하에 솔바람을 벗삼아 그 어떤 죽음과도 만나지 않고, 마침내 어둠의 장막 속으로 쓰윽 사라지는, 그렇게 두 번 다시 이 세상으로 돌아오지 않는, 그런 생애를 보낼 수 있다면……

어쩌면 너는 너무 늦게 태어났는지도 모르겠다.

오백 년은 아니라도, 최소한 백 년 전에 태어났더라면, 말과 함께 흐르는 생활도 불가능하지는 않았을 것이다.


실제로 그런 남자가 있었다.

지금으로부터 일 세기 전쯤의 일일까. 네가 동경하는 모습으로 내 앞을 지나간 자가 있었다. 하기야 그자가 타고 온 것은 말이 아니었다. 멋진 뿔이 달린 거대한 소였다. 나이는 사십 전후, 고르지 못한 치열에 누더기를 걸친, 정체를 알 수 없는 남자였다.

대체 무얼 하는 작자였을까.

지금도 알 수 없다. 사냥꾼도 아니고 장사꾼도 아니었다. 또 자신의 혈통이 끊어지기를 바라며 세상을 버린 사람도 아니고, 부친의 유언에 따라 무슨 교의를 퍼뜨리려는 종교가도, 방랑벽이 있는 미치광이도 아니었다. 그 남자한테서나 소한테서나 한없는 기쁨이 느껴졌다. 적어도 몸을 숨기지 않으면 안 되는 그런 자는 아닌 듯하였다. 그렇다고 이 세상에 절대로 존재하지 않는 무엇을 찾아 끝없이 헤매다니는 그런 자로도 보이지 않았다.

이 고장 사람은 아니었다.

외지 사람이 틀림없었다. 우선 그렇게 진귀한 소는 한 번도 본 일이 없었다. 털색은 엷은 은회색이고, 쌍을 이룬 뿔은 엄동설한의 초승달처럼 날카롭고 멋있게 뻗어 있었지만 조금도 위협적이지 않았다. 그리고 남자는 계절 따라 피고 지는 꽃의 색처럼 신기한 색채의 낡아빠진 누더기 한 장을 사용하여 아주 자연스럽게 야윈 몸을 감싸고 있었다.

삭발은 하였지만 승려로 보이지는 않았다.

염주나 주물呪物 같은 것도 하나 지니고 있지 않았고 염불을 외우지도 않았다. 그럼에도 나는 그 남자나 소한테서 안심입명安心立命의 경지를 감지할 수 있었다. 그것을 뒷받침하고 있는 것이 무엇이었을까. 무욕의 경지는 아니었다. 자기를 버린 것과 같은 체념……도 아니었다.

그는 그저 흔들리는 소의 등에 올라타 내 앞을 지나갔을 뿐이다. 내 아래에서 숨을 돌리거나, 걸음을 멈추고 나를 올려다보거나, 가까운 곳에 있는 늪에서 목을 숙이시고 잃잃나. 그렇디고 나를 일부러 무시하지도 않았다. 요컨대 그는 나를 숲을 구성하는 한 그루의 수목 이상으로는 보지 않았다. 그러나 '싸움나무' 로서의 나의 긍지가 손상되지는 않았다. 아니 오히려 나는 어떤 종류의 시원함마저 느꼈다.

남자의 눈에도 소의 눈에도, 삶을 마음속 깊이 긍정하는 빛이 가득하였다.

그것은 이 세상을 등한시하는 눈길이 아니었다. 그리고 그 당장엔 잘 몰랐는데, 잠시 지나자 그들이 희미한 광휘에 싸여 있다는 것을 알 수 있었다. 엷은 파랑이 섞인 빛에 뽀얗게 감싸인 남자와 소. 늪의 수면에 비친 그들의 모습 역시 같은 빛에 싸여 있었다. 그들의 뒤를 쫓는 몇 마리 등에까지 빛나고 있었다.

그가 어떤 자였는지는 지금도 모른다.

남자와 소가 숲의 바다에 삼켜지고 나자, 주변 일대에 알 수 없는 향기가 떠다녔다. 그 향기는 마파람을 타고 날아와 온 숲으로 퍼졌고, 나무란 나무 풀이란 풀 이끼란 이끼를 촉촉이 적셨고, 벌레와 새들은 잠시 생존을 위한 싸움을 중단하였다. 또 잠시 후 여우비가 내렸다. 그러자 온기에 싹을 틔우고 단숨에 증식한 점균粘菌식물들이 아메바 모양의 이동을 시작하였다. 늪을 먹이터로 하는 두루미 무리는 해가 저물고 나서도 오래도록 웅성거렸다.

그날 밤에는 내 기분도 상당히 고양되었다.

나는 문득 이런 생각을 하였다. 그자는 어쩌면 이 세상과 저세

상을 잇는 매개자가 아니었을까, 하고. 유전자와 숙명의 쇠사슬
에 묶인 가없은 생물을 향하여 "조금만 더 참아라"고 격려하며 다
니는, 그리고 스스로 솔선수범하는 초월자가 아니었을까, 하고.
나는 마침내 얘기로만 듣던 그것을 보았는지도 모른다고 생각하
였다. 만약 정말 그렇다면, 그때 잠자코 그냥 보내지 말 것을 하고
후회하였다. 뭐라고 한마디 던졌어야 했다. 적어도 이런 말 한마
디 정도는 했어야 했다.

"대체 뭐하는 놈이야!"

그러나 이튿날 아침이 되자 소를 탄 남자에 대한 기억은 환영의
울타리 한구석으로 정리되고 말았다. 또 식물도 동물도 각자 죽
이고 죽는 싸움의 와중에서 존재의 불가결한 요소인 생기발랄함
을 발하였다. 연일연야로 이어지는 종의 변이성의 활약은 존재의
성가심을 보충하기에 충분하였고, 어둠에 숨어 평생을 살지 않으
면 안 되는 진드기 한 마리 한 마리에게까지 위대한 희망을 선사
하며 빛나는 미래를 약속하였다.


나는 뭐 딱히 내 존재의 수수께끼를 풀기 위해서 존재하는 것은
아니다. 시간의 길고 짧음에 관계없이, 짊어진 비극성의 정도에
관계없이 오로지 존재하기만 하면 된다. 살아 있는 생물인 우리는
우리 자신의 것이며 다른 누구의 소유도 아니다. 우리는 신의 독
무대인 이 세상에서 맥없이 빛을 소진하고 있는 것이 아니다. 언
제 어디서 뻗어나올지 모르는 신의 마수에 부들부들 떨면서 살고

있는 것도 아니다. 살아남기 위한 모든 우선권은 각자의 손에 쥐여져 있다. 조화가 영구불변하든 하지 않든, 우리들이 결국은 무로 돌아갈 존재이든 아니든, 그런 것은 아무래도 좋다.

우리들은 지금, 바로 여기에 있다.

실제로 여기에 이렇게 존재하고 있으니 새삼스럽게 버둥거려보아야 아무 소용 없다. 문제는 얼마나 자유롭게 사는가이며 어떻게 자유를 느끼느냐 하는 것이다. 나는 그렇게 생각한다.

바탕이 좋지 않은 자유는 얼마든지 있다.

너의 자유는 고급하다. 도둑질을 그만두고 원숭이 조각물을 팔아 입에 풀칠을 하며 흐르는 너는 누구보다 많고 누구보다 강한 자유를 느끼고 있다. 그리고 그 자유는 너의 가슴속에서 농익어 시류에 물들지 않는 힘을 낳고 흐르는 에너지의 원천을 이루고 있다.

너는 지속적으로 모습을 감추고 있다.

그러나 너를 쫓거나 찾는 자는 아무도 없다. 세상은 너를 무시하고 있다. 너는 혼자다. 물고기처럼 교접할 상대도 없거니와 영원한 이별을 슬퍼할 상대도, 관심을 유도하는 상대도 없다. 또 너를 수상히 여겨 성장과정을 조사하고 싶어하는 자도, 지금은 없다.

정말 너는 혼자지만, 그러나 외톨이는 아니다.

너는 억지를 부려가면서, 또는 강인한 의지에 힘입어, 더할 나위 없이 자유로운 입장을 견지하고 있는 것이 아니다. 절대로 그런 것이 아니다. 너는 자신에게 복잡하고 해괴한 이치를 강요하지 않는다. 너는 『원숭이 시집』에서 얻은 말 이외의 난잡한 언어는 극력 피하고 있다. 흐르는 속도가 빠른 탓인가, 불량배들이 너를 노릴 틈도 없다.

그런 너를 무의미하게 세월을 보내는 자라고 판단하는 것은 잘못이다.

너는 흐르는 자로서의 실력을 유감없이 발휘하고 있고, 항상 여유를 갖고 사는 생의 원점에 되돌아가 있다. 네가 헤치고 나가는 자유와, 퇴교 처분을 당한 학생이나 탕아가 움켜쥐고 있는 자유와는 하늘과 땅만큼의 차이가 있다. 다른 자라면 몰라도 나는 너의 한쪽 얼굴만 보고 판단하는 어리석음을 범하지 않는다.

마을들이 차례차례 네 뒤로 지나간다.

너를 태우고 고가 고속도로를 조용히 달리는 전기버스는, 귀를 덮치는 우레 속을 빠져나가고 있다. 이어 쏟아지는 빗속을 똑바로 질주하고 있다. 너는 원숭이를 조각하던 손길을 멈추고, 기분 좋게 내리는 비를, 인공물질의 온갖 독소를 품고 있다고는 도저히 여겨지지 않는 아름다운 비를 바라본다.

그 비는 이 세상을 준열하게 비판하다.

빗방울 하나하나가 입을 모아 "말세"라고 반복하고 있다. 그러나 나는 그렇게 생각지 않는다. 내가 아는 한 세상은 언제나 말세였다. 사람들은 말세란 말을 과대포장하여 대범해지기도 하고 포기하기도 하고 섹스에 탐닉하고 술에 취하고 타인의 재물과 목숨을 빼앗고 그럭저럭 살아올 수 있었던 것이다.

터를 매입하는 데 시간이 걸려 완성이 늦어진 유명한 터널을 지난다.

왼쪽으로 바다가 펼쳐진다. 그 바다 위로 끊임없이 오가는 선박의 대부분이 군사용이다. 닻을 올린 지 얼마 되지 않은, 선제공격용 신무기를 탑재한 중형 전함이 속도를 올리고 있다. 좁디좁은 해협 부근에는 항상 폭탄을 짊어지고 적함에 뛰어들 수 있는 가미가제 돌고래가 우글거리고 있다. 그 돌고래를 자유자재로 조정하는 잠수함이 특수한 음파를 내보내고 있다. 훈련장인 듯한 작은 섬의 상공에는 신속한 선회를 주무기로 하는 함재기艦載機가 급상승과 급강하를 반복하고 있다.

군사력의 증강으로 들끓었던 여론은 이미 퇴색하였다.

때가 무르익기를 기다려 복귀에 성공한 항공모함은 각종 폭약 외에도 핵을 싣고 있다. 그것은 공공연한 비밀이다. 세간의 입을 완전히 봉쇄할 수는 없다. 원자력발전소에서 나오는 위험한 폐기물은 실로 유효하게, 그리고 파멸적으로 이용되고 있다. 안개비로 뿌연 먼바다를 향해 중후한 이동을 하고 있는 항공모함은 서로 반목하는 강대국 사이로 끼어들기에 충분한 품격과 박력을 갖추고 있다. 또 반전사상을 비웃을 만큼의 힘도 갖고 있다.

그것은 절대로 무용지물이 아니다.

그것은 무사안일주의와 절충설과 엉거주춤한 태도를 유린하면서 사방을 제압하는 장중함을 보이고 있다. 대부분의 사람들은 군확軍擴에 광분하는 것만이 번영의 길을 열어줄 것이라 믿어 의심치 않는다. 아니 믿음을 강요당하고 있다. 전쟁은 시기상조라고 생각하는 자가 줄어들고 말쑥한 군복 차림을 동경하고, 전우라는 남자들끼리의 굳건한 연결고리에 매혹된 호모섹슈얼이 점점 늘어나고 있다. 금석지감을 금할 수 없다.

물론 모두가 그런 것은 아니다.

어떤 세상이든 지와 덕을 겸비한 사람은 있다. 그들은 파국이 다가오고 있음을 분명하게 예감하고 있다. 그렇지만 그들이 이구동성으로 반대를 부르짖고 힘을 결집하기에는, 이미 때가 늦었다. 정부는 그들을 언젠가는 뿌리를 뽑지 않으면 안 되는 국외자로 단정짓고, 우선적으로 그 발언을 봉쇄하고 말았다. 이미 진상을 끝까지 파헤칠 수 있는 시대가 아니다.

과거, 그런 정상적인 시대가 있기는 했다.

그런데 진상 규명이 가능한 시대에도 무슨 까닭에선가 이 나라 사람들은 그런 일에는 그다지 열심이 아니었다. 천하의 목탁 역할을 하느니, 대중을 순화하느니 하면서 으르렁거리던 매스컴 관계자들도 결국은 자진하여 보도 제한을 시행하기를 바라는 얼간이들에 불과하였다. 그들은 입버릇처럼, "지금은 조용히 지켜보는 것이 상책"이라고 말한다. 일개 수목이 운운할 일은 아니지만 어쩌면 이 나라 사람들은 영원히 독립한 존재가 될 수 없을지도 모르겠다.

국가의 흥망성쇠는 당연한 것이다.

삼림의 성쇠 또한 그렇다. 모든 것이 되어갈 대로 되어간다. 다만 그뿐이다. 일일이 남을 헐뜯을 정도의 일은 아니다.

아직도 바다가 이어지고 있다.

여름은 한참 멀었는데, 해변 근처 얕은 바다에서 누군가 수영을 하고 있다. 비와 파도를 맞으며, 머리칼이 긴 처녀가 흐름에 느긋하게 몸을 맡기기도 하고 입영을 하기도 하고 갑자기 잠수를 하다가 양손으로 얼굴을 씻고 있다. 다른 이의 모습은 하나도 없다. 그러나 고적한 풍경은 아니다. 어깨가 둥그런 그 처녀는 두 마음을 갖지 않는 자 특유의 빛을 발하고 있다.

너는 그녀에게 눈길을 멈춘다.

지그시 바라본다. 그리고 금방 그 아가씨를 떠올린다. 함께 살기를 꿈꾸게 하였던, 흐르는 나날에 종지부를 찍을 마음을 먹게 한, 동남아시아 어느 나라에선가 온 아가씨…… 정말 닮았다. 그러나 버스는 다시 터널로 들어가 너를 그녀에게서 떼어놓는다. 딱 한 번으로 연애를 끝낸 너의 마음에 두서없는 상념이 한꺼번에 되살아난다. 그러자 너는 괴상한 소리를 지르며 눈을 감는다. 그래도 억제할 수 없어 갑자기 위가 쑤시는 사람처럼 몸을 앞으로 구부린다. 하마터면 손에 쥔 나이프에 가슴이 찔릴 뻔하였다.

막 조각이 끝난 원숭이가 바닥에 떨어져 데굴데굴 구른다.

그것을 주워준 사람은 마음 맞는 친구끼리 여행길에 나선, 인생의 황금기를 넘어서 추태를 떠는 것쯤 아무렇지도 않게 여기는 승객 중 한 명이다. 그는 손에 쥔 조각을 멀뚱멀뚱 쳐다보고는 팔지 않겠느냐고 묻는다. 그렇게 말하면서 재빨리 지갑을 꺼내 고

액권을 몇 장 집어내 보인다.

너는 입을 다물고 아무 반응도 하지 않는다.

팔고 싶지 않은 상대이기 때문이다. 그러자 그 젊게 차려입은 남자는 네가 값을 올려 받으려는 줄 알고, "더 비싸도 상관없어, 얼마지?"라고 다그쳐 물었다. 너는 시큰둥한 대답을 한다. 너에게는 그 작자나 그 작자의 친구들이나 허용할 수 있는 범위를 넘어선 치들이었다. 이렇게 우연히 같은 버스를 타고 같은 방향으로 흐르고는 있지만, 두 부류 사이에는 현격한 차이가 있다.

물론 그들은 악당들이 아니다.

그러나 생각하기에 따라서는 오히려 그보다 더 질이 나쁜 족속들인지도 모른다. 처치곤란한 놈들이란 그런 자들을 뜻하는 것이다. 얼간이 같은 짓만 저지르고, 작은 성공에 만족하며, 어디선가 주워들은 약삭빠른 인생관에, 공짜술을 얻어먹고 걷는, 갈지자걸음을 무상의 기쁨으로 여기는, 만사를 제치고 고귀한 집안의 출신이란 것만으로 엎드려 절하고, 분노를 잊고는 나이를 먹어 성깔이 누그러졌다고 자랑한다.

너무도 세상물정에 캄캄한 그들이 어처구니가 없다.

그들은 자조적인 미소를 띠고 불운을 투정하는 척하면서도, 그저 게으름뱅이에 불과하다는 것은 감추려 한다. 지나칠 정도로 순종하는 그들은 언제든 그 방면의 높은 양반 손에 놀아난다. 바보 취급당하고 있다. 그런 그들의 박약한 행위 위에 보기 좋게 올라 정좌를 하고 있는 국가는, 똑같은 잘못을 거듭하려 하고 있다.

너는 그런 사정을 한 번 보기만 해도 읽을 수 있을 정도로 성장해 있다. 눈부신 진전이다.

그것은 오로지 흐르는 나날의 축적과 『원숭이 시집』 덕분이다.

너는 훈육을 중시하는 자들이나 영원히 사라지지 않을 금언에 매달려 고여 있는 자를 거절한다. 그리고 그들에게 친근감을 품는 자들 또한 부정한다. 그런 유의 인간들로 세상이 구성되어 있다면, 기꺼이 빈축을 사리라고 너는 생각한다.

파는 것이 아니라고 너는 거짓말을 한다.

상대방한테는 듣기 싫은 말투였을 것이다. 제 눈에 꼭 맞는 남자의 의안이 이상한 광택을 발하고 있다. 너는 조각을 되받아 주머니에 넣는다. 그러나 날이 벌어져 있는 나이프는 아직 네 손 안에 있다. 그것은 너의 의사와는 무관하게 경고하고 있다. "뭣하면 나무 대신에 당신을 깎아도 괜찮다구"라고 위협하고 있다. 머지않아 체력이 뚝 떨어져 쭈글쭈글한 늙은이가 되어서는 죽음의 그림자를 두려워하며 누워 지내는 신세가 될, 그런 운명의 그들은 주춤주춤 제자리로 돌아간다.

그런데 예의 남자가 벌컥 화를 낸다.

그는 들으라는 듯 이렇게 빈정거린다. 이 나라가 쇠퇴한 책임은 젊은 놈들에게 있다. 젊은 놈들이 인정조차 기피할 정도로 자기 자신에게만 지나치게 몰두하기 때문이다. 또 이런 말도 한다. 그러나 이제 곧 도래할, 겨우 입에 풀칠이나 할 가난한 시대가 그들의 성질을 뜯어고쳐 인생이 무엇인가를, 자유가 무엇인가를,

국가가 무엇인가를 가르쳐줄 것이다.

그 말을 계기로 그는 세대론을 펼친다.

그들은 헤쳐나온 전성시대를 열심히 회고하면서, 그것은 자신들의 헌신적인 노력이 있었기에 가능한 시대였다고 자랑한다. 이 나라가 경제 대국으로 상승가도를 똑바로 달릴 수 있었던 것은 자기들 세대가 각자의 분야에서 열심을 다했기 때문이라고도 한다. "우리가 뼈 빠지게 일해 구축한 나라를 게으름뱅이 젊은 놈들이 다 말아먹고 말았어."

천 년 동안, 나는 이 비슷한 말을 몇 번이나 들었다.

전후 민주주의에, 천황이 첨부된 민주주의에 오랜 세월 길들어 있는 그들은, 정반대되는 사고를 품고 있는 척하면서 서서히 우익운동에 가담하였다. 그리하여 지금은, 차기 전쟁의 수괴로 지목되어 있는, 윤색된 일화로 치장된 인물 편을 들기에 이르렀다. 어떠한 권력 앞에서든, 그들은 항상 채무자의 입장이다. 강압적인 수단 앞에서, 무슨 말이든 자유롭게 하라고 한다.

지금 너는 상당한 논객이다.

그럴 마음만 먹으면 합리적으로 한마디도 못 하게 그들을 물리칠 수도 있다. 그러지 않으면 나이프를 정확하게 사분의 삼 회전시켜 좌석 등받이에 푹 꽂아, 그들의 무례한 언사를 순간에 고쳐놓는 것도 가능하다. 그러나 너는 그렇게 하지 않는다. 순간의 격정에 휘둘려 움직이는 것은 결코 의지를 관철하는 일이 아니라고 『원숭이 시집』에 쓰여 있다. 그 한마디는 너의 가슴을 울리기에 충분하다.

너는 나이프를 탁 접어 주머니에 집어넣는다.

이어 크게 하품을 한 번 한다. 내리는 비 때문에 사방에 마이너스 이온이 넘치고 모든 생물이 편안함에 잠겨 있다. 버스는 미끄럼 사고 방지를 위하여 다소 속도를 늦추고 있다. 한눈에 반할 정도로 호사스러운 색의 스테이션왜건이 너를 태운 버스를 추월하려 한다. 그러나 단숨에 옆을 스쳐 지나가려는 것은 아니다. 운전자는 어린 자기 자식에게 최신형 전기버스를 보여주려고 잠시 나란히 달린다.

그 일가의 행복한 생활을 뒷받침하고 있는 것은 물론 자본의 힘이다.

그들은 한 번도 노동자 측에 서지 않고 이 세상을 구가하다 일생을 마칠 것인가. 짙은 빨간색 스웨터를 입은 어린 소녀가 열심히 손을 흔들고, 소년은 코가 납작해지도록 얼굴을 창문에 대고 있다. 유복한 가정에서 자라난 그들은 앞으로도 계속 가난에 시달리는 사람들을 걷어차면서 돌진할 것이다. 그들의 엄마는, 때를 벗은 삼삼한 여자는, 정열적인 검은 눈동자로 똑바로 너를 향하고 있다. 그 너무도 유혹적인 눈길을 느낀 순간, 너는 사타구니가 땀으로 흠뻑 젖는 감각과 함께 청명한 봄빛이 순간에 탁해지는 것을 느낀다.

반짝반짝하는 스테이션왜건이 빗속으로 삼켜진다.

그러나 네 속에 돌연 솟구친 욕정은 그대로다. 아니 스멀스멀

팽창하여 당장에 네 전신을 달리며 뇌를 지배하고 만다. 오래도록 없었던 일이다. 너는 자신의 주머니 사정을 확인한다. 이삼 일 먹고살 만한 돈은 된다. 그러나 여자를 사기에는 턱없이 부족하다.

너는 젊다.

너는 너 자신의 젊음을 이기지 못한다. 늙어 꼬부라진 원숭이의 말에 순종하고만 있을 수는 없다. 여자를 안고 싶다. 그러기 위해서 돈이 필요하다. 마침내 너는 앞자리를 향하여 말을 건다. 네가 타인에게 말을 거는 것은 흔한 일이 아니다. 게다가 떨리는 말투다.

"팔아도 좋습니다."

그렇게 말하고 너는 주머니에 쑤셔넣은 조각을 끄집어낸다. 그런데 나이 든 남자들은 태도를 바꾼 너의 진의가 무엇인지 가늠하지 못하고, 또 젊은 주제에 무게가 있는 너의 태도에 압도되어 주춤주춤, 선뜻 응하지 않는다. 너는 원숭이 조각을 앞사람의 얼굴 앞으로 쑥 내밀고, 다른 한 손으로 가격을 표시한다. 손가락 다섯 개가 펴져 있다. 그러자 아까 사고 싶다고 한 의안의 남자가 조심조심 다가온다.

원숭이는 그 남자의 손에, 지폐는 네 손에 건네진다.

포기한 물건이 뜻하지 않게 굴러들어온 기쁨에 남자의 손은 바들바들 떨리고 있다. 그는 그것을 친구들에게 보이며 자랑한다. 감탄사가 웅성웅성 이어진다. 그들의 아낌없는 찬사를 자장가 삼아 들으면서 너는 얕은 잠을 취한다. 오랜만에 여자를 안기 위해서 쉬어두는 것이다. 그렇게 생각하며 너는 잠을 취한다.

너는 꿈을 꾼다.

늘 똑같은 내용의 꿈이다. 도깨비불이 떠다니는 바다를 옷도 입지 않고 헤엄치는 예의 꿈이다. 사방에는 배 한 척 없고 마을의 등불조차 보이지 않는다. 빛나는 것은 저 멀리에 있는 도깨비불과 근처의 야광충뿐이다. 잡을 것도 하나 없다. 튜브도 없고 나뭇조각도 없다. 구명동의를 착용하고 있는 것도 아닌데 파도치는 바다에 이렇게 오래도록 떠 있을 수 있는 것은 보잘것없는 책 한 권 덕분이다. 『원숭이 시집』이 너를 지탱하고 있다.

그리고 너는 늘 그러하듯 자신의 외침 소리에 눈을 뜬다.

버스 운전사가 백미러로 너의 상태를 살피고 있다. 다른 승객들은 모두 잠들어 있다. 비는 그치고 해는 기울고 있다. 일몰과 동시에 메갈로폴리스의 불빛이 쑥쑥 다가온다. 너를 태운 버스는 부정과 빈곤이 눌어붙어 있는, 위험할 정도로 불안정한 그 빛의 바다로 삼켜진다.


따뜻하고 기분 좋은 밤이다.

홀로 초연하게 사라지는 고속버스를 배웅하고, 선천적으로 흐르는 자의 소질을 지니고 있는 너는 처음으로 방문하는 그 상업도시를 내키는 대로 걷는다. 몰인정한 불량배들에 당당히 맞서, 전기 장신구로 화려하게 치장된 넓은 거리 한복판을 성큼성큼 걷는다. 무슨 행사라도 있는지, 온 거리가 축제 분위기에 들떠 있다.

길 가는 사람들은 무목적과 무의미에서 해방되어, 한결같이 흥분한 표정이다.

이 불경기에 상점가 여기저기서 축하 술을 대접하고 있다. 그러나 외부 사람을 대접할 줄을 모르는 거리다. 너를 보고 만면에 미소를 띠는 자는 한 명도 없다. 그렇다고 그래주기를 기대하며 흐르는 너는 아니다. 타인에게 대접받음으로써 마음의 위안을 얻는 너는 아니다.

너는 이 밤을 즐기고 있다.

그 지방 유지인 듯한 남자가 야외무대의 단상에 뛰어올라가, 많은 사람들 앞에서 뭐라고 꽥꽥 얄팍한 언변을 자랑하고 있다. 그의 배후에 있는 대형 현수막에는 이 고장에서 선출된 정치가의 이름이 줄줄이 쓰여 있다. 곁들여 거대한 사진까지 장식되어 있다. 한참 이름을 드날리고 있는 그 땅딸보다. 과연 그 작자가 이 나라의 새로운 지배자가 될 수 있을지, 후대에까지 이름을 떨치는 인물이 될 수 있을지를 의심하는 국민의 수는 현격하게 줄어들었다. 지금까지 그가 목적하는 바는 만사 순조롭게 이루어지고 있다. 대단한 기세다.

그 땅딸보는 도깨비로 둔갑하고 있다.

그를 그렇게 만들고 있는 것은 다름아닌 민중이다. 아무도 그의 처세를 의심하지 않는다. 의심은커녕 마음껏 수완을 발휘해주기를 바라고 있다. 내가 본 바로 그는 그의 참모진들이 열심히 허풍을 떨고 다니는 것처럼 지용智勇에 뛰어난 자가 아니다. 전력을 다하여 지휘봉을 흔드는 그런 남자도 아니다. 고작해야 천하를 약탈한 진짜 독재자의 등장을 채비하는 정도에 불과할 것이다. 말 한마디 행동 하나에 조심을 하고 큰 실수를 저지르지 않으면, 노련한 대정치가의 수행원 정도까지는 출세할 수 있을 것이다.

하지만 나의 인물평은 그리 믿을 것은 못 된다.

천 년 동안 내 앞에 나타난 위인이나 영웅은 하나같이 그 그릇이 아닌 자들뿐이었다. 그들은 단순한 성격 이상자들에 불과하였다. 그것도 아주 유치한. 그러나 대중은 항상 유치하고 괴상한 것은 즐긴다.

지난날 그는 폭도에게 습격을 당했다.

정부 측 뉴스밖에 내보내지 않는 텔레비전이 거듭 그렇게 보도했다. 대낮에, 그늘을 품은 허름한 청년이 장난감 같은 권총으로 그를 쏜 것이다. 탄환이 세 발 정도 몸에 맞았지만 급소를 빗나가 생명에는 지장이 없었다. 목숨이 질긴 놈이다. 덕분에 거물 취급 받기에 충분한 관록까지 생겼다. 사람 위에 설 수 있는 그의 재간이란 그 억센 운뿐이다. 거리 도처에서 이런 말이 들린다.

"그만한 일로 호락호락 목숨을 잃을 분이 아니다."

질긴 운이라면 너도 뒤지지 않는다.

너는 걸으면서 땅딸보와 커다란 사진을 올려다본다. 그리고 그가 어느 정도의 남자인지를 한눈에 간파한다. 하지만 너는, 나처럼 그를 가벼이 여기는 것 같지 않다. 즉 정변으로 낙착될 것이 자명하며, 제국의 재건에 심신을 바칠 남자가 아니란 나의 예상과는 꽤 다른 견해를 보이고 있다. 너의 견해가 옳을지도 모른다. 땅딸보는 길이길이 번영된 나라를 지향하며, 패배의 쓰라림을 맛보게 될 것이 뻔한 불건전한 사상 아래서 끊임없는 노력을 계속하고 있다. 적어도 논하기에 부족함이 없는 존재로 승격하고 있다. 수준 낮은 민의에 꼭 적합한, 크게 환영받을 정치가임을 인정하지 않을 수 없다.

너는 역 앞 사우나에 들어간다.

폭포처럼 땀이 흐르는 몸을 욕조에 담근다. 그리고 때밀이 늙은 노파한테 전신의 노폐물을 맡긴다. "신기하게 생겨먹은 몸이로군요"라고 그녀가 말한다. 그러나 어디가 어떻게 신기한지에 대해서는 아무 말도 하지 않는다. 너도 묻지 않는다. 그리고 미지근한 물에 잠긴다. 몇십 년 전에 유행한 팝 음악이 흐르고 있다.

친절을 가장하여 말을 거는 놈은 으레 호모다.

그들의 수는 여전히 늘어나는 추세다. 원인은 아버지가 부재하는 가정환경에 있다. 그들은 아버지의 이미지를 추구한다. 그리하여 작달막하고 살찌고 머리가 벗어진 남자들에게 이끌린다. 저 땅딸보 정치가에게 인기가 몰리는 것도 그런 이유일까. 그러나 그들은 어느 한때처럼 자신들의 성적 입장을 공개적으로 과시할 수 없어졌다. 그들이 훨씬 이전처럼 세상의 눈을 꺼리게 된 것은 폭력주의의 부활이 주원인이다. 그렇다지만 그들을 특히 기피하는 우익들만 해도 결국은 마찬가지다. 양자는 모두 사대주의자이며 수동적인 입장을 더없이 사랑하는 마조히스트이며, 주색을 위하여 제 몸 망치기를 주저치 않는 싸구려 미학에 휘둘리는 자들이며, 혼자서는 아무것도 하지 못하는 주제에 고집만 잔뜩 부리는 자들이다.

그들은 아버지를 대신하는 인물에 안기고 싶어한다.

그런 그들이 탁한 눈으로 매일 밤 보고 있는 것은, 복잡다단한 현실이 아니다. 사회구조의 뒤틀림도, 급격한 경제성장이 초래한 대혼란도, 거대 자본에 의한 지배 체제도, 어머니 같은 지구 전체에 팽배한 균형의 붕괴도 아니다. 마음 어느 한구석으로는 세습 제도의 존속을 바라고, 쥐꼬리만 한 보수에 기꺼이 하루 종일 일하고, 최종적으로는 그 어떤 무모한 종속관계에도 금방 순응하는 그들이 즐기는 것은, 항상 부차적인 문제다. 그들은 똑같은 감동의 분배에 한 다리 끼어들기 위하여 힘이 세고 비정상적인 자들에게 마음을 주고, 그 부작용인 실망과 좌절로 또 자기를 잃는다. 참 골치 아픈 족속들이다.

너는 머리를 깎으려고 한다.

옛날 이발소 같은 분위기가 농후하게 남아 있는 가게로 들어간다. 손님은 없다. 고풍스러운 의자가 하나 놓여 있을 뿐이다. 그 앞에는 모습도 잘 비치지 않는 뿌연 거울이 있다. 긴 의자 위에는 도저히 장인과는 거리가 먼, 가난 귀신에 홀린 듯한 남자가 끄덕 끄덕 졸고 있다.

텔레비전이 켜 있다.

그 화면에는 번화가를 장식하고 있는 사진 속의 땅딸보가, 마치 개선장군이라도 되는 듯한 태도로 기차에서 내리는 장면이 방영되고 있다. 그놈은 자기 앞을 가로막은 마이크를 깨물 듯한 기세로 꽥꽥거리고 있다. 고향이 그립고 좀처럼 보기 힘든 행사가 있어 내려왔지만, 전 국민이 생산적이고 조화로운 생활을 보낼 수 있도록, 더 나아가서는 세계의 강국이 될 수 있도록, 내일 아침에는 곧장 상경할 것이라고 말한다. 그는 말을 골라 사용하고 있다. 귀경이라 하지 않고 상경이라 하였다.

그리고 그는 천천히 셔츠를 걷어올려 총탄으로 입은 상처를 내보인다.

떼지어 몰려온 지지자들이 단기간에 만천하에 널리 알려진 그의 이름을 외치며 만세를 부른다. 사람들은 여전히 적당주의자들이고, 여전히 인식이 얕고, 서글플 정도로 정서적이다. 그런 자들에게 제아무리 평등 정신이니 정당한 인권이니 하는 것들을 설명해봐야 무의미하다는 것을 공산주의자들은 일찌감치 깨달아야 한다. 평등하지 않은 결과를 낳고, 세계의 지배자인 자본계층을 창출하는 것은 실은 서민 자신이다. 아니, 설마 그 정도도 눈치채지 못한 좌익은 없을 것이다. 사회주의가 하나같이 국가자본주의 체제로 바뀐 오늘날, 그들은 그들의 딱딱한 사상을 앞세워 순수한 젊은이들을 포섭하기 위한 도구로 사용하면서, 구제하기 어려운 민중을 방석의 대용물로 이용하려고 획책하고 있을 뿐이다.

대중은 순응하는 편안함을 너무도 잘 알고 있다.

인과응보라고만은 할 수 없는 세상을 살며, 괴로운 인간계에서

부침하는 그들은 이용당하는 존재에 불과하다. 신속하게 행동하지 못하는 노동자계급은 지금은 완전히 경제 문제의 운영 지휘 체계로부터 따돌림받고 있다. 그러나 그런 시대를 초래한 것은 그들 자신이다. 그들의 몸에서 흘러나온 녹이 이 질식 상태를 만든 것이다.

너는 흐트러진 채 의자에 앉아 헛기침을 하며 졸고 있는 주인을 깨운다.

손님을 접대하는 가게 주인의 자세는 영 엉망이다. "어서 오십쇼"라는 말 한마디 하지 않고, 어떻게 자르겠느냐는 말도 묻지 않고, 쓱싹쓱싹 가위질을 시작한다. 너는 머리를 그의 손길에 맡기고 거울 속으로 텔레비전을 보고 있다. 이번에는 순직 경관에 관한 뉴스다. 콘크리트 벽에 남은 무수한 탄흔과 피로 물든 거즈와 함께 위대하신 양반들의 허풍스러운 코멘트가 이어진다. 준법정신을 고양시키는 감정적인 말 후에 반사회적인 분자를 근절하기 위한 엄격한 방침이 덧붙여진다.

머지않아 본격적인 백색테러의 시절이 도래할지도 모른다.

그렇게 말한 것은, 늙고 기력도 없는 이발소 아저씨다. 주문이라도 외우는 듯한 말투로 그가 말한 시대는 이미 코앞까지 와 있다. 그러나 너는 함부로 화제에 몰입하지 않는다. 밀고의 시대가 시작되었음을 알고 있기 때문이다. 정치에 관련된 화제는 충분한 주의를 기울이지 않으면 안 된다. 적이 어디에 숨어 있을지 알 수 없는 노릇이다.

적이란 너의 흐름을 가로막는 자 전부를 뜻한다.

그들이 가장 참을 수 없는 것은, 바로 너 같은 자다. 정면으로 적대하는 패거리들보다 실은 너 같은 놈을 가장 경계하고 있다. 이유는 네가 어떤 종류의 권위든 전혀 인정하지 않기 때문이다. 맞는 말이다. 너는 좌, 우, 중도, 어느 쪽이 구축한 세계도 인정하지 않는다.

너 자신은 의식하지 못하지만, 너는 인간 가축에 피해를 안 입히는 젊은이가 아니다.

네가 그렇게 흐르고 있는 것만으로도, 이렇다 하게 하는 일이 없다는 것만으로도, 너는 그들에게 칼을 들이대는 셈이다. 그들의 세계를 뿌리째 뒤집는 셈이다. 사상의 여부에 관계없이 명예직을 원하는 자존심 센 자들은 끊임없이 자신에게 경의를 표할 상대를 필요로 한다. 너는 모를지 모르지만 그러나 그들은 알고 있다. 자신들의 뒤통수를 치는 자가 있다면, 그것은 너 같은 타입이라는 것을 그들은 본능적으로 알고 있다.

부탁도 하지 않는데 그런 작자들의 주구가 되고 싶어하는 놈들이 있다.

예를 들면 이 이발소 영감쟁이 같은 인간이 그렇다. 그는 천생이 아첨꾼이다. 피가 그렇다. 그들은 옳고 그름을 번갈아 늘어놓고도 자신의 무지를 전혀 깨닫지 못한다. 그들은 지금 또 창궐하는, 무력을 허리에 찬 패도 정치의 뒤를 밀려 하고 있다. 자긍심도, 개인적인 공권도, 육친의 목숨까지도 헐값에 내다 파는 자가 비로 그들이다.

사회 중간층의 요구는 어느 시대든 하잘것없다.

더구나 세상은 지금 중산계층이 사라진 극단적인 형태의 성층화 사회로 돌진하고 있다. 보통 사람들이 바라는 것은, 일시적인 평안에 지나지 않는, 혼곤히 취한 기분으로 집에 돌아가는, 또는 손에 선물을 들고 손자의 얼굴을 보러 가는, 또는 반세기 만의 큰 홍수에도 끄떡하지 않는 제방 위에서 무사함을 기뻐하는 그런 정도의 행복이며, 자신과는 전혀 관계없으면서도 친근한 비극이며 그 외의 아무것도 아니다. 해이해질 대로 해이해진 정부 기관의 기강을 단속하거나, 북방 영토의 반환이나, 노동 의욕을 회복하는 것이 아니다. 그들은 여전히 사회 사정에 어둡고, 그날그날을 사는 것이 고작이고, 속이 뻔히 들여다보이는 정의란 벽 뒤에 숨겨진 거대한 악에 눈길을 돌리지 못한다. 그들은 영구한 평화를 바라는 척하면서, 의식의 저변에서는 급격하게 악화되는 투쟁을 바라고 있다.

그때그때의 유행을 좇는 자에게 내일은 없다.

그렇게 기록되어 있다. 기껏해야 타인의 위광을 등에 업고 뻐기는 재주밖에 없을 이발소 영감은 너란 젊은이의 정체를 파악하지 못하여 잇달아 질문을 퍼붓는다. 이 고장에서는 보지 못한 얼굴인데, 무슨 일을 하느냐고 묻는다. 그 밖에도 이런저런 질문을 하면서 지명 수배자의 얼굴 사진이 실린 포스터로 힐긋 눈길을 준다. 너는 의젓하게 앉아 한마디도 대꾸하지 않는다. 실뭉치 같은 애완견이 너를 쏘아보며 열심히 짖어댄다. 평소에는 아주 얌전한 개인데 어쩐 일이지, 라면서 영감쟁이는 고개를 갸웃거린다.

그때 네가 갑자기 개를 돌아본다.

그냥 돌아본 것이 아니다. 얼굴의 온 근육을 총동원하여 순간에 하나의 형태를 만들고, 이를 드러내 보인다. 미쳐 날뛰는 원숭이의 얼굴을 본 개는 당장에 꼬리를 말고 안쪽으로 도망간다. 개보다 더 놀란 영감쟁이는 입을 쩍 벌리고 우두커니 서 있다. 겁을 잔뜩 집어먹고 있다. 너는 내친 김에 원숭이 소리까지 낸다. 그러자 영감쟁이가 소스라치게 놀라 자기도 모르게 손에 쥔 가위를 바닥에 떨어뜨린다. 그것으로 끝나지 않는다. 격렬하게 쿵쿵거리는 심장 때문에 그 자리에서 푹 쓰러지고 만다.

영감은 전신을 부들부들 떨고 있다.

그러나 다행히 머리는 다 깎은 상태다. 심장발작을 일으켜 나동그라져 있는 영감탱이를 그냥 놔두고 너는 수염을 깎는다. 이마 한가운데 있는 별 모양 점에 면도날이 쓱 스쳤는가 싶더니 피가 송골송골 배어나온다. 그러나 너는 조금도 당황하지 않고 떨어지는 피를 집게손가락으로 닦아 그것을 거울에 문지른다. 그 붉고 매끄러운 선이 마음에 든 너는 새로운 선을 몇 개나 덧그린다.

거울 한가득 빨간 원숭이가 춤추고 있다.

영감은 막 깎은 손님의 머리칼로 범벅이 된 바닥에 엎어진 채 괴로운 신음 소리를 뱉고 있다. 주인의 신상에 일대 사건이 생긴 것을 안 개가 깽깽거리며 짖었다. 그러나 아무리 짖어도 도와주러 오는 이가 없다. 너는 콧노래를 흥얼거린다. 그리고 너는 조각을 하다 손을 베일 때를 대비하여 준비한 순간 치료제로 이마의 상처를 단번에 치료한다.

너는 지폐 한 장을 팔락팔락 영감탱이 위에 떨군다.

그리고 스스로 브러시를 사용하여 옷에 묻은 머리칼을 정성껏 털어내고 좌우 머리칼의 길이가 고른지를 다시 한번 확인한다. 그러고는 거울 속 붉은 원숭이에게 손을 흔들며 획일화된 전자 뉴스와 슬플 정도로 찰나적인 오락 문화와 문명의 보편적 요소를 추구하는 소음이 아우성치는 인파 속을 헤치고 들어간다.

욕정이 들끓는 밤은 이제 막 시작되었을 뿐이다.

봄의 정수가 될지도 모르는 이 밤을, 너는 마음껏 즐기려 하고 있다. 거리는 어느 때 어디나처럼 마음이 불량한 사람들로 벅적거리고 있다. 큰 도로나 골목길이나, 인고의 생활에 넌더리가 나고 앞날을 걱정하는 데 진력이 난 사람들로 시끌벅적하다.

절전 권유를 무시한 네온사인이 도시의 밤을 헤적거리고 있다.

민중은 이미 사회적인 지위나 경제적 지위를 추구하고 있을 때가 아니라는 것을 충분히 알고 있다. 현재의 생활을 지키기 위하여 아등바등하는 데 지쳐 있다. 그들은 자신의 의견이 정치에 전혀 반영되지 않는 시대가 목전에 와 있음을 알면서도 아무 대책도 강구하지 않는다. 국가에 대한 그들의 영향력은 그들의 자존심과 마찬가지로 쪼그라들 뿐이다.

다소나마 상품의 약탈을 막기 위하여 야경꾼이 지나간다.

한창때를 지난 창부가 취객의 마음이 변하기 전에 얼른 어둡고 음습하고 난잡한 호텔로 데리고 들어가려 한다. 말쑥하게 양복을 차려입은 동안의 깡패가 육감적인 여자를 세 명이나 데리고 거리를 활보하고 있다. 빌딩 사이로 보이는 교회의 첨탑에는 십자가를 본뜬 전구가 애처로운 파란빛을 발하고, 슬픔의 나락에 빠져 있는 불운한 인간을 봉으로 삼으려 하고 있다. 뜻하지 않은 고전으로 인생에 진저리를 치고 심령의 세계가 존재한다고 인정하는 사람들의 수는 날로 늘어나고 있는데, 그러나 박애주의는 옛날 고리짝에 시들어버렸다.

두 젊은이가 노상에서 뒤엉켜 화려한 싸움을 벌이고 있다.

한 명은 앞니가 부러지고 입안이 시뻘겋다. 또 한 명은 팔의 관절이 빠졌다. 그러다 갑자기 싸움이 중단된다. 이것으로 피차 원한을 풀었다는 둥 어떻다는 둥 하며 그들은 손을 턴다. 그것을 본 너는 실망한다. 두 사람 사이로 나이프라도 던져줄까 하고 생각하는 참에 끝났기 때문이다. 오늘밤 너의 마음은 전에 없이 거칠다. 아니 격앙되어 있다.

너는 여전히 흐르고 있다.

부드러운 바람이 불고 있다. 하지만 그것은 세상의 안녕을 바라는 바람과는 정반대다. 아무리 눈을 헤집고 읽어도 정곡을 찌르지 못하는 속서俗書가 범람하고 있다. 곤경에 처한 과학이 종교에 추파를 던지고 있다. 정방형으로 구획된 땅이 여기저기서 죽어가고 있다. 약자한테서 금품을 빼앗거나 교묘한 화술로 사람을 속이는 술수가 도처에 꼬여 있다. 그들은 중죄를 저지르기 위하여 미끼가 지나가기를 끈질기게 기다리고 있다.

곳곳에서 쇠망의 징후가 보인다.

유아용 장난감을 손에 쥔 남자 어른이 길바닥 한가운데 웅크리고 앉아 을씨년스러운 세계에 젖어 있다. 스님 행색을 하고 있는 남자가 무고한 자를 투옥하거나 오명을 씌우지 말라고 쓴 플래카드를 들고 같은 곳을 어슬렁거리고 있다. 가슴에 건 나무판에는 이렇게 쓰여 있다. 병사는 나라에 받치는 인신공양!

난숙기는 틀림없이 종언을 고하고 있다.

스물네 시간 열려 있는 탁아소 앞에는 엄마가 오지 않아 우는 아이들로 시끌시끌하다. 그 아이들이 언제 버려질는지 알 수 없다. 판매 촉진을 도모하는 것이 지상명령인 세일즈맨이 이렇게 늦은 시간에도 거리를 헤매고 있다. 조금이라도 고용자들을 괴롭히는 고용주에 대해 즉각 태업 전술을 써먹을 수 있었던 것은 옛날 일이다. 대부분의 노동자는 일이 있으니 그나마 다행이라고 생각하고 있다. 그 이상은 생각지 않는다.

엄연히 존재해야 할 진실이 하품을 깨물고 있다.

신념의 현저한 상실이 질서의 변화를 한층 가속화시키고 있다. 규칙의 허점을 찾는 것과 정식 절차를 거치지 않은 사본을 입수하는 정도는 지금은 전혀 나쁜 짓이라 할 수 없을 지경이다. 현재 이 나라는 옛 자취를 찾아볼 수 없고, 쇠락의 분위기가 깊어갈 뿐이다. 원대한 뜻을 세운 청년도, 거품경제를 장악할 기회도, 사회정의를 위한 열의도 격감하고 있다. 급증하고 있는 것은 반품 물자와 이름을 파는 자들과 금서와 전쟁을 선동하는 행동과 흉탄에 쓰러지는 자와 갈 곳 잃은 자들뿐이다.

너를 거주 불명자와 동일시할 마음은 없다.

흐르는 자인 너는 언제든 네가 바라는 공간에 몸을 두고 있다. 너는 언제든 여기에 있으며 다른 어디에 두고 온 혼을 찾아 헤매는 것이 아니다. 너에게 한시도 잊지 못할 곳이란 없다. 또 눈물로 하소연할, 또는 피를 토하며 고백해야 할 무겁디무거운 과거도 없다. 그러나 그럼에도 네가 태어날 때에 이미 네 머리 위에서 목을 매달고 바람에 흔들리던 어머니는, 네 마음에 하염없는 짙은 그림자를 던지고 있다.

배를 채우기 위하여 너는 조그만 식당으로 들어간다.

그 고장 사람이 아니라도 편안해질 수 있을 듯한 분위기다. 손님은 한 명밖에 없다. 그자는 카운터에 달라붙어 아귀 같은 얼굴로 접시 한가득 담긴 카레라이스를 허겁지겁 먹고 있다. 너는 그것과 똑같은 것을 주문한다.

옆 자리 남자가 세번째 밥을 청한다.

너도 상당한 대식가고 한꺼번에 많이 먹을 수 있는 밥주머니를 갖고 있다. 그러나 그놈한테는 당하지 못한다. 너는 잠시 엄청난 식욕을 자랑하는 그자를 쳐다본다. 문득 옆을 보니 목에 방울을 단 얼룩 고양이도 기가 차다는 듯 그놈을 멀뚱멀뚱 쳐다보고 있다. 대체 그 작자의 어디가 그렇게 굉장하단 말인가, 하는 눈초리

다. 열심히 수프를 홀짝거리면서 허공의 한 점을, 드라이플라워
가 장식되어 있는 벽 언저리를 응시하고 있는 그 눈은, 해질녘의
하늘 같은 짙푸른 색을 띠고 있다. 막 장례식을 치른 여자의 눈을
닮았다.

그 눈은 빈곤한 일생의 보내는 자의 눈이며, 치사스러운 악에
감염된 자의 눈이며, 십 년 동안의 깊은 정을 일방적으로 단절당
한 자의 눈이며, 객사가 어울리는 자의 눈이다. 요컨대 차라리 이
세상에 태어나지 않았으면 좋았을 눈이다. 세번째 그릇을 깨끗이
비운 직후에 그 작자는 갑자기 카운터에 푹 엎드린다. 그러고는
얼굴을 저쪽으로 향하고 어깨를 들먹이며 짐승처럼, 엄청난 소리
를 내며 통곡한다. 그런데 늘 보는 행위인지 고양이조차 놀라지
않는다. 가게 여주인은 그 단골손님의 머리칼에 남은 카레가 묻
지 않도록 접시와 물컵을 치운다. 그리고 그녀 또한 엄청나게 큰
찐빵을 한입에 넣고 우물거리면서, 그녀와는 상관없는 일이라는
양 안으로 들어가고 만다. 고양이가 그 뒤를 따라간다. 남자는 울
음을 그치지 않는다.

너는 침착하게 카레라이스를 먹고 있다.

앞으로 이십 년, 삼십 년 흐르고 흘러, 이렇게 쇠락한 가게에서
홀로 몇천 몇만 번 밥을 먹는다 하더라도 너는 절대로 이 남자처
럼 폭발적으로 고민스러운 표정을 드러내며 울지는 않을 것이다.
이렇게 찬란한 봄날의 저녁이 아니라 가을날의 소슬한 기운이 넘
치는 밤이라도, 설사 그곳이 가을벌레 울음소리 그득한 깊은 산

중이라도, 땅에 엎드려 통곡하는 짓은 절대로 하지 않을 것이다. 여행길에서 병을 얻어 다리 밑 모래밭에 고름투성이 몸을 누인다 해도, 너의 입에서 나약한 신음 소리가 배어나오는 일은 없을 것이다.

나는 너를 믿고 있다.

뜨거운 피의 흐름과 함께 너를 구성하는 전 세포조직과 세포를 구성하는 모든 분자의 말단까지 퍼져 있는 것은 바로 흐르는 자의 정신의 핵이다. 흐르는 자에게 싸구려 동정은 필요치 않다. 진정 흐르는 자라면 설사 그곳이 지옥의 뻘 구덩이라 하더라도 가경에서 노니는 심경을 견지할 수 있을 것이다.

너에게는 지속적으로 다니는 가게도 없고 손님을 잘못 알아볼 상대도 없다.

지금까지 너는 황량한 겨울의 산과 들을 홀로 가로지르고, 쏟아지는 장대비를 맞으며 생쥐 꼴이 되고, 무적 소리 울려퍼지는 항구를 갈매기와 함께 이동하고, 어슴푸레한 강의 빛에 의지하여 습지대를 답파하였다. 지금까지 너는 어울릴 만한 배짱 좋은 남자를 찾지도 않고, 수고를 덜어줄 만한 여자를 만나지도 않고, 또 자기 자신한테도 엄살을 부리지 않았다. 그렇다고 너는 참혹한 수난을 겪은 탓에 이 세상에 적응하지 못하는 자가 아니다. 너는 낙오자도 아니고 탈락자도 아니다. 또 독주에 묘한 쾌감을 느끼는 자도 아니다.

이 세상에서 국외자는 실은 네 주변의 사람들이다.

그들은 육체와 함께 사는 자유가 무엇인지 모르고, 정체 모를 불안을 끝내 불식시키지 못한 채, 만가를 바칠 가치도 없는 꾀죄죄한 죽음을 맞이한다. 그렇지만 너는 다르다. 언젠가 네가 도달할 죽음은, 설사 풀잎의 이슬에 촉촉이 젖는다 해도, 들개의 죽음이나 별 차이가 없다 해도, 다른 무엇과도 바꿀 수 없는 자유를 마음껏 만끽한 결과가 될 것이다.

그러니 너는 생과 사에 관한 이렇다 할 고심은 없을 것이다.

만약 지금 바로 목숨을 잃는다 해도 너의 이른 죽음을 아쉬워할 자는 없다. 아마도 나조차 아쉬워하지 않을 것이다. 왜냐하면, 언제 어디에서 어떤 식으로 죽든, 너란 놈은 충분히 산 셈이기 때문에. 안개비가 피어오르는 마을 어귀, 음식 찌꺼기 처리장 한가운데서 숨을 거두었다 해도 말이다.

너는 적당한 속도를 유지하며 변화 속을 헤쳐나가고 있다.

제대로 산 것인지 어떤지 반신반의하면서 생의 막을 내리는 것은, 상식을 따르고 남의 이목을 중시하며 전체적인 균형만 생각하는 저자세의 대중이다. 그런 사람들의 사소한 발언은 공권력을 함부로 휘두르는 사람들에 의하여 항상 압살당한다. 정당한 항의조차 일축되고 만다. 더 나아가서는 원래 위정자가 생각하지 않으면 안 되는 일까지도 통제하에 두려 하고 있다.

정체된 사람들은 지금 완전하게 일치된, 완전히 통제된 가치관을 강요당하고 있다.

그들 같은 돌대가리는 모르겠지만, 그들은 살아 있으면서 죽어 있다. 최고학부에서 공부하고, 몸을 불태우는 연애를 체험하고, 다감한 청년기를 보내고, 적당한 일자리를 구해 결혼을 하고 자식을 몇 명 낳아, 그 아들과 딸이 다시 결혼하는 모습을 수도 없이 영상에 남기고, 아내가 아닌 여자의 신선한 촉감을 즐기고, 그 밖에도 단번에 울적하던 마음이 후련해질 만큼의 감동을 몇 번이나 느꼈다 해도, 흐르지 않는 한 그들은 죽은 것이나 다름없다. 즉 이런 얘기다. 동물이면서 절반은 식물에 가까운 존재에 불과하다는 말이다.

고여 있는 자는 흐르는 자의 등에서 서글픔밖에 느끼지 못한다.

카운터에 엎드려 울부짖는 남자가 혹 강길을 따라 바다를 향하여 홀로 흐르는 자라 하더라도 결코 너와는 동류가 아니다. 고개 숙인 이 남자가 솔바람 소리를 듣고, 뱃전을 때리는 파도 소리를 들으며 잠자는 자라 하더라도, 결코 너의 친구는 아니다. 그는 분명 집을 버리고 노는 것이 목적인 자거나, 단 한 번도 마음의 불을 불태우지 못하고 시골에서 썩어문드러지는 촌놈이거나, 아비한테 물려받은 무사안일주의에 매달려서 살 수밖에 없는 놈일 것이다.

네가 그런 자들과 의기투합할 리가 없다.

상대방이 친근하게 접근하는 일은 있을지라도, 네 쪽에서 그들에게 접근하는 일은 절대로 없을 것이다.

한껏 배가 부르자, 타인의 눈길을 아랑곳하지 않고 우는 남자.

그런 그의 방황은, 문학물이나 뒤집어쓴 게이 녀석들의 표면장력 제로인 마음의 액체로는 아주 적합할 것이다. 그렇지만 나한테는 구역질나는 행위로밖에 보이지 않는다. 그는 흐르는 자가 아니라 자신의 뜻과는 무관하게 흐름을 타는 자다. 그는 손때투성이 정서에 매달려 비실비실 헤매다니고, 친구나 지인이나 육친에 대한 크나큰 빚을 싸구려 눈물과 금방 들통날 거짓말로 상쇄하고 싶어하는, 대표적인 쓰레기다. 이런 놈이 할 수 있는 일이란 "나는 모르겠다"고 중얼거리면서 나동그라져 자는 것, 모처럼의 충고에 귀를 막는 것, 신파조 같은 치졸한 싸움…… 기껏 그런 것들이다.

이런 유의 남자들이 고대하는 것은 필경 기이한 인연이리라.

결론부터 말하자면 그들은 말을 걸어주는 타인을 기다리기 위하여 흐른다. 그는 비난이든 매도든 전혀 상관하지 않을 것이다. 때로는 주먹세례든 걷어차기든 기꺼이 받아들이고, 몸부림 속에서 뭐라 말할 수 없는 황홀감을 느끼리라. 그 같은 남자가 가장 두려워하는 것은 멸시가 아니라 무시다. 그들에게 묵살이란 죽음의 선고를 받는 것이나 다름없다. 그러나 날로 날카로운 안목을 갖추고 있는 너에게 새삼 이런 말 따위는 할 필요도 없을 것이다.

이미 너는 그런 작자들을 많이 보아왔다.

너는 모르는 척 외면하고 식사를 마치고 물을 마셔 입을 헹구고, 가슴 주머니에서 칫솔을 꺼내 꼼꼼하게 이를 닦고, 계산대 앞에 돈을 놓고 가게를 나온다. 울보 남자의 슬픔을 위한 슬픔은 네가 없어지자 한층 증폭되어 그 쩌렁쩌렁한 소리가 거리까지 흘러나온다. 그러나 길가는 사람들은 소음의 하나로 흘려듣고 만다.

세상은 쓸데없는 소리로 그득하다.

먹살을 잡고 "피라미는 봐주지"라며 애송이 건달에게 은총을 베풀고 있는 경관의 성난 목소리가 들린다. 눈 깜짝할 사이에 산달이 된 여자의 애처로운 숨소리가 들린다. 국세조사원을 돌려보내려는 기골이 장대한 노인의 고함 소리가 들린다. 유행하는 스타일로 전신을 휘감은 젊은이가 득의만면하여 사람들 앞에서 속어를 남발한다. 대형 할인점의 경영자가 전 종업원을 모아놓고 훈시를 내리면서 같은 말투로, 직장을 방기하면 그냥 넘기지 않겠다고 으름장을 놓는다. 수상쟁이가 자신의 손을 빤히 쳐다보면서, 정해진 운명이니 체념하라고 중얼거린다. 병석에서 막 일어난 사람처럼 지친 백인 청년이 동냥을 위하여 열심히 바이올린을 켜고 있다. 사회주의와 마찬가지로 민주주의 또한 환영이었다는 여론이 빌딩에 부딪쳐 메아리치고 있다. 그러나 그러한 무수한 소리가 너의 귀에는 하늘에서 내려오는 묘한 음으로 울렸으리라.

너는 이 세상의 의도를 곡해하는 자가 아니다.

너는 있는 그대로의 현실을 순순히 받아들이고 있다.

너는 목욕을 하고 머리를 깎고 저녁을 먹었다. 그리고 이번에는 여자를 찾고 있다. 돈으로 살 수 있는 여자만 여자다. 너는 그렇게 생각하고 있다. 이렇게 큰 거리이니 몸을 팔고 싶어하는 여자는 얼마든지 있을 것이다. 십 년쯤 전에 비해 그 수는 몇십 배로 늘어나 있다. 매춘부에 관한 한 도시 간의 격차는 거의 없어지고 있다. 무의촌은 있어도 몸을 파는 여자가 없는 동네는 없다는 농담이 유행하고 있다.

　네가 여자를 안고 싶어하기는 오랜만의 일이다.

　네가 이성에게 원하는 것은 오직 한 가지다. 그 외의 무언가를 추구하는 순간 흐름이 정지하여 사태가 어둡게 되리란 것을 너는 몸으로 체험하였다. 여자를 안고 나면 머뭇거리지 말고 흐름을 재개해야 한다.

　『원숭이 시집』에는 이렇게 쓰여 있다.

　자칫 사랑의 징표를 원해서는 안 된다.

　의미심장한 말이 아닌가. 또 이렇게도 쓰여 있다.

　여자는 남자의 흐름을 막고, 안정된 나날을 보내고 싶어하는 생물이다.

　이 얼마나 맛깔스러운 말인가.

　너의 심신은 크게 변화하고 있다.

　이성을 대하는 방법도 이전과는 크게 달라졌다. 적어도 혼의 안식을 위하여 여자에게 접근하는 짓은 하지 않는다. 이전에 체험한 연애의 달콤하고 고통스럽고 잔혹한 추억, 아무 주저 없이 망설임 없이 마음과 마음을 합할 수 있었던 상대를 불꽃과 연기로 빼앗긴 기억이 무겁게 짓누르며 너를 변화시키고 있다. 너는 그녀에게 못할 짓을 하였다고 생각한다. 그 이후 너는 매혹적인 자태를 지니고 있느냐 아니냐로 여자를 판단하기로 하였다. 덕분에 미인에다 뱃속이 검은 여자의 올가미에 걸려드는 일은 없다. 불평의 여지가 없는 여자를 만나도, 돈으로 뜻을 이루지 못할 상대한테는 절대로 접근하지 않는다.

너의 뇌리에는 너를 낳아준 어머니의 기억이 각인되어 있다.

물론 너 자신은 의식하지 못할 테지만, 그러나 너는 그 영향 속에서 여자를 고르고 있다. 그렇지만 너는 흐르는 자에게 연애란 걸림돌에 불과하다고 생각하고 있다. 나도 그렇게 믿고 있다. 연애는 봉급생활에 안주하고, 단조롭기 짝이 없는 세월을 보내야 하는 사람들에게는 최대한의 자극일 것이다. 정체를 고수하는 사람들이 손쉽게 인생의 꽃을 피우려면 연애가 최고다.

그것도 자신의 입장을 지키면서 병행하는 연애로 충분하다.

그들의 그런 안이한 사랑은, 그래도 일단 불이 붙으면 그들의 회색 가슴속에 알파성星보다 밝은 빛을 안겨주고 가냘픈 희망을 품게 한다. 무의미하게 살고 싶지 않다는 불안을 한순간이나마 잊게 해준다.

그러나 너는 그렇게 한가한 사람들을 상대할 수는 없다고 생각하고 있다.

세상은 그렇게 생각하는 너를 이단시할지도 모른다. 불쌍하다는 식으로 보는 사람이 많을지도 모른다. 그러나 나는 네가 아주 마음에 든다. 너는 눈독을 들이기에 충분한 가치가 있는 인간이다. 너는 이성을 잃는 한순간을 두려워하는 자가 아니다. 그러나 고작 여자 때문에 혼란을 일으키는 것은 딱 질색이라고 생각한다. 지금 너는 따스한 여자와 따뜻한 방에서 지내는 밤보다 한겨울 들판을 홀로 헤매는 밤을 택할 것이다.

너는 걷는다.

걷고 또 걸어 오가는 사람도 없는 음침한 골목길 안으로 발을 들여놓는다. 그리고 벽돌 모양으로 박혀 있는 타일 벽면을 따라 천천히 앞으로 나아간다. 환한 보름달이 너의 넓지도 좁지도 않은 등을 비추고 있다. 바닥에 징을 잔뜩 박은 구두굽 소리가 일종의 독특한 애수를 자아내고 있다. 처벅처벅하는 소리를 감지하는 센서라도 설치해놓은 것일까, 그 외벽 일부가 작은 창문처럼 잇달아 열린다. 너의 움직임에 맞추어 네모난 조각문이 열린다.

창의 수가 적어도 열 개 이상은 된다.

요염한 빛이 희미하게 새어나오는 창. 들여다보니, 그 하나하나에서 가슴을 풀어헤친 여자가 열심히 손님을 부르고 있다. 축사를 닮은 구조다. 불편한 의식주를 견디지 못하는, 몸을 파는 데 아무런 죄책감도 느끼지 않는, 역경에 처했다는 자각마저 없는 여자들.

여자들은 일제히 너의 마음을 끌려고 눈으로 호소한다.

그 짙게 화장한 꼴이라니, 이끼가 잔뜩 낀 바위산이 떠오를 정도다. 땅딸막한 여자의, 가면이라도 쓴 것 같은 얼굴이 네 눈앞에 불쑥 튀어나온다. 그녀는 요즘 유행하는 파란색 립스틱을 짙게 바른 두툼한 입술을 쫙 벌리고 싱긋 웃어 보인다. 그리고 "나, 깨끗해"라면서 하루에 한 번 복용하면 대부분의 성병에 효과가 있고 에이즈에도 다소 효과가 있다는 보급형 경구 백신을 쑥 내밀어 보인다.

그녀들은 딱히 악몽 같은 현실을 살고 있는 것이 아니다.

그녀들은 그저, 경기가 일정치 않고 자본이 필요 없는, 이 세상에서 가장 간단한 장사에 정진하고 있을 뿐이다. 그런데 어느 얼굴이나 인적 없는 쓸쓸한 해변에 표착한 익사체를 닮은 것은 대체 어찌 된 일인가. 네가 찾고 있는 얼굴은, 주상복합 빌딩 지하에서 불에 타 죽은 그 아가씨를 닮은 여자다. 촉촉한 눈동자를 지닌 젊은 여자다.

그러나 마음에 드는 상대가 없다.

거기에 있는 것은 눈에 총기가 없는 추악한 창부뿐이다. 네가 살 마음이 전혀 없다는 것을 알자, 여자들의 표정에 노골적인 야유가 섞인다. 너의 처벅처벅하는 발소리가 멀어지자, 창문이 타닥타닥 닫히고 민둥한 벽면으로 돌아간다. 마지막 여자가 내뱉은 말이 너의 귀에 들러붙어 있다.

"젊고 잘난 녀석이 애인 한 명 없어?"

딱히 아픈 곳을 찔린 것은 아니다. 그러나 흥미가 식은 너에게 여자의 몸은 당장 위화감을 조장하고, 그토록 불뚝거리던 성기는 완전히 쪼그라들었다.

이미 여자가 목적이 아니다.

너는 사람들의 발길도 끊어진, 애착 따위는 손톱만큼도 없는 거리의 모습을 곁눈질하여 어슬렁어슬렁 걷는다. 그리고 꺼져가는 가로등 아래 서서 시집을 펼친다. 그런데 눈썹까지 새하얀 늙은 원숭이는 아무 말이 없다. 어떤 페이지를 들춰도 아무 말도 해주지 않는다. 마침내 너는 깨닫는다. 그 침묵이야말로 질문에 대한 더할 나위 없는 답변이라는 것을. 즉 여자가 한 말에 일일이 신경을 쓰는 그런 놈에게 해줄 말은 한마디도 없다는 의미인 것이다.

여자에게는, 흐름에 몸을 맡기는 것이야말로 살아 있다는 증거다.

그렇게 타의로 흐를 때마다 여자의 마음은 빗물에 씻겨 내려가는 지표처럼 엷어져간다. 그러나 아무리 엷어져도 소멸하는 일은 없다. 여자들은 슬럼에 있으면서도 생기발랄하고, 쓰레기 더미 속에서도 치장할 만한 꽃을 찾는다. 여자들은 스스로 흐르지 않는다. 그것이 여자다.

너는 너 스스로의 뜻으로 흐른다.

때로는 천천히, 때로는 격렬하게 흘러, 이 세상에 존재한다는 것을 실감한다. 쉴새없이 흐름으로 하여 너는 항상 변함없는 너 자신일 수 있다. 별 볼일 없는 병마에 시달리거나, 신령을 존중할 만큼 나약해지지 않는 것도 오로지 네가 흐르고 있기 때문이다.

너는 권력이나 권위 자체가 지닌 환각적인 만족 따위는 애초부터 믿지 않았다.

그래서 대중의 불만을 교묘하게 악용하는 선동적인 정치가한테도, 또 그들과 팽팽하게 맞서서 배제하려다 부자들한테 떠밀려난 망석중 정치가한테도 속지 않는다. 아직 그런 자각은 없는 모양이지만, 어쩌면 네가 지향하고 있는 것은 자기에 대한 절대적 지배 같은 것인지도 모르겠다.

너는 건축중인 건물 안으로 훌쩍 들어간다.

실로 기묘한 구조다. 합성 대리석으로 만든 굵은 원기둥이 성가실 정도로 많이 늘어서 있다. 돔형에, 어딘가 성적 광택이 느껴지는 천장에는 우쭐한 성인들의 모습이 복고 취미를 고스란히 드러낸 낡아빠진 화법으로 그려져 있다. 그들의 담소 소리도 들린다. 너한테는 어떨지 잘 모르겠지만 나한테는 분명하게 들린다. 그것은 광희난무하는 도시의 소리 이상으로 외설스럽다. 창이란 창에는 보편적인 요소를 추상화했다고는 도저히 여겨지지 않는, 신비스러움이란 눈곱만큼도 없는 경박한 색의 스테인드글라스가 박혀 있다.

교회가 틀림없다.

교회란 것은 알겠는데, 그러나 이 건물이 완성되었다 해도, 신의 존재를 시각적으로 강렬하게 호소할 만큼의 완벽성을 보여주지는 못할 것이다. 널따란 홀의 바닥은 아직 모르타르용 모래 더미로 가득하다. 제일 높은 더미 꼭대기에는 공사용 일륜차가 한대 옆으로 누워 있다. 거리의 죄 많은 빛이, 알록달록한 전구 빛이 스테인드글라스를 통하여 비스듬히 비쳐들어, 장엄과는 거리가 먼, 지옥과도 비슷한 기괴한 분위기를 자아내고 있다.

있는 곳이 어디든 너는 체면을 차리거나 점잔을 빼지 않는다.

시골에서 자란 몸이기는 해도, 눈앞에서 일어난 산사태로 양친과 집이 한꺼번에 골짜기 아래로 함몰되는 광경을 두 눈으로 직접 본 몸이기는 해도, 너 자신이 간신히 불에 타 죽지 않고 압사를 모면한 몸이기는 해도, 너는 아직 한 번도 신의 분노에 겁을 낸 적이 없다. 왜냐하면 너는 오로지 자신의 의향으로 살며, 명실상부한 흐르는 자이기 때문이다. 혹 하늘에서 떨어질지도 모르는 진정제의 독에 매달려 사는 자가 아니기 때문이다.

어느 날 밤, 너는 빛나는 큰개자리의 시리우스를 알아봄과 동시에 자아에 눈떴다.

어느 날 밤, 너는 자신 속에 숨겨진 힘을, 의지할 수 있는 힘의 전부를 깨달은 것이다. 그리고 『원숭이 시집』으로부터는, 경시하지 못할 것은 신이 아니라 신을 숭앙하는 인간 쪽이라는 것을 배웠다. 즉 신을 존재케 하는 인간이 신보다 우위임을 배운 것이다.

종교의 어두운 면이 악마주의를 낳았다.

그런 것을 정말로 믿다니 미쳐도 유분수다. 신자들이 고대하는 진정한 구세주는 새로운 세기가 열렸는데도 여전히 나타나지 않는다. 나타나는 것은 삼류나 그 이하 사기꾼뿐이다. 가난한 나라는 더욱 가난해지고, 부유한 나라는 점점 더 부유해진다. 사막화를 저지하기는커녕 삼림의 남벌이 한층 확대되고 있다. 중금속, 유황산화물, 프로판가스, 질소산화물 같은 산업 오염 물질로 온 세계의 대기가 유독 상태다. 인구 증가율의 감소는 꿈같은 얘기다. 식량을 둘러싼 폭동이 선진국에서도 빈발하고 있다. 매스컴의 발달로 이 세상이야말로 신조차 손댈 수 없을 정도의 지옥이라는 것이 명백해졌다.

공통적으로 어떤 종교든 아프지도 않은 배를 더듬는다.

신들이란 하나같이 신자의 과거를 일일이 들추어서는, 미미한 죄를 과장되게 들먹거린다. 정말 죄 많은 쪽은 그런 치사한 짓을 하는 신 쪽이 아닌가. 만약 신이 정말 존재한다면, 이 세상을 독점하고 지배하여 인간이 누릴 수 있는 자유의 대부분을 마비시켜버리는 그 신이야말로 악마다.

인류 최대의 적은 신이다.

생물권 전체의 파괴가 극심해진 오늘날을 살지 않으면 안 되는 인간에게 정말 필요한 것은 신의 손길도 아니고 구원을 받는 것도 아니다. 모든 생물은 태어나면서부터 자기 자신을 구원할 수 있는 능력을 갖추고 있다. 그것은 개인의 자유 안에서만 존재한다. 그 힘을 끌어낼 수 있는지 없는지, 그것은 어디까지나 당사자에게 달렸다. 당사자가 자유를 어떻게 생각하는지에 따라서 결정되는 문제다. 설령 그 힘이 도저히 미치지 않는 중대한 위기에 직면하여 이러지도 저러지도 못하는 지경에 빠졌다 해도 아직 최후의 수단은 있다. 살아 있는 모든 생물은 그 수단을 갖고 있다.

죽음이 바로 그것이다.

죽음을 능가하는 구원은 없다. 죽음은 끊임없이 생을 위협하고 있지만, 그렇다고 죽음이 악으로만 구성되어 있는 것은 아니다.

그리고 생과 마찬가지로 죽음 또한 많은 수수께끼를 포함하고 있다. 생물공학의 최첨단을 걷는 천재적인 기술자조차 아직 생과 죽음이 무엇인지를 규명하지 못했다. "어떻게 이 별에만 생물이 있는가?"란 그들의 집요한 자문은 우여곡절을 거쳐 간신히 이 별 자체가 하나의 생명체라는 자답에 이르렀다. 그러나 그들은 이 거대한 우주 또한 생명체라는 것을 알지 못한다.

인간 이외의 생물은 예외 없이, 탄생한 그 시점에서 그렇다는 것을 깨닫는다.

지면을 기어다니거나, 땅속으로 파고들어가거나, 수면을 활공하거나, 물속으로 헤엄치거나, 드넓은 하늘을 비상하면서도, 결국은 중력의 억압을 받고 있는 부자유스러운 존재를, 단지 그렇다는 것만으로 과소평가해서는 안 된다. 식물이나 광물 또한 그렇다. 물론 우리는 신이 아니다. 그러나 우리를 초월하는 존재 따위는 있지 않다. 즉 우리가 모든 것이다. 무엇보다 우선적으로 그것을 인정해야 한다. 인정하고 싶지 않은 자는 자립이나 자유와는 영원히 무관한 존재로 암흑의 우주에 갇히고 말 것이다.

하늘을 향해 침을 뱉고 싶다면 흐르면서 할 일이다.

그렇게 하면 자신의 얼굴로 떨어지지 않는다. 인구가 밀집한 지역에 건축중인 이 교회가 완성되는 날에는, 하늘을 나는 성인들로 꽉 메워진 둥그런 천장에 자진하여 자유의 절반을 내던진 겁쟁이들의 끈질기고 비탄에 찬 기도 소리가 울려퍼질 것이다. 그리고 매끈매끈한 인공 대리석 벽면에 반사되어 증폭된 그들 자신의 목소리를 하늘의 목소리라 받아들여 감격에 눈시울을 적시고, 눈물을 쏟을 때마다 그들의 몸은 한층 위축되어갈 것이다.

멋대로 해보라.

그렇게 하여 평생 후회하지 않을 수 있다면 마음껏 자신의 나약한 마음의 투영에 지나지 않는 신에 빠져들어도 좋을 것이다. 그렇게 하여 만에 하나라도 구원받는다면, 그것은 자신의 마음속에서 우러나온 잠재적인 힘의 소행이지 절대로 외적인 힘에 의한 것이 아니다. 신의 공덕으로 내재하는 힘이 유출된 것은 절대로 아니라는 말이다.

백발의 늙은 원숭이는 이렇게 말한다.

믿을 만한 것은 오로지 자기 자신뿐이다.

예배당 깊숙이 파고드는 네온사인의 서광은 끊기 어려운 애증과 상충하는 주장과 거짓 친절을 뚜렷이 비춰내고 있다. 이곳은 너와는 전혀 어울리지 않는 장소다. 이곳은 흐르는 자가 발을 들여놓을 장소가 아니다. 이곳은 독립하여 홀로 살아가기를 지향하지 않고, 구원에 대한 얄팍한 기대 같은 나쁜 습관에 잠식된 비겁자들의 집회소지 네가 기웃거릴 곳이 아니다.

신은 해결 능력을 발휘하지 않는 사람들을 이곳으로 불러모은다.

그러나 신은 그들에게 재기할 기회를 주지 않는다. 신은 측면에서 원조하는 척하면서 실은 적수가 되고 있다. 신은 죽은 자의 혼을 제멋대로, 좁은 식견으로 엄선하고, 꽃밭으로 둘러싸인 천국의 문을 미끼로 하여 희생자들을 낚아올린다. 동시에 노사의 상호접근 같은 방법으로 야금야금 접근하는 신자나 이치를 따져가며 담판을 하려드는 신자한테는 노골적으로 악의를 드러내고 적의를 표하며, 죽어서도 벌을 주겠다고 위협하고, 있지도 않은 지옥의 길을 가리킨다.

너는 모르타르용 모래 더미 위에 오줌을 갈긴다.

분뇨 외에도 반역의 정액을 뿜어낸다. 눈을 까뒤집고, 무리에서 떨어져나온 원숭이가 반격할 때 지르는 날카로운 소리를 지른다. 그것은 살아 있는 것 위에 군림하려 하는 살아 있지 않은 존재를 단호하게 탄핵하고 호통치는 소리다.

너는 진보주의를 신봉하는 아니꼬운 치들과 한패가 아니다.

또 정론이란 독을 먹고 꼼짝달싹하지 못하는 자도 아니고, 성급한 공설에 좌지우지되는 자도 아니다. 너란 인간을 뭐라 한마디로 정의하기는 불가능할 것이다. 초일류 심리 분석가라도 어려울 것이다. 내가 '싸움나무'라면 너는 싸우는 인간이라 할 수 있을 것이다. 그러나 연체동물처럼 포착할 수 없는, 복잡기괴한 생물은 아니다. 너란 놈은 치근거리는 집요한 인간이 전혀 아니고 실로 상큼한 성격의 젊은이다. 감정은 다소 굴절되어 있지만 타인의 마음을 미루어 짐작하고 억측하는 남자는 아니다.

너는 다시 거리로 나온다.

경쾌한 몸짓으로 육즙을 연상시키는 공기 속을 지나간다. 징을 박은 구둣바닥이 돌길을 밟으며 개선가를 부른다. 지금 너에게 뜻에 맞지 않는 것은 하나도 없다. 정체되어 있기를 원하고 또 그럴 수밖에 없는 사람들 사이에서는 밤낮으로 심신이 피곤한 자가 늘고 있다. 그 결과, 병에 대한 저항력의 저하가 현저해졌다. 유아 사망률도 높아졌다. 만성화한 영양실조가 원인이나 그뿐만은 아니다. 무한정한 근대화의 추구가 인간들의 원시적인 생명력 그 자체를 박탈하고 있는 것이다. 나는 그렇게밖에 생각되지 않는다.

가슴에 새길 말 따위는 어디서도 찾을 수 없는 밤이 깊어간다.

상점가 여기저기서 자르륵자르륵 덧문 닫히는 소리가 울린다. 우주기지가 건설되고 있는 달은 천 년 전이나 다름없이 넋을 잃을 만큼 아름답고, 지구 표면을 빼곡하게 메운 그칠 줄 모르는 욕망의 절반을 비추고 있다. 달은 인류 전체가 몰락계급에 속한 것을 조소하고 있다.

너는 인간을 포기한 것은 아니다.

너는 원숭이를 좋아하지만 그 이상으로 인간을 좋아한다. 좋아하지 않는다면 그렇게 타인을 빤히 쳐다보지 않을 것이다. 너무도 사회적인 사람들과, 반사회적인 포즈를 즐겨 취하는 사람들이 노사에서 싸우고 있다. 그러나 그저 옥신각신에 불과하다. 요컨대 그들은 한통속인 것이다. 보도에 널브러져 쿨쿨 자고 있는 술주정꾼은 출세의 발판을 딛지 못한 자이든가 책임을 지고 하야한 자일 것이다. 그래도 아직 그들의 생활은 보장되어 있다. 직장을 잃은 자나 연금을 삭감당한 자에 비하면 훨씬 은총을 입은 몸이다.

너는 자신과 비교하는 눈으로 타인을 보는 짓은 하지 않는다.

공금을 횡령하여 종적을 감추려는 남자가, 시치미를 뗀 얼굴로 네 옆을 성큼성큼 지나간다. 절대로 청산할 수 없는 불륜관계에 있는 남녀가 폭소가 끊이지 않는 선술집 앞을 급한 걸음으로 지나간다. 쉴새없이 주변을 살피는 인조마약 밀매인이 느닷없이 성질에 맞지 않는 자신의 장사에 넌더리를 내면서 깊은 한숨을 쉰다. 끼니를 굶어가면서까지 돈을 그러모은 자산가가 무슨 바람이 불었는지 고생고생해서 쌓아올린 재산을 올해 안에 다 써버리겠다고 호언하고 있다. 가짜를 속아 샀는지, 안짱다리 노인네가 등에 지고 온 그림접시들을 골동품 가게 간판에 마구 던지며 깨뜨리고 있다. 병든 아이를 보살피느라 입에 풀칠도 할 수 없게 된 여자가 길모퉁이 담뱃가게에서 푼돈을 사기치고 있다.

그들의 그런 행위는 보기 흉하지 않다.

또 인륜에 벗어나는 행위도 아니다. 그들은 그저 흐르고 싶다는 아주 자연스러운 충동으로 움직이고 있을 뿐이다. 즉 그들은 고여 있는 삶에 넌더리를 내고 있는 것이다. 그런 분명한 자각이 있는 것은 아니다. 어렴풋이 자각하고 있는 자도 흐르는 자가 되는 일에는 다소 거부감이 있다. 주춤거린다. 그들의 마음 한구석에는 설혹 흐르는 자의 입장에 서더라도 금방 한심스러운 모습으로 다시 돌아와 웃음거리가 될 자신의 모습이 언뜻언뜻 비치고 있다.

그들은 어리석은 것이 아니다.

그들 대부분은 봐야 할 것을 어김없이 보고 있다. 위신을 잃은 자기 나라가 어떤 수단을 취하리란 것도 잘 알고 있고, 이다음 시대가 얼마나 긴박할지에 대해서도 충분히 짐작하고 있다. 앞으로 올 시대는 매스미디어를 유용하게 사용하여 장정을 대대적으로 징병하는, 그리고 부탁받은 것도 아닌데 남의 내전에 개입하는 그런 시대임에 틀림없다.

그러기에 사람들은 흐르고 싶은 것이다.

아니 도망치고 싶은 것이다. 그들은 도망을 흐름으로 바꾸려 하고 있다. 상상 속의 흐르는 나날에서 편안한 생활을 꿈꾸고 있다. 뻔뻔스럽기가 이만저만이 아니다. 철딱서니 없음에도 정도가 있다. 흐르는 자의 정신을 모르고 흐르면 어떤 일을 당하게 되는지, 어떤 말로를 맞게 되는지, 그들은 그런 것을 전혀 이해하지 못한다.

말단계급이 지배계급으로 진출할 수 있는 가능성은 줄어들고만 있다.

유복한 계층의 수는 손가락으로 꼽을 정도이고 그런 만큼 요지부동이다. 대기업이 중소 경쟁 기업을 탐식하고 있다. 매스컴의 공공 소유와 공동 관리라는 빛나는 전통은 짓밟히고 있고, 자본가와 그들의 국가를 방위하는 뉴스만이 유난스럽게 횡행하고 있다. 대중이 투표에 의거하여 통치자의 해임을 촉구할 가능성도 희박해지고 있다. 기술혁명은 노동자들을 육체노동에서 해방시켰을 뿐만 아니라 일 그 자체를 거두어가버리고 말았다. 집단에 속하여 집단으로 움직일 때만 기운찬 국민은, 직장에서 쫓겨나는 순간 버려져, 외톨이가 된 아이처럼 어쩔 바를 모른다.

그들의 언동은 하나부터 열까지 감시당한다.

사람들은 고감도 감시 카메라가 쫙 깔려 있는 감시 도시 안에서 힐긋힐긋 눈치를 보며 살고 있다. 높은 빌딩 옥상에 설치된 삼백 육십 도 감시 가능한 소형 카메라 하나가, 바로 지금 너의 모습을 포착하였다. 너를 향하여 초점이 좁혀진다. 네가 거리를 돌아 사 각지대로 들어가자 이번에는 다른 카메라가 그 역할을 이어받아 너를 바싹 쫓는다.

너는 완전히 감시망 속에 포위되어 있다.

대체 누가 너를 주목하고 있는지는 모르겠지만 실수는 아니다. 이런 국가 체제 속에서 네가 성가신 존재라는 것을 직감한 경관은 상당한 놈이다. 개인의 자유를 위해서라면 국민의 일원이 아니라 도 상관하지 않는 흐르는 자는, 어쩌면 민중을 선동하는 과격분 자보다, 살아남고 싶다는 일념에 온갖 범죄에 손을 대는 자들보 다 몇 배 몇십 배 위험할 수 있다. 그 어떤 국가도 너 같은 존재를 용납하지 않을 것이다.

너는 아직 눈치채지 못하고 있지만, 재빨리 미행이 따라붙었다.

강력한 배터리를 동력으로 하여 소리도 없이 달리는 오토바이 세 대가 속도를 올리면서 네 등뒤를 쫓고 있다. 각 오토바이에는 경관이 타고 있다. 이유야 어찌 되었든 그들은 너의 신병을 구속하고 싶어한다.

그때 너는 짐승에 가까운 감성으로 위험을 간파한다.

너는 뒤를 돌아보자마자 민첩한 행동을 취한다. "야, 거기 서!" 옛날부터 주구들이 흔히 사용하는 대사다. 스피커를 통한 그 목소리가 거리에 울려퍼진다. 사이렌 소리가 너의 걸음을 저지하려 잇달아 울린다. 붙잡히면 성가신 일이 벌어진다. 체포할 구실은 얼마든지 있다. 너는 신분을 증명해줄 카드를 소지하고 있지 않다. 너의 신원을 증명할 사람은 한 명도 없다. 그보다 너는 그들 눈앞에서 법을 어겼다. 길에 세워져 있던 자전거를 타고 도망친 것은 명백한 절도 현행범이다.

그러나 그렇게 쉽사리 붙잡힐 네가 아니다.

오토바이가 좀처럼 자전거를 뒤쫓지 못하는 까닭은 변속기어를 활용하여 좁은 도로를 교묘하게 달리는 너의 솜씨와, 예사롭지 않은 다리 힘 때문이다. 선두를 달리는 경관이 무선으로 헬리콥터에 응원을 요청하고 있다. 신속하게 날아온 헬리콥터가 상공에서 강력한 빛의 다발을 너에게 쏟아붓는다.

너는 도망친다.

너는 그렇게 열심히 페달을 밟고 있는 자신이 기뻐 견딜 수가 없다. 왜냐하면 지금의 자신은 틀림없이 흐르는 자이기 때문이다. 기지를 발휘하여 위기에서 탈출하는 모험에 가슴이 설레는 무상의 기쁨을 느끼지 못하는 자는 애당초 흐르는 자가 될 자격이 없다. 지금까지 몇 번이나 사지를 헤쳐온 너에게 이 정도는 어린

애 장난에 지나지 않는다.

"뭐 이까짓" 하고 중얼거리면서 너는 쥐처럼 뺑소니친다.

헬리콥터와 오토바이를 한꺼번에 따돌리기 위하여 너는 숲이 울창하고 장애물투성이인 공원으로 자전거를 몬다. 너를 놓친 추격자들은 우왕좌왕 발을 동동 구르며 분해한다. 그리고 너는 도시 중심부를 흐르는 큰 강 쪽을 향하여, 다시 적당한 속도를 유지하며 강가를 따라 유유히 자전거를 몬다. 그러다 수면에 피어오르는 짙은 안개 속으로 끝내 모습을 감추어버린다.

그로부터 얼마 후, 앞서 가던 순찰차의 사이렌 소리와 회전등이 강에 어린 안개를 휘젓는가 싶더니 잇달아 총성이 울리고, 거의 동시에 동력을 잃은 자전거 소리가 뚝 끊긴다.

잠시 후, 풍덩 하는 물소리가 들린다.

(2권에 계속)

지은이 **마루야마 겐지**

1943년 나가노 현 이야마 시에서 태어나서 1966년 「여름의 흐름」으로 『문학계』 신인문학상을 수상하면서 작품활동을 시작했다. 이듬해 같은 작품으로 일본의 대표 문학상인 아쿠타가와 상을 수상했다. 이후 어떠한 문학상과의 인연도 거부하며 철저히 문단의 영향 바깥에 존재하면서도 가장 중요하고 특출한 작가로 평가받고 있다. 주요 작품으로 장편소설 『천 일의 유리』 『무지개여 모독의 무지개여』 『물의 가족』 등과 소설집 『어두운 여울의 빛남』 『달에 울다』, 산문집 『소설가의 각오』 『아직 만나지 못한 작가에게』 등이 있다.

옮긴이 **김난주**

경희대학교 국어국문과를 졸업하고 동대학원을 수료한 후, 쇼와 여자대학에서 일본 근대문학 석사학위를 받았다. 이후 오쓰마 여자대학과 도쿄 대학에서 일본 근대문학을 연구했다. 현재 일본문학 번역가로 활동하고 있으며, 번역한 작품으로는 『소설가의 각오』 『천 일의 유리』를 비롯해 『키친』 『냉정과 열정 사이─Rosso』 『박사가 사랑한 수식』 『내 남자』 『작은 별 통신』 『겐지 이야기』 『오 해피 데이』 『다잉 아이』 『여름의 마지막 장미』 『돈 없어도 난 우아한 게 좋아』 등이 있다.

문학동네 세계문학
천 년 동안에 1

1판 1쇄  1999년 5월 17일 | 2판 1쇄  2011년 4월 25일

지은이 마루야마 겐지 | 옮긴이 김난주 | 펴낸이 강병선
책임편집 박아름 | 편집 홍지은 | 독자 모니터 한진미
디자인 엄혜리 유현아 | 저작권 김미정 한문숙
마케팅 정민호 김도윤 박보람 장선아 | 온라인 마케팅 이상혁 한민아 정진아
제작 안정숙 서동관 김애진 | 제작처 영신사(인쇄) 경일제책(제본)

펴낸곳  (주)문학동네
출판등록  1993년 10월 22일 제406-2003-000045호
주소  413-756 경기도 파주시 교하읍 문발리 파주출판도시 513-8
전자우편  editor@munhak.com | 대표전화  031) 955-8888 | 팩스  031) 955-8855
문의전화  031) 955-3576(마케팅)  031) 955-2654(편집)
문학동네카페  http://cafe.naver.com/mhdn

ISBN  978-89-546-0975-3  04830
      978-89-546-0974-6  (세트)

www.munhak.com